insel taschenbuch 4877
Frida Skybäck
Das Geheimnis des Bücherschranks

AF197117

»Eine wunderschöne und ergreifende Geschichte, mit allem, was ein richtiger Feel-Good braucht.« *Expressen*

Gut versteckt in einem alten Bücherschrank findet Rebecka alte Briefe und ein Tagebuch ihrer Großmutter aus den vierziger Jahren. Welche Geheimnisse sind darin verborgen?

Rebecka lebt weit entfernt von ihrer Familie in Stockholm; zu ihrer Mutter hat sie schon lange keinen Kontakt mehr. Als ihre Großmutter Anna ins Krankenhaus kommt, beschließt Rebecka, die ohnehin eine Auszeit braucht, für ein paar Tage in die südschwedische Heimat zu fahren. Sie bezieht das alte Haus ihrer Großmutter, lernt den etwas spröden Nachbarn Arvid kennen und sieht sich plötzlich mit einer unbekannten Vergangenheit konfrontiert: Im Tagebuch liest Rebecka von Annas erster großer Liebe, Luca, der im Widerstand war und dänischen Juden bei der Flucht geholfen hat, bis er eines Tages spurlos verschwand. Was ist mit ihm geschehen? Rebecka beginnt zu recherchieren und entdeckt Unglaubliches.

Frida Skybäcks neuer Roman erzählt zwei berührende und herzergreifende Liebesgeschichten: die der ersten unvergessenen und die zur eigenen Familie.

Frida Skybäck, geboren 1980 in Göteryd, ist eine schwedische Autorin. Ihre Romane *Die kleine Buchhandlung am Ufer der Themse* (it 4740) und *Der kleine Buchsalon am anderen Ende der Welt* (it 4806) wurden sowohl in Schweden als auch in Deutschland zu Bestsellern. Sie lebt mit ihrem Mann und ihren zwei Töchtern in Lund.

Hanna Granz, geboren 1977, lebt als Übersetzerin aus dem Schwedischen, Norwegischen und Dänischen mit ihrer Familie in Wanfried an der Werra.

FRIDA SKYBÄCK

Das Geheimnis des Bücherschranks

ROMAN

Aus dem Schwedischen von
Hanna Granz

INSEL VERLAG

Die Originalausgabe erschien 2020 unter dem Titel
Bokskåpets hemlighet bei LB Förlag, Stockholm.

2. Auflage 2021

Erste Auflage 2021
insel taschenbuch 4877
Deutsche Erstausgabe
© der deutschen Ausgabe Insel Verlag Berlin 2021
© Frida Skybäck 2020
Alle Rechte vorbehalten, insbesondere das des
öffentlichen Vortrags sowie der Übertragung
durch Rundfunk und Fernsehen, auch einzelner Teile.
Kein Teil des Werkes darf in irgendeiner Form
(durch Fotografie, Mikrofilm oder andere Verfahren)
ohne schriftliche Genehmigung des Verlages reproduziert
oder unter Verwendung elektronischer Systeme verarbeitet,
vervielfältigt oder verbreitet werden.
Vertrieb durch den Suhrkamp Taschenbuch Verlag
Umschlag: zero-media.net, München
Umschlagabbildung: FinePic®, München
Satz: Satz-Offizin Hümmer GmbH, Waldbüttelbrunn
Druck: CPI books GmbH, Leck
Printed in Germany
ISBN 978-3-458-68177-9

Das Geheimnis des Bücherschranks

Für meine Großmutter Kerstin
und all die mutigen Frauen und Männer,
die ihr Leben riskierten, um im Herbst 1943
Flüchtenden über den Öresund zu helfen

PROLOG

NOVEMBER 1943

Anna starrt in den Spiegel und erkennt sich kaum wieder. Ihr Gesicht ist blass, die Haut grau und porig und das Haar glanzlos. In letzter Zeit hat sie kaum Appetit gehabt.

Hinter ihr steht ihre Mutter und befestigt den Schleier in ihrem Haar. Anna spürt jede einzelne Nadel, die sie ihr in die Hochsteckfrisur sticht, auf der Kopfhaut. Anschließend richtet die Mutter den dünnen Flor. Anna sieht den Ernst in ihren Augen und die Falten um ihre angespannten Mundwinkel.

Das weiße Kleid glänzt im Licht der Lampe, und Anna blickt an dem wogenden Stoff herab. So schlicht wie möglich, hatte sie die Schneiderin gebeten. Aber angemessen für eine Hochzeit in besseren Kreisen, hatte die Mutter hinzugefügt. In besseren Kreisen. Anna spürt, wie Panik in ihr aufsteigt. Es schnürt ihr die Kehle zu, sie kann kaum atmen. Vorsichtig zupft sie an ihrem Halsausschnitt, um den enganliegenden Spitzenkragen zu lockern.

»Ich weiß nicht, ob ich es schaffe«, murmelt sie.

Ihre Mutter stellt die Schachtel mit den Haarnadeln beiseite. »Jetzt sitzt er richtig«, stellt sie zufrieden fest.

Anna versucht zu nicken, doch es gelingt ihr nicht. Stattdessen wird sie plötzlich überwältigt von allem, was ihr in den letzten Wochen widerfahren ist. Sie schluchzt und spürt den Arm der Mutter um sich.

»Ist ja gut«, tröstet sie und streichelt Anna unbeholfen über den Rücken. »Es wird schon werden.«

Ihre Stimme ist weich, aber da ist auch noch etwas anderes, ein verärgerter Unterton. Anna kennt ihn nur zu gut und fürchtet, die Geduld ihrer Mutter überzustrapazieren. Sie muss den Gefühlssturm in ihrer Brust unterdrücken, darf sich bloß nichts anmerken lassen.

»Es ist völlig normal, nervös zu sein«, fährt ihre Mutter fort und lächelt. »Ich bin bei meiner Hochzeit fast in Ohnmacht gefallen, vor lauter Angst, es könnte etwas schiefgehen – dass der Florist es mit dem Blumenschmuck nicht schaffen würde, dass das Essen ausgehen oder der Priester sich versprechen könnte. Aber es ist alles gutgegangen.«

Sie blickt zu Boden, und Schweigen breitet sich zwischen ihnen aus. Die Mutter ist ihr so nah, dass Anna sie anfassen könnte, und gleichzeitig unendlich fern. Sie haben noch nie richtig miteinander reden können, jedenfalls nicht über die wirklich wichtigen Dinge.

»Ich schau mal, wie weit die Vorbereitungen gediehen sind«, sagt die Mutter schließlich und geht zur Tür. Anna beißt sich auf die Lippen. Sie möchte jetzt nicht allein sein, aus Angst vor den Gedanken, die dann über sie kommen könnten, kann ihre Mutter jedoch auch nicht bitten, zu bleiben.

Langsam tritt sie ans Fenster. Die Aussicht ist atemberaubend. Man sieht das graublaue Meer und den Wind, der am Strandgras auf den Dünen reißt. Eine standesgemäße Villa, nur ein paar Kilometer von Hillesgården entfernt. Besser hätte sie es nicht treffen können, hat ihre Mutter begeistert erklärt, als sie das erste Mal hier waren. Die Vorstellung, dass sie jetzt hier leben soll, dass dies ihr Zuhause sein wird, erscheint Anna surreal.

Sie legt die Hand an die Scheibe und spürt, wie die Kälte in ihre Finger dringt. Die ganze Zeit hat sie sich eingeredet, wenn es erst so weit wäre, würde schon alles besser. Doch tief in ihrem Innern spürt sie, dass ihr Herz nach wie vor rebelliert.

Das Schlafzimmer ist ganz in Blauweiß gehalten. Auf dem Bett liegt ein gehäkelter Überwurf, und jemand hat Blumen auf die Kommode gestellt. Alles ist schön. Es gibt nichts auszusetzen, dennoch verspürt sie einen so starken Widerwillen. Tief in ihrem Herzen hofft sie immer noch auf ein Wunder.

Sie schließt die Augen und hört wieder die Stimme ihrer Mutter. Sei nicht so egoistisch. Denk auch an uns, auch wir müssen mit deinen Entscheidungen leben. Sie versucht, tief durchzuatmen.

Sie hat so viele Fragen, auf die sie Antworten braucht. Es fühlt sich an, als befände sie sich mitten in einem Sturm. Wie soll sie wissen, was richtig ist und was nicht?

Sie schaut in den Garten hinaus, sieht die wintergrünen Sträucher an der Mauer und ahnt das Rauschen des Meeres in der Ferne. Die Trauer, an der sie trägt, wiegt schwer, dennoch darf sie sich nichts anmerken lassen. Die Welt um sie herum zieht sich zusammen. Im Augenblick gibt es nur einen einzigen Weg. Sie muss sich damit abfinden.

Behutsam löst sie die Haken und öffnet das Fenster. Der kalte Novemberwind fährt herein und zerrt an ihrer Frisur, doch es kümmert sie nicht. Sie muss das Meer hören, muss seinen salzigen Duft einatmen.

»Verzeih«, flüstert sie, und ein wilder Schmerz durchfährt ihre Brust. »Mein Liebster, verzeih.«

1

APRIL 2007

Rebecka geht ein letztes Mal durch die große Eckwohnung, um zu prüfen, dass sie auch nichts vergessen hat. Die Morgensonne malt breite Streifen auf den Teppich, und der Couchtisch aus Glas und Metall funkelt in ihrem Licht.

Joar lehnt an der Küchenanrichte, einen Espresso in der Hand. Er trägt seinen grauen, maßgeschneiderten italienischen Anzug, das Jackett betont die Schulterpartie. Wie immer sieht er elegant und gleichzeitig reserviert aus, wie jemand, dem alles im Leben geglückt ist und der sich dennoch nicht in den Vordergrund drängen will.

»Ich finde nach wie vor, dass es eine schlechte Idee ist, ausgerechnet jetzt zu fahren. Du solltest hierbleiben und deinem Chef beweisen, dass es eine Fehlentscheidung war. Jetzt Urlaub zu nehmen ist ein völlig falsches Signal.«

»Aber meine Oma liegt im Krankenhaus.«

»Ich weiß, aber die Schwester, mit der du geredet hast, meinte doch, es sei gar nicht so schlimm. Außerdem kann sich doch deine Mutter um sie kümmern, zumindest bis zum Wochenende.«

Rebecka schüttelt den Kopf.

»Ich muss jetzt fahren. Du weißt, dass ich ewig nicht zu Hause war.«

»Okay, mach, was du willst. Aber es wird schwieriger werden, ihn zur Umkehr zu bewegen, wenn du nicht sofort Einspruch einlegst.«

»Ich weiß«, murmelt sie.

Joar richtet sich auf.

»Du bist doch nicht sauer, weil ich nicht mitkomme?«

»Nein, kein Problem. Du hast ja deine Gerichtsverhandlung.«

Er wirkt erleichtert, wirft seinem Spiegelbild im Flur noch einen Blick zu und rückt den gestärkten Hemdkragen zurecht.

»Es ist mein bisher wichtigster Fall«, sagt er. »Aber wenn etwas ist, kannst du natürlich anrufen.«

Rebecka nickt. Obwohl sie weiß, dass Joar so kurzfristig keinen Urlaub nehmen kann, ist sie ein wenig enttäuscht. Er hat sie bisher nur ein einziges Mal zu ihrer Familie nach Helsingborg begleitet – und musste selbst diesen Besuch wegen eines Notfalls auf der Arbeit vorzeitig abbrechen. Rebecka dreht an ihrem Verlobungsring. Es wäre schön gewesen, Joar als Unterstützung dabeizuhaben, gleichzeitig weiß sie, dass ihr Leben nun einmal so ist. Sie haben beide sehr viel in ihre jeweiligen Karrieren investiert, und er kann wegen ihr nicht einfach alles stehen- und liegenlassen.

Der Handgriff ihres stahlgrauen Koffers klickt, als sie ihn herauszieht. Sie muss los, dennoch zögert sie. Als Joar seine Tasse abstellt und auf sie zugeht, spürt Rebecka, wie sehr sie seine Umarmung bräuchte, doch er küsst sie lediglich flüchtig auf die Stirn.

»Dann sehen wir uns in ein paar Tagen, okay?«

»Ja«, antwortet sie.

Am Bahnhof ist es voll, Rebecka läuft zickzack durch die Menge bis zum Gleis und steigt in ihren Zug. Sie fühlt sich seltsam benommen – hört die Leute um sich herum reden, kann aber nicht aufnehmen, was sie sagen. Als ein behäbiger Schaffner mit zu enger Weste sie anspricht, nickt sie nur und hält ihm ihre Fahrkarte hin. Sie hat keine Ahnung, was er eigentlich wollte, folgt ihm aber mit den Augen, als er weiter durch den Waggon geht. Der Zug fährt an und gleitet durch die Stadt. Schlängelt sich und krängt, sodass der Schaffner wankt und sich an den Sitzlehnen festhalten muss.

Als sie Stockholm hinter sich gelassen haben, kann Rebecka endlich entspannen. Sie lehnt sich an die Fensterscheibe. Die halbe Nacht hat sie wachgelegen und sich zwischen zerknautschten Laken gewälzt. Gegen vier hatte sie genug und setzte sich mit einer Tasse Tee in die Küche. Schaute in die Fenster anderer erleuchteter Wohnungen in der ansonsten einsamen Dunkelheit draußen.

Es fällt ihr schwer, nicht an die Konferenz gestern zu denken. Viele Jahre hat sie auf die Stelle als Senior-Managerin hingearbeitet. In den vielen frühen Morgen- und den späten Abendstunden im Büro ist es immer dieses Ziel gewesen, das sie vor Augen gehabt hat. Jedes Mal, wenn sie aufgrund der Arbeit Partys, Urlaube oder nette Einladungen zum Essen ausschlagen musste, hat sie gedacht, dass es sich eines Tages auszahlen würde, wenn sie erst die jüngste Senior-Managerin aller Zeiten bei Henning & Schusters würde. Und Birgitta, ihre Abteilungsleiterin, hatte ihr die Stelle versprochen, warum also wurde stattdessen Markus befördert?

Joar ist der Meinung, sie solle die Entscheidung anfechten,

Rebecka weiß jedoch, dass es nichts nutzen würde. Ihr oberster Chef wird niemals eine Entscheidung rückgängig machen. Und seitdem sie einmal den *Goodwill*, also den Geschäfts- und Firmenwert eines ihrer größten Kunden, beanstandet hat, dessen Unternehmen in ihren Augen viel zu hoch angesetzt worden war, hat Boman sie auf dem Kieker. Rebecka fand, die Firma müsse eine Abschreibung machen, Boman entschied jedoch, die Sache auf sich beruhen zu lassen. Erst im Nachhinein hat sie begriffen, dass er ihren Einwand als direkte Kritik an sich selbst verstanden haben muss.

Der Zug hat an Fahrt aufgenommen und rumpelt über die Schienen, Rebecka schaukelt auf ihrem Sitz hin und her. Weiter vorn beobachtet sie zwei Frauen. Sie sitzen einander gegenüber, die eine ist ungefähr in ihrem Alter und vermutlich die Tochter der anderen, und sie reden vertraulich miteinander, hin und wieder lachen sie auch.

Rebecka muss an ihre Mutter Camilla denken. Seit ihrem letzten Heimatbesuch vor vier Jahren haben sie sich nicht mehr gesehen, sondern nur noch telefoniert. Kurze, halbherzige Gespräche zu Weihnachten oder zu den Geburtstagen. Und jedes Mal ist es gleich schwierig gewesen. Es scheint, als hätten sie einander nichts zu sagen, als sprächen sie völlig unterschiedliche Sprachen. Ihre Telefonate sind knapp und angespannt und machen Rebecka schmerzhaft bewusst, wie tief der Graben zwischen ihnen ist.

Der weinrote Nagellack blättert, Rebecka knibbelt daran herum. Soll sie ihre Mutter anrufen? Wahrscheinlich weiß sie ohnehin längst, was passiert ist. Die Mitarbeiterin vom ambulanten Pflegedienst hat sich sicherlich auch bei ihr gemeldet.

Bestimmt sehen sie sich im Krankenhaus. Denn wenn Oma im Krankenhaus liegt, wird sie sie ja wohl auch besuchen?

Eigentlich hat Rebecka sich immer regelmäßig bei ihrer Großmutter gemeldet, aber in den letzten Wochen hatte sie so viel mit einem wichtigen Projekt zu tun, dem nach der Firma des Kunden so genannten AT-Projekt, dass sie es nicht geschafft hat, und jetzt nagt das schlechte Gewissen an ihr. Ihre Großmutter war immer die Konstante in ihrem Leben gewesen, hatte immer ein offenes Ohr für sie gehabt. Da hätte sie selbst sich wenigstens die Zeit nehmen müssen, sie möglichst oft anzurufen.

Draußen vor dem Fenster zieht die Landschaft vorbei – Wiesen, Seen, von Industrie geprägte kleine Städte sowie einzelne Gehöfte. Rebecka greift nach ihrem Handy. Dann zögert sie. Die Krankenschwester, mit der sie gestern gesprochen hat, meinte, dass sie die Großmutter hätten operieren müssen, weil sie sich die Hand gebrochen hatte, und dass sie nun in der Aufwachstation liege. Da sie sehr angespannt geklungen hatte, hatte Rebecka nicht noch mal angerufen, um sie nicht unnötig zu stören. Ihre Großmutter war wahrscheinlich ohnehin zu geschwächt, um zu telefonieren, und so hatte sie die Schwester nur gebeten, ihr auszurichten, sie sei unterwegs. Das bereut sie jetzt. Sie möchte die vertraute Stimme ihrer Oma hören, sie braucht sie. Doch als sie jetzt die Nummer wählt, ist der Anschluss besetzt.

Gut fünf Stunden später ist Rebecka in Helsingborg. Im Hauptbahnhof nimmt sie die Rolltreppe und sieht den Bahnhof über sich aufragen. Alles sieht genauso aus wie bei ihrem letzten

Besuch. Sie kommt beim Fährterminal heraus, die Kioske haben noch dieselben bunten Schilder und Süßwarenregale, und durch die große Fensterfront blickt man auf den Hafen.

Rebecka geht am Felshang Landborgen entlang zum Krankenhaus hinauf und folgt drinnen den Schildern zur orthopädischen Abteilung. Rote Türen, ein heller Fliesenboden, pastellfarbene Wände und ein Korb Schuhüberzieher für Regentage erwarten sie dort.

Rebecka schaudert. Sie hasst die Krankenhausatmosphäre. Bei dem Gedanken, hineingehen zu müssen, wird ihr physisch schlecht, dennoch gelingt es ihr, sich zu überwinden und einzutreten.

Im Wartezimmer steht ein Aquarium mit tropischen Fischen, die zwischen Pflanzen und kleinen Keramikschlösschen herumschwimmen. Sie wartet, bis eine Krankenschwester mit abgestumpftem Gesicht ihr den Weg zeigt. Schwer geht sie vor ihr über den Flur, ihre Plastikclogs quietschen.

Oma wirkt hagerer, als Rebecka sie in Erinnerung hat. Ihr Gesicht ist abgemagert und unter der blassen Haut zeichnen sich die Adern ab. Rebecka hält inne. Sie ist es nicht gewohnt, ihre Großmutter so inaktiv zu sehen. Normalerweise ist sie immer auf den Beinen. Wenn sie nicht gerade Marmelade kocht oder Essen vorbereitet, werkelt sie im Garten vor sich hin. Und zurechtgemacht ist sie normalerweise auch immer. Egal, wie früh Rebecka bei ihr aufgetaucht ist – Großmutters glänzendes Haar war immer ordentlich hochgesteckt, ihr Kleid gebügelt und sie hatte Lippenstift aufgelegt. In der anonymen Bettwäsche des Krankenhauses wirkt sie fremd und nur noch wie ein Schatten ihrer selbst.

»Sie haben Besuch«, sagt die Schwester laut, und die Großmutter öffnet schläfrig die Augen.

»Wie bitte?«, murmelt sie.

Die Schwester streichelt ihr den Arm und nickt zu Rebecka hin. »Besuch«, wiederholt sie.

Anna wendet den Kopf und wirkt so verwirrt, dass Rebecka sich nicht sicher ist, ob sie sie überhaupt erkennt.

»Hallo, Oma.«

»Rebecka?«

»Ja, ich bin's. Wie geht es dir?«, fragt Rebecka und tritt an ihr Bett.

Die Großmutter sieht die Schwester fragend an.

»Sie fragt, wie es Ihnen geht«, wiederholt diese.

»Ich habe mir die Hand gebrochen.«

»Du Arme«, sagt Rebecka, so laut sie kann. »Tut es weh?«

Die Großmutter nickt. »Wie bist du hierhergekommen?«

»Mit dem Zug.«

»Den ganzen Weg von Stockholm?«

»Ich habe gehört, dass du gestürzt bist, und bin gekommen, so schnell ich konnte.«

»Ich sehe bestimmt furchtbar aus«, sagt die Großmutter und streicht sich mit der Hand über das lose herabhängende Haar.

»Überhaupt nicht. Du siehst sehr gut aus.«

Die Krankenschwester räuspert sich und sieht Rebecka streng an. »Sie haben noch ein paar Minuten, dann muss sie sich wieder ausruhen.«

»Alles klar, vielen Dank.«

Sobald die Krankenschwester verschwunden ist, zieht Re

becka eine weiße Schachtel aus ihrer Tasche. »Ich habe dir etwas mitgebracht. Wiener Nougat.«

Die Großmutter nimmt die Schokoladenschachtel entgegen. »Meine Lieblingssorte. Danke.«

»Ich darf heute nicht lange bleiben, aber ich kann morgen wiederkommen«, sagt Rebecka. »Brauchst du etwas aus dem Haus?«

Die Großmutter blickt sie müde an. Rebecka kann kaum glauben, wie sehr sie seit ihrer letzten Begegnung gealtert ist. Zwar hatte sie hin und wieder etwas zerstreut gewirkt, wenn sie zuletzt telefoniert hatten, doch Rebecka hätte nie gedacht, dass sie so zerbrechlich geworden sein könnte. Die normalerweise vollen Wangen sind eingesunken und die Haut um ihre Augen ist schlaff. Die Frau im Krankenhausbett scheint nichts mehr mit ihrer energischen und lebhaften Großmutter zu tun zu haben.

»Ich glaube nicht«, murmelt sie jetzt.

»Bist du sicher? Ich kann gerne hinfahren, wenn du Kleidung oder irgendetwas aus dem Badezimmer brauchst. Ich kann auch etwas für dich einkaufen. Obst oder ein gutes Buch oder ein Kreuzworträtselheft.«

Anna scheint sich ein wenig zu sammeln, und als sie aufblickt, wirkt sie ein klein wenig wacher.

»Kannst du für mich nach dem Haus sehen?«

»Ja, natürlich. Was soll ich denn machen?«

Oma streckt sich nach ihrer Handtasche aus, und Rebecka bemerkt die Kanüle in ihrem Handrücken.

»Kannst du meine Blumen gießen?«, fragt die Großmutter und reicht ihr einen Schlüsselbund.

»Ja, auf jeden Fall.«

Die Großmutter wirft einen raschen Blick zur Tür.

»Sie versuchen, es mir wegzunehmen.«

»Wie meinst du das?«

»Das Haus«, flüstert die Großmutter, jedes Wort scheint sie große Anstrengung zu kosten. »Du musst darauf aufpassen, bis ich zurückkomme.«

»Ich glaube nicht, dass jemand es dir wegnehmen möchte.«

»Wenn du dort wohnst, können sie nichts machen«, fährt die Großmutter fort, als hätte sie sie nicht gehört.

Rebecka schiebt es auf eine leichte Verwirrtheit infolge der Operation und nickt.

»Mach dir keine Sorgen, ich kümmere mich darum.«

Eigentlich hat sie vorgehabt, nur ein paar Nächte zu bleiben, und bereits ein Hotelzimmer unterhalb des mittelalterlichen Turms Kärnan gebucht, aber wenn es ihrer Großmutter lieber ist, wird sie natürlich in deren Haus übernachten.

Als die Schwester wieder ins Zimmer kommt, führt Anna einen Finger zum Mund, als wäre das, was sie ihr gesagt hat, ein Geheimnis.

»Alles in Ordnung bei Ihnen?«, fragt die Schwester kurz angebunden.

Anna schließt die Augen, ihre dünnen Lider zucken.

»Müde.«

»Sie muss sich ausruhen«, stellt die Krankenschwester fest.

Rebecka legt eine Hand auf die Wange ihrer Großmutter.

»Okay, dann gehe ich jetzt. Bis morgen.«

Sie nickt zum Abschied, dann verstaut sie den Schlüsselbund, den die Großmutter ihr gegeben hat, in der Jackentasche und geht hinaus. An der Rezeption fragt sie, wie lange ungefähr ihre Großmutter noch im Krankenhaus bleiben muss. Die Schwester hinter dem Tresen antwortet, sie könne nach Hause, sobald sie wieder fit genug wäre, und dass man normalerweise mit einer Woche rechnen müsse.

Länger also, als Rebecka eigentlich bleiben wollte, aber wenn die Großmutter sie braucht, wird es sich sicherlich irgendwie einrichten lassen. Sie hat noch jede Menge Resturlaub, ihre beste Freundin und Kollegin Nelly hat versprochen, ihren Kunden zu helfen, falls etwas sein sollte, und das AT-Projekt hat sie zur Prüfung eingereicht, sodass sie ohnehin nicht daran weiterarbeiten kann, bevor sie das Material wieder zurückbekommen hat. Es würde sich besser anfühlen, zu wissen, dass die Großmutter zu Hause wieder allein zurechtkommt, bevor sie nach Stockholm zurückkehrt. Und so, wie die Situation auf der Arbeit gerade ist, kann sie sich nicht vorstellen, dass ihre Abteilungsleiterin Birgitta etwas dagegen hat, wenn sie ein paar Tage länger bleibt.

2

Das Häuschen der Großmutter liegt südlich von Helsingborg auf einem Hügel, der von Hängebirken umgeben ist. Auf den ersten Blick sieht es aus wie immer, doch je näher Rebecka kommt, desto beunruhigter ist sie.

Der normalerweise so gepflegte Garten ist völlig verwildert. Gelbe Büschel von Gras aus dem vergangenen Jahr stehen noch immer herum und struppiges Gebüsch hat sich entlang der Hauswände ausgebreitet. Außerdem sind mehrere Dachpfannen heruntergefallen, und als Rebecka noch näher kommt, sieht sie, dass sich die Dachpappe am Vordach gelöst und das Holz darunter Feuchtigkeitsflecken bekommen hat. Erschöpft stellt sie ihren Koffer ab. Wie kann es sein, dass ein Haus innerhalb weniger Jahre derart verfällt?

Sie geht zum Zaun, an dem so viele Latten fehlen, dass er wie ein zahnloser Mund aussieht, und tippt mit dem Finger den schiefhängenden Briefkasten an. Der Deckel quietscht, als sie ihn öffnet.

Rebecka wischt sich den Rost von den Fingern und leert den Briefkasten, hält aber auf dem Weg zur Haustür noch einmal inne. Soll sie da wirklich reingehen? Das Haus sieht so vernachlässigt aus, als würde es jederzeit einstürzen. Hat ihre Großmutter sie deshalb gebeten, sich darum zu kümmern? Glaubt sie, Rebecka könne es retten?

Die Farbe an den geschnitzten Verzierungen, auf die die Großmutter immer so stolz war, ist abgeblättert, und auf einer der Bänke liegt ein Haufen Gerümpel. Vorsichtig betritt Rebecka den Vorbau, um zu prüfen, ob die Dielen noch ganz sind. Das Holz knarrt unter ihren Füßen, scheint aber zu halten, und sie zieht den Schlüsselbund heraus, findet rasch den richtigen Schlüssel und steckt ihn ins Schloss. Die Tür öffnet sich, und ein feuchter, muffiger Geruch schlägt ihr entgegen.

Bevor sie eintritt, holt Rebecka tief Luft. Im Flur hängen Großmutters Mäntel wie gewohnt an der Garderobe unter der Hutablage, doch der Boden ist mit Zeitungspapier bedeckt. Rebecka behält die Schuhe an und geht weiter in die Küche, die einen unaufgeräumten Eindruck macht. Das Abtropfgestell ist leer, aber im Spülbecken türmt sich schmutziges Geschirr. Auf einem Schneidebrett liegt ein halbes Brot, eingeschlagen in Plastik, und im Fenster dahinter ein schwarzer Streifen toter Fliegen.

Rebecka zieht ihren Verlobungsring vom Finger und legt ihn in einen kleinen Zinnbecher, dann krempelt sie die Ärmel hoch, lässt Wasser in das Becken laufen und beginnt mit dem Abwasch. Anschließend nimmt sie die Schüssel mit vergessenem Obst und leert sie in den Mülleimer. Die Bananen sind durch und durch braun und die Apfelsinen haben grüne Schimmelflecken, sie müssen schon deutlich länger dort liegen als seit dem Tag, an dem ihre Großmutter ins Krankenhaus gebracht worden ist.

Am Küchentisch ist Annas Stuhl herausgezogen. Es sieht aus, als wäre sie nur kurz aufgestanden, um etwas zu holen, und auf dem Tisch liegen ein Bleistift, ein Kreuzworträtselheft und die Brille sowie mehrere Tablettenschachteln.

In ihrem derzeitigen Gesundheitszustand kann ihre Großmutter unmöglich allein hier wohnen. Warum bloß hat sich niemand gemeldet? Rebecka weiß, dass sie als Kontaktperson in den Formularen steht, aber niemand vom Pflegedienst hat sie angerufen. Hätten sie ihr nicht mitteilen müssen, dass ihre Großmutter so hinfällig geworden ist?

Sie nimmt die halbvolle Kaffeekanne und spült sie aus, bevor sie neuen Kaffee aufsetzt, damit der Duft den unangenehmen Geruch im Haus übertönt.

Der Kühlschrank ist leer, bis auf eine halbe Tube Mayonnaise, ein paar verschrumpelte Möhren, einen trockenen Käsekanten sowie eine Flasche Johannisbeersirup, und in der Speisekammer gibt es lediglich eine Packung Makkaroni, etwas Knäckebrot, ein paar Konservendosen und drei verstaubte Weinflaschen, die schon mit Geschenkbändern versehen sind und unglaublich traurig aussehen, wie ein Relikt aus einer anderen Zeit, in der ihre Großmutter noch ausgegangen ist.

Einen Moment lang überlegt Rebecka, ob sie die Weinflaschen verstecken soll, dann schiebt sich ein anderer Gedanke dazwischen. Warum hat ihre Großmutter so wenig Essen im Haus? Früher war ihr Kühlschrank doch immer voll. Genügen ihr die Mahlzeiten, die der Pflegedienst ihr bringt, tatsächlich? Rebecka seufzt. Sie hat gedacht, sie bräuchte nur die Pelargonien zu gießen, und nun stellt sich heraus, dass ihre Großmutter wirklich Hilfe braucht. Hier muss einiges getan werden, und das wird auf jeden Fall einfacher, wenn sie auch hier im Haus übernachtet. Dann muss sie aber noch einmal mit dem Bus in die Stadt, um einzukaufen. Und sie muss das Haus irgendwie warm bekommen; es ist drinnen fast kälter als draußen.

Rebecka inspiziert den Kamin im Wohnzimmer. Davor steht ein Korb mit Feuerholz. Sie öffnet die Klappe und legt ein paar Scheite auf einen Haufen Kleinholz und einen Milchkarton voll Zeitungspapier, Großmutters Spezialtrick, um ein Feuer zu entfachen.

Es dauert eine Weile, bis das Feuer wärmt, und Rebecka vertreibt sich die Zeit mit einer Hausbesichtigung. Der Boden im Wohnzimmer ist von Nippes und halbvollen Kartons übersät. Es sieht aus, als wäre ihre Großmutter gerade dabei gewesen, all ihre Sachen durchzusehen und sie in Kisten zu packen, doch die Bücherregale an den Wänden sind noch wohlgefüllt und in der Mitte des Zimmers steht das rosa Samtsofa. Auf dem hat Rebecka immer geschlafen, wenn sie als Kind ihre Oma besucht hat. Die Wochenenden verbrachte sie damals häufig bei ihr. Dieses Haus war ihre Freistatt, hier durfte sie tun und lassen, was sie wollte – spielen, backen, Quatsch machen und hausgemachtes Essen essen. Die Großmutter hatte alle Zeit der Welt. Nie fand sie, Rebecka würde stören, und ein paar Jahre später, als es ihr richtig schlecht ging und sie überhaupt nicht mehr mit ihrer Mutter zurechtkam, zog Rebecka in Björkbacken ein und bekam ein eigenes Feldbett in der hintersten Ecke des Wohnzimmers.

Das kleine Schlafzimmer der Großmutter ist ebenfalls mit Dingen vollgestopft. Ein Berg Klamotten liegt auf dem Bett, und auch hier stapeln sich die Kartons. Beinahe erweckt es den Eindruck, als habe ihre Großmutter Umzugskisten gepackt. Wenn sie aber vorhat, das Haus zu verlassen, warum hat sie Rebecka dann nichts davon gesagt? Rebecka muss an die Worte ihrer Großmutter im Krankenhaus denken, jemand versuche, ihr das Haus wegzunehmen. Kann es sein, dass der Pflegedienst ihr nahegelegt hat, in ein Heim zu ziehen? Hat sie deshalb überall Kisten herumstehen?

Ein Karton blockiert den Eingang zum Schlafzimmer, und Rebecka schiebt ihn beiseite. Wie auch immer es weitergeht, hier muss erst mal jemand aufräumen. Wenn die Großmutter nach ihrem Krankenhausaufenthalt zurück in ihr Haus möchte, dann soll sie das auch können. Bestimmt wäre es möglich, es besser an ihre veränderten Bedürfnisse anzupassen und ein paar Veränderungen vorzunehmen.

Rebecka fährt mit dem Finger über ein Regalbrett und betrachtet anschließend den Staub, der sich auf der Kuppe gesammelt hat. Sie wird ohnehin die nächsten Tage hier festsitzen, da kann sie ebenso gut das Haus auf Vordermann bringen. Sie ist schon immer handwerklich geschickt gewesen, ein paar Dachpfannen wiedereinzudecken dürfte also kein Problem sein. Und auch das Vordach zu richten, müsste sie schaffen. Wenn sie jetzt hier wohnt, wäre es wahrscheinlich am besten, wenn sie sich ein Auto mietet, dann kann sie auch Material im Baumarkt besorgen und ein paar Fuhren zur Müllkippe fahren. Doch zuallererst muss sie saubermachen. Das Haus hat einen Großputz bitter nötig.

Von weitem sind hämmernde Geräusche zu hören, und Rebecka schaut aus dem Fenster. Der nächste Nachbar ist ein Bauernhof ein paar hundert Meter entfernt. Sie muss an Gerda denken, die ihn betreibt. Sie ist immer mit ihrer Großmutter befreundet gewesen. Vielleicht weiß sie mehr darüber, was in letzter Zeit passiert ist?

Der Nachbarhof ist groß und besteht aus einem stattlichen Wohnhaus aus der Zeit der Jahrhundertwende mit verglaster Veranda sowie einem neu gebauten und einem älteren Stall. Rebecka muss an die vielen Male denken, die sie und Großmutter bei Gerda zu Besuch waren. Sie erinnert sich an den Duft nach Frischgebackenem, an die geölten Holzfußböden, die Kachelöfen und die großzügige Küche mit dem schmiedeeisernen Holzofen, auf dem immer das Teewasser erhitzt wurde. Doch etwas stimmt nicht mit dem Hof. Er wirkt nicht so gepflegt wie sonst. In den Fenstern stehen keine Blumen und kein Nippes mehr, und die wenigen Pflanztöpfe, die noch auf der breiten Treppe stehen, gähnen leer.

Das metallische Hämmern kommt aus dem Stall.

»Hallo?«, ruft Rebecka halbherzig. Keine Antwort. Sie folgt dem Hämmern, doch erst als sie um die Ecke biegt, entdeckt sie ihn. Einen Mann in ihrem Alter vor einem riesigen Traktor, an dem er herumwerkelt. Obwohl es kühl ist, trägt er lediglich Jeans und ein schmutziges weißes T-Shirt, das eng am Rücken anliegt. Seine Haut ist sonnengebräunt, und Rebecka erkennt eine Tätowierung, die unter dem Ärmel hervorschaut.

»Entschuldigung.« Sie räuspert sich.

»Ja?«

»Ich heiße Rebecka«, sagt sie freundlich.

»Arvid. Sie haben die Abfahrt verpasst«, antwortet er, ohne sie anzusehen. »Sie müssen ein paar Kilometer zurückfahren.«

»Ich habe keine Abfahrt verpasst.«

Arvid dreht den Kopf und sieht sie an. Sein prüfender Blick lässt sie spüren, wie fehl am Platz sie mit ihrem Jackett, dem knielangen Rock und den Samtboots mit Absatz auf ihn wirken muss.

»Okay. Dann will ich halt nichts kaufen.«

Als er sich wegdreht, durchfährt es sie heiß. Warum muss er so unfreundlich sein? Rebecka tritt einen weiteren Schritt vor und fragt etwas lauter: »Ist Gerda zu Hause?«

»Sie wohnt nicht mehr hier.«

Typisch, denkt Rebecka. Warum musste sie ihren Hof nur an so einen Stiesel verkaufen?

»Ich bin die Enkelin Ihrer Nachbarin. Sie wissen schon, Anna, die in dem Häuschen da hinten wohnt.«

»Soso. Dann richten Sie ihr doch aus, dass sie besser auf ihre Katze aufpassen soll.«

»Welche Katze?«

Arvid seufzt und legt den Schraubenschlüssel beiseite. Sein Gesicht ist ölverschmiert und er blickt sie so intensiv an, dass es Rebecka durch und durch spürt. Überrascht verdrängt sie dieses Gefühl. Arvid ist nun wirklich nicht ihr Typ.

»Diese zerrupfte, gestreifte Kreatur, die immer hier herumstrolcht. Sie macht mich und Mandy noch wahnsinnig«, erklärt er.

Na prima, denkt Rebecka. Unfreundlich und verheiratet. Glückwunsch, Mandy.

»Ich schau mal, was ich tun kann. Eigentlich wollte ich nur vorbeischauen und Hallo sagen.«

»Okay. Kann ich jetzt weitermachen, oder stört Sie mein

Hämmern? Sie wollten vielleicht meditieren oder Yoga machen?«

Rebecka starrt ihn an. Sie begreift einfach nicht, warum er so grob sein muss.

»Nein, überhaupt nicht. Ich werde in den nächsten Tagen wahrscheinlich selbst eine Menge Lärm machen.«

»Aha«, schnaubt er. »Wollen Sie versuchen, die Bruchbude zu renovieren, oder was?«

»Was geht Sie das an?«

»Nichts. Ich bin nur diese ganzen Städter leid, die glauben, das Landleben wäre ein Traum und würde bei der Selbstfindung helfen.«

»Was meinen Sie damit?«

Er deutet auf ein anderes Haus ein paar hundert Meter entfernt.

»Das da sollte ein Bed & Breakfast werden. Und da hinten«, er nickt Richtung Waldrand, »haben Sie ein Yogastudio eröffnet. Die Käufer machten richtig viel Wind darum. Der ganze Ort sollte mitmachen. Sie erwarteten, dass wir alle mit allem Möglichen aushalfen, Werkzeug ausleihen, Bauholz fahren, und auf keinen Fall durften wir frühmorgens laut sein. Und dann, nach ein paar Wochen, verschwanden sie wortlos.«

»Schade«, sagt Rebecka und hebt die Augenbrauen, »aber ich bin nur hier, um meiner Oma zu helfen, die gerade im Krankenhaus liegt. Ich dachte, es wäre vielleicht nett, mich kurz vorzustellen, aber anscheinend sind Sie beschäftigt.«

»Jepp«, antwortet er und klopft wieder an seinem Traktor herum. »Das stimmt. Ich bin sehr beschäftigt.«

Rebecka wirft ihm einen langen Blick zu, dann geht sie.

Den Rest des Tages verbringt Rebecka mit Organisation. Sie storniert das Hotelzimmer, nimmt den Bus in die Stadt, mietet einen kleinen roten Fiat und fährt zum Großmarkt, um Lebensmittel und Putzgerätschaften einzukaufen. Wieder zu Hause, sucht sie sich eine Decke und saubere Bettwäsche heraus und macht sich ihr Bett auf Großmutters altem Sofa. Doch obwohl sie reichlich zu tun hat, kann sie nicht aufhören, an den unfreundlichen Typen zu denken, der Gerdas Hof übernommen hat. Was gibt ihm das Recht, sich so zu benehmen, wenn sie einfach nur vorbeikommt, um Hallo zu sagen?

Rebecka überprüft, ob die Haustür abgeschlossen ist, dann kehrt sie ins Wohnzimmer zurück. Der neue Nachbar ist vermutlich ein Eigenbrötler. Sie legt ein paar weitere Holzscheite in den Kamin, dann kriecht sie unter die Decke. Aber nur weil er so verbittert ist, wird sie sich ihre Laune nicht verderben lassen. Sie wird das Häuschen so wiederherrichten, dass ihre Großmutter sich darin wohlfühlen kann, wenn sie wieder aus dem Krankenhaus kommt. Und mit ein bisschen Glück, denkt Rebecka und schneidet eine Grimasse, braucht sie nie wieder etwas mit diesem Arvid zu tun zu haben.

3

Rebecka wird von Sonnenstrahlen geweckt, die durch den Spalt zwischen den Vorhängen fallen. Sie hat schlecht geschlafen und ist zwischendurch mehrfach von einem kratzenden Geräusch und vom Heulen des Windes im Schornstein aufgewacht. Einmal dachte sie auch, sie hätte Mäuse gehört, doch da sowohl das Brot als auch das Obst bei ihrer Ankunft nicht angefressen gewesen waren, beruhigt sie sich wieder.

Schlaftrunken setzt sie sich auf. In den frühen Morgenstunden ist es im Haus noch kälter geworden, und Rebecka wickelt sich in eine Wolldecke, bevor sie in die Küche geht, um Kaffee zu kochen. Als sie sich an die Anrichte lehnt und den Brotkasten öffnet, um das frischgekaufte Brot herauszuholen, springt eine Katze draußen auf das Fensterbrett.

Rebecka zuckt zusammen. »Hast du mich aber erschreckt!«

Die Katze maunzt. Ihr graugetigertes Fell ist feucht und sie wirkt so klein und mager, dass Rebecka überlegt, ob es sich vielleicht um ein Katzenjunges handelt.

»Was willst du?«, murmelt sie. Dann fällt ihr ein, was Arvid zu ihr gesagt hat. Kann es sein, dass ihre Großmutter sich eine Katze zugelegt hat, ohne ihr davon zu erzählen? Und dass diese in der Nacht so einen Lärm gemacht hat?

Sie geht in die Speisekammer und findet ganz hinten drei Dosen Katzenfutter. Als sie die Haustür öffnet und hinaustritt, bemerkt sie zwei Fressnäpfe, die halb verborgen neben der Treppe stehen.

Die Katze springt vom Fensterbrett und nähert sich ihr vorsichtig.

»Hast du Hunger?«

Als die Katze die Treppe heraufkommt, schließt Rebecka schnell die Tür.

»Rein kommst du mir aber nicht, du machst nur alles schmutzig«, warnt sie das Tier.

Die Katze setzt sich ein Stück entfernt von ihr nieder und wartet, während Rebecka die Dose in eine der Schüsseln leert. Erst als sie auch das Wasser aufgefüllt und sich wieder in die Küche zurückgezogen hat, wagt die Katze sich vor, und durchs Fenster beobachtet Rebecka sie beim Fressen.

Sie frühstückt ein wenig und duscht kurz, bevor sie sich ans Aufräumen macht. Alles, was herumsteht, muss in die Kartons, die Rebecka anschließend beschriftet. Dann stapelt sie sie an der Wand entlang auf.

Drei Stunden später hat sie das meiste verstaut und holt den alten Staubsauger aus der Kammer. Sie saugt alle Räume, hebt sich den Flur jedoch für später auf und lässt das Zeitungspapier erst mal liegen. Dann nimmt sie alle Teppiche mit nach draußen, klopft sie kräftig aus und wischt die Böden. Das Wasser im Eimer wird vollkommen schwarz und sie muss den Vorgang mehrfach wiederholen, bis der eingetrocknete Schmutz endlich weg ist und das Haus nach Seife duftet.

»So«, sagt sie zu der getigerten Katze, die sich wieder vors Fenster gesetzt hat. »Jetzt ist es wieder gemütlich hier drinnen.«

Die Katze wirft ihr einen gleichgültigen Blick zu und putzt sich mit den Pfoten das Gesicht.

Rebecka nimmt einen Haufen Kleider, der auf einem Sessel gelegen hat, und trägt ihn ins Schlafzimmer. Sie hätte nicht gedacht, dass es so schnell gehen würde, das Haus zu putzen. Vielleicht sollte sie gleich auch noch mit den Reparaturen beginnen. Sobald sie vom Besuch im Krankenhaus zurück ist, wird sie das in Angriff nehmen.

Während sie die Kleidungsstücke auf Bügel zieht, um sie in den Schlafzimmerschrank hängen zu können, fällt ihr Blick auf den schmalen Bücherschrank, der in einer Ecke steht. Es ist ein schönes Stück aus Holz mit verschnörkelten Verzierungen auf der Tür. Rebecka erinnert sich, wie neugierig dieser Schrank sie immer gemacht hat und dass die Großmutter ihn stets verschlossen hielt. Jetzt aber steht die Tür einen Spaltbreit offen.

Langsam geht sie hinüber und greift nach dem kupfergoldenen Schlüssel. Das Metall fühlt sich kalt an, und Rebecka überlegt, ob es unrecht von ihr ist, nachzusehen, was in dem Schrank ist. Immerhin ist er nicht länger abgeschlossen, und sie versucht ja nur, ihrer Großmutter dabei zu helfen, ihre Sachen zu sortieren.

Sie öffnet die Tür ganz, die Scharniere knarren laut. Auf dem obersten Bord liegt ein Stapel weißen Leinzeugs, und darunter steht eine Büchersammlung. Rebecka greift ein abgegriffenes Exemplar von Hemingways *In einem anderen Land* heraus, das zwischen *Zimmer mit Aussicht* und *Vom Winde verweht* steht.

Sie streichelt den glatten Einband und lächelt. Ihre Großmutter hat Bücher immer schon geliebt. Als Rebecka klein war, haben sie oft zusammen gelesen. Großmutter hat sie in neue Welten entführt – mit dem *Dschungelbuch* nahm sie sie mit in die Wälder Indiens und mit *Mio, mein Mio* in das Land Außerhalb sowie ins phantastische *Narnia*. Großmutter sprach über Bücher wie über kostbare Schätze, und so wundert es Rebecka kein bisschen, dass sie ein paar ihrer Lieblingswerke eingeschlossen hat.

Ihr Blick wandert nach unten und sie entdeckt eine große runde Schachtel aus blassblauem Karton mit weißen Streifen. Rebecka zieht sie heraus und öffnet den Deckel. Drinnen findet sie eine rostige alte Blechdose, auf der Biscotti steht, ein Taschentuch sowie ein ledergebundenes Tagebuch. Behutsam blättert sie darin und stellt fest, dass die Aufzeichnungen von Mai bis November 1943 reichen. Als sie die Blechdose öffnet, fallen ein Bündel Briefe sowie ein Foto heraus.

Rebecka geht ans Fenster, um das Foto besser betrachten zu können. Es ist schwarzweiß und körnig, und ein schlanker junger Mann ist darauf zu sehen. Obwohl er aussieht, als wäre er noch keine achtzehn, trägt er einen Anzug mit Nadelstreifen und ein Hemd mit spitzen Kragenenden. Sein Haar ist zurückgekämmt und er posiert stolz vor einem Brunnen mitten auf einem Platz.

Rebecka schaut es sich genauer an. Sie erkennt weder den Ort noch den Mann, überlegt aber, ob es ihr Großvater sein könnte. Er hieß Axel und starb vor ihrer Geburt, und sie hat nur wenige Fotos von ihm gesehen, meint aber, ihn wiederzuerkennen.

Sie steckt das Foto in ihre Handtasche und schiebt dann die

Schachtel zurück in den Schrank. Sie kennt nur sehr wenige Fotografien ihrer Verwandten und beschließt, ihre Großmutter zu fragen, wer der Mann auf dem Foto ist.

Im Krankenhaus kommt es ihr vor, als wäre seit ihrem gestrigen Besuch keine Sekunde vergangen. Großmutters Zimmer sieht aus, wie Rebecka sich einen Operationssaal vorstellt. Die Wände sind kahl, das Bett hat Metallrollen, damit man es leichter rangieren kann, und es gibt eine Wandtafel voller Knöpfe und Steckdosen. Der Besucherstuhl steht noch immer neben dem Bett und auf dem Nachttisch ein halbvolles Wasserglas. Ansonsten ist das Zimmer leer.

Die runde Deckenlampe verbreitet grelles Licht, und die Großmutter liegt noch immer mit über das Kissen gebreitetem Haar im Bett, dennoch kommt sie Rebecka schon ein bisschen munterer vor.

»Hallo.« Rebecka packt die Schale Weintrauben aus, die sie unterwegs besorgt hat, und stellt sie neben das Wasserglas. »Wie geht es dir?«

»Besser.«

»Das ist schön. Konntest du schlafen?«

Die Großmutter nickt, und Rebecka nimmt ihre Hand.

»Ich habe bei dir zu Hause einen Großputz gemacht. Alles, was herumlag, ist in Kartons verpackt, ich habe gestaubsaugt und gewischt. Du wirst sehen, wie schön es geworden ist.«

»Danke«, sagt die Großmutter leise.

»Mal sehen, wie viel ich noch schaffe, bevor du wieder nach Hause kommst. Vielleicht streiche ich sogar die Wände.«

»Du bist so gut zu mir.«

»Das ist doch selbstverständlich. Wozu hat man Enkelkinder?«

Rebecka setzt sich auf den Stuhl. Sie überlegt, ob sie fragen soll, was mit Gerda passiert ist, will aber nicht riskieren, ihre Großmutter traurig zu machen, und zieht stattdessen das Foto heraus.

»Das hier habe ich in einem Schrank gefunden«, sagt sie und hält es ihr hin. »Ist das Opa?«

Großmutters Lächeln verschwindet sofort. »Nein, du kennst ihn nicht«, sagt sie schnell.

»Wer ist es denn? Du hast kaum Fotos, deshalb macht es mich neugierig, wenn ich dann doch mal eins finde.«

»Du kennst ihn nicht«, wiederholt die Großmutter, »und ich möchte nicht darüber reden.«

Überrascht von ihrer Reaktion steckt Rebecka das Foto wieder ein.

»Okay«, sagt sie verlegen. »Heute früh ist übrigens eine Katze vor dem Haus aufgetaucht. Ist das deine?«

»Ach, die ... Die gehört niemandem«, sagt die Großmutter, und Rebecka sieht, wie es um ihre Mundwinkel zuckt.

»Aber du fütterst sie?«

Die Großmutter nickt. »Kannst du das übernehmen, solange ich hier bin?«, bittet sie.

»Ja, natürlich. Hat sie einen Namen?«

»Ich nenne sie Scarlett.«

»Scarlett. Das passt zu einer Wildkatze«, sagt Rebecka.

»Ich habe übrigens eine Krankenschwester gefragt und sie meinte, du könntest in einer Woche ungefähr wieder nach Hause.«

»Das klingt gut.«

»Und dann ist das Häuschen tipptopp, das verspreche ich dir«, sagt Rebecka energisch. »Wenn du dich besser fühlst, können wir vielleicht auch mal überlegen, welche Veränderungen vorgenommen werden müssten, um das Verletzungsrisiko für dich zu minimieren. Ich fahre gleich noch in den Baumarkt, da wollte ich schon mal nach diesen Griffen schauen, die man in der Dusche an der Wand anbringen kann. Dagegen hast du doch nichts?«

Ihre Großmutter schließt die Augen. »Nein, nein«, murmelt sie.

Rebecka mustert sie schweigend. Wieder bereut sie, dass sie nicht öfter nach Hause gekommen ist. In den letzten Jahren hat sie wahnsinnig viel gearbeitet, aber das erscheint ihr jetzt als leere Entschuldigung.

Plötzlich brennt und juckt die Haut an ihren Unterarmen, und sie fährt mit den Fingern darüber. Denkt an die vielen Male, die ihre Großmutter sie gerettet hat, wenn sie völlig betrunken auf irgendeinem Sofa lag oder eingeschlossen auf einer Toilette Rotz und Wasser heulte. Wie der Alkohol damals oft ihre Gefühle betäubt, aber gleichzeitig dazu geführt hatte, dass sie sich selbst verlor.

Nach den chaotischen Teenie-Jahren hatte Rebecka keine großen Hoffnungen auf eine Zukunft, aber mit Hilfe ihrer Großmutter hatte sie es geschafft, sich im letzten Gymnasialjahr zusammenzureißen. Anschließend hat sie sich auf gut Glück für verschiedene Ausbildungen beworben und wurde zu ihrer Freude und Überraschung zu einem Wirtschaftsstudiengang an der Stockholmer Uni zugelassen. Dass es so gekommen ist, erscheint Rebecka nach wie vor als glückliche Fügung, denn dort entdeckte sie ihr Talent für Zahlen, und je besser es lief, desto ehrgeiziger wurde sie. Als sie nach ihrem Bachelor einen Job als Assistent Manager in einer der angesehensten Buchhaltungsfirmen Schwedens bekam, war es nur selbstverständlich, dass sie alles daransetzte, sich immer weiter hochzuarbeiten.

Jetzt aber wird ihr klar, dass ihre Großmutter sie gebraucht hätte. Sie hätte ihr ebenso helfen müssen, wie Großmutter damals ihr geholfen hat, als alles so schwierig war. Zumindest hätte sie sich die Zeit nehmen müssen, sie ab und zu zu besuchen. Das Telefonieren hat anscheinend nicht genügt. Die Großmutter ist dabei, sich von ihr zu entfernen, und diese Einsicht schnürt Rebecka die Kehle zu. Wie soll sie sich an den Gedanken gewöhnen, dass ihre Oma nicht ewig leben wird? Sie, die immer so stark war, die als feste Konstante immer da gewesen ist. Rebecka wagt sich kaum vorzustellen, wie es wäre, sie zu verlieren. Sie nimmt die gesunde Hand ihrer Großmutter und streichelt sie. Die Finger wirken zerbrechlich, doch die Haut ist beruhigend warm.

Anna scheint eingeschlafen zu sein, und Rebecka steht auf. Sie will sich gerade aus dem Zimmer schleichen, als die Großmutter die Augen öffnet.

»Er heißt Luca«, flüstert sie kaum hörbar. »Luca Cavalli. Ich kannte ihn, als ich ein junges Mädchen war.«

Rebecka rückt ihren Stuhl wieder näher ans Bett und setzt sich. In ihrer Familie ist nie viel über die Vergangenheit geredet worden, und sie weiß so gut wie nichts über die Kindheit ihrer Großmutter.

»Wart ihr befreundet?«

»Ja, das kann man so sagen.«

»Wo habt ihr euch kennengelernt?«

Die Großmutter tastet nach dem Wasserglas und Rebecka reicht es ihr, damit sie trinken kann. Ihre Lippen sind aufgesprungen, und Rebecka nimmt sich vor, beim nächsten Besuch Lippenbalsam mitzubringen.

»In Glumslöv, etwa fünfzehn Kilometer von hier«, sagt die Großmutter. »Ich war neunzehn.«

»Warum hast du nie etwas davon erzählt?«

Die Großmutter schwieg einen Moment.

»Weil ich etwas getan habe, was ich nicht hätte tun dürfen, etwas Schreckliches, und dann …« Sie scheint noch mehr sagen zu wollen, überlegt es sich aber offenbar anders. Mit zittrigen Fingern fasst sie sich an die Stirn. »Ich kann jetzt nicht darüber reden.«

»Ist gut, kein Problem, wir können uns über etwas anderes unterhalten«, sagt Rebecka und bemüht sich um einen heiteren Tonfall, obwohl ihre Großmutter so aufgewühlt wirkt. Es war nicht ihre Absicht, sie aufzuregen. »Vielleicht können wir schon mal Pläne für deine Rückkehr machen? Was soll ich einkaufen? Der Kühlschrank und die Gefriertruhe müssen dringend aufgefüllt werden.«

Die Großmutter kneift die Augen zusammen. Für einen Moment wirkt es, als hätte sie unglaubliche Schmerzen, dann entspannt sie sich wieder. Ihr Kopf sinkt aufs Kissen und sie atmet lange aus.

Rebecka wagt nicht, sich zu bewegen. Ganz still bleibt sie sitzen, bis sie sicher ist, dass ihre Großmutter wirklich eingeschlafen ist. Dann zieht sie das Federbett gerade und breitet die apricotfarbene Wolldecke darüber.

»Schlaf gut«, flüstert sie und geht hinaus.

Auf dem Weg zum Mietwagen muss sie immer wieder an das Foto des jungen Mannes denken, und sie versucht, sich ihre Großmutter als Neunzehnjährige vorzustellen. Ihr wird plötzlich bewusst, dass sie kaum etwas über das Leben ihrer Großmutter weiß, erinnert sich aber immerhin dunkel, dass sie erzählt hat, dass sie in Stockholm geboren sei. Wie aber ist sie dann in Schonen gelandet?

Zurück im Häuschen, mischt Rebecka sich ein Glas Johannisbeersirup mit Wasser, setzt sich an den Küchentisch und packt ihren Laptop aus. Sie öffnet eine neue Mail, setzt Birgitta als Empfängerin ein und starrt dann auf das leere Textfeld. Eigentlich würde sie ihr gern sagen, wie enttäuscht sie ist. Diese Stelle war für sie vorgesehen, und nun wird es mindestens ein Jahr dauern, bis wieder etwas im Senior-Management frei wird. Rebecka seufzt. Sie hätte gern den wirklichen Grund erfahren, warum Markus den Job bekommen hat, stattdessen schreibt sie, sie werde noch bis mindestens zum Wochenende in Schonen bleiben. Dann wiederholt sie noch einmal, was sie bereits besprochen haben, dass Birgitta sich auf jeden Fall bei ihr melden soll, wenn das AT-Projekt zurück ist. Nachdem sie die Nachricht abgeschickt hat, geht Rebecka ins Intranet der Firma und liest ein paar Nachrichten, kann sich jedoch nur schwer konzentrieren. Immer wieder wandern ihre Gedanken zu der Schwarzweißfotografie sowie zu all den anderen Dingen, die ihre Großmutter in ihrem Bücherschrank aufbewahrt.

Schließlich gibt sie es auf, packt ihren Laptop weg und geht in den Garten. Sie hofft, dass ein wenig physische Arbeit sie auf andere Gedanken bringt, doch sosehr sie sich auch bemüht, drängt sich ihr immer wieder das Foto auf. Sie sieht es vor sich, muss immer wieder an den lächelnden jungen Mann denken. Warum hat ihre Großmutter so heftig auf das Bild reagiert? Und warum hatte sie es im Schrank eingeschlossen?

4

AUGUST 1943

Das Gras ist feucht vom Morgentau, Wassertropfen bleiben an Annas Rock hängen, als sie über die Wiese rennt. Die Sonne ist eben erst aufgegangen, und obwohl sie warmes Licht verbreitet, ist die Luft immer noch rau von der Kälte der Nacht.

Anna läuft an dem Wäldchen vorbei, dessen Bäume im Morgenlicht unbeweglich dastehen. Eigentlich müsste sie kurz verschnaufen, aber sie will nicht riskieren, dass jemand sie einholt. Sie weiß nicht, wohin sie unterwegs ist, nur, dass sie wegmuss. Ihre Schuhe drücken, sie sind für diese Art Dauerlauf nicht gemacht, dennoch erlaubt sie sich keine Pause. Nicht einmal, als sie über einen Zaun setzt und ihr Kleid hängenbleibt, verlangsamt sie ihr Tempo. Ungeduldig reißt sie sich los, sodass der Stoff reißt.

Auf der Wiese dahinter stehen Schafe in kleinen Grüppchen zusammen. Sie blöken und bewegen sich ungelenk, knuffen und stoßen sich. Normalerweise wäre Anna stehen geblieben, um sie zu begrüßen, doch das Einzige, woran sie jetzt denken kann, ist, so weit wie nur möglich von Hillesgården wegzukommen.

Der letzte Hügel steigt steil an und sie läuft noch schneller. Endlich ist das Meer zu sehen. Wild und bewegt liegt es vor ihr, wie eine schützende Barriere gegen den Krieg in Dänemark und dem Rest Europas.

Erst als Anna die Steilküste erreicht, bleibt sie stehen. Sie hat solchen Schwung, dass Geröll über die Abbruchkante kollert, der harte Wind erhebt sich vor ihr wie eine Wand. Erschrocken starrt sie die Klippe hinab und greift nach einem Baumstamm. Es ist weit bis ganz unten, und der Anblick der Felsen auf dem Grund macht sie ganz schwindlig. Das Herz hämmert in ihrer Brust, sie spürt es bis in den Hals hinauf.

Vorsichtig streckt sie einen Fuß aus. Es würde schnell gehen, denkt sie. Den Schritt zu machen fühlt sich bestimmt schrecklich an, aber dann würde es nur wenige Sekunden dauern, bis alles vorbei wäre.

Anna hebt den Blick zum Horizont. Ein Fischerboot schaukelt draußen auf den Wellen. Darüber kreist eine Möwe, Anna folgt ihrem Flug, den ausgebreiteten Schwingen. Langsam schiebt sie sich weiter Richtung Kante. Sie ist jetzt kurz davor, ein einziger Fehltritt, und sie stürzt hinab. Entschlossen starrt sie auf die Steine hinunter. Drei Sekunden, mehr nicht, denkt sie. Nicht runterschauen. Schau auf den Vogel, wie frei er fliegt.

Eine weitere Böe zerrt an ihrem Rock. Anna schluckt. Sie ist so verzweifelt. Die Trauer hat ihre Krallen in sie geschlagen, es gibt keinen anderen Ausweg. Sie lässt den Baumstamm los und wankt. Möchte alles herausschreien, was ihr wehtut, schließt stattdessen jedoch die Augen.

Für einen kurzen Moment fühlt sie sich schwerelos. Sie spürt den Wind, wie er sie hochhebt. Ihre Arme sind ausgebreitet, doch ihr Körper weigert sich. Sie muss ihn vorwärtszwingen, alles wird besser, sie muss nur wagen, diesen Schritt zu tun.

Jetzt.

Im selben Augenblick packt jemand ihren Arm und reißt sie so heftig zurück, dass sie das Gleichgewicht verliert, zu Boden taumelt und sich an einem Stein stößt. Erschrocken starrt sie die Schürfwunde an ihrem Knöchel an, aus der Blutstropfen rinnen, dann wendet sie den Kopf. Ein junger Mann steht schräg hinter ihr. Sein zerschlissenes Hemd hat er sich in die geflickte Arbeitshose gesteckt. Er hebt seine schmutzigen Hände.

»Entschuldigung«, sagt er, »aber Sie wären sonst hinuntergestürzt.«

Anna weiß nicht, was sie sagen soll. Als sie versucht aufzustehen, streckt er die Hand aus, um ihr zu helfen. Sie ignoriert sie.

»Danke, das schaffe ich schon alleine.«

Der Mann nickt. Er hat dichtes dunkles Haar, olivfarbene Haut und muss ungefähr in ihrem Alter sein.

»Entschuldigung«, sagt er noch einmal, ohne sie aus den Augen zu lassen. »Ist alles in Ordnung mit Ihnen?«

»Ja«, antwortet sie kurz und wendet sich ab. »Und jetzt lassen Sie mich bitte in Ruhe.«

Er tritt einen Schritt zurück, macht jedoch keine Anstalten zu gehen, sie hört, wie sich seine Stimme verändert. »Ich gehe, wenn Sie gehen.«

»Nicht nötig. Ich komme schon zurecht.«

»Ich kann Sie hier nicht alleine lassen«, sagt er und zuckt mit den Schultern. »Sonst stürzen Sie vielleicht noch einmal.«

Er hat einen merkwürdigen Akzent. Anna überlegt kurz, woher er wohl kommen könnte, schiebt den Gedanken dann aber beiseite. Was passiert ist, ist für sie beide peinlich. Warum kann er nicht einfach gehen?

Schließlich gibt sie auf, dreht sich um und humpelt den Hügel hinunter. Der junge Mann folgt ihr, als wären sie gemeinsam unterwegs.

»Wie heißen Sie?«, fragt er.

»Was geht Sie das an?«

»Ich bin Luca Cavalli«, fährt er unbeirrt fort. »Sie können aber auch gerne Luca zu mir sagen.«

Anna bleibt stehen und atmet tief durch. Wie kommt dieser Kerl auf die Idee, sie würden sich gut genug kennen, um sich beim Vornamen zu nennen und zu duzen? Dann fällt ihr ein, dass es wahrscheinlich gar nicht klug wäre, wenn er erführe, aus welcher Familie sie stammt.

»Ich heiße Anna und mir geht es gut, du brauchst mir also nicht mehr hinterherzulaufen.«

Luca mustert sie. Er hat freundliche braune Augen und die Bartstoppeln bilden einen Schatten auf seinem Kinn.

»Du hast geweint«, sagt er. »Warum bist du unglücklich?«

»Bitte«, sagt sie. »Geh einfach.«

Doch Luca geht nicht. Stattdessen legt er eine Hand auf ihre Schulter, und obwohl es sich nicht schickt, lässt sie ihn gewähren.

»Erzähl mir, warum du traurig bist«, fordert er sie auf.

Anna schnaubt. Sie kennt diesen Mann nicht, sie hat keine Ahnung, wer er ist, aber etwas an seiner ruhigen Art besänftigt sie und nimmt ihr den Zorn. Als Luca keine Antwort erhält, bückt er sich.

»Darf ich mir die Wunde mal ansehen?«

Anna zögert. Sie wagt sich gar nicht auszumalen, was passieren würde, wenn jemand sie so mit einem fremden Mann sähe. Schließlich hebt sie ihren Rock ein wenig, und Luca umfasst ihre Ferse und hebt behutsam ihren Fuß.

»Das wird gut verheilen«, sagt er und nickt.

Anna weiß nicht, ob es an dem Schock über das Geschehene liegt oder an der Freundlichkeit des Fremden – plötzlich wird sie von allem überwältigt. Das Gespräch mit ihren Eltern, deren harte Worte. Das Gesicht ihres Vaters, als er vom Tisch aufstand … Sie zittert und entfernt sich schnell einen Schritt von Luca.

»Bist du sicher, dass ich dir nicht irgendwie helfen kann?«, fragt er.

»Nein, danke«, antwortet sie, doch er gibt sich noch immer nicht geschlagen.

»Hast du jemanden verloren? Ist es der Krieg?«

»Nein, das nicht«, murmelt sie und denkt, er würde es ohnehin nicht verstehen.

Luca lächelt schief. »Vielleicht hast du Hunger?«

»Nein.«

»Doch«, ruft er. »Du brauchst etwas zu essen. Essen hilft immer.«

Er zieht ein sauberes Taschentuch aus der Tasche und öffnet es. Darin liegen zwei Stücke Brot.

»Bitte«, sagt er und hält es ihr hin.

Anna blickt sich verlegen um. Eigentlich hat sie überhaupt keinen Hunger, aber sie fürchtet, dass er nicht aufgeben wird, und nimmt widerwillig eins der Brote entgegen.

Sie reißt ein kleines Stück ab und steckt es sich in den Mund. Er blickt sie intensiv an. Das Brot ist flach und weich und schmeckt nach etwas, das sie nicht identifizieren kann.

»Schmeckst du's?«, fragt er.

Anna schüttelt den Kopf.

»Ich weiß nicht, was das ist.«

»Oregano. Wir bauen ihn selber an.« Luca steckt das andere Stück Brot wieder in seine Tasche. »Komm«, sagt er und deutet auf das Wäldchen. »Ich will dir etwas zeigen.«

Anna zögert. Sie kennt den jungen Mann nicht und sollte auf keinen Fall mit ihm mitgehen, doch als er zwischen den Bäumen verschwindet, folgt sie ihm.

»Meine Mutter kocht Brotsuppe daraus«, erklärt Luca im Gehen. »Hast du schon mal italienische Brotsuppe gegessen? Eigentlich gehört Parmesan hinein, aber den bekommt man hier leider nicht. Wir haben es mit geriebenem schwedischem Käse probiert, das ist aber nicht dasselbe. Außerdem ist alles rationiert, da muss man mit dem Essen ohnehin erfinderisch sein.«

Anna stellt fest, dass er beim Sprechen gestikuliert. Obwohl sie sich heute zum ersten Mal sehen, kommt es ihr vor, als würden sie sich irgendwie kennen. Das empfindet sie normalerweise Fremden gegenüber nicht so.

Hinter einer großen Eiche bleibt Luca stehen und ruft nach ihr. Vorsichtig tritt Anna näher. Auf einer Lichtung einen Steinwurf entfernt steht ein Rehkitz neben seiner Mutter und knabbert an einem Strauch.

»Sie kommen jeden Morgen hierher«, flüstert Luca. »Schön, oder? Man kann nicht traurig sein, wenn man ein Rehbambino sieht.«

Anna nickt. Sie ist sich nicht sicher, ob ein Rehkitz wirklich den Kummer heilen kann, der sie bedrückt, aber Luca gibt sich wirklich Mühe, und aus irgendeinem Grund will sie ihn nicht enttäuschen.

Sie warten hinter der Eiche, bis die äsenden Tiere außer Sichtweite sind.

»Ich muss jetzt nach Hause«, sagt Anna und reibt sich den Arm. »Danke für das Brot.«

»Bitte. Ich kann dich begleiten, wenn du willst. Wohin musst du?«

»Hillesgården.«

»Arbeitest du da?«

Anna schüttelt den Kopf und schaut an sich herab. Der Rock ist schmutzig, sie hat ihn zerrissen, und Schuhe und Strümpfe sind lehmverkrustet. Ihre Mutter wird wütend werden, wenn sie sie so sieht.

»Nein, ich wohne dort.«

Etwas flackert in Lucas Augen auf. »Ach so«, sagt er. »Verstehe.«

»Es ist wohl besser, ich gehe allein.«

»Natürlich.«

Anna bewegt sich langsam. Als sie die Wiese erreicht, blickt sie sich um, um zu sehen, ob Luca noch da ist, doch er ist verschwunden.

Auf dem letzten Stück über das Anwesen tut ihr das verletzte Bein weh und sie stützt sich an der Hauswand ab. Sie fühlt sich geschlagen. Ihre Eltern haben ihr alles genommen. Und das Einzige, was ihr selbst dazu einfiel, war, davonzulaufen wie ein kleines Kind.

Nachdem sie sich in ihr Zimmer geschlichen hat, zerrt sie sich die schmutzigen Kleider vom Leib und kriecht ins Bett.

Über ihr die breiten Deckenbalken aus Walnussholz. Anna hasst dieses Haus. Früher haben sie und ihre Eltern immer nur ein paar Sommerwochen auf dem großen dunklen Familiengut verbracht, jetzt aber ist sie für unbestimmte Zeit hier gefangen. Solange der Krieg dauert, wird sie nicht nach Stockholm heimfahren.

Müdigkeit übermannt sie, und sie schließt die Augen. Bilder vom Meer ziehen vor ihrem inneren Auge vorbei, sie sieht die Wellen gegen die Felsen klatschen und spürt, wie ihr ein Schauer über den Rücken läuft. Sie denkt an ihre Eltern und bereut, was sie getan hat. Es war dumm von ihr, an so einen gefährlichen Ort zu gehen, als sie so außer sich war. Was, wenn sie wirklich hinabgestürzt wäre, was hätten die Eltern dann von ihr gedacht?

Sie wischt sich eine Träne aus dem Augenwinkel. Die Mutter wirft ihr immer vor, zu impulsiv und heißblütig zu sein, doch was soll sie tun, wenn ihre Gefühle so stark in ihr hochkochen? Manchmal drehen ihre Gedanken sich so schnell, dass Anna das Gefühl hat, sie müsse explodieren. Den ganzen Sommer hat sie sich darauf gefreut, nach Hause zu fahren. Alles, was sie liebt, ist in Stockholm. Sie hat keine Freunde in Glumslöv, und sie wird ihren Platz in der Krankenschwesterausbildung verlieren, wenn sie hierbleibt. Doch was spielt das für eine Rolle, ihr Vater meint, sie würde die Arbeit ohnehin nicht schaffen. Der Beruf passe nicht zu ihr, hat er am Abendbrottisch festgestellt.

Anna kneift die Augen zusammen. Sie weiß, dass ihr Vater sie immer verhätschelt hat. Dass er glaubt, sie würde nichts aushalten. Und der Krieg hat es noch schlimmer gemacht. Davor war immer geplant, dass Anna nach Florenz gehen und einen Sprachkurs machen würde. Im Anschluss sollte sie bei Freunden der Familie bleiben, die dort wohnen. Sie sollte Italienisch lernen und klassische Kunst kennenlernen, genau wie ihr Bruder. Doch das ist jetzt auf unbestimmte Zeit verschoben.

Anna rollt sich zusammen und zieht die Decke über sich. Wenn sie nur die Chance bekäme, würde sie ihnen schon beweisen, dass sie alleine zurechtkommt. Sie sehnt sich danach, etwas Sinnvolles zu tun, Verwundete zu pflegen wie Catherine Barkley in Hemingways *In einem anderen Land*. Als Krankenschwester hätte sie eine wichtige Funktion in der Gesellschaft, sie wäre wichtig. Doch sosehr sie sich auch wünscht, dass sich alles klärt, ist es längst zu spät. Die Ausbildung beginnt bereits übermorgen, und sie sitzt hier fest, mehr als fünfhundert Kilometer von der Hauptstadt entfernt.

5

Die heruntergefallenen Dachziegel wieder zu befestigen gelingt schneller als gedacht, und anschließend geht Rebecka einmal ums Haus, um zu schauen, was sonst noch zu tun ist. Sie legt prüfend eine Hand an die grüne Fassade und stellt fest, dass das Holz trocken ist, obwohl auch hier die Farbe abgeblättert ist. Wahrscheinlich müssten die Außenwände abgeschliffen und neu gestrichen werden, doch das kann warten, bis es wärmer geworden ist. Auch die Fenster müssten eigentlich überholt und der Kitt erneuert werden.

Wieder an der Haustür angelangt, löst Rebecka einen Holzspan von der Bank unter dem Vordach, sie scheint morsch geworden zu sein. Rebecka arbeitet gerne mit den Händen, dennoch ist sie sich nicht sicher, wie viel sie schaffen kann, bevor sie wieder nach Stockholm muss.

Sie lehnt die Leiter an den verandaartigen Vorbau, um hinaufklettern und auch dieses Dach begutachten zu können. Die Dachpappe ist alt und brüchig und hat sich an einigen Stellen gelöst. Vorsichtig schiebt sie die Hand darunter, um zu fühlen, ob das Holz Schaden genommen hat, doch trotz der Feuchtigkeitsflecken scheint das Material fest zu sein und sie geht davon aus, dass es genügt, die Dachpappe zu erneuern.

Sie will gerade das Dach ausmessen, als sie hinter sich eine

Stimme hört. Rebecka schwankt, und für einen kurzen Moment verliert sie das Gleichgewicht. Wie wild fuchtelt sie mit den Armen, dann gelingt es ihr zum Glück, wieder Halt zu finden. Sie wendet den Kopf und entdeckt Arvid am Tor. Sein blondes Haar steht nach allen Seiten ab und er hat noch immer das schmutzige weiße T-Shirt an, das seinen durchtrainierten Körper betont. Er hat etwas Raues und Ursprüngliches an sich und ist damit das genaue Gegenteil von Joar.

»Entschuldigung«, sagt Arvid. »Ich wollte Sie nicht erschrecken.«

»Kein Problem«, sagt Rebecka leichthin und überlegt, was um Himmels willen er möchte.

»Ich wollte nur sagen, dass es mir leidtut, wegen gestern. Ich hatte einen schlechten Tag.«

»Okay.«

»Wenn Sie Hilfe brauchen, können Sie ja Bescheid sagen.«

Rebecka mustert ihn abwägend. Versucht er gerade, nett zu sein?

»Okay, mache ich.«

Ein paar peinliche Sekunden bleibt er stehen, dann dreht er sich um und geht.

Rebecka weiß nicht, was sie davon halten soll. Natürlich ist es nett von Arvid, ihr seine Hilfe anzubieten, dennoch fragt sie sich, ob er es wirklich ernst meint. Wahrscheinlich hat seine Frau ihn geschickt, um des nachbarschaftlichen Friedens willen.

Arvids Besuch irritiert Rebecka. Sie geht zum Schuppen, holt Großmutters Sense heraus, schärft sie und mäht die Wiese. Als sie damit fertig ist, nimmt sie die Heckenschere und arbeitet sich durch das Gestrüpp, zieht eine verwelkte Clematis heraus, die ein Netz aus langen, verschlungenen Zweigen zwischen Rosensträuchern und Obstbäumen gebildet hat, und beschneidet die Pflanzen, die den Außenwänden auf den Leib gerückt sind. Je mehr Rebecka freischneidet und lichtet, desto besser geht es ihr. Das Unkraut zu jäten hat eine nahezu therapeutische Wirkung auf sie, als könne sie damit alles herausreißen, was sie ärgert.

Nach einer guten Stunde ist sie durchgeschwitzt, aber zufrieden, weil endlich der ursprüngliche Garten wieder zum Vorschein kommt. Unter all den missliebigen Pflanzen gibt es tatsächlich noch Beete, Pflanzkästen, Beerensträucher sowie ein Stück Rasen.

Rebecka wirft alle Grünabfälle auf einen Haufen und wendet sich dann der Brombeere zu, die Teile des weißen Zaunes überwuchert. Sie zieht sich gerade die Gartenhandschuhe über, als sich jemand auf einem Fahrrad nähert. Mitten in der Bewegung hält sie inne und spürt, wie ihr Puls sich beschleunigt.

Ihre Mutter fährt bis an den Gartenzaun, bevor sie absteigt.

»Dann stimmt es also, du bist wieder zu Hause«, sagt sie.

Rebecka weiß nicht, was sie antworten soll. Sie verspürt einen Druck auf der Brust, sodass sie kaum Luft bekommt. Sie ist noch nicht bereit, sie hatte keine Chance, sich zu wappnen. Verzweifelt versucht sie, sich zu erinnern, wann sie zuletzt miteinander telefoniert haben, um irgendeinen Anknüpfungspunkt zu finden. Könnte es kurz vor Weihnachten gewesen sein? Hatte ihre Mutter damals nicht Schmerzen im Fuß gehabt? Oder war es das Knie gewesen?

»Ja«, stammelt sie schließlich. »Ich wollte dich anrufen, aber ich habe es noch nicht geschafft.«

»Schon gut. Ich weiß ja, dass du immer viel zu tun hast.« Die Stimme ihrer Mutter klingt angespannt. Ist sie ebenfalls nervös? Ihr Haar ist grauer als beim letzten Mal und immer noch zu einer praktischen Pagenfrisur geschnitten. Dazu trägt sie eine dunkelblaue Tunika über einer Baumwollhose derselben Farbe.

»Möchtest du auf eine Tasse Kaffee mit ins Haus kommen?«, fragt Rebecka. »Ich bin allein, Oma ist im Krankenhaus.«

»Ja, ich habe es schon gehört. Sie hat sich die Hand gebrochen, oder?«

»Ja.«

»Also gut.« Ihre Mutter schiebt ihr Fahrrad durch das Tor. »Eine Tasse Kaffee nehme ich gerne.«

6

Bevor Anna das Esszimmer betritt, vergewissert sie sich, dass ihr Vater bereits gegangen ist. Sie hat keine Lust, mit ihm zu reden. Seit dem großen Streit überlegt sie fieberhaft, wie sie doch noch nach Stockholm kommen könnte. Doch ihre Gedanken sind ein einziges Chaos, und sie ist sich nicht sicher, ob sie es ohne Hilfe schafft. Vielleicht hatte ihr Vater recht, als er sie naiv genannt hat.

Ihre Mutter sitzt noch am Tisch und liest in einer Frauenzeitschrift. Anna nickt dem Hausmädchen zu, ja, sie möchte Kaffee. Dann setzt sie sich auf ihren gewohnten Platz. Auf ihrem Teller liegt ein frischgebackener Wecken, und sie bestreicht ihn langsam mit Butter, während sie gleichzeitig zu ihrer Mutter schaut.

Es schmerzt Anna, dass sie noch immer so abhängig von ihren Eltern ist. Vielleicht sollte sie einfach einen Koffer packen und den Zug nach Stockholm nehmen. Aber sie weiß gar nicht, wie das geht. Anna ist noch nie alleine Zug gefahren, und wenn sie nicht in der Wohnung ihrer Familie in Östermalm wohnen kann, wo soll sie dann unterkommen? Sie hat kein Geld und weiß nicht, wie man es anstellt, sich eine Wohnung und Essen zu besorgen.

»Wie geht es dir heute mit deiner Erkältung?«, fragt ihre Mutter.

»Ich bin nicht erkältet.«

Mutter Ingrid wirft ihr einen prüfenden Blick zu. »Sicher? Du schienst mir gestern ein bisschen aus dem Gleichgewicht.«

»Ach so. Hat man mir das angemerkt?«

»Anna«, sagt ihre Mutter und legt die Zeitschrift weg. Obwohl es noch früh am Tag ist, hat sie sich das dunkelblonde Haar schon zu einem eleganten Knoten hochgesteckt und eine ihrer Lieblingsblusen mit der breiten Schulterpartie angezogen. Um den gestärkten Kragen hat sie eine Perlenkette gelegt. »Ich verstehe, dass es schwierig für dich ist, aber du weißt, dass Vater es gut mit dir meint.«

»Gut mit mir meint? Er will mich an diesem furchtbaren Ort hier gefangen halten.«

»Niemand will dich gefangen halten.«

»Nicht? Warum kann ich dann nicht weg?«, fragt Anna und merkt, dass ihre Stimme sich schon wieder überschlägt. »Du weißt, dass Vater mir versprochen hat, dass ich nach dem Sommer nach Hause darf.« Letzteres schreit sie fast und senkt beschämt den Blick.

Ingrid streicht das weiße Tischtuch glatt. »Wie gesagt, wir trauen uns nicht, dich jetzt nach Stockholm zu lassen. Was glaubst du, was passiert, wenn die Russen kommen? Weißt du, was sie mit politischen Gegnern machen?«

»Wir sind aber doch keine Faschisten.«

»Nein, natürlich nicht. Aber du weißt doch, dass Vater Geschäfte mit Deutschland macht.«

»Hier sind wir dem Krieg viel näher als in Stockholm«, wendet Anna ein.

»Aber die Kontakte deines Vaters sagen, dass die Deutschen nicht in Schweden einmarschieren werden. Sie bekommen auch so schon alles, was sie von uns brauchen, schwedisches Eisenerz ist wichtig für ihre Industrie.«

»Und woher weißt du, dass das stimmt?«

»Ich weiß es einfach«, sagt Ingrid mit Nachdruck.

Anna schüttelt den Kopf. Ihre Mutter versteht genauso wenig von Politik wie sie selbst. Sie plappert nur nach, was ihr Mann gesagt hat.

»Was soll ich denn jetzt machen? Meinen Schulabschluss habe ich schon. Soll ich in Hillesgården Däumchen drehen, bis der Krieg zu Ende ist? Das kann doch noch ewig dauern!«

»Ach, Herzchen«, sagt die Mutter und greift nach ihrer Hand. »Das wird schon. Es eilt doch alles nicht. Genieße lieber die Freiheit, die du jetzt hast. Ehe du dich versiehst, hast du einen Haushalt zu versorgen, und dann hast du keine Zeit mehr, von morgens bis abends zu lesen.«

»Aber ich will eine Ausbildung machen und einen Beitrag für die Gesellschaft leisten.«

»Liebes, ich verstehe das, aber es gibt so viele Arten, auf die man sich einbringen kann.«

»Zum Beispiel, indem man Krankenschwester wird.«

Ihre Mutter rümpft die Nase. »Glaubst du wirklich, es passt zu dir, Blut zu schrubben, Becken zu leeren und zerfetzte Körper wieder zusammenzunähen? Dir wird ja schon schlecht, wenn du dich nur mit einer Nähnadel in den Finger stichst. Dein Vater hat recht, für so eine Tätigkeit muss man schon der Typ sein. Außerdem ist es auch körperlich anstrengend. Ich bin mir sicher, es gibt viele andere Berufe, die besser für dich geeignet wären.«

»Zum Beispiel?«

»Du könntest doch einen Fernkurs machen, irgendetwas, das dich interessiert. Italienisch oder Kunstgeschichte zum Beispiel. Ich weiß ja, dass du keine Hauswirtschaftsschule besuchen willst, aber falls du es dir doch anders überlegst: Es gibt eine ganz ausgezeichnete in Lund.«

»Nein, ich will als Krankenschwester arbeiten.«

»Aber Anna, warum musst du nur so stur sein?«, seufzt die Mutter. »Mach dir das Leben doch nicht schwerer, als es ist. Es ist viel vernünftiger, sich einen Beruf auszusuchen, in dem man die richtigen Leute kennenlernt. Hedbergs älteste Tochter hat eine Sekretärinnenstelle bei einem Bankdirektor bekommen. Margareta sagt, es gefällt ihr ausgezeichnet. Bestimmt bieten sie bei Hermods auch Sekretärinnenausbildungen an?«

Anna lässt resigniert den Kopf hängen. Eigentlich will sie protestieren und ihrer Mutter erklären, dass sie zäher und widerstandsfähiger ist, als alle glauben. Doch sie bringt kein Wort mehr heraus.

»Ich bestelle mal das neue Kursverzeichnis«, fährt Ingrid munter fort. »Außerdem gibt es noch etwas, worüber ich mit dir reden wollte.«

»Ja?«

»Wir haben Familie Runström zum Essen eingeladen.« Ingrid hält inne, als erwarte sie eine Reaktion, doch als Anna nichts sagt, redet sie weiter. »Du erinnerst dich bestimmt noch an Axel Runström? Ihr habt euch immer so gut verstanden.«

»Wir haben Krocket gespielt. Als Kinder.«

»Ja, genau. Ich glaube, er war damals schon von dir begeistert.«

»Und was willst du mir jetzt damit sagen?«

»Ach, nichts. Nur dass es schön ist, dass sie kommen. Eloisa hat geschrieben, dass Georg, also Axels Vater, dabei ist, mit seiner Firma nach Amerika zu expandieren. Anscheinend haben sie vor, sich dort eine Weile niederzulassen. Stell dir vor, was für ein Abenteuer! Ich wollte schon immer mal nach New York.«

»Lass mich raten«, sagt Anna und spürt, wie der Zorn ihr plötzlich neue Energie verleiht. »Der Plan ist, dass Axel irgendwann die Firma übernimmt, aber Eloisa und Georg möchten, dass er vorher heiratet und eine Familie gründet.«

Ingrid fingert an ihrer Perlenkette herum. »Du solltest dich geschmeichelt fühlen, dass sie dabei an dich denken.«

»Glaubst du, sie lassen mich das Brautkleid selbst aussuchen? Wenn ja, will ich eins aus Duchesse mit langer Schleppe.«

»Warum bist du nur so wütend? Niemand wird dich zu irgendeiner Ehe zwingen«, seufzt Ingrid. »Ich weiß, dass du dich von uns lösen und selbstständig sein möchtest, ich wünschte nur, du würdest auch ein bisschen auf mich hören. Ich war auch mal eine junge Frau voller Träume, aber ich habe ziemlich schnell gelernt, dass die Welt da draußen meinen Erwartungen nicht entspricht. Nichts im Leben hat mich glücklicher gemacht als meine Rolle als Ehefrau und Mutter. Ich bin so dankbar, dass ich deinen Vater kennengelernt habe und mir mit ihm zusammen ein Leben aufbauen konnte.«

»Ich habe nie gesagt, dass ich nicht heiraten will, ich möchte nur vorher noch ein bisschen leben.«

»Das wirst du auch. Aber es kann ja nicht schaden, wenn

du Axel einmal wiedersiehst«, meint Ingrid. »Wer weiß, vielleicht wird es sogar ganz nett.«

»Klar«, murmelt Anna. »Sicher. Kann ich jetzt gehen?«

»Du hast ja kaum etwas gegessen«, sagt ihre Mutter. »Willst du nicht doch noch ein Ei?«

»Ich habe keinen Appetit mehr.«

»Das liegt an deiner Erkältung.«

»Aber ich bin nicht erkältet«, sagt Anna leise.

»Wie bitte?«

»Nichts. Ich gehe nach draußen zum Lesen.«

»Tu das«, sagt Ingrid, »aber zieh dich warm an. Und heute Abend fragen wir Vater, ob wir für dich ein Kleid für das Essen mit den Runströms nähen lassen können.«

»Nähen lassen? Wann kommen sie denn?«

»Leider erst in ein paar Wochen. Sie sind gerade noch in Stockholm.«

»Natürlich«, seufzt Anna. »Alle außer mir sind in Stockholm.«

Anna flüchtet sich auf die steinerne Bank in der Ecke des Gartens, die an ein kleines Wäldchen grenzt. Es ist ein abgeschiedener Platz, außer Sichtweite der Veranda und der Orangerie, hier wird sie nur selten gestört. Sie schlägt den Roman auf, legt ihn auf ihren Schoß und liest, wie das Liebespaar, Catherine und Frederic, sich zum ersten Mal begegnet. Plötzlich raschelt es hinter ihr im Laub, und Anna dreht sich um.

»Hallo«, sagt Luca und tritt zwischen den Sträuchern hervor. »Ich habe dich doch nicht erschreckt?«

»Nein«, sagt Anna zurückhaltend. Sie ist überrascht, ihn

hier zu sehen. Wie kommt er darauf, dass sie ihn wiedersehen möchte?

»Ich wollte mich nur vergewissern, dass du gut nach Hause gekommen bist«, erklärt er. »Und dass es dir besser geht.«

»Ja, alles in Ordnung«, antwortet sie kurz.

Luca lächelt und nickt zu ihrem Buch. »Was liest du da?«

»*In einem anderen Land* von Hemingway.«

»Hemingway«, wiederholt Luca. »Der ist doch Amerikaner, oder?«

»Ja, genau.«

»Worum geht es?«

»Um einen amerikanischen Architekturstudenten, der im Krieg für die italienische Armee kämpft. Er lernt eine englische Krankenschwester kennen und sie ... finden sich sympathisch.« Anna spürt, wie sie errötet, und senkt den Blick.

»Ist es gut?«

»Ja. Ich habe es schon einmal gelesen. Soll ich es dir leihen?«, fragt sie höflich, bereut es jedoch schon wieder, sobald sie die Worte ausgesprochen hat.

»Gerne«, antwortet er ernst. »Ich habe noch nicht viel auf Schwedisch gelesen und muss dringend üben.«

Sie schweigen, und Luca zeichnet mit dem Fuß einen Kreis in den Kies. Er trägt ein feineres Hemd und hat sich die Schuhe geputzt, auch wenn man nach wie vor sieht, dass sie abgetragen sind. »Ich gehe jetzt wieder. Ich muss noch unsere Herbstkartoffeln entkrauten«, sagt er.

Anna wechselt die Sitzposition. Ein Teil von ihr ist froh, dass er gehen will. Wenn ihre Eltern sie zusammen erwischen, droht ihr wahrscheinlich ein Ausgangsverbot, gleichzeitig muss sie sich sicher sein können, dass er niemandem erzählt, was auf der Klippe passiert ist. Anna hat auch so schon genügend Probleme, ohne dass im Dorf Gerüchte über sie kursieren.

»Willst du mitkommen?«, fragt Luca unvermittelt. »Es gibt einen Fuchsbau, den ich dir zeigen könnte.«

Ihre Blicke treffen sich, und Anna spürt, wie sie ein Schauer überläuft. Obwohl seine Direktheit sie verärgert, zieht sie irgendetwas an Luca an. Doch natürlich kann sie ihn nicht begleiten. Das wäre nicht schicklich.

Ein paar lange Sekunden sehen sie sich an, dann schallt eine laute Stimme durch den Garten.

»Anna«, ruft Ingrid. »Wo bist du? Komm mal bitte.«

»Das ist meine Mutter«, sagt sie und steht auf.

»Verstehe. Du musst gehen.«

Anna blickt zum Haus hinauf und dreht sich dann trotzig wieder um. Sie denkt an alles, was in den letzten Tagen passiert ist – wie ihre Eltern mir nichts, dir nichts das Versprechen gebrochen haben, dass sie wieder nach Hause fahren würden, und wie verzweifelt sie selbst oben auf der Klippe gewesen ist. Ihr ganzes Leben ist auf den Kopf gestellt worden, niemand scheint ihr wirklich zuzuhören. Ihre Eltern begreifen nicht, wie es sich anfühlt, wenn die eigenen Träume plötzlich zerstört werden. Da sollte sie doch wenigstens selbst entscheiden dürfen, mit wem sie sich trifft oder nicht.

»Ich habe noch nie einen Fuchsbau gesehen«, lügt sie. »Aber wir müssen uns beeilen.«

»Klar«, sagt Luca und lächelt.

*

Ein besonderes Gefühl breitet sich in Anna aus, als sie Luca in den Wald hinein folgt. Sie weiß, dass sie nicht mit einem unbekannten Mann allein sein sollte. Doch das Verbotene fühlt sich nach genau der Freiheit an, nach der sie sich so sehnt. Außerdem genießt sie den Gedanken, wie entsetzt ihre Mutter wäre, wenn sie sie jetzt sehen könnte – in unpassender Gesellschaft.

Das dichte Laub der Bäume bildet ein schützendes Dach über ihnen. Die Sonne scheint von einem leuchtend blauen Himmel, und das Licht fällt zwischen den Blättern hindurch und wirft ein scheckiges Muster auf den Boden. Luca führt sie durch den Wald zu einem umgestürzten Baum.

»Hier ist es«, sagt er schließlich.

Anna setzt sich auf den Baumstamm und schaut zu dem kleinen Hügel, auf den Luca zeigt.

»Ich sehe nichts.«

»Sie sind noch nicht rausgekommen«, erklärt er und lässt sich neben ihr nieder. »Wir brauchen ein bisschen Geduld.«

Lucas Blick ist konzentriert auf den Fuchsbau gerichtet. Anna ist sich nicht sicher, ob sie je einen Menschen mit so dunklen Locken gesehen hat. Sein glänzendes Haar ist dick und störrisch, und sie überlegt, wie es sich wohl anfühlt. Dann muss sie an die Ereignisse gestern auf der Klippe denken.

»Ich muss dir noch etwas sagen«, murmelt sie. »Was gestern auf den Felsen passiert ist ...«

»... als du beinahe runtergestürzt bist«, ergänzt er.

»Ja, genau. Es war keine Absicht. Ich war wütend und habe nicht aufgepasst. Ich wäre sehr dankbar, wenn du niemandem davon erzählst.«

Luca wirft ihr einen Blick zu und legt einen Finger auf seine Lippen. »Du kannst dich auf mich verlassen. Ich sage kein Wort.«

»Danke.« Nachdem das geklärt ist, braucht sie ihn jetzt hoffentlich nie mehr wiederzusehen.

Luca hebt die Hand, und sie folgt ihr mit dem Blick. »Da sind sie«, flüstert er.

Anna beugt sich vor und entdeckt drei junge Füchse, die aus einem Loch im Boden purzeln. Sie sind grau und flauschig mit weißen Schwanzspitzen, und sie stupsen sich gegenseitig verspielt an.

»Sie sind so klein«, sagt sie leise.

»In Italien nennt man sie *volpe*. Das klingt fast wie Welpe.«

»*Volpe*«, wiederholt Anna. »Ich habe immer davon geträumt, Italienisch zu können.«

»Es ist eine sehr schöne Sprache«, bestätigt Luca. »Ich kann sie dir beibringen, wenn du willst.«

Anna lächelt. Was für eine absurde Idee, dass ein Arbeiter ihr Italienischunterricht geben könnte.

»Darf ich fragen, warum du dein Heimatland verlassen hast? Italien scheint mir so fantastisch. In dem Hemingway-Roman, von dem ich dir erzählt habe, leben sie in einem herrlichen kleinen Bergdorf.«

»Das ist eine lange Geschichte.«

»Ich habe Zeit«, sagt Anna. »Je länger ich mich von meiner Mutter fernhalten kann, desto besser.«

Luca lacht, doch seine Augen blicken plötzlich ernst.

»Mein Vater Matteo war Journalist. Er schrieb über die Korruption in unserem Land. Er fand, alle Menschen in Führungspositionen müssten überprüft werden, weil niemand, der Macht habe, der Korruption widerstehen könne. Früher oder später verlöre jeder seine Skrupel.«

Anna wartet auf eine Fortsetzung, aber Luca schweigt, und schließlich hält sie es nicht länger aus.

»Ist ihm etwas passiert?«, fragt sie leise.

»Er wurde von Mussolinis Leuten erschossen. Das war vor fünf Jahren«, sagt Luca und blickt zu Boden. »Aber es fühlt sich an, als wäre es gestern gewesen.«

»Das ist ja schrecklich.«

»Ja, und deshalb sind wir hierhergekommen«, erklärt Luca. »Mein Vater kannte einen Mann am Schwedischen Institut in Rom. Der erzählte ihm, Schweden sei ein gutes sozialistisches Land. Dort könne man den Menschen vertrauen, und wenn man hart arbeite, dürfe man bleiben. Meine Mutter, meine jüngere Schwester Francesca und ich wollten so weit von den Faschisten fort wie möglich.«

»Du bist mit deiner Familie hier?«

»Ja.« Er lächelt.

Anna wendet ihr Gesicht der Sonne zu. Obwohl die Geschichte, die Luca ihr erzählt hat, so schrecklich ist, freut sie sich, dass er sie mit ihr geteilt hat. Sie ist es so gewohnt, von der Realität abgeschirmt zu werden. Ihre Eltern waren immer schon überbehütend, und sie hat früh gelernt, sich selbst einen Überblick zu verschaffen, indem sie die Zeitungen ihres Vaters stiehlt. Nur so kann sie sich darüber informieren, was tatsächlich in der Welt geschieht.

»Jetzt bist du dran«, sagt Luca. »Erzähl mir, warum du so verzweifelt warst.«

»Das ist schwer zu erklären.«

»Ich habe Zeit«, ahmt er sie nach.

Anna hält den Blick fest auf einen Kiefernzapfen zu ihren Füßen gerichtet. »Ich glaube, weil es nicht so gelaufen ist, wie ich es mir vorgestellt habe.«

»Was hattest du dir denn vorgestellt?«

»Ich wollte wieder nach Stockholm. Wir sind eigentlich immer nur im Sommer in Hillesgården, jetzt haben meine Eltern aber beschlossen, dass wir bleiben, bis der Krieg zu Ende ist. Sie halten es für sicherer.«

»Und dir gefällt es hier nicht?«

»Alle meine Freunde sind in Stockholm«, sagt Anna ausweichend. »Hier kenne ich so gut wie niemanden. Außerdem hatte ich einen Ausbildungsplatz als Krankenschwester. Ich wollte einen Beruf lernen, mit dem ich anderen Menschen helfen kann.«

»Wie die Frau in dem Buch«, sagt Luca und lächelt. »Ich finde, das klingt nach einer sehr guten Idee.«

»Meine Eltern sehen das leider anders«, seufzt Anna.

Luca nimmt einen Stock und stochert damit in der Erde herum. »Ich will auch etwas lernen. Ich will Politikwissenschaft studieren und Journalist werden wie mein Vater.«

»Warum tust du es dann nicht?«

»Ich kann Mama und Francesca nicht einfach alleine lassen. Sie leben von dem, was ich auf den Höfen hier verdiene. Wenn ich weggehen würde, kämen sie nicht zurecht. Außerdem ist mein Schwedisch noch nicht gut genug.«

Anna schluckt. Sie weiß nicht, warum, aber auf einmal hat sie das Gefühl, Luca alles erzählen zu können.

»Ich glaube, meinem Vater wäre es am liebsten, wenn ich einfach heirate. Er findet, Frauen sollten nicht arbeiten, zumindest nicht die Frauen in seiner Familie.«

»Dann scheinen wir beide festzustecken, wenn auch aus unterschiedlichen Gründen.«

»Sieht so aus.«

Luca schiebt mit dem Stock ein Blatt weg. »Was macht dein Vater beruflich?«, fragt er dann.

Anna richtet sich auf. Warum will Luca das wissen? Auf einmal wird ihr bewusst, wie unpassend ihr Gespräch ist. Sie kennt Luca nicht, und selbst wenn sie ihn kennen würde, würde es sich nicht schicken, dass sie allein mit ihm mitten im Wald ist.

»Ich muss jetzt gehen, bevor sie die Polizei rufen und mich zur Fahndung ausschreiben«, sagt sie steif und steht auf.

Luca schmunzelt. In seinen goldbraunen Wangen bilden sich Lachgrübchen.

»Wenn du mal wieder von zu Hause wegmusst, fallen mir bestimmt noch ein paar weitere Tiere ein, die ich dir zeigen könnte.«

»Danke, ich werde darauf zurückkommen.«

Den ganzen Weg nach Hause macht Anna sich Vorwürfe wegen dem, was sie gesagt hat. Niemals hätte sie einem Fremden gegenüber so über ihre Familie sprechen dürfen. Doch etwas an Luca weckt in ihr den Wunsch, sich zu öffnen. Er macht einen so freundlichen und unkomplizierten Eindruck, ganz anders als die jungen Männer, an die sie sonst gewöhnt ist, die nie etwas ohne Hintergedanken tun.

Sie muss an ihre beste Freundin Siv denken und bekommt

Bauchschmerzen vor Heimweh. Siv würde sich kaputtlachen, wenn sie erführe, dass Anna mit einem Hofarbeiter in den Wald gegangen ist, um sich einen Fuchsbau zeigen zu lassen. Siv, die der Meinung ist, mit einem Mann ohne Schulabschluss dürfe man nicht einmal tanzen. Ganz egal, wie wohl Anna sich in Lucas Gesellschaft gefühlt hat: Sie stammen aus unterschiedlichen Welten.

Anna tritt gegen einen Stein, der ein paarmal auf dem Weg aufprallt und dann im Gras verschwindet. Der einzige Vorteil, hier zu sein, besteht darin, dass ihre Eltern sich nicht ständig darum kümmern, was sie den ganzen Tag über macht. Sie hat mehr Freiheiten als in Stockholm und darf am Meer spazieren gehen und mit dem Fahrrad nach Helsingborg fahren, wann immer sie Lust hat. Solange sie ihre Klavierstunden nimmt, rechtzeitig zur Tanzstunde geht und pünktlich zum Abendessen zu Hause ist, lassen sie sie in Ruhe, und Anna ist bewusst, dass sie gut aufpassen muss, sich diese Freiheit zu bewahren. Gleichzeitig hat sie das Gefühl, die Zeit würde ihr zwischen den Fingern zerrinnen, wenn sie hier und nicht in Stockholm ist.

Dass ihre Eltern finden, sie würde als Krankenschwester nicht taugen, beschäftigt und kränkt sie sehr, und sie überlegt, wie sie ihnen beweisen kann, dass sie sich irren. Sie kann sich nichts Langweiligeres als einen Sekretärinnenjob vorstellen. Seit sie einen Zeitungsartikel über einen Soldaten gelesen hat, der im Krieg beide Beine verloren hat, ist sie ganz erfüllt von dem Wunsch zu helfen. Wenn sie doch hätte da sein und ihm die Hand halten können, dann wäre es für den Soldaten wenigstens etwas weniger schrecklich gewesen. Warum sollte sie für irgendeinen Direktor arbeiten, wenn sie genauso gut einen echten Beitrag für die Gesellschaft leisten könnte, indem sie Kranke und Verletzte versorgt?

Weiter vorn sieht sie das Gut, das sich vor ihr auftürmt. Trotz des Sonnenscheins wirkt es dunkel, wie es im Schatten der umliegenden Bäume dasteht. Die Frontseite ist von Hopfen und Schlingknöterich überwachsen, und der Weg zum Eingang besteht aus großen, kantigen Steinplatten. Das ganze Haus wirkt veraltet, wie ein Relikt aus einer anderen Zeit.

Anna spürt, wie sich ihr das Herz zusammenzieht. Jedes Mal, wenn sie nach Hillesgården kommt, ist es, als lege sich eine Schlinge um ihren Hals. Das Haus erstickt sie, und sie hasst es, so weit fort von allem zu sein, was ihr wirklich etwas bedeutet. Doch wie soll sie ihren Eltern das erklären? Ihr Vater liebt den alten Familiensitz. Er hat sogar eine gerahmte Fotografie des Hauses in ihrer Stockholmer Wohnung hängen.

Anna seufzt. Sie erträgt es nicht, hier zu leben. Irgendwie muss es ihr gelingen, nach Stockholm zu kommen. Die Frage ist nur noch, wie.

7

APRIL 2007

Rebeckas Mutter setzt sich an den kleinen Küchentisch und verschränkt die Arme vor der Brust. Dass sie so reserviert ist, macht Rebecka nervös, ihre Hand zittert und sie verschüttet etwas von dem Kaffeepulver, als sie die Maschine befüllt und dabei über alles Mögliche plappert. »Wusstest du, dass Gerda ihren Hof verkauft hat? Ein junges Paar ist dort eingezogen, ich habe bisher aber nur ihn getroffen, er scheint nicht besonders nett zu sein. Und Oma hat sich eine Katze zugelegt, das hätte ich nie von ihr gedacht. Übrigens scheinen sie die Nahverkehrsanbindung hier draußen drastisch reduziert zu haben, ich habe ewig auf den Bus gewartet.«

Während sie redet, stellt Rebecka Kaffeetassen und eine Packung Kekse auf den Tisch, doch es fällt ihr schwer, ihrer Mutter in die Augen zu sehen. Schließlich fällt ihr nichts mehr ein, was sie noch sagen könnte, und sie nimmt ihr gegenüber Platz.

»Dann hast du also endlich einmal Urlaub bekommen?«

Ihre Mutter klingt streng, und Rebecka nickt. Es ist eine Lüge, die sie beide stillschweigend akzeptiert haben: dass sie so selten nach Schonen kommt, weil ihr Arbeitgeber nicht auf sie verzichten kann.

»Ja, Oma brauchte wirklich Hilfe. Ich glaube, ihr fällt es zunehmend schwer, alleine zurechtzukommen.«

»Dieses Haus ist nicht seniorengerecht ausgestattet«, sagt ihre Mutter und blickt sich um.

»Nein, und dabei habe ich schon versucht, ein bisschen Ordnung zu schaffen.«

Die Mutter nickt. »Und mit Joar ist alles in Ordnung?«

Rebecka wirft einen raschen Blick zu dem Zinnbecher hinauf, in dem ihr Verlobungsring immer noch liegt, weil sie nicht riskieren will, dass er bei den Reparaturarbeiten Schaden nimmt. Hätten sie und ihre Mutter eine normalere Beziehung, hätte sie ihn ihr wahrscheinlich stolz gezeigt.

»Ja, so weit alles gut.«

»Aber Zeit, mitzukommen, hatte er nicht?«

Rebecka unterdrückt einen Seufzer. Ihre Mutter hat Joar nur einmal vor vier Jahren getroffen, und diese Begegnung ist alles andere als glücklich verlaufen. Sie hatten sich im Restaurant Olsons Skafferi am Mariatorget in Helsingborg verabredet, um gemeinsam zu Mittag zu essen, doch noch bevor das Essen serviert worden war, hatte Joar einen Anruf von seinem Arbeitgeber bekommen. Einer ihrer wichtigsten Klienten war festgenommen worden, und Joar musste sich in den nächsten Zug nach Stockholm setzen. In den Augen ihrer Mutter war dieser Vorfall nur einer von vielen Beweisen, dass Joar nicht der Richtige für sie war, und seitdem hatte Rebecka immer das Gefühl, ihre Beziehung verteidigen zu müssen.

»Nein, er bereitet sich auf einen wichtigen Prozess vor. Aber er würde sehr gerne mal wieder vorbeikommen.«

Die Maschine blubbert, und Rebecka springt auf, um den Kaffee zu holen. Sie heftet den Blick auf Camillas Tasse und schenkt ihr konzentriert ein, der Dampf steigt in kleinen Kreisen von dem heißen Getränk auf.

»Gefällt dir deine Arbeit noch?«

»Ja«, antwortet Rebecka schnell. »Sehr sogar.«

»Obwohl du so viel arbeiten musst?«

Ihre Mutter klingt hart, das schüchtert Rebecka ein, und sie schluckt. Sie muss daran denken, wie oft sie als Teenagerin versucht hat, bei ihrer Mutter Rat und Hilfe zu suchen, von ihr verstanden zu werden. Stattdessen ist sie immer nur auf Ansprüche und skeptische Zurückhaltung gestoßen. Am liebsten würde sie ihre Mutter jetzt anbrüllen, dass sie kein Recht habe, ihr Leben zu kommentieren, stattdessen rutscht sie nur ein wenig tiefer auf ihren Stuhl. Die Haut unmittelbar über ihrem linken Handgelenk beginnt zu jucken, und ein Ausschlag breitet sich auf ihren Unterarmen aus. Rebecka zieht an ihren Ärmeln und kratzt sich diskret in der Armbeuge.

»Ja«, wiederholt sie. »Wann hattest du eigentlich vor, Oma im Krankenhaus zu besuchen?«

Camilla schließt die Hände um ihre Kaffeetasse und schüttelt den Kopf.

»Du weißt, dass das nicht geht. Wir streiten uns nur«, sagt sie schnell.

»Wie kannst du immer noch sauer auf sie sein? Das Einzige, was sie getan hat, war, mir zu helfen.«

»Ein bisschen komplizierter ist es schon«, sagt Camilla und klopft sich ein unsichtbares Staubkorn von der Hose.

»Du könntest dich aber doch entscheiden, ihr zu verzeihen«, murmelt Rebecka und kratzt sich weiter durch den Stoff ihres Pullovers. Es gibt so vieles, was sie ihrer Mutter sagen möchte, so vieles, das ihr auf der Seele brennt, aber sie weiß nicht, wie sie ihre Gedanken in Worte fassen soll. »Hättest du nicht froh sein müssen, dass ich jemanden hatte, zu dem ich gehen konnte, als es am allerschwierigsten war?«

»Rebecka ...« Die Stimme ihrer Mutter ist vorwurfsvoll.

»Was denn? Findest du es normal, die eigene Mutter nicht zu besuchen, wenn sie im Krankenhaus liegt?«

Camilla steht auf.

»Danke für den Kaffee«, sagt sie und lächelt steif. »War schön, dich zu sehen. Wenn du Lust hast, noch mal vorbeizukommen, bevor du wieder nach Hause musst, bist du jederzeit willkommen. Meine Tür steht offen.«

Ihre Mutter geht hinaus und holt ihr Fahrrad. Sie klappt den Ständer ein und stößt sich mit dem Fuß ab, dann setzt sie sich auf den Sattel und fährt davon.

Als sie außer Sichtweite ist, reißt Rebecka sich den Pullover vom Leib und gräbt sich die Nägel tief in die Haut. Sie kratzt sich so fest an den Narben, dass rote Striemen entstehen, doch das stillt ihren inneren Aufruhr keineswegs. Wie sie es auch anstellt, immer geht es schief, wenn sie und ihre Mutter sich treffen. Es scheint, als könnten sie sich nicht unterhalten, ohne irgendwann in Streit zu geraten. Sie sehnt sich so sehr danach, dass zwischen ihnen alles gut wird, dass ihre Mutter sie einfach so akzeptieren kann, wie sie ist, und sie nicht ständig infrage stellen muss. Vor niemandem fühlt Rebecka sich so klein wie vor Camilla.

Sie vergräbt das Gesicht in den Händen. Erinnert sich wieder daran, wie sie in der Mittelstufe einmal mit einer Plastiktüte nach Hause kam, darin ihre neue Daunenjacke. Zwei Jungen aus ihrer Klasse hatten sie in die Toilette gestopft, und Rebecka musste sie selbst wieder herausziehen. Sie wollte ihrer Mutter erklären, was passiert war, doch sie konnte nicht, sie fühlte sich zu sehr beschämt. Dennoch hoffte sie, ihre Mutter würde begreifen, dass sie nichts dafür konnte, was passiert war, und sie einfach in den Arm nehmen würde. Stattdessen war ihre Mutter in die Luft gegangen: Sie solle gefälligst besser auf ihre Sachen aufpassen. Jacken seien teuer, und sie könnten es sich nicht leisten, schon wieder eine neue zu kaufen.

Voller Kummer und Schmerz geht Rebecka in die Speisekammer, nimmt eine Flasche Wein heraus und stellt sie auf die Arbeitsplatte. Lange schaut sie sie an. Sie sollte nicht trinken, das weiß sie. Doch das Verlangen nach etwas, das die schlimmen Gefühle lindert, ist groß, und was macht schon ein einziges Glas aus? Schließlich reißt sie die Schleife ab, öffnet die Flasche und schenkt sich eine Kaffeetasse ein. Sie trinkt in großen Schlucken, versucht das Unbehagen hinunterzuspülen. Ohne Erfolg.

Nach all den Jahren fällt es Rebecka immer noch schwer, sich zu ihrer Mutter zu verhalten. Wie kann das sein? Müsste sie nicht langsam erwachsen genug sein, mit der Vergangenheit abzuschließen? Sie hat keine Lust, jedes Mal, wenn sie sich begegnen, derart von ihren Gefühlen übermannt zu werden.

Rebecka nimmt die Kaffeetasse mit an den Tisch und will sich gerade setzen, als die Katze am Fenster auftaucht. Sie drückt sich gegen die Scheibe und maunzt. Zu ihrer eigenen Überraschung freut sich Rebecka, sie zu sehen. Sie holt eine Dose

Katzenfutter, geht zur Treppe und füllt den Fressnapf. Dann hockt sie sich hin und streckt vorsichtig die Hand aus.

»Hallo«, sagt sie. »Bist du Scarlett?«

Ohne sie anzusehen, geht die Katze einmal um sie herum, kommt jedoch nicht so nahe, dass sie sie streicheln könnte. Schließlich nähert sie sich der Schüssel und nimmt einen Happen.

»Verstehe«, sagt Rebecka. »Du vertraust den Menschen nicht. Wahrscheinlich hast du einiges mitgemacht.«

Langsam, um die Katze nicht zu erschrecken, richtet sie sich auf und geht wieder ins Haus. Auf dem Flurtisch liegt ihr Handy. Mehrfach hat sie versucht, Joar zu erreichen, doch er geht einfach nicht ran, und statt es noch einmal zu probieren, öffnet sie die Mail-App. Ihr Herz klopft, während das kleine Rädchen sich dreht, das Symbol, dass etwas hochgeladen wird. Als sich das Postfach endlich öffnet, findet sich jedoch auch von Birgitta keine Nachricht. Enttäuscht legt Rebecka das Handy zurück. Dass Joar sehr beschäftigt ist, weiß sie; aber warum meldet ihre Chefin sich nicht zurück? Kann es sein, dass die Firma diese Situation ausnutzen will, um sie endgültig loszuwerden?

Eine Welle der Scham überrollt Rebecka. Sie hat so sehr darum gekämpft, ihren eigenen Weg zu gehen, jetzt aber fragt sie sich, ob sie die falsche Entscheidung getroffen hat. War es dumm, alles auf die Arbeit zu setzen? Offensichtlich ist sie der Firma nicht so wichtig wie umgekehrt. Müde reibt sie sich die Augen. Es reicht für heute. Sie braucht eine Pause von allem.

Erneut muss sie an das Foto denken, das sie gefunden hat, und sie zieht es aus ihrer Manteltasche im Flur. Dann geht sie ins Schlafzimmer ihrer Großmutter und holt den gestreiften Karton heraus, stellt ihn auf den Küchentisch und hebt behutsam den Deckel.

Das Papier raschelt unter ihren Fingern. Die Briefe sind mit einem blauen Samtband verschnürt, und Rebecka löst vorsichtig die Schleife.

Sie stammen aus dem Jahr 1943, eine Siv hat sie geschrieben, und die Empfängerin ist Rebeckas Großmutter Anna. Anscheinend hat diese damals an einem Ort namens Hillesgården in Glumslöv gelebt, nur wenige Kilometer südlich von Helsingborg.

Rebecka überfliegt rasch einen Brief aus dem Monat Juli. Siv schreibt, dass sie die Tage damit verbringe, im Mälarhöjdsbad schwimmen zu gehen und ihre Tante Rut in Strängnäs zu besuchen, und am Ende schreibt sie, wie sehr sie Anna vermisst. Der Ton ist seltsam förmlich, obwohl sie doch Freundinnen gewesen sein müssen.

Rebecka lächelt. Es ist interessant, so einen Einblick in die Vergangenheit ihrer Großmutter zu bekommen und ein Gefühl dafür, wie sie als Jugendliche war. Siv beschreibt, was sie alles mit Anna unternehmen will, wenn sie erst wieder nach Hause kommt – tanzen gehen, ins Kino auf der Kungsgatan sowie zum Kuchenessen in die Konditorei Sundsberg.

Zwischen den Briefen entdeckt Rebecka auch einen, den ihre Großmutter geschrieben hat. Er ist an Siv gerichtet, aber undatiert, und er endet mitten im Satz. Zögernd entziffert sie die verschnörkelte Handschrift.

Liebe Siv,

Du bist meine beste Freundin, und ich muss Dich um einen großen Gefallen bitten. Weil es nun so kommt, wie meine Mutter es will, muss alles, was in den letzten Wochen geschehen ist, vergessen werden. Ich bitte Dich deshalb, über alles, was ich Dir erzählt habe, zu schweigen und meine Briefe zu vernichten. Es darf keine Spur davon übrigbleiben. Angesichts der Umstände verstehst Du sicher, wie heikel das alles ist, also rede bitte mit niemandem über

Rebecka starrt das Blatt Papier an. Hinter dem letzten Wort ist ein großer Tintenkleks, als wäre ihre Großmutter mitten im Schreiben unterbrochen worden.

Sie lehnt sich zurück. Was mag es sein, das so geheim war, dass Siv die Briefe ihrer Großmutter vernichten sollte?

Vorsichtig nimmt sie noch einmal das Foto zur Hand, mustert es eingehend und dreht dann die Biscotti-Dose um. Sie ist alt und zerkratzt, an den Kanten haben sich Rostflecken gebildet. An einigen Stellen hat sich die blaue Farbe gelöst und der Deckel ist verbeult, dennoch ist sie ausnehmend hübsch. Und Luca Cavalli klingt nach einem italienischen Namen. Hat er irgendetwas mit der Dose zu tun?

Rebecka zögert, dann schlägt sie das Tagebuch ihrer Großmutter auf und konzentriert sich erneut auf die Datierung. Sie überlegt, ob es während des Zweiten Weltkriegs irgendeine Verbindung zwischen Schweden und Italien gegeben hat. Ihre Großmutter hat behauptet, sie habe Luca in ihrer Jugend kennengelernt, und Rebecka versucht sich auszurechnen, wann sie und ihr Großvater eigentlich geheiratet haben. Ihre Mutter wurde im Juni 1944 geboren, deshalb war Luca wahrscheinlich jemand, den sie davor kennengelernt hatte. Sie gibt »Luca Cavalli« und »1943« in die Google-Suchmaske ein, es sind jedoch zu viele Treffer, als dass sie ihnen nachgehen könnte.

Behutsam blättert sie die dünnen Seiten des Tagebuchs um. Ist es falsch, dass sie liest, was ihre Großmutter geschrieben hat? Rebecka weiß kaum etwas über ihre Familiengeschichte, und sie ist neugierig, warum ihre Großmutter so stark auf das Foto reagiert hat. Wenn Luca tatsächlich aus Italien stammte, wann und wie haben sie sich dann kennengelernt, und warum hat es ihre Großmutter so aufgeregt, das Bild von ihm wiederzusehen?

Rebecka nimmt das weiße Taschentuch mit der blauen Borte heraus und befühlt den weichen Stoff. Als sie es umdreht, stellt sie fest, dass es ein Monogramm hat. Unter der zierlichen blauen Kante steht REF.

Die Buchstabenkombination kommt ihr bekannt vor, doch sie kann sie nicht einordnen. Im Internet findet sie einen Artikel über die Runström Elektro Fabrik, kurz REF, die in den 1920er Jahren gegründet wurde und 1967 von einem internationalen Konzern aufgekauft wurde. Sie betrachtet erneut das Taschentuch. REF. Irgendwo tief in ihrem Innern klingelt es, doch sosehr sich Rebecka auch anstrengt, fällt ihr nicht ein, wo sie den Namen schon einmal gehört hat.

8

SEPTEMBER 1943

Anna radelt die Södergatan entlang. Auf dem Gepäckträger hat sie ein paar Bücher, die sie soeben in der Buchhandlung Killberg am Stortorget in Helsingborg erworben hat, und sie fühlt sich plötzlich frei, wie sie mit ihrem roten Crescent über das Kopfsteinpflaster holpert.

Es ist ein bewölkter Tag. Vom Meer her weht ein kalter Wind, und sie ist froh, dass sie sich einen Wollpullover über das Kleid gezogen hat. Weiter hinten am Gustav Adolfs Torg entdeckt sie eine Menschenansammlung, und sie späht neugierig in diese Richtung.

Als Luca plötzlich vor ihr auftaucht, gerät sie aus dem Gleichgewicht und stößt gegen die Bordsteinkante. Das Fahrrad rutscht zur Seite, und beinahe wäre Anna gestürzt. Gerade noch rechtzeitig greift Luca nach ihrem Lenker.

»Alles in Ordnung?«

»Ja, danke«, murmelt sie verlegen.

Luca lächelt und nickt zu ihrem Gepäckträger hin.

»Neue Bücher?«

»Ja. Ich bin durch mit Hemingway.«

»*Zimmer mit Aussicht*«, liest er. »Worum geht es da?«

»Um Lucy, die zusammen mit ihrer älteren Cousine nach Florenz fährt.«

»Italien, schon wieder.«

Anna schlägt die Augen nieder. Luca glaubt doch wohl nicht, dass sie sich das Buch seinetwegen ausgesucht hat?

»Ich würde so gerne mal hinfahren«, erklärt sie. »Wir haben Freunde, die direkt an der Piazza Duomo wohnen.«

»An der Santa-Maria-del-Fiore-Kathedrale?«

»Ja, genau. Wenn nicht Krieg wäre, wäre ich jetzt dort, um Italienisch zu lernen. Mein Bruder war vor ein paar Jahren bei ihnen, und seitdem er erzählt hat, was er alles gesehen hat, träume ich davon, nach Florenz zu fahren. Woher kommt denn deine Familie?«

»Bologna. Das ist nicht weit von Florenz. Ich habe mir da einmal Michelangelos David und die Gemälde von Botticelli angeschaut. Kennst du *Nascita di Venere*? Ich weiß nicht, wie es auf Schwedisch heißt.«

»Die Geburt der Venus?«

»Ja.« Er nickt. »Das ist wunderschön. Wenn man davorsteht, kann man gar nicht aufhören, es anzusehen.« Er gestikuliert lebhaft und seine Augen leuchten.

Anna lächelt. Es überrascht sie, wie Luca über Kunst spricht. Sie hätte nicht gedacht, dass ein einfacher Hofarbeiter ein so großes Interesse an Skulpturen und Gemälden haben könnte.

Aus der Menschenansammlung knallt es ein paarmal. Sie drehen sich um. Es klingt, als würde jemand gegen einen Laternenpfahl treten, Anna erkennt jedoch nur ein Meer von Rücken.

»Komm«, sagt Luca. »Wir schauen mal, was los ist.«

Er geht Richtung Kirche, und Anna folgt ihm. Als sie näher kommen, entdecken sie einen Mann auf einer umgedrehten

Holzkiste. Er ist beleibt und trägt einen braunen Anzug, sein Haar ist mit Wasser zurückgekämmt.

»Sie gehören hier nicht hin«, ruft er gerade und schüttelt die Faust. »Sie gehören zu einer fremden Rasse, das sieht doch jeder. Wir Schweden sind eins der edelsten Völker der Welt, aber Herr Hansson lässt Ausländer ins Land, die uns die Arbeit wegnehmen. Kein Wunder, dass die Arbeitslosigkeit so hoch ist.«

Anna hält sich mit ihrem Fahrrad abseits. Sie weiß nicht, wer der Mann ist, aber etwas an seinen Worten macht ihr Bauchschmerzen.

»Was sollen wir dagegen tun?«, fragt eine Frau mit fliederfarbenem Hut.

Der Mann auf der Kiste streicht sich das Haar aus der Stirn.

»Wählt mich, Yngve Hellberg, dann sorge ich dafür, dass wir das Land bekommen, das wir verdienen.«

Die Stimmung ist aufgeheizt, und als ein junger blonder Mann mit blauem Hemd beginnt, Flugblätter zu verteilen, steigt ein Raunen aus der Menge auf.

»Hier steht die Adresse unseres Parteibüros in Malmö«, ruft er. »Schreibt alle Juden und Kommunisten auf, die euch begegnen, und schickt uns die Namenlisten.«

»Wollt ihr das Pack loswerden, bin ich der Einzige, der euch helfen kann«, ergreift Yngve Hellberg wieder das Wort. »Ich habe nicht vor, mitanzusehen, wie unser Vaterland vor die Hunde geht.«

Anna mustert den jungen Mann mit den Flugblättern. Sie kennt ihn vom Nachbarhof, es ist der älteste Sohn, John, der immer bei der Ernte mithilft. Mehrfach hat sie ihn lautstark mit Familienmitgliedern streiten hören. Er wirft oft Dinge nach seinen Brüdern und brüllt die übelsten Schimpfwörter, wenn jemand das Heu falsch auflädt. Einmal hat sie ihn die Hand gegen seine eigene Mutter erheben sehen. Anna war sich sicher, dass er sie ohrfeigen würde, doch als er merkte, dass sie nicht allein waren, ließ er von ihr ab. Obwohl nichts passiert ist, erinnert Anna sich noch gut an das drohende Glühen in seinem Blick.

Sie versucht, sich mit dem Fahrrad vorbeizudrängen, doch es sind zu viele Leute im Weg. Als sie nach Luca Ausschau hält, stellt sie fest, dass er mitten in der Menschenmenge ist.

»Sind wir es nicht schuldig, diejenigen aufzunehmen, die vor Hitler geflohen sind?«, ruft er laut.

Der Mann auf der Kiste macht ein zufriedenes Gesicht. »Du bist doch Katholik? Was gehen dich die Juden an?«

Luca sieht sich um. »Mich gehen alle Menschen etwas an.«

»Dann fahr doch zurück, wo du hergekommen bist, und kümmere dich um dein eigenes Volk«, erhält er zur Antwort.

Einige Menschen auf dem Platz beginnen zu lachen. John tritt auf Luca zu und verschränkt die Arme vor der Brust. Er ist breitschultrig und plustert sich vor ihm auf.

»Verschwinde«, faucht er.

Anna wird unbehaglich zumute. Sie drängt sich zu Luca durch und zieht ihn am Ärmel. »Komm, lass uns gehen.«

Einen langen Moment bleibt Luca stehen und erwidert Johns Blick, dann dreht er sich zu Anna um. »Ich fahre mit dem Bus, aber ich kann dich ein Stück begleiten«, murmelt er und nickt zum Meer hinunter.

Sie befreien sich aus der Menge und gehen raschen Schrittes Richtung Landskronavägen, der Straße, die zurück nach Glumslöv führt. Luca sieht wütend aus, und Anna weiß nicht, was sie sagen soll. Als er schließlich stehen bleibt, sieht sie ihn beunruhigt an.

»*Avere la faccia da pesce lesso.*«

»Was heißt das?«

»Dass der Typ ein Gesicht wie gekochter Fisch hat«, erklärt Luca.

Anna starrt ihn an, doch als er lächelt, lacht sie laut los.

»Ich dachte, du wärst ernsthaft wütend.«

»Das bin ich auch«, sagt Luca. »Ich hasse Nationalisten. Die haben den Krieg angefangen. Aber wenn man sich von solchen Idioten deprimieren lässt, wäre das Leben bald ziemlich langweilig.«

Anna lächelt schief. Sie fragt sich, was Luca wohl sagen würde, wenn er wüsste, dass ihr Vater Geschäfte mit dem deutschen Staat macht.

»Bist du sicher, dass es allein Hitlers Schuld ist? Ich meine, die Russen sind doch genauso gefährlich?«

»Jeder, der Macht über andere haben will, ist gefährlich«, sagt Luca leise. »Aber ich habe schreckliche Dinge über Deutschland gehört. Sie terrorisieren Juden und haben Lager errichtet, in denen Menschen zu Tode gefoltert werden. Krieg bringt das Schlimmste in den Menschen zum Vorschein, und Hitler ist ein *coglione*, genau wie Mussolini«, sagt Luca.

»Ein was?«

»Vergiss es.«

Anna richtet sich auf. Die Art und Weise, wie Luca über die

Welt um sie herum spricht, lässt ein ganz neues Bild von ihm entstehen.

»Kannst du es mir nicht beibringen?«

»Was?«

»Italienisch, natürlich. Ich will auch so fluchen können.« Luca droht ihr mit dem Finger.

»Keine schlimmen Wörter, bevor du nicht die schönen gelernt hast.«

»*Pesce lesso*«, wiederholt sie.

»Das macht mich nur hungrig«, lacht Luca. Dann wird er wieder ernst. »*Le cose belle arrivano quando no le cherchi.*«

Anna gibt sich alle Mühe, es zu wiederholen. »*Le cose belle …*«

»*Arrivano quando no le cherchi*«, wiederholt Luca geduldig.

»*Arrivano quando no le cherchi.* Schön. Was bedeutet das?«

»Das Schöne im Leben tritt immer ein, wenn wir es am wenigsten erwarten«, sagt Luca und blickt ihr in die Augen. Anna spürt, wie ihre Wangen heiß werden.

»Ich muss nach Hause«, sagt sie schnell.

»Klar.«

Sie setzt sich auf den Sattel und stößt sich ab. »Wenn du mir Italienisch beibringst, kann ich dir vielleicht mehr über Schweden beibringen?«, ruft sie über ihre Schulter zurück.

»*Va bene allora*«, hört sie Lucas Antwort.

Als die Straße eine Kurve beschreibt, dreht sie vorsichtig den Kopf und schaut zu Luca, der etwa dreißig Meter hinter ihr geht. Anna weiß, dass er nicht zu der Art von Leuten gehört, mit denen sie Umgang haben sollte, doch je öfter sie ihn trifft, desto wohler fühlt sie sich in seiner Gesellschaft. Außerdem hat sie keine anderen Freunde hier. Und wer wäre geeigneter, ihr Italienisch beizubringen, als ein Italiener? Das, denkt Anna, müsste doch selbst ihren Eltern einleuchten.

9

APRIL 2007

Um halb sechs wacht Rebecka auf und schaut auf die Uhr. Zum ersten Mal seit Langem hat sie eine ganze Nacht durchgeschlafen. Zu Hause in Stockholm zwingt sie sich aufzustehen, egal, wie wenig sie geschlafen hat, um noch vor der Arbeit laufen zu gehen. Joar ist überzeugt, dass Disziplin der Schlüssel zum Erfolg ist, und deshalb beginnen sie jeden Morgen mit einem Glas Selleriesaft zu den Morgennachrichten, bevor sie beide ihre Kopfhörer aufsetzen und sich auf die Straße begeben.

Das Handy liegt auf der Sofalehne, und Rebecka überfliegt rasch ihre Nachrichten. Joar hat ihr immer noch nicht geantwortet. Wahrscheinlich hat er wegen des Prozesses alle Hände voll zu tun, dennoch erscheint es ihr merkwürdig, dass er sich so gar nicht meldet. Vermisst er sie denn überhaupt nicht?

Zu Beginn ihrer Beziehung standen sie immer in engem Kontakt, wenn einer von ihnen verreiste. Rebecka erinnert sich, dass sie oft miteinander telefonierten, während sie dieselbe Sendung schauten. Dass sich das triste Hotelzimmer gleich weniger einsam anfühlte, wenn sie Joars Stimme hörte. Heute schauen sie nicht einmal, wenn sie im selben Bett liegen, dieselbe Sendung. Joar hat immer den Laptop auf dem Bauch, auf dem er langweilige Golfturniere oder Fußballspiele verfolgt, während er gleichzeitig arbeitet. Und oft hat er so viel zu tun, dass sie den ganzen Abend kaum ein Wort miteinander wechseln.

Die ersten Sonnenstrahlen fallen durch die Ritzen der Jalousie, und Rebecka schiebt ihre Gedanken an Joar beiseite. Sicher ruft er sie zurück, sobald er Zeit hat. Stattdessen beschließt sie, eine Runde zu laufen. Die Stunden, die sie auf Knien im Garten verbracht hat, haben ihren Rücken und ihre Schultern ganz steif gemacht, und wenn sie ihre Muskeln jetzt ein wenig lockert, wird es bestimmt besser.

In der Küche gibt es weder Sellerie noch einen Entsafter, und so holt sie eine Flasche Orangensaft aus dem Kühlschrank, die ihr Verlobter als reinste Zuckerbombe verurteilt hätte, trinkt ein Glas und bindet sich die Laufschuhe.

Obwohl Frühling ist, ist die Morgenluft noch kalt. Rebecka atmet tief durch, zieht den erdigen Geruch der Felder ein und beschließt, in Richtung des kleinen Wäldchens zu laufen, das nur einen Steinwurf entfernt liegt.

Der Feldweg fühlt sich weich an unter ihren Füßen, und Rebecka findet bald einen guten Rhythmus. Je weiter sie kommt, desto mehr Höfe und Häuser tauchen auf. In manchen Fenstern erscheinen neugierige Gesichter, die sie beim Laufen beobachten.

Rebecka tut, als bemerke sie nichts, und wundert sich nur, wie viele Leute sich dafür entscheiden, an einem Ort zu leben, an dem man nie anonym sein kann. In einem kleinen Ort wie diesem kennt jeder jeden, und man steht ständig unter Beobachtung.

Auf dem Rückweg entdeckt sie eine Gestalt auf Gerdas Hof, das muss Arvid sein. Sie verlangsamt ihr Tempo und fährt sich mit der Hand durchs Haar. Vielleicht hatte er wirklich einen schlechten Tag, als sie vorbeikam, um sich vorzustellen. Wie auch immer, sie hat keine Lust, mit dem nächsten Nachbarn ihrer Großmutter im Clinch zu liegen.

Instinktiv zieht sie sich die Ärmel über die Handgelenke und will gerade guten Morgen rufen, als Arvid ihr den Rücken zukehrt.

Rebecka hält inne. Zwar sind es noch zwanzig Meter, aber hat er sie wirklich nicht kommen sehen? Kann er ernsthaft so unfreundlich sein, dass er ihr bewusst ausweicht, nur um sie nicht grüßen zu müssen?

Zögernd geht sie weiter. Noch könnte sie auf sich aufmerksam machen, doch der Gruß bleibt ihr im Hals stecken, und so beschleunigt sie wieder und sprintet das letzte Stück bis zum Haus ihrer Großmutter.

Dort angekommen, stellt sie fest, dass Scarlett vor der Tür auf sie wartet. »Na«, sagt sie, »das ist ja schön, dass du wieder hierhergefunden hast. Möchtest du etwas zu fressen?«

Die Katze sieht sie an und maunzt gedehnt. Rebecka hält ihr die Tür auf, für den Fall, dass sie mit ins Warme möchte, aber die Katze rührt sich nicht vom Fleck.

»Okay, verstehe. Warte kurz, ich hole dir was.«

Sobald Rebecka ihre Schüssel gefüllt hat und wieder hineingegangen ist, beginnt Scarlett zu fressen. Gierig fällt sie über das Futter her und verschwindet dann wieder. Rebecka blickt ihr durchs Fenster nach und fragt sich, wo sie sich wohl herumtreibt, wenn sie nicht auf ihrem Grundstück ist. Vielleicht läuft sie zu Arvid hinüber, um ihn und seine Frau zu ärgern. Das geschähe ihnen jedenfalls recht.

Nachdem sie geduscht und sich ein Frühstück gerichtet hat, setzt Rebecka sich an den Tisch. Die große runde Schachtel ihrer Großmutter steht immer noch da, und sie nimmt ihren Computer heraus und googelt »Hillesgården«. Mehrere Fotos eines Gutshofs in der Nähe von Glumslöv tauchen auf. Es ist gar nicht so weit von Björkbacken entfernt, dennoch kann sich Rebecka nicht erinnern, je etwas von dem großen Haus gehört zu haben.

Verblüfft betrachtet sie die Fotos. Ob ihre Großmutter tatsächlich dort gewohnt hat? Warum hat sie nie davon erzählt?

Rebecka gibt »Schonen im Zweiten Weltkrieg« ins Suchfeld ein, doch es erscheinen viel zu viele Treffer, als dass sie sie überprüfen könnte. Schließlich entdeckt sie eine Seite zur Geschichte Helsingborgs, die ein Mann namens Carl Persson erstellt hat. Vielleicht kann der ihr helfen, weitere Informationen über Luca zu finden?

Rebecka öffnet eine neue E-Mail und schreibt:

Guten Tag,

mein Name ist Rebecka, und ich versuche, einen Mann ausfindig zu machen, der mit meiner Großmutter befreundet war. Sein Name ist Luca Cavalli, und er wohnte gegen Ende des Zweiten Weltkriegs in der Nähe von Glumslöv. Für Hinweise, wie ich ihn finden kann, wäre ich sehr dankbar.

Sie überfliegt ihre Mail. Die Chance, dass Carl Persson etwas weiß, ist gering, aber mit ein wenig Glück kann er ihr vielleicht helfen weiterzukommen.

Als sie sich eine zweite Tasse Kaffee einschenkt, bewegt sich etwas im Garten. Rebecka beugt sich über die Arbeitsplatte zum Fenster. Ein braungesprenkeltes Huhn ist dabei, die Samen wieder auszugraben, die sie gestern erst gesät hat. Dann entdeckt sie ein weiteres Huhn, das auf dem Rand eines Pflanzkübels balanciert, und weiter hinten im Garten ist ein ganzes Trüppchen dabei, auf der Wiese herumzupicken. Wieso ist der Garten ihrer Großmutter plötzlich voller Hühner?

Rasch schlüpft sie in ihre Schuhe, zieht sich eine Jacke über und läuft hinaus. Sie versucht, die Hühner zu verscheuchen, doch die werfen ihr nur gleichgültige Blicke zu, bevor sie kluckend damit fortfahren, ihre Gartenarbeit zunichtezumachen.

Zornig stapft sie zum Nachbargarten. Bestimmt hat Arvid vergessen, seine Tiere einzusperren. Wie unverantwortlich und rücksichtslos von ihm! Mit jedem Schritt wird sie wütender. Nicht genug, dass der neue Nachbar ihrer Großmutter so unfreundlich ist, noch dazu kümmert er sich nicht ordentlich um seine Tiere. Was ist das eigentlich für ein Bauer?

Beim Wohnhaus angekommen, ist sie so außer sich, dass sie erst einmal tief durchatmen muss. Das Geräusch des Türklopfers hallt durchs ganze Haus, doch niemand öffnet. Nach dem dritten Versuch späht Rebecka durch die Scheibe neben der Tür. Neugierig betrachtet sie die Einrichtung von Arvid und Mandy. Der große Flur ist spärlich möbliert, an der Wand hängt ein Waffenschrank mit Jagdgewehren.

Die Waffen sind ihr unheimlich, doch so schnell will sie sich nicht geschlagen geben, und als sie sieht, dass eine der Stalltüren nur angelehnt ist, läuft sie dorthin.

Arvid wirkt überrascht, als sie so hereinplatzt, fährt aber fort, Heu in seine Schubkarre zu laden.

»Hallo«, sagt sie kurz angebunden. »Ihre Hühner verwüsten gerade meinen Garten.«

»Sicher, dass es Hühner sind?«

»Ja, allerdings. Man braucht nicht auf dem Land zu leben, um zu wissen, wie Hühner aussehen.«

Arvid zuckt die Achseln und schaufelt weiter Heu. Seine lakonische Art macht Rebecka noch wütender.

»Sie können doch Ihre Hühner nicht einfach so herumlaufen lassen. Was, wenn sie überfahren werden? Sie haben eine Verantwortung für Ihre Tiere!«

Arvid stellt die Heugabel beiseite, packt die Griffe der Schubkarre und fährt damit so dicht an ihr vorbei, dass sie zur Seite springen muss.

»Der komme ich ja gerade nach.«

Rebecka folgt ihm auf den Hof. Sie begreift nicht, weshalb er so unfreundlich sein muss.

»Hauptsache, Sie holen Ihre Hühner wieder ab, bevor sie all meine Arbeit zunichtegemacht haben«, faucht sie.

»Kann ich nicht.«

»Warum nicht?«

»Weil es nicht meine verdammten Hühner sind«, brüllt er.

Rebecka ist so überrascht von seiner Reaktion, dass sie zurückweicht. Fassungslos starrt sie ihn an, bis sie ein kleines Lächeln hinter seiner grimmigen Miene entdeckt.

»Es gibt hier gar kein Hühnergehege«, fährt er fort und macht eine ausladende Bewegung mit der Hand.

Rebecka blickt sich um. Woher soll sie wissen, wie ein Hühnergehege aussieht?

»Ach so«, sagt sie kleinlaut.

»Das sind Egons Hühner«, erklärt Arvid und deutet auf ein Haus, das ein Stück die Straße hinunter liegt.

»Was machen sie dann in meinem Garten?«, fragt Rebecka.

»Keine Ahnung, aber die Löcher in seinem Zaun werden es kaum besser machen.«

Arvid verschwindet im Stall, und Rebecka wirft einen Blick auf Egons Hof. Eigentlich müsste sie jetzt zu ihm, aber nach dem Missverständnis mit Arvid ist ihre ärgste Wut verpufft. Sie weiß nicht, warum sie jedes Mal so wütend wird, wenn sie mit Arvid redet. Normalerweise fällt es ihr schwer, andere Leute zu konfrontieren, aber Arvids herablassende Art macht sie wahnsinnig.

Als Rebecka wieder am Haus ihrer Großmutter ankommt, sind die Hühner verschwunden, die Beete aber völlig zerwühlt, und an einigen Stellen sind Löcher im Rasen. Rebecka versucht, die Grasbüschel zurückzustopfen. Scarlett biegt um die Hausecke.

»Hast du sie vertrieben?«, fragt Rebecka und kniet sich auf den Boden.

Langsam nähert sich die Katze. Ihre Pfoten bewegen sich lautlos über den Boden. Sie umkreist Rebecka und reibt sich vorsichtig an ihrem Bein.

»Braves Kätzchen«, murmelt sie und lässt die Hand über das weiche Fell gleiten. Das Handy vibriert in ihrer Hosentasche. Joar. Rebecka ist erleichtert.

»Guten Morgen!«

»Guten Morgen. Wie geht es dir?«

»Gut«, sagt Rebecka und streichelt Scarlett, die noch immer um sie herumstreicht.

»Und deiner Oma?«

»Sie ist immer noch im Krankenhaus. Wahrscheinlich muss sie noch ein paar Tage bleiben, aber das macht eigentlich nichts aus. Ich bin gerade dabei, ihr Häuschen zu renovieren. Da muss eine Menge repariert und in Ordnung gebracht werden.«

»Ach so. Und warum machst du das?«

»Weil sie es schön haben soll, wenn sie nach Hause kommt.«

Joar räuspert sich. Er klingt zerstreut, und sie überlegt, ob er wohl schon im Büro ist.

»Sie ist wahrscheinlich ja auch schon ziemlich alt«, sagt er. »Meinst du, sie kann überhaupt dort wohnen bleiben?«

»Klar. Es ist doch ihr Zuhause«, antwortet Rebecka schnell.

»Okay, entschuldige«, murmelt er. »Ich wollte dich nicht verärgern. Ich dachte nur, es könnte vielleicht an der Zeit sein, sie in ein Pflegeheim zu geben. Du hast ja eigentlich Besseres zu tun, als ein altes Haus zu reparieren. Ich dachte, du wolltest dir überlegen, wie du Boman zeigen kannst, dass es falsch war, dich nicht zu befördern.«

»Schon«, seufzt Rebecka. »Aber noch kann ich hier nicht weg.«

»Wieso nicht?«

»Es ist noch so viel zu tun. Ich habe versucht, dich zu erreichen, aber du bist nie drangegangen. Ich habe Birgitta schon gesagt, dass ich noch ein paar Tage bleibe.«

»Okay. Aber bis zum Essen bei Lundins nächste Woche Freitag bist du doch wieder hier? Die ganze Führungsetage kommt, und du weißt, wie wichtig es ist, dass wir beide erscheinen, wenn ich Chancen auf einen Posten als Partner haben will.«

»Ja, klar«, versichert Rebecka beruhigend. »Bis dahin bin ich garantiert zurück. Wie ist es gestern eigentlich gelaufen?«

Joar seufzt tief. »Gut«, antwortet er schließlich. »Glaube ich zumindest. Ich werde heute unser Plädoyer vorlegen.«

»Viel Glück.«

»Dir auch.«

Rebecka steckt das Handy wieder ein, und Scarlett bleibt stehen und reibt den Kopf an ihrem Knie. Vorsichtig legt sie ihr die Finger in den Nacken und krault sie hinter den Ohren. Denkt daran, wie viel passiert ist, seit sie und Joar ein Paar geworden sind. Als frisch Zugezogene hatte sie sich in Stockholm ziemlich einsam und verloren gefühlt, bis sie ihn kennenlernte. Joar war im letzten Semester seines Jurastudiums, jobbte nebenbei in einer Kanzlei und führte ein Leben weit entfernt von Nudeln und Thunfischdosen. Er machte ihr mit Einladungen zu luxuriösen Restaurantbesuchen den Hof, mit Wochenendtrips und teuren Geschenken, und Rebecka, die in einfachen Verhältnissen groß geworden war, war von seinem extravaganten Lebensstil fasziniert. Schon damals war offensichtlich gewesen, dass Joar Großes vorhatte, und es dauerte nicht lange, bis er sie in seine Pläne miteinbezog.

Schon nach wenigen Wochen nahmen sie sich eine gemeinsame Wohnung, und es fühlte sich gut an, das Leben mit jemandem zu teilen, der alles unter Kontrolle hatte. Rebecka wusste, dass ihr innerer Kompass nicht so funktionierte, wie er sollte, und Joar lotste sie durch die Untiefen des Lebens. Die Achterbahn, die sie gewohnt war, das Gefühl, zwischen Euphorie und tiefster Verzweiflung hin- und hergeworfen zu werden, rückte sich zurecht, als sie durch das Zusammenleben mit ihm mehr Struktur und eine Zugehörigkeit bekam. Und als Joar fünf Jahre später mit einem smaragdgeschliffenen Diamanten um ihre Hand anhielt, hatte sie gedacht, nicht glücklicher werden zu können.

Vielleicht hätte ich doch nicht hierherfahren sollen, denkt sie und blickt auf ihren nackten Finger herunter, an dem sie normalerweise ihren Verlobungsring trägt. Während des letzten Winterhalbjahrs hat sich etwas zwischen ihnen verändert. Rebecka ist sich nicht sicher, was genau, hat aber das Gefühl, dass sie langsam auseinanderdriften. Dabei hatten sie früher so viel Spaß. Nächtelang konnten sie wachliegen und über das Leben plaudern, über ihre Zukunftsträume, konnten sich gegenseitig antreiben, um zu erreichen, was sie wollten. Doch in letzter Zeit ist die Freude aus ihrem gemeinsamen Streben gewichen, und jedes Mal, wenn sie versucht haben, etwas gemeinsam zu unternehmen, zu essen oder auch nur spazieren zu gehen, haben sie sich immer nur angeschwiegen. Das Einzige, worüber sie noch geredet haben, waren ihre Jobs.

Vorsichtig streicht Rebecka über Scarletts Rücken, immer mit dem Strich, bis sie anfängt zu schnurren. Joar ist ihre Familie, er hat so viel für sie getan. Dass er ihr gegenüber in letzter Zeit so reserviert ist, liegt bestimmt nur daran, dass er so viel mit seiner Arbeit zu tun hat. In einer langjährigen Beziehung kann man schließlich auch nicht erwarten, dass man permanent frisch verliebt ist, und sobald es auf der Arbeit ruhiger geworden ist, werden sie schon wieder zueinanderfinden.

Obwohl sie das alles weiß, ist sie enttäuscht, dass Joar sich so wenig in die Situation mit ihrer Großmutter einfühlen kann. Wäre sie damals nicht gewesen, stünde Rebecka jetzt nicht da, wo sie jetzt steht, doch natürlich kann sie auch nicht ewig hier bleiben. Mit etwas Glück wird ihre Großmutter in den nächsten Tagen entlassen. Bis Mitte nächster Woche kann Rebecka längstens bleiben, dann muss sie wieder zurück in ihr eigentliches Leben.

10

SEPTEMBER 1943

Jedes Mal, wenn sie sich sehen, ist es, als bliebe die Zeit stehen. Luca bringt ihr Italienisch bei und sie reden über alles Mögliche – tauchen in tiefgründige Diskussionen ein, bis Anna plötzlich merkt, dass zwei Stunden vergangen sind und sie nach Hause muss. Faszinierend ist es vor allem, wenn Luca über die italienische Küche spricht. Er kann ihr verschiedene Gerichte oder auch nur eine Sauce so eingehend beschreiben, dass Anna sie förmlich schmecken kann, und begeistert schreibt sie sich alle Rezepte in ihrem Tagebuch auf. Sie ist überrascht, wie anregend sie Lucas Gesellschaft findet. Zwar hat sie derzeit keine große Auswahl, dennoch hätte sie nie gedacht, dass sie so viel gemeinsam haben könnten. Ohne recht zu wissen, wie es zugegangen ist, zählt sie bald die Treffen mit ihm zu den Höhepunkten in ihrem ansonsten recht langweiligen Leben.

Die Uhr in der Diele hat bereits neun geschlagen, und Anna beeilt sich, in ihr Zimmer zu kommen, damit ihre Mutter nicht bemerkt, wie spät sie dran ist. Doch dann sieht sie, dass die Tür zum Arbeitszimmer ihres Vaters offen steht. Er ist länger auf Reisen gewesen, und ohne darüber nachzudenken, läuft sie zu ihm hinein.

Direktor Valter Ekblad sitzt an seinem Schreibtisch. Er macht einen respekteinflößenden Eindruck, und sein stattlicher Körper wirft einen langen Schatten auf den Teppich. Er sitzt mit dem Rücken zur Tür, um auf den Garten hinausschauen zu können, der jetzt dunkel hinter der Fensterscheibe liegt. Den Telefonhörer hält er an sein Ohr gepresst.

Soll Anna ihm von Luca erzählen? Im Unterschied zu ihrer Mutter, die Unbekannten gegenüber immer misstrauisch ist, hat ihr Vater sich stets für Menschen aus anderen Ländern interessiert, und Lucas Geschichten über Italien würden ihm bestimmt gefallen.

Sie stellt sich vor, wie sie Luca zum Essen im festlich geschmückten Esszimmer mitbringt. Wie er, angezogen mit seinem besten Hemd, ihre Eltern mit Anekdoten unterhält, das Essen lobt und ihnen auf Italienisch zuprostet. Natürlich ist es undenkbar, dass sie Luca so empfangen, doch die Vorstellung ist einfach zu schön.

Anna streicht mit dem Finger über den Türrahmen. Das Holz fühlt sich weich an, und sie überlegt, wie ihr Vater wohl reagieren würde, wenn er wüsste, wie viel Zeit sie mit Luca verbringt. Könnte sie ihm die Wahrheit darüber sagen, wie glücklich sie sich jedes Mal in Lucas Nähe fühlt, gäbe es vielleicht eine Chance, dass er sie verstehen würde.

»Doch«, murmelt ihr Vater ins Telefon. »Es gibt ein Problem. Wir müssen etwas gegen Segerstedt unternehmen. Er weigert sich, seine deutschenfeindlichen Schmähartikel zu unterlassen. Die Zensur hat ihn bereits gedrängt, aber er lässt sich davon nicht beeindrucken. Nicht einmal auf den König will er hören. Er nutzt die schwedische Pressefreiheit einfach weiter für seine Propaganda aus ... Ach, wirklich? Einschränkung unserer Lieferungen, also ...«, seufzt er, »... begreifen die denn nicht, dass wir wirtschaftlich komplett vom Handel mit Deutschland abhängen? Ohne diesen sind wir nichts mehr wert.«

Anna schluckt. Sie muss daran denken, was Luca erzählt hat. Ihr Vater hat immer behauptet, Deutschland sei nicht für den Krieg verantwortlich. Im Gegenteil, es sei Großbritannien gewesen, das den Krieg erklärt habe, nicht umgekehrt. Außerdem beziehe Schweden lebensnotwendige Dinge aus Deutschland. Laut ihrem Vater ist es allein Deutschland zu verdanken, dass sie Kohle zum Heizen haben.

Ihr selbst wird jedes Mal unwohl, wenn sie Hitler im Radio hört. Seine scharfe, laute Stimme lässt sie schaudern. Gleichzeitig ist ihr bewusst, dass Schweden ihn, trotz der vorgeblichen Neutralität, teilweise unterstützt. Sie hat selbst die Züge voller deutscher Soldaten vom Bahnhof in Helsingborg abfahren sehen. Siv hat ihr im Brief gestanden, dass ihre Beschreibung der Uniformierten, die den jungen Frauen auf den Bahnsteigen Kusshände zuwarfen, sie ganz neidisch gemacht hätte. Und auch, wenn das Transitabkommen inzwischen aufgehoben worden ist, ist in den Zeitungen immer noch von einer klaren Linie der Regierung die Rede, und es wird betont, dass man nicht vorhabe, aufgrund des Drucks der Westmächte irgendwelche Entscheidungen zu treffen, die das Verhältnis zu Deutschland negativ beeinflussen könnten. Würde die Regierung aber tatsächlich bei dieser Position bleiben, wenn all das Schreckliche, was Luca ihr über die Deutschen erzählt hat, wahr wäre?

»Meine Blume«, ruft ihr Vater plötzlich aus. Er hat aufgelegt, nun dreht er sich zu ihr und breitet die Arme aus.

»Ich habe dich vermisst«, murmelt sie.

»Ich dich auch«, sagt ihr Vater. »Aber ich habe dir etwas mitgebracht.«

Er deutet auf das Sideboard, auf dem eine Vase mit weißen Dahlien steht. Anna tritt näher und bewundert die großen, seerosenförmigen Blüten.

»Ich habe sie bei Wibergs im Garten gesehen und darum gebeten, einen Strauß für dich mitnehmen zu dürfen.«

»Ach«, sagt Anna. »Danke.«

»Habe ich dir erzählt, dass ich dich am liebsten Dahlia genannt hätte, als du zur Welt gekommen bist?«

»Nur ein paar tausendmal.«

Ihr Vater lacht. »Dein Gesicht sah aus wie eine rosa Dahlie. Ganz zart und perfekt gerundet. Dahlien sind die schönsten Blumen der Welt, aber man muss aufpassen, dass sie bei Nachtfrost nicht kaputtgehen.«

»Ich kann dich beruhigen, es ist abends immer noch warm draußen.«

»Ach, tatsächlich? Ich habe mich schon gefragt, was du so spät noch draußen zu suchen hattest.«

Anna schluckt. Soll sie jetzt von Luca erzählen?

»Ich habe jemanden kennengelernt«, sagt sie und spürt, wie ihr Herz flattert, »von dem ich Italienisch lernen kann.«

»Das klingt fantastisch«, ruft ihr Vater aus und nimmt ihre Hände in seine. »Sag etwas auf Italienisch.«

Anna überlegt. »*Dolce far niente*. Das bedeutet so etwas wie ›die Süße des Nichtstuns‹.«

»Was für eine großartige Bekanntschaft!«, sagt ihr Vater. »Diese Freundin würde ich gerne mal kennenlernen.«

Anna öffnet den Mund, um dies richtigzustellen, doch es kommt kein Wort heraus.

»Wenn es etwas gibt, das ich lernen muss, dann die Ruhe zu genießen«, fährt er fort. »Hätte ich mehr Zeit, würde ich sie im Garten verbringen, aber dieses Jahr werde ich wohl nicht einmal dazu kommen, auch nur eine Blumenzwiebel zu setzen. Dennoch bin ich froh, dass du deinen Platz hier gefunden hast. Ich weiß, dass du sehr enttäuscht warst, als wir dich nicht nach Stockholm zurück lassen wollten. Wir wollten dich einfach nur schützen.«

Anna nickt. Eigentlich müsste sie widersprechen, doch sie weiß, dass es nichts nützen würde. Wie sie aber so dasteht, allein mit ihrem Vater, drängen sich ihr ein paar Dinge auf, über die Luca und sie geredet haben.

»Vater«, sagt sie und holt tief Luft. »Ich möchte dich etwas fragen.«

»Bitte, nur zu!«

»Ich habe schreckliche Dinge über die Deutschen gehört. Weißt du genauer darüber Bescheid, was in Europa passiert?«

»Ach, Anna«, sagt ihr Vater, und ein Schatten legt sich über sein Gesicht. »Es ist Krieg da draußen. Es passieren so viele schreckliche Dinge.«

»Das ist klar. Aber du verkaufst Eisenerz an Hitler. Machst du dir keine Gedanken, wofür er es benutzt?«

»Es ist mein Beruf«, sagt ihr Vater und zuckt die Achseln. »Wäre es besser, wenn ich es an die Russen verkaufe, die ihr eigenes Land terrorisieren?«

»Tun das die Deutschen denn nicht auch? Ich habe gehört, sie verfolgen Juden.«

Ihr Vater räuspert sich. Seine Wangen sind gerötet, und auf seiner Stirn hat sich eine steile Falte gebildet. »Meine Kontakte sagen, das Einzige, was sie tun, ist, die Menschen umzusiedeln, um Platz für die deutsche Bevölkerung zu schaffen. Das mag grausam klingen, aber die Juden sind ein anderes Volk, und es gibt einfach nicht genügend Platz für alle.«

»Bist du sicher, dass das stimmt?«

»Wie meinst du das?«

Anna weicht aus. »Ich habe Gerüchte gehört, sie würden Menschen in Lager stecken und töten.«

»Wie oft habe ich dir gesagt, du sollst nicht glauben, was in den Zeitungen steht!«, seufzt ihr Vater. »Glaubst du wirklich, die Journalisten wüssten mehr als wir anderen? Das sind doch alles Kommunisten, und falsche Informationen zu verbreiten ist Teil der Kriegsführung. Deshalb hat die Regierung jetzt auch die Pressefreiheit eingeschränkt.«

»Aber wenn es stimmt?«

Ihr Vater kehrt zu seinem Schreibtisch zurück. »Ich muss weiterarbeiten«, sagt er, und Anna spürt, wie es sie durchzuckt. Sie will sich nicht mit ihrem Vater streiten.

»Entschuldige, es war dumm von mir.«

»Macht nichts«, murmelt er, ohne sie anzusehen. »Du bist jung, du kannst nichts dafür, dass du nicht weißt, wie die Dinge funktionieren.«

Anna bleibt mitten im Raum stehen. Sie bereut die Fragen, die sie ihm gestellt hat, und wünschte, sie könnte sie zurücknehmen. Das Schweigen zwischen ihnen ist wie ein dunkler Schatten, und Anna sucht nach Worten, um die Aufmerksamkeit ihres Vaters zurückzugewinnen.

»Familie Runström kommt zum Essen hierher«, sagt sie schließlich und sieht, wie sein Gesicht aufleuchtet.

»Ja, Mutter hat es mir erzählt. Da bekommst du wohl ein neues Kleid genäht?«

»Ja.« Anna nickt.

»Das klingt gut. Axel ist ein guter Mann, er begreift, wie komplex die Welt manchmal ist.« Valter hebt den Blick und sieht sie an. »Ich weiß, dass es nicht leicht ist, wenn man jung ist und seinen eigenen Weg finden muss. Vergiss nicht, dass Mutter und ich da sind, um dich zu leiten. Wir wollen nur dein Bestes.«

»Das weiß ich.«

»Gut«, erwidert er. »Du wirst schon sehen, es wird sich alles fügen. Bald ist der Krieg vorbei, und dann kann das Leben endlich wieder seinen gewohnten Gang gehen. Bis dahin aber will ich dich um eines bitten.«

»Was denn?«

»Sei vorsichtig. Man kann leider nicht allen Menschen trauen.«

Der Stuhl schaukelt leicht, als ihr Vater sich wieder an den Schreibtisch setzt. Er greift nach dem Telefonhörer und gibt Anna damit zu verstehen, dass ihr Gespräch beendet ist. Ein paar Sekunden fühlt es sich an, als hielte der Boden sie fest. Sie hat noch so viel zu erzählen, möchte ihrem Vater so viel sagen – dass er gar keine Ahnung hat, wer sie wirklich ist, und dass sie deutlich mehr kann und begreift, als er denkt –, doch als er den Finger in die Wählscheibe steckt, verlässt sie sein Arbeitszimmer und läuft in ihr Zimmer. Ihre Eltern haben immer schon versucht, ihren Nachrichtenkonsum zu begrenzen, und mit Ausnahme der Zeit rund um den Kriegsbeginn waren auch ihre Freunde nie besonders daran interessiert, über die Ereignisse in der Welt zu diskutieren. Siv hatte zwar eine Spendenaktion zugunsten der finnischen Kriegskinder gestartet, nachdem sie einen ganzen Waggon voller Kleinkinder mit Nummern um den Hals am Stockholmer Hauptbahnhof ankommen sah, hatte die Aktion jedoch schnell wieder beendet, als sie merkte, wie viel Arbeit es machte. Wenn Anna versuchte, Erwachsene in ihrer Umgebung darüber auszufragen, was geschah – die Einmärsche der Deutschen in verschiedenen Ländern, die Belagerung Stalingrads oder die Kämpfe in Nordafrika –, schien niemand ihr antworten zu können. Magister Roslund, ihr Lateinlehrer, der zugleich ihr Lieblingslehrer war, hatte nur kurz erklärt, er sei nicht der Richtige, um ihr die Auslandspolitik zu erklären, und ihre Haushälterin in Stockholm, Fräulein Jonsson, errötete und meinte, dass diese Themen sich nicht für die Küche eigneten.

Der einzige Weg, auf dem es Anna bisher neben dem Zeitunglesen gelungen ist, Informationen zu bekommen, ist das Radio. Die seltenen Male, wenn sie allein zu Hause ist, stiehlt sie sich in den Salon und schaltet es ein. Mit etwas Glück gelingt es ihr, Ekot hereinzubekommen oder eine Nachrichtensendung von TT, bevor ihre Mutter zurück ist. Das hat ihr geholfen, zumindest ein wenig über die Kriegsereignisse auf dem Laufenden zu bleiben. Von einem Lager, in dem Menschen ermordet werden, hat sie allerdings auch dort nie etwas gehört.

Anna beißt sich auf die Lippen. Kann es sein, dass Luca unrecht hat? Vielleicht weiß er gar nicht, was in Deutschland passiert, vielleicht sind das alles nur böse Gerüchte, erfunden, um Widerwillen gegen Hitler zu erzeugen? Doch warum sollte er das tun? Er hat doch nichts davon, wenn er Unwahrheiten verbreitet, jedenfalls nicht so, wie ihr Vater etwas davon hätte?

Ein trotziger Klumpen bildet sich in ihrer Kehle, Anna versucht, ihn hinunterzuschlucken. Sie will nicht glauben, dass ihr Vater sie anlügt. Vielleicht hat man ja auch ihn hinters Licht geführt? Oder seine Geschäftspartner sind in Wahrheit keine Nazis. Vielleicht haben sie nichts mit Hitler zu tun. Denn was wäre die Alternative? Dass ihr Vater bewusst Geschäfte mit Leuten macht, die andere Menschen foltern und töten?

Mit einem Mal fühlt Anna sich ganz starr. Als wäre ein kalter Wind hereingefahren und hätte ihr alle Wärme entzogen. Sie zieht den Mantel enger um sich und beschleunigt ihren Schritt. Wahrscheinlich hat Luca unrecht. Begreift er denn nicht, in was für eine schwierige Situation er sie bringt, wenn er ihr Dinge erzählt, die gar nicht stimmen?

Der Gedanke macht sie richtiggehend wütend. Wenn sie ihre Eltern davon überzeugen will, dass sie reif genug ist, ihre eigenen Entscheidungen zu treffen, darf sie nicht als leichtgläubig und dumm dastehen. Bei ihrem nächsten Treffen wird sie Luca klarmachen, dass er seine Propaganda gefälligst für sich behalten soll.

11

APRIL 2007

Rebecka wird von einem lauten Knall geweckt. Verwirrt setzt sie sich auf und macht dabei eine so heftige Bewegung, dass ihr Kissen herunterfällt. Wieder hat sie die ganze Nacht durchgeschlafen, jetzt aber macht irgendjemand wahnsinnigen Lärm.

Ein weiterer Knall. Rebecka reibt sich die Augen. Es klingt wie Gewehrschüsse. Wer, verdammt noch mal, steht um Viertel vor fünf morgens auf und schießt?

Als das Knallen gar nicht mehr aufhört, tritt sie auf die Treppe. Der Nebel liegt dicht über den Feldern, und sie erkennt nur vage Umrisse der Bäume und Häuser. Als noch ein weiterer Schuss fällt, ist sie sich sicher, dass er von Gerdas Hof kommt.

Rebecka zieht sich an und läuft entschlossen den Kiesweg hinunter. Im Stall findet sie Arvid. Trotz der frühen Stunde ist er schon mit Melken beschäftigt, die Maschine brummt laut.

»Entschuldigung«, ruft sie.

Er bemerkt sie erst gar nicht, doch als er sie erblickt, verdreht er die Augen.

»Ja?«

»Haben Sie gerade geschossen?«

»Was geht Sie das an?«

Rebecka verschränkt die Arme vor der Brust. »Sie haben mich geweckt.«

»Tut mir leid, aber auf dem Land muss man früh raus und hart arbeiten, sonst geht man in Konkurs.«

»Ich bin mir ziemlich sicher, dass ich mindestens ebenso hart arbeite wie Sie.«

»Als was? Als Einrichtungsdesignerin?«

Rebecka starrt ihn an. »Ich arbeite bei einer der größten schwedischen Buchhaltungsfirmen. Das hier ist mein erster Urlaub seit Jahren.«

»Schön für Sie. Ich habe noch nie Urlaub gehabt.«

Sie ballt die Fäuste, um nicht laut zu schreien, und spürt, wie sich die Fingernägel in ihre Haut bohren. Warum ist er nur so wahnsinnig arrogant?

»Ich finde jedenfalls, man sollte in einer Wohngegend nicht schießen.«

Arvid winkt ihr, sie solle ihm Platz machen, und geht dann um die nächste Kuh herum, um die Melkmaschine anzuschließen.

»So ist es gut«, sagt er und klopft der Kuh den Rücken.

»Haben Sie gehört, was ich gesagt habe?«

»Ja«, antwortet er. »Allerdings frage ich mich, warum Sie es so auf mich abgesehen haben. Sie wissen doch nicht einmal, ob ich geschossen habe.«

»Die Schüsse kamen eindeutig von hier. Außerdem habe ich den Waffenschrank in Ihrem Flur gesehen.«

»Wann waren Sie denn in meinem Flur?«

»Ich habe ihn gesehen, als ich neulich bei Ihnen geklopft habe«, erklärt sie und schiebt sich eine Haarsträhne hinters Ohr.

Arvid richtet sich auf. »Ich war es aber nicht«, knurrt er.

»Sondern Egon. Er schießt auf die Wildschweine am Feldrand gleich hier hinter meinem Stall. Mir passt das auch nicht. Er macht damit die Kühe verrückt, ich habe ihn mehrfach gebeten, damit aufzuhören.«

»Tja, dann muss ich wohl mal mit ihm reden.«

»Bitte, viel Glück«, sagt er, und es zuckt um seine Mundwinkel. »Auf eine Businessfrau aus Stockholm hört er bestimmt eher als auf mich. Sagen Sie ihm doch auch gleich noch, er soll seine Hühner einsperren, wenn Sie schon einmal dort sind.«

Rebecka dreht sich um und läuft zu Egon hinüber. Ihre Wangen glühen vor Wut. Sie wird Arvid schon zeigen, wie weit man mit ein klein wenig Höflichkeit kommt.

Das rotgestrichene Haus ist ungefähr genauso groß wie das ihrer Großmutter und steht übereck mit einem angebauten Hühnergehege. Warum sperrt er die Hühner nicht einfach dort ein, wenn er doch ein Gehege hat, überlegt Rebecka und klopft an die Tür. Es dauert einen Moment, dann hört sie jemanden rufen.

»Was gibt's?«

Arvid scheint nicht der einzige Nachbar hier zu sein, dem jede Spur von Freundlichkeit abgeht. Rebecka beugt sich vor und schaut durch das Küchenfenster.

»Hallo, ich heiße Rebecka, ich bin die Enkelin von Anna oben in Björkbacken.«

Die ersten Sonnenstrahlen spiegeln sich in der Scheibe, dennoch erahnt Rebecka eine Bewegung drinnen, und kurz darauf brummt eine Stimme: »Kommen Sie rein.«

Egon sitzt am Küchentisch und trinkt Kaffee. Er trägt einen

ziemlich zerschlissenen blauen Bademantel, das weiße Haar steht nach allen Seiten von seinem Kopf ab und auf seinem Nasenrücken sitzt eine verbogene, ungeputzte Brille. Trotz des Sonnenlichts ist es dunkel drinnen, und Rebecka stellt fest, dass keine Lampe brennt.

»Hallo, ich bin Rebecka«, wiederholt sie.

»Ja, das sagten Sie bereits.«

»Darf ich mich setzen?«

Egon zuckt die Achseln und Rebecka zieht sich einen Stuhl heran, auf dem, wie sie feststellt, ein Stapel alter Zeitungen und Reklameblätter liegt.

»Ich kann auch stehen bleiben«, sagt sie. »Ich möchte Sie gerne um etwas bitten.«

»Ach ja?«

Sie versucht zu lächeln, obwohl Egons missmutiges Gesicht es ihr schwermacht.

»Ich habe vorhin Schüsse gehört. Waren Sie das?«

Egon trinkt einen Schluck und deutet dann mit einer Kopfbewegung zu dem Gewehr hinüber, das am Herd lehnt.

»Ist es wirklich eine gute Idee, in einer Wohngegend zu schießen?«, fragt Rebecka vorsichtig. »Ich meine, stellen Sie sich vor, Sie treffen aus Versehen jemanden.«

»Ich sehe doch, wohin ich schieße«, schnaubt er.

»Wäre es nicht trotzdem besser, wenn Sie es draußen im Wald machen würden?«

»Ich schieße nicht, um zu jagen«, bricht es aus dem alten Mann hervor. »Ich will nur die Wildschweine vertreiben.«

»Ach so«, sagt Rebecka überrascht. Bisher sind ihr keine Wildschweine aufgefallen. »Stören sie Sie?«

»Sie buddeln meine Saatkartoffeln aus. Sobald ich welche gesetzt habe, kommen sie. Und Schutzjagd ist das ganze Jahr über erlaubt.«

»Gibt es keine andere Möglichkeit, sie loszuwerden?«

»Soweit ich weiß, nicht«, sagt Egon und steckt sich ein Stück Würfelzucker zwischen die Zähne. »Sonst noch was?«

Rebecka sieht sich bedrückt um. Wenn das Häuschen ihrer Großmutter bei ihrer Ankunft chaotisch war, so war das nichts gegen den Zustand von Egons Küche. Wohin sie auch schaut, liegt irgendetwas herum, das Spülbecken ist voller Geschirr, und auf der Arbeitsplatte türmen sich leere Milchkartons.

»Warum ist es so dunkel bei Ihnen?«

»Das geht Sie überhaupt nichts an.«

»Entschuldigung, ich habe mich nur gewundert.«

Egon wirft ihr weiter grimmige Blicke zu, und Rebecka bewegt sich Richtung Tür. »Ich geh dann mal. Ich wollte nur Bescheid sagen, dass meine Oma im Krankenhaus liegt. Sie ist gestürzt und hat sich die Hand gebrochen, ich hoffe aber, dass sie bald wieder nach Hause kann.«

»Ach so«, murmelt er. »Das ist ja nicht schön.«

Rebecka dreht sich um und schlüpft in ihre Schuhe. Als sie gerade gehen will, räuspert sich Egon.

»Ich kann die Glühbirnen nicht wechseln.«

»Wie bitte?«

»Ich komme nicht dran«, seufzt er und deutet zur Decke. »Mein Gleichgewichtssinn ist nicht in Ordnung, und ohne auf einen Stuhl zu steigen, komme ich nicht hoch genug.«

»Ich kann Ihnen helfen.«

»Ach, macht doch nichts, wenn es hier ein bisschen dunkel ist, ich sehe ja ohnehin nicht mehr so gut.«

Dann solltest du erst recht nicht mit einer geladenen Waffe herumlaufen, denkt Rebecka, verkneift sich jedoch ihren Kommentar.

»Sie sollten aber schon Licht anmachen können«, sagt sie stattdessen. »Wo haben Sie denn Ihre Glühbirnen?«

Zehn Minuten später hat Rebecka alle kaputten Glühbirnen im Haus ausgewechselt und blickt sich zufrieden um.

»Jetzt muss hier nur noch ein bisschen aufgeräumt werden«, sagt sie lächelnd.

»Moment, das ist meine Angelegenheit.«

»Keine Sorge, ich fasse nichts an«, sagt Rebecka und hebt beide Hände.

»Dann ist ja gut«, brummt Egon und schiebt eine weiße Tablettendose über den Tisch. »Vielleicht können Sie mir aber noch den Deckel von meinem Herzmedikament aufschrauben, wenn Sie schon mal hier sind. Der scheint sich verkantet zu haben.«

»Gerne. Sind Sie sicher, dass ich Ihnen nicht doch noch irgendetwas helfen soll?«

Er schüttelt den Kopf, und Rebecka bemerkt ein gerahmtes Foto, das hinter einer Packung Haferflocken steht. Auf dem Bild ist ein deutlich jüngerer Egon mit gekämmtem Haar und weißem Hemd neben einer fröhlichen Frau in grünem Kleid zu sehen.

»Das ist meine Pia«, sagt Egon seufzend. »Sie ist vor drei Jahren gestorben.«

»Das tut mir leid.«

Egon nickt, zuckt aber zusammen, als vom Hof lautes Gackern hereindringt.

»Sind das Ihre Hühner, die hier frei herumlaufen?«

»Ja«, seufzt er. »Es gelingt ihnen immer wieder auszubüxen. Es ist wirklich ein Kreuz mit dem Federvieh, aber ich bin natürlich froh, dass ich keine Eier kaufen muss.«

»Das verstehe ich. Haben Sie etwas dagegen, wenn ich mir das Gehege mal ansehe?«

»Tun Sie, was Sie wollen.«

Rebecka tritt auf den kiesbedeckten Innenhof. Im Hühnergehege stolzieren zwei Hennen umher. Sie prüft, ob die Tür schließt, was sie tut; dann geht sie einmal rund um den Zaun. Ganz hinten in einer Ecke hat sich offenbar das Netz gelöst. Das hat sie in wenigen Minuten repariert.

Sie dreht eine weitere Runde über das Grundstück. Die Erde auf Egons Kartoffelacker ist tatsächlich vollkommen zerwühlt, und hier und da liegen angefressene Saatkartoffeln herum. Wenn das die Wildschweine waren, kann sie durchaus verstehen, warum ihr Nachbar sie verjagen will.

Rebecka lässt den Blick über die Grundstücksgrenze wandern. Der Hof ist eingezäunt, doch an mehreren Stellen sind Löcher im Maschendraht. Sie untersucht eins der größeren. Es ist zu viel Arbeit für einen allein, aber mit etwas Hilfe müsste man es repariert bekommen, denkt sie und wirft einen Blick zu Arvids Hof hinüber.

Mit Egons Werkzeugkasten macht sie sich an die Arbeit und flickt das Hühnergehege. Dann geht sie in die Küche zurück.

»Das Hühnergehege ist wieder ganz«, sagt sie zufrieden.

»Und ich sehe, dass Sie einen Zaun um Ihr Grundstück haben. Wenn wir den reparieren und damit die Wildschweine aus Ihren Kartoffeln heraushalten – versprechen Sie dann, nicht mehr zu schießen?«

»Wer ist wir? Sie und Ihre Großmutter?«

»Ich wollte Ihren Nachbarn Arvid bitten.«

»Der hat keine Zeit«, sagt Egon und winkt ab. »Der Trottel glaubt immer noch, dass es möglich ist, einen Hof so wie früher zu betreiben. Aber heutzutage kann man nicht mehr von der Landwirtschaft leben, es sei denn, man macht eine Industrie daraus.«

»Ach so. Ich dachte, Landwirtschaft wäre eine sichere Sache. Die Leute sind doch immer auf Nahrungsmittel angewiesen.«

»Das sollte man meinen«, schnaubt Egon. »Aber richtige Arbeit rentiert sich heute nicht mehr. Immer müssen gleich Maschinen eingesetzt werden. Warten Sie ab, bald übernehmen sie die ganze Welt.« Egon unterbricht sich und rückt die Brille auf seiner Nase zurecht. »Ihren Job allerdings wohl eher nicht. Was machen Sie beruflich?«

»Ich arbeite im Finanzsektor.«

»Ach, Mist«, murmelt er. »Das kann definitiv auch ein Roboter machen. Ich selbst war Industriearbeiter. Zweiundvierzig Jahre habe ich in derselben Fabrik gearbeitet, bis alles automatisiert wurde. Immerhin habe ich ein Abschiedsgeschenk bekommen.« Er hält einen silbern glänzenden Flaschenöffner mit einem Firmenlogo hoch. »Es wurden so viele von uns verabschiedet, dass goldene Uhren zu teuer geworden wären.«

Rebecka weiß nicht, was sie sagen soll. »Das tut mir leid«, murmelt sie schließlich.

»Ach, ich komme schon zurecht. Ich habe ja meine Kartoffeln«, sagt er und zwinkert ihr zu.

Rebecka räumt den Werkzeugkasten weg und nimmt den Karton mit den kaputten Glühbirnen. Es wäre so viel einfacher, wenn Egon und Arvid sich gegenseitig helfen würden, denkt sie. Ganz allein zurechtzukommen, wenn man so abgelegen wohnt, ist einfach nicht leicht.

»Ich rede mal mit Arvid«, sagt sie.

»Das wird sich nicht lohnen. Er und ich stehen nicht gerade auf gutem Fuß miteinander.«

»Einen Versuch ist es immer wert«, widerspricht Rebecka und bemüht sich um ein Lächeln.

12

SEPTEMBER 1943

Anna schlendert langsam durch den dichten Wald. Als Kind hat sie ihn immer als verwunschenen Ort empfunden, voller übernatürlicher Wesen. Fast meinte sie, Trolle aus dem Unterholz lugen zu sehen, Wassermänner ihre Geige spielen zu hören und die Elfen in der Morgendämmerung tanzen zu sehen.

Ihr Vater meinte immer, das käme vom vielen Lesen. »Nicht, dass du die Welt der Bücher mit der Wirklichkeit verwechselst«, konnte er beim Frühstück schmunzeln, wenn sie sich weigerte, ihr Buch beiseitezulegen.

Der Wald um sie herum ist vollkommen still. Das herabgefallene Laub macht den Boden weich und ihre Schritte nahezu lautlos. Anna hebt den Blick zu den gewaltigen Baumkronen, die sich im Wind bewegen. Die riesigen Eichen und Erlen, die sich zum Himmel strecken, wirken so mächtig. Sie fragt sich, wie alt sie wohl sein mögen. Hundert Jahre bestimmt.

Es ist noch etwas Zeit bis zu ihrer Verabredung mit Luca, doch sie sehnt sich nach ihm. Und das, obwohl ihre Gespräche über Deutschland sie immer noch wurmen. Luca hat ganz andere Ansichten darüber, was dort passiert, als ihr Vater, und Anna weiß nicht, wem sie glauben soll. Sie kann sich nicht vorstellen, dass Luca sie bewusst belügt. Wenn er aber recht hat, würde das bedeuten, dass ihr Vater die Unwahrheit sagt, und das wäre ebenso schlimm.

Sie späht vorsichtig durch die Blätter. Mehrfach hat sie Luca in diese Richtung verschwinden sehen, vielleicht wohnt er auf einem der Höfe etwas südlich der Hügel. Soll sie ihm entgegengehen? Er ist ja auch nach Hillesgården gekommen, um nach ihr zu suchen.

Anna verwirft diese Idee. Sie weiß genau, dass sie nicht so viel an Luca denken sollte, dass ihre Freundschaft nur ein vorübergehendes Kapitel in ihrem Leben sein kann, dennoch kann sie nicht damit aufhören. Sie fühlt sich seltsam erfüllt, wenn sie zusammen sind, als färbe er auf sie ab.

Plötzlich hört sie ein Geräusch hinter sich und dreht sich um. Einen Moment lang glaubt sie, es sei Luca, doch es ist John vom Nachbarhof. Er ist nur wenige Meter von ihr entfernt, und sein blaugestreiftes Hemd ist an den Ärmeln hochgekrempelt, sodass seine kräftigen Armmuskeln zu sehen sind.

»Na, Fräulein, ganz allein unterwegs?«, sagt er und grinst schief.

Anna merkt, wie sie sich anspannt. Sie muss daran denken, wie oft sie ihn herumschreien und seine jüngeren Brüder hat piesacken sehen.

»Ich bin auf dem Nachhauseweg«, antwortet sie rasch und blickt sich um. Sie sind ganz allein mitten im Wald.

»Warum so eilig? Wir können uns doch ein bisschen unterhalten.«

»Meine Eltern warten«, murmelt Anna und versucht, an ihm vorbeizukommen.

John lacht höhnisch. »Mit einem Ithaker gibst du dich ab, aber für deinesgleichen hast du keine Zeit?«

Er stellt sich ihr in den Weg.

»Lass mich durch«, sagt sie trotzig.

»Ich bin mindestens genauso nett wie dieser Zigeuner«, fährt John fort. »Du musst mir nur eine Chance geben.«

Er lässt seine Hand über ihre Hüfte gleiten. Anna weicht zurück, doch er folgt sofort. »Das war doch gar nicht so schlimm.« Er lächelt und zieht sie an sich.

»Lass mich los«, schreit Anna und schlägt wild um sich, doch es nutzt nichts. John ist stark, er packt ihre Handgelenke und presst sie gegen einen Baum.

Plötzlich ist sein Gesicht so nah, dass sie seinen keuchenden Atem im Gesicht spürt. Sie versucht, sich zu befreien, aber John drückt sich mit dem ganzen Körper an sie und hält ihre Arme fest. Mit der freien Hand fasst er nach ihrem Kinn. Seine Finger graben sich in ihre Haut, und er dreht ihr Gesicht gewaltsam zu sich.

»Ich merke schon, dir gefällt es, hart angefasst zu werden«, sagt er und legt eine Hand auf ihre Brust. Als er aber an ihrem Halsausschnitt zerrt, spuckt Anna ihm ins Gesicht.

»Lass mich los«, faucht sie.

Johns Wangen werden flammend rot und er hebt die Hand, um ihr eine Ohrfeige zu verpassen. Im selben Moment, in dem seine Handfläche sie trifft, ist ein lautes Brüllen zu hören. Plötzlich ist Luca bei ihnen und wirft sich auf John, er reißt ihn von Anna weg und schlägt ihm die Faust so fest ins Gesicht, dass er rücklings zu Boden geht.

Wütend starrt er John an, als dieser sich langsam erhebt.

»Verschwinde!«

John hält sich den Mund, zwischen seinen Fingern sickert Blut hervor.

»Das wirst du bereuen«, murmelt er undeutlich und wirft Anna einen bösen Blick zu. »Ich kenne genügend Leute, die Südländer hassen. Du und dein Zigeunerfreund, ihr werdet schon sehen, was ihr davon habt.«

Er verschwindet den Pfad hinunter, und Luca dreht sich zu Anna um.

»Alles in Ordnung?«, fragt er besorgt.

Anna fasst sich ans Kinn. Ihr ganzes Gesicht tut weh und ihr Kiefer pocht.

»Ich weiß nicht genau.«

Er beugt sich zu ihr und untersucht vorsichtig ihre Wange.

»Tut es hier weh?«

Sie nickt.

»Du musst es kühlen«, sagt Luca. »Meine Mutter macht Salbe, die bei so etwas hilft. Wir wohnen nur hundert Meter von hier entfernt. Oder soll ich dich lieber nach Hause bringen?«

Anna stellt sich das Gesicht ihrer Mutter vor, wenn sie mit blaugeschlagenem Gesicht an Lucas Seite nach Hause kommt. Sie schüttelt den Kopf.

»Na, dann.«

Er führt sie über einen beinahe unsichtbaren Pfad durch den Wald zu einer kleinen Hütte. Anna begreift zunächst gar nicht, dass diese ihr Ziel ist, und ist überrascht, als Luca davor stehen bleibt.

»Hier wohne ich«, sagt er.

Anna reißt die Augen auf. Und sie dachte, Luca würde auf

einem der umliegenden Höfe wohnen. Schweigend geht sie zur Tür. Die Hütte ist sehr klein, auf dem strohgedeckten Dach sitzt ein schiefer Schornstein.

Luca führt sie in eins der beiden Zimmer und schiebt ihr einen Stuhl hin. Anna blickt sich um. Direkt unterm Fenster stehen ein Tisch und zwei Küchenbänke, auf denen, wie sie vermutet, Lucas Mutter und Schwester schlafen. In einer Ecke befindet sich eine einfache Feuerstelle, auf der die Familie wohl ihr Essen zubereitet, und an der Wand steht ein Schrank.

»Meine Mutter und Francesca sind Pilze sammeln«, erklärt Luca und reicht ihr ein Stück Stoff, das er in einen Wassereimer getaucht hat.

Anna wischt sich damit über die Wange, zuckt vor der Kälte auf der Haut zurück.

Luca mustert sie besorgt. Dann holt er eine schöne blaue Blechdose hervor, auf der Biscotti steht.

»Die gehörte meiner Großmutter«, erklärt er, »und sie erinnert mich an meinen Vater. Bitte.« Er öffnet den Deckel. Der Boden ist mit zwiebackähnlichem Gebäck bedeckt.

Anna schüttelt den Kopf. »Ich glaube, ich kann nicht kauen.«

»Möchtest du etwas trinken? Wir haben selbstgemachte Limonade.«

»Danke, nein.«

Luca nickt und holt ein Marmeladenglas mit grüner Salbe.

»Mamas eigene Rezeptur«, sagt er stolz und setzt sich neben sie.

Anna nimmt den nassen Stoffzipfel weg und lässt sich von ihm untersuchen.

»Kannst du den Mund aufmachen?«, fragt er.

Sie öffnet den Mund, obwohl es wehtut.

»Gut«, murmelt er und schraubt das Glas auf.

Als Luca ihr noch näher kommt und vorsichtig Salbe auf ihrer Wange verstreicht, bekommt Anna kaum noch Luft. Sie hält ganz still und spürt, wie wild ihr Herz klopft.

»Es tut bestimmt weh, aber mach dir keine Sorgen, das geht bald vorbei«, tröstet er sie.

Anna nickt. Die Salbe duftet stark nach Petersilie und Apfelessig, wahrscheinlich ist es am besten, wenn sie sich zu Hause gleich in ihr Zimmer schleicht, damit ihre Mutter keine Fragen stellt.

»Danke für deine Hilfe. Ich glaube, ich möchte jetzt nach Hause.«

»Natürlich. Ich komme mit.«

Sie schlendern durch den Wald zurück, und als sie die Stelle erreichen, an der John sie überfallen hat, schnürt es Anna die Kehle zu. Sie muss an ihre Gedanken über den Krieg denken, über die sie mit Luca reden wollte. Plötzlich kommen sie ihr völlig unwichtig vor.

»Wie geht es dir?«

»Ich habe Angst, dass er seine Drohung wahrmacht und mit seinen Freunden zurückkommt.«

Luca nimmt ihre Hand, und sie spürt, wie ihr Blut rauscht.

»Es ist alles meine Schuld«, fährt sie kleinlaut fort.

»Das stimmt doch nicht. Du kannst nichts dafür, was dieser Idiot getan hat.«

Als sie schluchzt, breitet er die Arme aus. Anna zögert, dann lehnt sie sich vorsichtig an ihn. Es fühlt sich gut an, als er die Arme um sie schließt; so vertraut, ihn so nah zu spüren.

Lange bleiben sie so stehen, bis Luca den Mund öffnet.

»Wir sollten zur Polizei gehen.«

»Nein«, erwidert Anna schnell. »Meine Mutter darf nichts davon erfahren. Sonst lässt sie mich nie mehr allein aus dem Haus.«

Sie sieht, wie Luca die Zähne aufeinanderbeißt. Er ist anderer Meinung, doch als ihre Blicke sich treffen, nickt er.

»*Come vuoi.* Dann lassen wir es.«

»Danke«, flüstert sie.

Lucas Hände streichen über ihren Rücken, und diese Berührung lässt Anna vor Verlangen zittern. Die dunkle Stimme, seine großen weichen Locken und sein schönes Lächeln. Wie gerne würde sie ihn küssen. Vielleicht könnten sie zusammen weglaufen, irgendwohin, weit fort, wo niemand sie kennt.

»Darf ich dich etwas fragen?«, sagt sie leise.

»Was denn?«

»Würdest du mir Italien zeigen? Also später, wenn der Krieg vorbei ist?«

Seine warmen, freundlichen Augen leuchten auf, und obwohl sie beide wissen, dass es nur ein Traum ist, nickt er.

»Am besten beginnen wir mit Rom, schauen uns das Kolosseum und die Sixtinische Kapelle an. Von dort reisen wir dann die Küste entlang bis nach Florenz. Und nachdem wir uns den David und alle Gemälde von Michelangelo und da Vinci angeschaut haben, geht es weiter nach Venedig.«

»Können wir da Gondel fahren?«

»Ja, sicher. Wir lassen den Gondoliere für uns singen, während wir durch die Stadt gleiten und bei den besten Restaurants anhalten. Dort essen wir köstliche Gerichte, Tagliatelle mit Lammragout, Linguine mit San-Marzano-Tomaten und gegrillten Fisch mit Kapern, Oliven und karamellisierten Zwiebeln.«

Anna schließt die Augen. Sie weiß, dass das alles nie geschehen wird. Sie und Luca werden niemals zusammen nach Italien fahren, doch sie braucht es, sich fortzuträumen. Sich an einem anderen Ort zu befinden, in einer Zukunft, in der sich ihre Welten vereinen lassen, und sei es nur für einen Moment.

13

APRIL 2007

Als Rebecka am nächsten Morgen hinausgeht, um Scarlett zu füttern, entdeckt sie eine in Zeitungspapier eingeschlagene Schüssel auf der obersten Treppenstufe. Darinnen befinden sich sieben braune Eier. Die Katze wartet schon an ihrem gewohnten Platz, und Rebecka hält ihr die Schüssel hin.

»Hast du gesehen, was für schöne Eier wir bekommen haben?«

Sie zupft eine Feder heraus und lächelt. Fast eine Stunde hat sie gebraucht, um diese Hühner in den Käfig zurückzulocken. Aus Brotresten hat sie eine Krümelspur bis durch die Käfigtür gelegt, und am Ende sind alle darauf hereingefallen, außer Egons Lieblingshuhn, Agda, das sich weigerte, den anderen zu folgen. Noch lange stolzierte es auf der Wiese herum, bis Rebecka es endlich doch erwischte.

Eigentlich wollte sie joggen gehen, aber jetzt hat sie plötzlich viel mehr Lust zu backen. Zu Hause in Stockholm benutzen sie ihre Küche kaum. Sie kochen fast nie, sondern essen nur schnell verfügbare Dinge wie einen Teller Sauermilch oder ein Butterbrot. Aber als Rebecka noch bei ihrer Großmutter wohnte, hat sie viel Zeit in der Küche verbracht, sie liebte es, mit Rezepten zu experimentieren. Sie buk Brot und Plätzchen für die Bridgeabende ihrer Großmutter. Teller und Schüsseln voller Roggenbrötchen, Zimtschnecken, Minzschokoladenkekse, Mandelhörnchen, Bethmännchen, Korinthenplätzchen, Puddingbrezeln und Apfeltaschen. Und ihre Großmutter brachte ihr alles bei, über Hefeteig, Sauerteig, Rührteig, Tortendekorationen, das Trocknen von Zwieback und wie man Blätterteig richtig auswellt.

In ihren schlimmsten Teenagerjahren war die Küche der einzige Ort, an dem sie Zuflucht vor ihren Problemen fand. Hier konzentrierte sie sich ganz allein darauf, mit den Händen etwas zu schaffen, und konnte dadurch für einen Moment alles andere vergessen.

Nachdem sie Scarlett zu fressen gegeben hat, sucht Rebecka sich eine Schürze heraus und geht in die Speisekammer. Dort steht Großmutters große Backkiste, genau wie immer. Rebecka hebt sie vom Regal und packt die Gerätschaften aus. Den Ballonquirl, das Litermaß aus Metall, die Förmchen für Mandelmuscheln, den Teigschaber und die emaillierte Backschüssel.

Vorsichtig fährt sie mit dem Finger über den grünen Rand. An einer Stelle ist die Emaille beschädigt. Rebecka schluckt. Sie war es, die diese Macke verursacht hat. Als sie zehn war, ist die Schüssel heruntergefallen. Sie war völlig verzweifelt, doch Oma meinte, es sei doch nur ein Gebrauchsgegenstand, sie solle sich nicht darüber grämen.

Wieder muss sie an ihre Großmutter denken, und wie schlecht es ihr geht. Sie soll nicht im Krankenhaus liegen müssen. Sie soll gesund sein, in Björkbacken wohnen und so leben, wie sie es immer getan hat – Bettwäsche bügeln, Möhren ernten, die Pflaumenausbeute des Jahres zuckern und in der Küche Kardamomschnecken backen. Was bleibt von ihrer Großmutter übrig, wenn sie all das nicht mehr kann? Und wer ist sie selbst ohne ihre Großmutter?

Sie holt Mehl, Zucker, Mandelsplitter, Vanillezucker und Backpulver aus dem Schrank und versucht, ihre Sorgen zu verdrängen. Sie ist nicht bereit für Veränderungen. Bestimmt geht es ihrer Großmutter bald besser. Sie wird in ihr Häuschen zurückkehren und so weitermachen wie bisher. Alles wird wieder zur Normalität übergehen.

Geschickt schmilzt Rebecka die Butter in einem von Großmutters Tiegeln und sucht die Zuckerkuchenformen heraus. Die Eier reichen gut und gerne für zwei, einen für Egon und einen für ihre Großmutter.

Als der Schneebesen gegen die Schüsselwand schlägt und der Teig langsam aufquillt, kann Rebecka wieder atmen. Das metallische Schlagen hat eine beruhigende Wirkung auf sie, und sie hebt den Blick und schaut zum Nachbargarten hinüber. Arvid ist nirgends zu sehen, und Rebecka denkt an Egons Worte, dass Arvid es schwer habe mit seinem Hof. Vielleicht ist das der Grund für seine brüske Art?

Einen Moment lang überlegt sie, ob es helfen könnte, auch ihm frischen Kuchen vorbeizubringen, doch dann verwirft sie den Gedanken. Das hat er sich wirklich noch nicht verdient.

Scarlett springt draußen auf das Fensterbrett und reibt sich an der Scheibe. Rebecka lächelt. Jedes Mal, wenn sie die Katze sieht, bekommt sie gute Laune.

Als die Kuchen im Ofen sind, nutzt Rebecka die Zeit, um Großmutters Ordner mit Unterlagen durchzugehen. Sie hat ihr versprochen, die Rechnungen für diesen Monat zu begleichen, und ist überrascht, als sie sieht, wie wenig ihre Großmutter auf dem Konto hat. Zwar hat sie in Rebeckas Kindheit immer nur Teilzeit im Blumenladen gearbeitet, dennoch ist ihre Rente kleiner, als Rebecka gedacht hat. Nach Abzug der Fixkosten bleibt kaum etwas übrig. Kein Wunder, dass es ihr da nicht gelungen ist, das Haus ordentlich instand zu halten.

Es schnürt Rebecka die Kehle zu, als ihr bewusst wird, dass es ihrer Großmutter in der Zeit, in der sie bei ihr lebte, finanziell wahrscheinlich sogar noch schlechter ging. Dennoch kann sie sich nicht erinnern, sie je klagen gehört zu haben.

Rebecka blättert den Ordner durch, um zu prüfen, ob es weitere Sparkonten gibt, doch seltsamerweise findet sie nichts. Sie weiß, dass ihre Mutter in einem sehr viel größeren Haus aufgewachsen ist. Es muss doch etwas übrig geblieben sein, nachdem der Großvater es verkauft hat. Hätte ihre Großmutter da nach seinem Tod nicht etwas erben müssen? Rebecka klappt den Ordner zu und heftet den Blick auf die Kuchenformen im Ofen. Es frustriert sie, dass sie so wenig weiß. Manchmal hat sie das Gefühl, dass es an der fehlenden familiären Verankerung liegt, dass sie so wenig Halt im Leben hat. Dass sie ihre Geschichte zu wenig kennt, um zu wissen, was ihr guttut. Doch wer könnte ihr dabei helfen, ihre Wurzeln zu finden? Weder ihre Großmutter noch ihre Mutter reden jemals über die Familie oder über die Vergangenheit.

Rebecka reibt sich den Nacken. Ihr Blick bleibt an der gestreiften Schachtel hängen, in der die Großmutter ihre Erinnerungsstücke aufbewahrt. Wenn sie mehr über die Vergangenheit wüsste, wäre es vielleicht leichter, bestimmte Dinge zu verstehen. Sie zögert einen Augenblick, dann zieht sie die fertig gebackenen Kuchen aus dem Ofen, sucht das Tagebuch ihrer Großmutter heraus und geht damit in den Garten. Der Himmel ist leuchtend blau und die Sonne wärmt schon ein wenig. Rebecka legt sich ins Gras, und Scarlett setzt sich neben sie. Noch immer ist Rebecka sich nicht sicher, ob es richtig von ihr ist, die Aufzeichnungen ihrer Großmutter zu lesen, dennoch schlägt sie das Tagebuch auf. Sie muss wissen, warum ihre Großmutter so heftig reagiert hat, als sie ihr das Foto von Luca mitgebracht hat.

Rebecka beginnt zu lesen, und es ist seltsam, wie deutlich sie dabei die Stimme ihrer Großmutter hört. Einige Ausdrücke erkennt sie sofort, etwa Großmutters Masche, das Wort »furchtbar« für Positivsteigerungen zu verwenden: *Ich bin furchtbar glücklich* oder *wir waren furchtbar überrascht.* Gleichzeitig ist offensichtlich, dass dies die Gedanken einer jungen Frau sind: Die gesamte Innenseite des Einbands ist Humphrey Bogart gewidmet. Auf einem Zeitungsausschnitt ist der Schauspieler im Trenchcoat, mit Hut und ernster Miene zu sehen. Rund um das Bild hat ihre Großmutter silberne Herzen gezeichnet und darunter aufgelistet, welche Filme ihr am besten gefallen haben. Auf Platz eins liegt *Casablanca*, dann kommt *Die Spur des Falken*, gefolgt von *Tote schlafen fest.*

Die ersten Aufzeichnungen sind ziemlich kurz gehalten. Ihre Großmutter schreibt über ihren Sommer an einem Ort namens Hillesgården, über das Wetter und welches Buch sie gerade liest. Sie scheint einsam zu sein und sich zu langweilen und wiederholt immer wieder, wie sehr sie sich danach sehnt, nach Hause zu fahren, bis sie eines Tages einen jungen Mann namens Luca kennenlernt.

Zu Beginn regt sie sich über ihn auf. Sie schreibt, er bilde sich etwas ein, wenn er glaube, sie sei auch nur irgendwie daran interessiert, sich mit ihm abzugeben, doch je mehr Zeit vergeht, desto stärker verändert sich die Art und Weise, wie sie über ihn schreibt. Bald handeln die Einträge fast ausschließlich von ihren Treffen. Die Zeilen füllen sich mit italienischen Sätzen und verschiedenen Rezepten. Ihre Großmutter scheint plötzlich viel fröhlicher, beklagt sich nicht mehr, dass sie sich langweile, und schreibt Dinge wie, man möge zum Kochen ausschließlich San-Marzano-Tomaten verwenden oder Kapern seien die besten Aromaträger.

Doch dann passiert offenbar wieder etwas. Plötzlich werden die Einträge seltener. Es vergehen mehrere Tage zwischen den Aufzeichnungen, manchmal sogar Wochen. Und was ihre Großmutter aufschreibt, sind im Grunde lediglich Fragmente, unzusammenhängende Beschreibungen. Rebecka fällt es schwer zu folgen. Ihre Großmutter benutzt Wörter wie *Geheimnis* oder *das Schreckliche*, und das Ganze bekommt einen unheimlichen Unterton, als hätte sie Angst.

Der letzte Eintrag stammt vom 24. November 1943. Ihre Großmutter schreibt kryptisch, jetzt sei alles vorbei. Sie müsse jetzt stark sein und weitermachen, tun, was von ihr verlangt werde. Das Leben entwickle sich nicht immer so, wie man es sich vorgestellt habe. Damit enden die Einträge, die letzten Seiten des Tagebuchs sind leer.

Rebecka schluckt. Mit einem Mal bereut sie, dass sie diese persönlichen Aufzeichnungen gelesen hat. Sie hätte den alten Bücherschrank niemals öffnen dürfen. Was, wenn ihrer Großmutter etwas Traumatisches zugestoßen ist und Rebecka mit ihren neugierigen Fragen alte Wunden aufgerissen hat?

Sie lehnt sich zurück, lässt die Finger durch das hohe Gras gleiten und beobachtet Scarlett, die einem Zitronenfalter hinterherjagt, während sie selbst versucht, die Puzzleteile zusammenzusetzen. Ihre Großmutter scheint diesen Luca sehr gemocht zu haben, warum will sie dann nicht über ihn reden? Und was hat sie Schreckliches getan, das sie bereut?

Als Rebecka das Tagebuch beiseitelegt, fällt ein Papierstück in ihren Schoß. Rebecka dreht es um. Es sieht aus wie ein abgerissener Briefkopf. Sie starrt das Emblem an. Es stellt einen schwarzen Adler dar, der auf einem Kranz aus Eichenlaub steht. Und mitten im Kranz steht ein Hakenkreuz.

14

SEPTEMBER 1943

Anna folgt dem Weg, der sich in nördlicher Richtung an der Küste entlangschlängelt. Über ihr hängen schwere Wolken am Himmel, und draußen auf dem Meer peitscht der Wind die Wellen, dass sie schäumen. Seit dem Vorfall im Wald ist sie vorsichtiger geworden. Permanent sieht sie sich um, und sie vermeidet es, nach Anbruch der Dämmerung allein hinauszugehen.

Als der Weg eine Biegung macht, entdeckt sie Luca an ihrem gewohnten Treffpunkt. Er winkt ihr zu und hält etwas in die Höhe. Anna winkt zurück. Die Stunden mit Luca sind die besten am Tag. Zwar hat sie einen Stenografie-Kurs begonnen, um nicht vollkommen untätig herumzusitzen, dennoch langweilt sie sich unendlich. Zumal sie es gewohnt ist, ständig unterwegs zu sein. Zu Hause in Stockholm hat sie selten einen ruhigen Moment – wenn sie sich nicht im Anglais zum Essen mit Freunden trifft oder im Park Djurgården spazieren geht, ist sie im Winterpalast, um zu tanzen. Ihr Vater hatte schon gescherzt, es würde sich lohnen, eine Schwingtür an ihrer Wohnung auf der Sturegatan anzubringen.

Anna steigt über eine dicke Wurzel, die sich über den Boden erhebt. Zum Glück hat sie Luca. Inzwischen treffen sie sich fast regelmäßig, wenn er mit der Arbeit fertig ist. Anna behauptet dann, sie mache noch einen Abendspaziergang. Wenn sie zusammen sind, fühlt sie sich leicht, keinen Erwartungen ausgesetzt, sie kann einfach nur sein. Außerdem gibt es so viel, worüber sie reden können – Kunst, Politik und ihre Hoffnungen für ein Leben nach dem Krieg.

Sie setzt sich neben Luca auf den Stein, und er reicht ihr den Roman *In einem anderen Land*.

»Hast du es ausgelesen?«

Er nickt. »Ja. Das ganze Buch. Auf Schwedisch.«

»Das ist ja großartig. Du bist richtig gut.«

Luca schüttelt den Kopf. »Ach, so schwer war das gar nicht.«

»Ich könnte kein ganzes Buch auf Italienisch lesen«, meint Anna. »Wie fandest du es denn?«

»*Bravissimo*.« Er lächelt. »Ich mochte es sehr.«

Anna senkt den Blick. Es macht sie ein bisschen verlegen, dass Luca die Liebesgeschichte zwischen Catherine und Frederic nun ebenfalls kennt.

»Was möchtest du jetzt gerne lesen?«

»Vielleicht etwas über schwedische Geschichte. Wenn ich hier studieren möchte, muss ich mehr über das Land wissen.«

»Ich schaue mal, was ich habe«, sagt Anna. Sie nimmt das Handtuch von dem Korb, in dem sie allerlei Lebensmittel aus der Küche geschmuggelt hat, und breitet es zwischen ihnen aus.

»Eier, Brot, Käse und Leichtbier«, sagt Anna und stellt alles auf den improvisierten Tisch.

»Das sieht lecker aus.«

»Schinken gab es leider nicht.«

Luca berührt ihren Arm. »Das macht nichts«, sagt er und lässt seine Hand einen Moment lang liegen.

»Ich hätte so gerne mal wieder ein ordentliches Stück Fleisch«, sagt Anna schnell. »Vorgestern gab es Hackbraten, aber gestreckt mit Brot und Makkaroni. Und das Einzige, was es gerade zum Nachtisch gibt, ist Grießbrei.«

»Nur Grießbrei?«, scherzt Luca. »Das klingt ja wirklich schrecklich.«

Anna verdreht die Augen und sieht schweigend zu, wie Luca isst. Die Septembersonne hat sein Gesicht verbrannt, unter den Nägeln hat er Trauerränder.

Als er ihren prüfenden Blick bemerkt, wendet sie sich ab.

»Was hast du heute gemacht?«

Luca greift nach der Flasche Leichtbier, hält jedoch inne und fasst sich an den Rücken. »Die Herbstaussaat vorbereitet«, stöhnt er.

Anna nimmt die Flasche und schenkt ihm ein. »Hast du Schmerzen?«

»Ein bisschen, aber das geht vorbei. Und womit hast du den Tag verbracht?«

Anna wirft den Kopf in den Nacken. Allmählich hat sie das Gefühl, ihre Tage bestünden vor allem daraus, auf den Abend zu warten.

»Ich habe gelesen«, sagt sie, »und Stenografieren geübt. Hast du Neuigkeiten aus Italien?«

Luca steckt sich ein Stück Brot in den Mund und blickt sich um, um sicherzugehen, dass sie allein sind. »Nein«, antwortet er dann leise. »Noch nicht. Ich habe mich so gefreut, dass Badoglio sich der britischen und amerikanischen Armee ergeben hat. Ich dachte, der Einmarsch der Alliierten in Italien würde dort das Ende des Kriegs bedeuten, aber die Deutschen haben zurückgeschlagen. Es gibt sogar das Gerücht, sie hätten Mussolini befreit.«

»Davon wurde im Radio nichts berichtet. Woher hast du das alles?«

Luca sieht sie lange an. »Das kann ich dir nicht verraten.«

»Warum nicht?«

»Weil es gefährlich ist. Ich hätte lieber gar nichts sagen sollen.«

»Traust du mir nicht?«

Luca schweigt. »Ich habe etwas über deinen Vater gehört«, sagt er schließlich.

»Was denn?«

»Dass er mit den Nazis zusammenarbeitet.«

Anna presst die Lippen aufeinander. Sie fühlt sich überrumpelt.

»Hast du Erkundigungen über meine Familie eingeholt?«, fragt sie vorwurfsvoll.

»Nein«, erwidert er. »Es kam einfach heraus. Aber es stimmt doch, oder?«

»Warum fragst du das? Glaubst du, ich würde ihm etwas verraten? Ich würde ihm sagen, was du und deine Freunde tun?«

»Nein, natürlich nicht.«

Anna beginnt, die Lebensmittel wieder einzupacken. Rasch wickelt sie den Käse in das Baumwolltuch, und als Luca ihre Hand berührt, schlägt sie sie fort.

»Anna«, sagt er bittend.

»Weißt du, was das Schlimmste ist?«, sagt sie, ohne ihn anzusehen. »Dass du glaubst, ich würde nicht verstehen, wie heikel diese Informationen sind.«

Sie verstaut das Essen im Korb und steht auf.

»Bitte, es war nicht böse gemeint.«

»Du täuschst dich in meinem Vater«, fährt Anna fort. »Er arbeitet überhaupt nicht mit den Nazis zusammen, er verkauft einfach nur Eisenerz nach Deutschland. Das tut er schon seit Jahren, lange bevor der Krieg begann. Er hat nichts mit Hitler zu tun.«

»Entschuldige«, sagt Luca und steht ebenfalls auf. »Es war dumm von mir, das zu sagen. Geh bitte nicht.«

Er wühlt in seinen Manteltaschen, bis er eine Broschüre findet, die er ihr überreicht.

»Was ist das?«, fragt Anna misstrauisch.

»Lies.«

Sie hält das Blatt vor sich hin und versucht, es bei dem schwachen Abendlicht zu entziffern.

»Krankenschwesternschule Malmö«, liest sie laut.

»Wusstest du, dass es dort eine gibt?«

»Nein.«

»Das ist doch perfekt«, ruft er aus. »Du könntest unter der Woche in der Schule wohnen und an den Wochenenden immer nach Hause kommen.«

Anna nickt, auch wenn sie weiß, dass ihre Eltern nie einwilligen würden, dass sie nach Malmö zieht. Zumindest nicht, um eine Krankenpflegeausbildung zu absolvieren.

»Danke«, sagt sie und bemüht sich um ein Lächeln. »Wie nett von dir.«

»Freust du dich gar nicht?«

»Doch.«

»Was ist es dann?«

Anna schüttelt den Kopf. »Meine Eltern wollen, dass ich hierbleibe. Sie finden, Krankenschwester sei kein angemessener Beruf für mich. Außerdem trauen sie es mir gar nicht zu.«

»Aber du würdest das gut machen!«

»Ich weiß nicht«, sagt sie und rollt die Broschüre zusammen. »Vielleicht haben sie recht und ich bin tatsächlich völlig verwöhnt. Ich bin körperliche Arbeit nicht gewohnt, und ich weiß nicht einmal, wie ich auf den Anblick von Blut reagieren würde. Stell dir vor, ich falle jedes Mal in Ohnmacht, wenn ich einen Patienten versorge.«

»Ach was. So etwas lernt man schnell.«

»Meine Mutter findet, ich brauche einen geeigneteren Beruf, zum Beispiel als Sekretärin eines Bankdirektors.«

»Aber willst du das denn? Als Sekretärin arbeiten?«

»Wahrscheinlich ist es eine recht unkomplizierte Arbeit.«

»Wahrscheinlich. Aber du willst doch viel lieber Krankenschwester werden.«

»Schon, aber manchmal muss man einfach akzeptieren, dass die Welt so ist, wie sie ist.«

»Weißt du, warum dieser Krieg ausgebrochen ist? Weil hunderttausend Menschen getan haben, was man ihnen gesagt hat, statt das, von dem sie eigentlich wussten, dass es das Richtige war. Wenn wir uns immer verbiegen lassen, werden wir niemals frei sein. Es brechen neue Zeiten an. Du kannst tun, was immer du willst. Du brauchst nicht mehr auf deine Eltern zu hören. *Segui il tuo corso, e lascia dir le genti.* Pfeif drauf, was andere sagen, und geh deinen eigenen Weg.«

Die Intensität seines Blicks lässt sie zittern.

»Es klingt so einfach, wenn du das sagst«, seufzt sie.

»Es ist einfach. Du brauchst nur deinem Herzen zu folgen.«

»Aber ich habe eine Verpflichtung gegenüber meinen Eltern. Sie haben mir ein so privilegiertes Leben ermöglicht, das kann ich nicht nur wegen einer fixen Idee aufgeben. Vielleicht würde ich es wirklich nicht schaffen, als Krankenschwester zu arbeiten.«

»Ich wünschte, du könntest sehen, was ich sehe«, sagt Luca und nimmt ihre Hände in seine. »Du bist ein wunderbarer Mensch, klug, empathisch und stark. Es gibt nichts, was du nicht schaffen könntest.«

Anna spürt, wie der Boden unter ihr wankt. So hat noch nie jemand mit ihr gesprochen. Als sie Lucas Blick begegnet, ist es, als würde alles um sie herum verschwinden. Das Einzige, was sie noch sieht, sind seine Augen.

Wie schrecklich es wäre, ihn nicht mehr treffen zu dürfen. Sie will nach Stockholm, aber nicht ohne ihn. Sie braucht seine Freundschaft. Ein berauschendes Gefühl erfüllt sie. Es kitzelt in ihrem Bauch, und sie streckt die Hand aus und berührt seine Wange. Luca hält ganz still, zieht sich aber nicht zurück. Ob er wohl hört, wie laut ihr Herz klopft?

»Anna?«, flüstert er.

Sie schluckt. Sie weiß, wie falsch es ist und dass sie dabei ist, etwas Verbotenes zu tun, dennoch kann sie sich nicht zurückhalten. Langsam beugt sie sich vor, bis ihre Lippen Lucas berühren.

Zu Beginn ist es ein leichter, behutsamer Kuss. Anna schließt die Augen, packt Luca am Hemd und zieht ihn näher zu sich heran. Sie drückt sich an ihn und spürt eine Glut, die sich in ihrer Bauchgegend ausbreitet. Luca wird forscher. Seine Bartstoppeln kratzen auf ihren Wangen, und sie fährt mit den Fingern durch sein lockiges Haar. Als sie die Zunge in seinen Mund schiebt, stöhnt er auf und weicht einen Schritt zurück.

Anna öffnet die Augen. Lucas Pupillen sind groß und schwarz und er blickt sie fragend an. »Anna, was bedeutet das hier?«

»Ich weiß nicht«, sagt sie. »Ich ... ich mag dich nur so.«

»Ich mag dich auch«, erwidert er schnell. »Aber ich glaube, deinen Eltern würde es nicht gefallen.«

»Hast du nicht gerade gesagt, ich soll nicht auf sie hören?«

»Doch, natürlich«, murmelt Luca. »Aber das meinte ich damit nicht.«

»Ich bin gerne mit dir zusammen«, sagt sie flehend. »Es kommt mir vor, als wärst du der einzige Mensch, mit dem ich wirklich reden kann. Du verstehst genau, was ich fühle. Stell dir vor, wir könnten zusammen von hier weglaufen. Wir könnten nach Stockholm gehen. Du könntest Politikwissenschaft studieren und ich eine Ausbildung zur Krankenschwester machen.«

»Ich würde nichts lieber tun, aber da ist so vieles, was ich dir niemals bieten kann.«

»Ich bin nicht so oberflächlich, schicke Wohnungen und teure Kleider bedeuten mir nichts.«

»Das meine ich nicht«, sagt Luca. »Es wären mehr als solche Bequemlichkeiten, die du mit mir aufgeben müsstest. Was glaubst du, wie deine Eltern reagieren würden? Was, wenn sie mit dir brechen?«

»Das ist ihr Problem.«

»Anna, ich bin ein Niemand hier. Du hast selbst gehört, wie

die Leute mich nennen. Ich will nicht, dass du dem ausgesetzt wirst.«

»Dann gehen wir eben nach Italien. Dahin wolltest du doch zurück, wenn der Krieg vorbei ist?«

Er streicht ihr eine Strähne aus dem Gesicht. Diese intime Geste lässt ihre Gefühle wieder aufwallen, und sie schaudert wohlig.

»Ich gehe überall hin mit dir«, flüstert sie und lehnt ihre Stirn an Lucas. Sie ist so glücklich, dass sie es endlich gewagt hat, all diese Dinge auszusprechen. Als er die Arme um sie legt, rückt sie näher.

»Es wird schon gutgehen«, sagt sie. »Wir müssen uns überlegen, wie wir es machen, aber solange wir zusammen sind, wird alles gut.«

15

APRIL 2007

Zum ersten Mal sitzt ihre Großmutter im Bett, als Rebecka das Zimmer betritt. Sie sieht immer noch mitgenommen aus, hat aber endlich wieder ein wenig Farbe im Gesicht, und ihr Haar ist zu einem Knoten frisiert.

»Hallo«, begrüßt Rebecka sie und stellt den frischgebackenen Kuchen auf den Tisch. »Du siehst heute viel besser aus.«

»Ich fühle mich auch so«, sagt die Großmutter. »Was hast du mir denn da mitgebracht?«

»Mandelkuchen«, antwortet Rebecka. »Warte kurz, dann hole ich uns noch Kaffee dazu.«

Als sie zurückkommt, blättert ihre Großmutter in einer Zeitschrift. Rebecka freut sich. Auf dem Flur hat sie mit einer Krankenschwester gesprochen, die meinte, dass die Werte ihrer Großmutter sich deutlich verbessert hätten und sie bald wieder nach Hause könne.

»Ich habe Egon auch einen gebacken«, erzählt Rebecka und schneidet den Kuchen mit einem Messer an, das sie sich in der Cafeteria ausgeliehen hat.

»Ach, der alte Dickschädel«, sagt ihre Großmutter und rümpft die Nase.

»Wenn man es erst mal über seine Schwelle geschafft hat, ist er gar nicht so schlimm.«

Die Großmutter nimmt einen großen Bissen des gelben, saftigen Kuchens und schließt die Augen. »Wunderbar«, sagt sie genießerisch. »Genau richtig gebacken. Dein Großvater mochte auch gerne Mandelkuchen, aber er wollte ihn immer extra lang gebacken, sodass der Rand knusprig wurde. Ich mochte das nicht so, aber er bekam seinen Willen.«

Rebecka trinkt einen Schluck Kaffee. Ihre Großmutter redet fast nie über ihren Mann, es gilt also, die Chance zu nutzen. Eigentlich würde sie am liebsten gleich fragen, warum sie ein Stück Papier mit einer Swastika bei sich zu Hause hat, doch das traut sie sich dann doch nicht.

»Hat Großvater nicht für eine Firma namens Runströms Elektriska gearbeitet?«

»Doch«, sagte die Großmutter, »das war das Familienunternehmen.«

»Das wusste ich nicht. Im Internet steht, sie sei recht erfolgreich gewesen.«

»Das war sie auch eine Zeitlang.«

»Und dann?«

»Axel und sein Bruder konnten sich nach dem Tod ihres Vaters nicht einigen, wie es mit der Firma weitergehen sollte. Sie stritten sich viel.«

»Ich habe gelesen, REF wurde Ende der sechziger Jahre aufgekauft«, sagt Rebecka und streckt ihren Rücken durch. »Das muss ziemlich viel Geld gewesen sein.«

»Ja.«

»Wohin ist das verschwunden?«

Ihre Großmutter schweigt und wischt sich mit der gesunden Hand ein paar Krümel vom Kinn. »Das ist kompliziert«, antwortet sie schließlich.

»Aber du musst doch etwas geerbt haben, als er starb?«

»Ich will nicht darüber reden.«

»Warum nicht? Ihr wart doch verheiratet?«, rutscht es Rebecka heraus. Doch sie bereut es sofort, als sie das Gesicht ihrer Großmutter sieht.

»Bitte«, seufzt sie. »Ich kann nicht.«

Rebecka beißt sich auf die Lippe. Sie will ihre Großmutter nicht aufregen, begreift aber einfach nicht, wie sie in so ärmlichen Verhältnissen leben kann, wenn sie doch mit einem erfolgreichen Unternehmer verheiratet war. Ihre Großmutter ist die fürsorglichste Person, die sie kennt, sie kann sich nicht vorstellen, als dass sie etwas anderes als eine wunderbare Ehefrau gewesen ist. Warum hat sie dann nichts bekommen? Das erscheint ihr nicht gerecht.

Im selben Moment kommt die Krankenschwester herein, und ihr Gesicht leuchtet auf, als sie den Kuchen sieht.

»Mandelkuchen! Das ist ja nett.«

»Ja«, sagt Rebecka, »möchten Sie mal probieren?«

»Sehr gerne.«

Die Großmutter lehnt sich zurück und ihr Blick gleitet zum Fenster. Rebecka mustert sie schweigend. Sie spürt ein wachsendes Bedürfnis, herauszufinden, was ihre Großmutter vor ihr verbirgt. Die Puzzleteile passen einfach nicht zusammen, irgendetwas fehlt. Sie hat bisher ja nicht einmal gewusst, dass ihr Großvater einer der Besitzer von Runströms Elektriska war.

»Sehr gut«, sagt die Krankenschwester zwischen zwei Bissen.

»Schön, dass er Ihnen schmeckt«, erwidert Rebecka. Gerne würde sie noch mehr Fragen über ihren Großvater stellen, doch sie sieht ihrer Großmutter an, dass es sie überfordern würde. Dennoch kann sie nicht aufhören, daran zu denken, was sie im Bücherschrank gefunden hat. Warum hat ihre Großmutter dieser Siv geschrieben, sie solle all ihre Briefe vernichten, und warum hat sie ein Papier mit dem Emblem von Nazi-Deutschland bei sich zu Hause? Rebecka will nicht mit ihr streiten, gleichzeitig findet sie, dass sie ein Recht hat, mehr über ihre eigene Herkunft zu erfahren. Wenn ihre Großmutter stirbt, gibt es niemanden mehr, den sie fragen könnte. Wenn sie also jetzt nicht die Gelegenheit ergreift, wird sie vielleicht nie etwas über ihre Familiengeschichte erfahren.

Auf dem Rückweg hält Rebecka an einem Lebensmittelgeschäft. Sie muss die Vorratskammer ihrer Großmutter auffüllen und für sich selbst weitere Backzutaten kaufen.

Sie schlendert zwischen den Regalen umher, als plötzlich jemand ihren Namen ruft. Überrascht blickt sie sich um. Etwas von ihr entfernt steht ein großer Typ in Jeans und mit Tätowierungen am Hals.

»Rebecka Ekblad?«, fragt er und nimmt seine Sonnenbrille ab. »Bist du das?«

Sie schüttelt verwirrt den Kopf.

»Micke«, sagt er und schlägt sich selbst vor die Brust. »Micke Klint.«

»Aha«, antwortet sie unsicher.

»Mensch, wie cool, dass du hier bist! Ich habe dich seit dem Abi nicht mehr gesehen, aber wir hatten damals eine richtig heiße Nacht zusammen.«

Rebecka blickt sich panisch um und spürt, wie ihr der Schweiß ausbricht. Schon lange hat sie niemanden vom Gymnasium mehr getroffen und ist überrascht, dass er sie wiedererkannt hat. Schließlich hatte sie damals schwarzgefärbtes Haar, dunkle Klamotten und immer eine dicke Schicht Schminke im Gesicht.

»Ich bin weggezogen«, sagt sie schnell. »Nach Stockholm.«

»Ah. Davon habe ich bestimmt mal gehört. Aber Mensch, schön zu sehen, dass es dir gutgeht.«

»Danke.«

Mickes Blick flackert. »Ich habe es auch nicht leicht gehabt, ziemlich heftige Dinge erlebt und so, aber jetzt ist alles prima.« Er zieht eine goldene Kette aus seiner Jacke hervor. »Sechs Monate ohne Alkohol«, fährt er stolz fort und hält die Medaille hoch.

»Glückwunsch«, sagt Rebecka und bemerkt, dass die Kassiererin sie bereits neugierig mustert. »Du, ich habe es ein bisschen eilig.«

»Ja, verstehe. Aber noch mal: Schön, dich zu sehen. Wenn du Lust hast, was zusammen zu machen, melde dich einfach. Du findest mich auf Facebook.«

»Klar, danke«, sagt Rebecka und hält den Warenkorb wie einen Schild vor sich, als sie an ihm vorbeigeht.

Auf der Fahrt versucht Rebecka, sich an Micke zu erinnern. Er war nicht in ihrer Klasse, aber in der Olympiaschule waren sie Hunderte von Schülern, bestimmt ist er gleichzeitig mit ihr dort gewesen. Rebecka schluckt. Bilder seines tätowierten Halses erscheinen vor ihrem geistigen Auge. Sie hört stampfende Musik, sieht Mickes glasige Augen vor sich und spürt seine ungeschickten Finger unter ihrer Kleidung. Haben sie sich auf irgendeiner Party in dieser Wohnung in Högaborg kennengelernt, wo sie immer abhingen, oder im Tivoli? Je mehr Erinnerungsbilder aufploppen, desto übler wird ihr, und schließlich muss Rebecka die Lippen zusammenpressen, um nicht den Kuchen zu erbrechen, den sie eben gegessen hat.

Sobald sie zu Hause zur Tür herein ist, geht sie in die Speisekammer und holt die zwei noch übrigen Weinflaschen heraus. Sie beugt sich über das Spülbecken und atmet tief durch, starrt die dunkelgrünen Flaschen an. Dann schraubt sie sie auf und leert sie in den Ausguss. Anschließend lässt sie das Wasser lange laufen, nimmt einen Schwamm, tropft Spülmittel darauf und beginnt zu scheuern. Sie reibt so fest, dass ihre Knöchel weiß hervortreten, um jede noch so geringe Spur zu beseitigen. Ihr Herz klopft noch immer wie wild. Es gibt so viele Ereignisse, vor denen sie geflohen ist, so vieles, das sie begraben hat. Viele Jahre ist es ihr gelungen, es auf Abstand zu halten, doch jetzt kommt es ihr vor, als würde das alles sie wieder einholen.

Rebecka schließt die Augen. Es sind so viele Erinnerungen, denen sie einfach nicht entkommen kann. Bilder von frühen Morgen, an denen sie halbnackt in einem fremden Bett erwacht ist, oder auf einem Badezimmerteppich mit Galle im Haar und einer blutigen Rasierklinge in der Hand.

In den Jahren, als ihr Vater im Sterben lag und ihre Panikattacken am schlimmsten waren, hat sie alles getan, um ihren Schmerz zu betäuben. Sie ließ keine Party aus, trank zu viel und stürzte sich in sexuelle Abenteuer, um zu vergessen. Ihr Leben war eine einzige klaffende Wunde. Und obwohl es inzwischen so lange her ist, stecken die Erinnerungen wie Scherben in ihrer Seele.

Rebecka lässt sich zu Boden sinken. Sie weiß, dass sie nicht mehr dieselbe Person ist, dass es ihr dank ihrer Großmutter und Joar gelungen ist, die Kontrolle zurückzugewinnen. Dennoch schmerzt es sie nach wie vor, daran zu denken, wie sehr sie sich selbst verletzt hat, und ohne recht zu wissen, warum, rollt sie sich auf dem Küchenteppich zusammen und weint so heftig, dass sie am ganzen Körper zittert.

16

SEPTEMBER 1943

Sie verstecken sich zwischen den Regalen der Buchhandlung Killberg, und als sie sich sicher sind, dass niemand sie sieht, nimmt Luca ihre Hand und zieht sie an sich. Anna lacht. Seit Tagen ist sie beinahe euphorisch glücklich. Es ist, als hätte ihr Leben plötzlich einen Sinn bekommen.

Übermütig küsst sie ihn auf die Wange. Luca hebt sie hoch und dreht sich mit ihr. Anna kichert laut, bis sie merkt, dass ein älterer Herr in kariertem Hemd und mit zurückgekämmtem Haar vor ihnen steht.

Luca lässt sie schnell los.

»Bitte entschuldigen Sie«, stammelt Anna, doch der Mann unterbricht sie.

»Wo finde ich etwas über die Flora Schwedens?«, fragt er und rückt seine dicke Brille zurecht. »Wissen Sie das?«

»Bei der Fachliteratur da drüben«, antwortet Anna und zeigt zum anderen Ende der Buchhandlung.

Der Mann wackelt davon, und als er verschwunden ist, schlägt Anna sich die Hand vor den Mund. »Wir müssen vorsichtig sein«, flüstert sie.

Luca nickt, wirft ihr jedoch noch eine Kusshand zu. Sie tut, als fange sie sie auf, dann sammelt sie die Bücher ein, die sie sich ausgesucht haben.

Luca nimmt die beiden obersten herunter.

»Warum ich das lesen soll, verstehe ich ja«, sagt er und wedelt mit *Die wunderbaren Schicksale des schwedischen Volkes* in der Luft herum. »Aber weshalb du *Moritz Stummel* ausgesucht hast, verstehe ich wirklich nicht. Das ist doch ein Kinderbuch.«

»... das dir eine Menge über Schweden beibringen wird. Außerdem ist es wirklich niedlich.«

»Dann tue ich, was die Frau Lehrerin sagt«, lacht Luca.

Ihre Fahrräder stehen draußen auf der Straße. Anna hat Luca angeboten, ihm eins zu leihen, aber er bestand darauf, auf seinem rostigen alten Ding zu fahren, das aussieht, als hätte er es auf der Müllkippe gefunden.

Sie wollen gerade losfahren, als Anna jemanden über den Stortorget auf sie zukommen sieht. Sie will Luca noch warnen, aber zu spät. John hat sie bereits entdeckt und blickt sie scharf an. Er hat zwei Kumpel dabei, und alle drei bleiben stehen.

»Na, wen haben wir denn da«, sagt John von oben herab.

»Lass uns abhauen«, flüstert Anna und versucht, ihr Fahrrad zu wenden, doch die jungen Männer haben bereits einen Halbkreis um sie gebildet. Einer von ihnen trägt Hemd und Hosenträger, der andere einen grauen Pullover, beide sind groß und breitschultrig.

»Das ist doch der Ithaker mit seinem Zigeunerflittchen«, fährt John fort.

Lucas Augen werden schwarz. »Wag es nicht, sie so zu nennen.«

»Das hätte sie sich vorher überlegen sollen, bevor sie sich mit jemandem wie dir abgibt«, sagt John und lacht.

Anna zieht Luca am Ärmel. »Komm«, drängt sie ihn.

John dreht sich zu ihr um. »Du weißt ja sicher, dass dein Freund mit den dänischen Kommunisten kooperiert. Ein echter Roter. Wäre interessant zu wissen, was dein Vater dazu sagt.«

Die Leute auf der Straße machen bereits einen Bogen um sie, und Anna spürt, wie plötzlich Wut in ihr hochkocht.

»Das ist nicht wahr«, faucht sie.

»Ein Kommunistenschwein«, fährt John fort, »das die Russen bei uns einschleusen will.«

»Pfui«, sagt der Mann mit dem grauen Pullover und spuckt vor ihnen aus.

»Sag ihnen, sie sollen aufhören zu lügen«, fordert Anna Luca auf, doch der steht da wie angewurzelt. »Luca?«

Als sie keine Antwort erhält, blickt Anna sich um. Sämtliche Passanten haben die Köpfe gesenkt. Wenn John und seine Kumpane tatsächlich auf sie losgehen würden, hätten sie keine Chance.

So schnell sie kann, weicht sie zurück. Endlich hat sie genügend Platz, um zu wenden.

»Luca«, wiederholt sie. »Lass uns gehen.«

Johns Hände sind zu Fäusten geballt, und seine Kameraden starren Luca grimmig an. Anna sieht, dass er ihrem Blick standhält, doch dann dreht auch er sich um.

John tritt drohend näher, hält dann aber inne. »Haut ab, solange ihr könnt. Wenn die Deutschen gewinnen, werden wir solche wie euch ohnehin ausrotten.«

»Komm«, zischt Anna ein letztes Mal, dann tritt sie in die Pedale. Allein Johns Anblick verursacht ihr Übelkeit, sie will so schnell wie möglich weg. Als sie einen Blick über ihre Schulter wirft, stellt sie erleichtert fest, dass Luca dicht hinter ihr ist.

Der Mann in Hemd und Hosenträgern hebt einen Stein auf und wirft nach ihnen. Er trifft die Speichen von Annas Hinterrad, und sie schnappt nach Luft, dreht sich um und sieht Lucas gehetzten Gesichtsausdruck.

»Dreh dich nicht um, fahr einfach«, ruft er ihr zu.

So schnell sie können, fahren sie die Järnvägsgatan entlang. Annas Herz hämmert. Als sie den Landskronavägen erreichen, bremst sie ab und springt vom Fahrrad. Luca wirft seins zur Seite, läuft zu ihr und umarmt sie fest.

»Es tut mir so leid, was er zu dir gesagt hat«, murmelt er.

»Es ist mir völlig egal, was er sagt. Ich mache mir eher Sorgen darüber, was er tun wird.« Sie hebt das Gesicht und begegnet Lucas Blick. »Ist es wahr, dass du mit den dänischen Kommunisten zu tun hast?«

Luca fährt sich mit der Hand durchs Haar. »Ich habe dir doch gesagt, dass ich darüber nicht sprechen kann.«

»Wenn ich dir vertrauen soll, wenn es dir ernst mit uns ist, muss ich es wissen«, sagt Anna. Sie befreit sich aus seinem Arm. »Sag es mir jetzt.«

»Du darfst es niemandem weitererzählen.«

»Versprochen.«

»Ich meine es ernst. In Dänemark steht die Todesstrafe auf Widerstand gegen die Deutschen. Und die Gestapo hat überall ihre Spione, auch hier.«

»Ich bin auf deiner Seite«, erinnert sie ihn. »Und ich will helfen. Wir gegen die.«

»Seit wann bist du so stur?«, fragt er.

»Ist es nicht eine der Eigenschaften, die du an mir besonders magst?«

»Du bis anders als alle Frauen, die ich je kennengelernt habe«, murmelt Luca.

»Das stimmt. Und ich denke nicht dran, mich von John Svensson einschüchtern zu lassen. Wenn wir irgendetwas tun können, was ihn und seine Kumpane daran hindert, mehr politischen Einfluss zu gewinnen, bin ich dabei.«

»Ich kenne ein paar Leute, die der Widerstandsbewegung auf der anderen Seite des Öresund helfen«, sagt Luca leise. »Sie haben vor Kurzem eine neue Organisation gegründet, um gegen die Nazis zu arbeiten. Unter ihnen sind Angehörige verschiedener dänischer Parteien, auch der Kommunisten.«

»Hast du ihnen geholfen?«

»Ein paarmal. Ich habe Dänen ausfindig gemacht, die hierher geflüchtet sind, und habe Nachrichten weitergegeben. Es gibt ein ganzes Netzwerk, das mit den britischen Soldaten kooperiert. Das Ziel ist natürlich, Dänemark von den Deutschen zu befreien. Mehr kann ich dir nicht sagen.«

Anna nickt.

»Mein Vater versorgt die deutsche Kriegsmaschinerie mit Eisenerz. Er ist kein Nazi«, fügt sie schnell hinzu. »Aber er findet nicht, dass Hitler etwas falsch gemacht hat, und ich …«

Die Worte klumpen sich in ihrem Hals und sie verstummt.

»Aber da kannst du doch nichts für!«

»Nein«, erwidert sie und stellt fest, wie viel schlimmer es klingt, wenn sie es laut ausspricht. »Dennoch habe ich das Gefühl, etwas tun zu müssen, das sein Handeln ausgleicht.«

»*Amore mio*«, sagt Luca ernst. »Das ist gefährlich.«

»Ich weiß.«

Er streckt die Arme aus. Anna schmiegt sich an seine Brust und lässt sich von seiner Wärme umfangen. Sie denkt an ihren Vater und dass er ihr Weltbild stets geprägt, sie seinem Urteil immer vertraut hat. Ist das falsch gewesen? Sind all ihre Ansichten über die Welt denjenigen angepasst, mit denen ihr Vater am meisten Geld verdienen kann?

»Der Krieg wird irgendwann zu Ende sein«, sagt Luca. »Eines Tages ist er vorbei, und dann können wir tun, was immer wir wollen.«

»Ich weiß nicht, ob ich so lange warten kann. Ich möchte, dass unser gemeinsames Leben jetzt beginnt, genau in diesem Moment.«

»Du musst Geduld haben, Anna. Du musst all die Dinge tun, von denen du immer geträumt hast: nach Stockholm zurückgehen, die Schwesternausbildung machen und …«

»Heiraten?«

Luca lächelt. »Wenn es nach mir ginge, wären wir längst verheiratet. Hol einen Priester, und wir erledigen das auf der Stelle.« Dann wird er wieder ernst. »Du weißt doch, was du mir bedeutest? Ich würde alles für dich tun.«

Luca sieht ihr tief in die Augen, und Anna spürt, wie es in ihrem Bauch zieht. Das Einzige, was sie möchte, das Einzige, was ihr wichtig ist, ist, ihm nah zu sein.

»Ich auch für dich«, sagt sie.

Er hebt die Hand und legt die Finger auf ihr Schlüsselbein, nur wenige Zentimeter oberhalb ihrer Brüste, die sich bei jedem Atemzug heben und senken.

»Ich habe so etwas noch nie empfunden«, fährt er fort. »Seit dem Tag an den Klippen kann ich kaum an etwas anderes denken als an dich. Du bist das Schönste, was es gibt, und ich bin dankbar für jeden Augenblick, den ich mit dir verbringen darf.«

Anna schluckt. Seine Liebeserklärung macht sie schwindlig. Sie legt eine Hand auf Lucas Brust und spürt seinen Herzschlag unter dem Hemd.

Langsam nähert sie sich seinem Gesicht, und als er so nah ist, dass sie seinen Atem auf der Haut spürt, schließt sie die Augen. Luca fasst sie an den Armen, und als ihre Lippen sich treffen, presst sie ihre Hüften an ihn, spürt, wie er hart wird. Der Kuss wird noch inniger, intensiver, Anna zittert vor Erregung. Schon so oft hat sie von Luca geträumt. Sobald sie allein war, hat sie die Augen geschlossen und ihn vor sich gesehen – wie er sie langsam auszieht, jedes Kleidungsstück aufknöpft und dann mit seinen Lippen über ihre nackte Haut fährt.

Keuchend zieht er sie hinter ein Lagergebäude, wo niemand sie sieht und sie sich weiterküssen können. Sie spürt seine Hände durch ihre Bluse. Drückt sich an die Ziegelwand und stöhnt auf, als er eine ihrer Brüste umfasst und seine Lippen über ihren Hals wandern lässt.

Kurz darauf lässt er von ihr ab. Sie will nicht, dass er aufhört, doch als er ihr Gesicht in beide Hände nimmt, öffnet sie die Augen. Sie sind sich immer noch ganz nah, und Anna lächelt. Luca jedoch macht ein ernstes Gesicht.

»Wir brauchen es nicht zu überstürzen.«

»Ich bin erwachsen, ich entscheide das selbst«, antwortet sie trotzig.

Luca begegnet ihrem Blick und lacht.

»*Ti amo*, Anna«, sagt er mit heiserer Stimme. »*Ti amo per semper.*«

17

APRIL 2007

Rebecka ist gerade auf die Leiter gestiegen und hat begonnen, die Dachpappe zu lösen, als der große Traktor angefahren kommt. Der Motor knattert laut und stört sie in ihrer Konzentration, dennoch dreht sie sich um und grüßt mit der Hand. Arvid, der in der Fahrerkabine sitzt, schaut nicht einmal in ihre Richtung.

Rebecka seufzt. Sie fragt sich, warum er sie so wütend macht. Eigentlich müsste Arvid ihr egal sein, doch das ist er nicht. Außerdem hat sie Egon versprochen, wegen des Zauns mit ihm zu sprechen, ihn zu fragen, ob er bei der Reparatur behilflich sein kann. Wie auch immer sie das bewerkstelligen soll.

Sie packt die kaputte Dachbahn und zieht behutsam daran. Als sie nicht nachgibt, nimmt sie das Messer zu Hilfe. Die ersten Nägel lassen sich mit der Spitze leicht lösen, doch dann geht es nicht mehr weiter. Zwei Nägel sitzen zu fest, und sosehr sie sich auch anstrengt, bekommt sie sie nicht heraus.

Rebecka klettert noch höher auf der Leiter, um beim Hebeln ihr Eigengewicht einsetzen zu können. Sie dreht das Messer hin und her, und endlich gelingt es ihr, es unter den Nagel zu schieben. Sie ändert noch einmal den Griff um den Schaft, stützt sich mit einer Hand am Dach ab und beugt sich dann vor. Doch sie hat die Position der Klinge falsch eingeschätzt.

Ohne dass sie es verhindern kann, rutscht das Messer ab und verletzt sie an der Stützhand.

Rebecka starrt auf die klaffende Wunde direkt neben ihrem Daumen. Blut rinnt ihren Arm herab und sie schreit auf. Was soll sie tun? Was, wenn die Wunde genäht werden muss? So kann sie nicht ins Krankenhaus fahren, aber wegen einer Schnittwunde ruft man doch auch keinen Krankenwagen?

Auf unsicheren Beinen klettert sie die Leiter hinunter und holt Küchenpapier, das sie sich um die Hand wickelt. Arvid ist auf seinen Hof gefahren, und Rebecka geht ein paar zögerliche Schritte in Richtung seines Hauses. Sie hat wirklich keine Lust, ihn um Hilfe zu bitten, aber wie es aussieht, hat sie keine andere Wahl. Rasch läuft sie zu dem alten Stall hinüber. Ihre Hand schmerzt, und sie spürt das warme Blut pulsieren. Als sie um die Ecke biegt und Arvid sie erblickt, lässt er alles fallen, was er in der Hand hat.

»Ich habe mich geschnitten«, ruft sie. »An einem Messer.«
Er nickt und nimmt ihr Handgelenk.
»Ist die Wunde tief?«
»Ich weiß nicht, es blutet ziemlich stark.«
»Kommen Sie mit in die Küche«, sagt er und führt sie ins Haus. Sie gehen zum Spülbecken und Arvid dreht das Wasser auf.

»Was war es für ein Messer?«
»Ein Arbeitsmesser, mit dem ich das Dach reparieren wollte.«
»Ich sehe mir die Wunde mal an«, sagt er und zieht einen Stapel sauberer Geschirrtücher aus einer Schublade. »Aber zuerst müssen wir versuchen, sie zu reinigen.«

Ein Schauer läuft Rebecka über den Rücken. Alles in ihr sträubt sich dagegen, das schützende Papier abzunehmen. Woher soll sie wissen, dass sie Arvid trauen kann? Außerdem will sie nicht, dass er die Narben an ihren Unterarmen sieht.

Als Arvid ihre Hand unter den Wasserhahn schiebt, beißt Rebecka die Zähne zusammen. Er nimmt das Papier ab und beugt sich über ihre Hand, während er gleichzeitig die Wunde säubert.

Ein brennender Schmerz fährt durch die Nerven in ihrem Arm, und Rebecka versucht, ihre Hand wegzuziehen, aber Arvid hält dagegen. Die Sekunden kommen ihr wie eine Ewigkeit vor, und erst, als er ihr ein Geschirrtuch um die Wunde gewickelt hat, kann sie wieder atmen. Arvid drückt fest zu und hebt ihren Arm hoch. Wenn er die Narben bemerkt hat, lässt er sich nichts anmerken.

»Sieht gut aus«, sagt er. »Die Wunde ist ziemlich tief, aber es scheint nur eine äußerliche Verletzung zu sein. Es reicht, wenn Sie ins nächste Gesundheitszentrum fahren und sie mit ein paar Stichen nähen lassen.«

»Nein«, sagt Rebecka und schüttelt energisch den Kopf. »Ich gehe in keinen OP.«

»Okay. Es heilt bestimmt auch so.« Er hilft ihr auf das Küchensofa, und Rebecka sinkt auf das Polster.

»Wenn Sie einen Moment ruhig sitzen bleiben, hört es hoffentlich bald auf zu bluten, und dann kann ich es ordentlich verbinden.«

Er verschwindet kurz und kehrt mit einem Erste-Hilfe-Koffer zurück, den er auf den Tisch stellt. Dann geht er zur Arbeitsplatte. Als er sich wieder umdreht, hat er ein Tablett mit Saft und Keksen hergerichtet.

»Sie sehen ein bisschen blass aus. Ist besser, wenn Sie was essen.«

»Danke«, sagt Rebecka. »Sobald die Hand verbunden ist, lasse ich Sie wieder in Ruhe, versprochen.«

»Schon gut«, murmelt er.

Rebecka blickt sich in der großen Küche um. Das Haus wirkt deutlich nüchterner als zu Gerdas Zeiten, ist aber immer noch sehr anheimelnd. Auf dem Tisch liegt ein einfaches Tischtuch, auf der Arbeitsfläche sind weiße Blechdosen mit schwarzer Aufschrift aufgereiht und darüber hängen rostfreie Kellen und Töpfe an der Wand. Rebecka überlegt, wo wohl Mandy ist. Vielleicht arbeitet sie ja in der Stadt. Das würde zumindest erklären, warum sie ihr noch nie begegnet ist.

Ein großer Hund mit langem, grauweißem Fell trottet herein. Er geht zu Arvid und stupst ihn mit der Schnauze an.

»Ich habe dich nicht vergessen«, sagt er und stellt eine Schüssel Trockenfutter auf den Boden.

»Wer ist denn das?«, fragt Rebecka.

»Mandy, meine Arbeitskollegin. Ohne sie würde ich hier nicht überleben«, sagt er und krault den Hund hinter den Ohren.

Das also ist Mandy. Rebecka ist überrascht. Hätte sie nicht solche Schmerzen, hätte sie über ihr Missverständnis gelacht.

»Wollen wir uns die Wunde noch mal ansehen und versuchen, sie ordentlich zu verbinden?«

Rebecka senkt den Blick. Lieber würde sie die Hand in Ruhe lassen. Sie fühlt sich so nackt und ausgeliefert.

»Okay«, antwortet sie schließlich.

Behutsam nimmt Arvid das Geschirrtuch ab. Dann holt er eine Packung Wundverschlüsse aus dem Notfallkoffer und schließt die Wunde mit drei Streifen, bevor er sie mit einer Kompresse abdeckt.

Rebecka kann den Blick nicht von dem blutbefleckten Handtuch wenden. Warum hat sie nicht besser aufgepasst? Das Letzte, was sie jetzt gebrauchen kann, ist eine verbundene Hand. Ihre Großmutter kann jeden Moment entlassen werden, und sie hat noch jede Menge zu tun. Und Joar wird über ihre Ungeschicklichkeit seufzen und sagen, das alles wäre nie passiert, wenn sie die Reparaturversuche einfach sein gelassen hätte.

»So«, sagt Arvid, als er fertig ist. »Ich muss jetzt kurz in den Stall, Sie können aber gerne noch hierbleiben und sich einen Moment ausruhen.«

Rebecka schüttelt den Kopf. Sie will in Großmutters Haus zurück, aber sobald sie aufsteht, geben ihre Beine nach und es flimmert vor ihren Augen. Arvid fängt sie auf und hilft ihr wieder aufs Sofa.

Verwirrt blickt sie sich um. »Was war das?«

»Es ist wohl doch besser, Sie bleiben noch ein bisschen, damit ich Sie im Auge behalten kann.«

»Okay«, murmelt Rebecka.

»Es sind noch Saft und Kekse da«, erinnert er sie und zeigt auf das Tablett. Dann geht er nach draußen.

Rebecka rutscht auf dem Küchensofa hin und her. Wahrscheinlich hat Arvid recht und sie sollte jetzt nicht allein sein. Frustriert schiebt sie ein paar Kissen zusammen, um ihre Hand hochlegen zu können, dann lehnt sie sich zurück.

Neben dem Sofa steht eine moosgrüne Wanduhr mit roten und gelben Blumen darauf. Sie tickt langsam, und Rebecka spürt, wie ihre Augenlider schwer werden. Mandy tapst zu ihr, lässt sich neben ihr auf den Boden sinken und seufzt tief. Es ist so angenehm ruhig in der Küche. Die gemütliche Einrichtung erinnert sie an die vielen Male, die sie nach ihrem Einzug bei der Großmutter Gerda besucht hat. Mit ihrer Mutter hatte Rebecka sich irgendwann so viel gestritten, dass ihr nichts anderes übriggeblieben war, als nach Björkbacken zu ziehen.

In der Phase, in der es ihr am schlechtesten ging, kamen Camilla und sie überhaupt nicht mehr miteinander aus, anderthalb Jahre lang stritten sie fast ununterbrochen. Im Nachhinein kann Rebecka verstehen, dass ihre Mutter dachte, Verbote, Kontrollen und Termine in der Kinderpsychiatrie könnten ihr helfen. Doch stattdessen haben sie sich immer nur noch weiter voneinander entfernt. Rebecka fühlte sich so einsam und verlassen in dem Chaos, das nach der Trennung ihrer Eltern und der Krankheit und dem Tod ihres Vaters in ihr herrschte, dass sie es eines Tages nicht mehr aushielt und ihre Koffer packte und ging.

Noch heute erinnert sie sich an den Abend, an dem sie mit rotgeweinten Augen bei ihrer Großmutter Schutz suchte. Es regnete in Strömen, und Oma ließ sie sofort ein. Dann saßen sie stundenlang in der Küche und redeten einfach nur.

Rebecka lächelt, als sie jetzt daran denkt. Ihre Großmutter war so lieb und verständnisvoll, und sie selbst hatte gedacht, es würde ihr helfen, ihre schlechten Gewohnheiten zu durchbrechen, wenn sie bei ihr wohnen würde. Doch obwohl sie sich nichts sehnlicher wünschte, als wieder heil zu werden, war es schwierig, von jetzt auf gleich aufzuhören. Sie hatte gedacht, sie würde es schaffen, ihre Ängste in Schach zu halten, doch manchmal überfielen die Gedanken sie einfach wie aus dem Nichts, und das Einzige, was dann half, war, zu fliehen. Deshalb schlich sie sich weiterhin nachts aus dem Haus, betrank sich hemmungslos und ritzte sich mit einer Rasierklinge die Unterarme. Sobald die Klinge in die Haut drang und Blut hervorsickerte, fühlte Rebecka sich besser, wenn auch nur für den Moment. Irgendwann sorgte ihre Mutter dafür, dass sie wegen Selbstgefährdung eingeliefert wurde, trotz Großmutters heftiger Proteste.

Vier Wochen verbrachte Rebecka in einer geschlossenen Psychiatrie, wo man ihr Medikamente verabreichte und sie zu unterschiedlichen Therapiemaßnahmen zwang. Der Klinikaufenthalt war eine schreckliche Erfahrung für sie, und sie beschloss, alles zu tun, um von dort wegzukommen. Nachdem sie entlassen worden war, machten sie und ihre Großmutter gemeinsam mit einer Psychologin einen Plan. Rebecka brach alle sozialen Kontakte ab und konzentrierte sich ganz auf die Schule, und dank Großmutters Hilfe gelang es ihr tatsächlich, das Gymnasium mit sehr gutem Ergebnis abzuschließen. Doch obwohl es am Ende gut ausgegangen ist, sind die Erinnerungen immer noch da und Rebecka schaudert, wenn sie daran denkt, was sie sich damals selbst angetan hat.

Müde schließt sie die Augen. Joar meint immer, wenn sie nicht darüber reden, würden die Erinnerungen allmählich verblassen. Auch ist er sehr darauf bedacht, dass niemand etwas über Rebeckas Vorgeschichte erfährt. Vor ein paar Jahren waren sie bei einem Kollegen von Joar und dessen Frau zum Essen eingeladen. Ganz offen erzählte diese von ihrer schwierigen Kindheit. Als Rebecka daraufhin ebenfalls ansetzte, von den Verletzungen ihrer Jugend zu berichten, wurde Joar wütend und brach das Essen ab. Er begründete es mit Kopfschmerzen, doch alle am Tisch wussten, dass es nicht der wahre Grund für ihren Aufbruch war. In jener Nacht merkte Rebecka, wie viel unverarbeitete Trauer sie noch in sich trug. Lange lag sie wach, in eine Wolldecke gewickelt, weil Joar, wie immer, die ganze Federdecke genommen hatte. Die wenigen Male, die sie überhaupt darüber redeten, betonte er stets, dass sie jetzt ein anderer Mensch sei und dass sie nicht zulassen dürfe, dass die Vergangenheit zerstörte, was sie sich gemeinsam aufgebaut hätten. Und Rebecka wollte nicht mit ihm streiten. Ihre innere Stimme sagte ihr, dass sie dankbar sein musste, dass Joar sie überhaupt haben wollte, obwohl sie so kaputt war.

Sie seufzt schwer. Wieder zurück an diesem Ort zu sein erschöpft sie. Vielleicht hatte Joar recht. Vielleicht sollte sie versuchen loszulassen und wieder nach Hause fahren. Je länger sie darüber nachdenkt, desto schläfriger wird sie, und ohne recht zu merken, wie es passiert, gleitet sie in einen leichten Schlaf.

18

SEPTEMBER 1943

So leise sie kann, schließt Anna die Schlafzimmertür. Es ist ein schöner Abend. Der Himmel ist ganz klar, und die Sonne taucht das Land in ein warmes Licht.

Sie und Luca haben sich auf der Lichtung verabredet, wo sie sich immer treffen. Den ganzen Tag ist sie unruhig gewesen, hat gewartet und auf die Uhr gestarrt, deren Zeiger sich im Schneckentempo bewegten.

Anna knöpft ihren Mantel zu und läuft dann rasch über den Flur. Sie hat den Tag damit zugebracht, einen ihr bis dahin unbekannten Autor zu lesen, F. Scott Fitzgerald. Als sie das Buch bei Killbergs zum ersten Mal gesehen hat, haben weder Titel noch Einband sie besonders angesprochen. Bei *Der große Gatsby* musste sie eher an einen Spionageroman denken, doch die Verkäuferin hatte ihr versichert, das Buch sei absolut lesenswert, und dafür ist sie ihr dankbar. Jay Gatsbys und Daisys Liebesgeschichte hat sie völlig in den Bann geschlagen, und nun kann sie es kaum erwarten, Luca die tragische Geschichte zu erzählen.

Sie drückt das Buch an ihre Brust und biegt Richtung Eingangshalle ab. Nach einem frühen Abendbrot hat sie behauptet, noch Stenografie üben zu wollen, und seitdem hat sie ihre Mutter nicht mehr gesehen.

Plötzlich hört sie eine Stimme hinter sich.

»Anna?«, fragt ihre Mutter erstaunt. »Wo willst du hin?«

»Nur kurz spazieren. Es ist so schön draußen«, antwortet Anna und nickt zum Fenster.

»Wie oft du in letzter Zeit spazieren gehst.«

»Findest du?« Anna versucht, einen unberührten Eindruck zu machen. »Ich brauche einfach frische Luft und Bewegung.«

Ihre Mutter mustert sie schweigend, und Anna spürt, wie ihr Herz einen Satz macht.

»Frische Luft kann tatsächlich nie schaden.«

»Ja, genau«, erwidert Anna schnell. »Ich gehe dann mal, damit ich wieder zu Hause bin, bevor es dunkel wird.«

Ingrid nickt. Dann werden ihre Augen schmal. »Warum nimmst du das Buch mit?«

Anna hält es hoch. »Ich wollte mir einen ruhigen Ort suchen und ein bisschen lesen.«

»Aber hast du nicht beim Essen gesagt, du hättest es schon ausgelesen?«

Anna spürt, wie ihr der Schweiß ausbricht. Sie öffnet den Mund, weiß aber nicht, was sie sagen soll.

»Anna«, fährt die Mutter fort. »Du triffst dich doch nicht mit jemandem, oder?«

»Nein«, sagt sie schnell. »Oder doch, aber es ist nur ein Freund.«

»Was für ein Freund?«

»Versprich mir, dass du nicht böse wirst«, sagt Anna »Ich habe einen jungen Mann kennengelernt, der mir Italienisch beibringt.«

»Wie bitte? Wer?«

»Er heißt Luca Cavalli.«

»Und ihr trefft euch? Ohne dass dein Vater und ich etwas davon wissen?«

Anna nickt.

»Was macht er beruflich?«

»Seine Familie betreibt einen kleinen Hof, etwas südlich von hier«, lügt Anna.

»Und wo trefft ihr euch?«

»Irgendwo in der Gegend. Wir sitzen nur zusammen und reden über Bücher.«

»O Gott, Anna«, sagt Ingrid und schlägt die Hände vor der Brust zusammen. »Wie kannst du uns so etwas antun? Abends mit einem fremden Mann herumlaufen. Begreifst du nicht, wie das aussieht?«

»Entschuldige. Aber es ist nicht so, wie du denkst. Luca würde nie etwas Unpassendes tun.«

»Das spielt keine Rolle. Ab sofort triffst du dich nie wieder mit ihm. Und ich erlaube dir nicht mehr, nach dem Abendessen noch rauszugehen.«

»Aber Mutter«, protestiert Anna. »Das kannst du nicht machen.«

»Doch, das kann ich sehr wohl.«

»Ich bin erwachsen.«

»Aber du lebst unter unserem Dach. Wenn du selbst über dich bestimmen willst, musst du ausziehen.«

Anna starrt ihre Mutter an. Sie wünschte, sie könnte verstehen, was sie fühlt. »Luca ist ein guter Mensch«, sagt sie. »Er ist freundlich und intelligent und ich liebe ihn.«

»Oh mein Gott!«, ruft Ingrid aus und fasst sich an die Stirn.

»Das ist nichts Schlimmes«, fährt Anna entschlossen fort.

»Er will nach Stockholm gehen und Journalist werden, bevor wir heiraten.«

»Du triffst dich nie wieder mit ihm, verstanden?« Ingrids Stimme ist so schneidend, dass Anna zurückweicht. Noch nie hat sie ihre Mutter so außer sich gesehen.

»Du kannst mir nicht verbieten, rauszugehen.«

»Natürlich kann ich das. Dein Vater ist erst Samstag wieder zu Hause, wenn Runströms zum Essen kommen. Bis dahin bleibst du hier im Haus.«

Tränen brennen unter Annas Lidern. »Wenn du ihn kennenlernen würdest, würdest du mich verstehen.«

Ihre Mutter hat die Arme vor der Brust verschränkt und versperrt ihr den Weg zur Tür.

»Ich will nie wieder etwas von diesem Italiener hören«, sagt sie streng.

Anna schluckt. Panik steigt in ihr auf. Wenn sie Luca nicht mehr sehen darf, ist sie verloren. Wie kann ihre Mutter so grausam sein?

»Bis du nie verliebt gewesen?«

»Nein«, schnaubt Ingrid. »Nicht in einen, der auf einem Hof arbeitet.«

Das kann doch nicht wahr sein, ihre Mutter begreift ja überhaupt nichts! Resolut stößt Anna sie beiseite und läuft hinaus.

»Stehen bleiben!«, hört sie ihre Mutter rufen, als sie Richtung Meer davonrennt. »Komm sofort zurück!«

Doch Anna denkt nicht daran, stehen zu bleiben, sie läuft einfach weiter, bis die Stimme so weit entfernt ist, dass sie sie nicht mehr hört.

Luca wartet bereits auf sie. »Was ist passiert?«, fragt er besorgt.

Anna wirft sich schluchzend in seine Arme. Luca nimmt ihr Gesicht in beide Hände und streicht ihr das Haar aus der Stirn.

»Sag schon«, drängt er, doch Anna schüttelt den Kopf. Sie will ihm nicht erzählen, was ihre Mutter gesagt hat.

»Ich kann nicht«, murmelt sie und drückt sich noch fester an ihn.

Luca hält sie, und sie atmet an seiner Brust. Es fühlt sich gut an, so dazustehen, warm und geborgen. Endlich beruhigt sich Anna und hebt die Lippen an Lucas Ohr.

»Du liebst mich, hast du gesagt?« Konzentriert lauscht sie auf seinen Atem.

»*Sì*«, sagt er leise. »*Ti amo.*«

»Zeig es mir«, flüstert sie.

Luca wird ganz still, als müsse er nachdenken. Dann sucht er mit seinen Lippen ihren Mund. Er küsst sie innig und voller Ernst und Anna spürt seine Hände, die langsam nach unten wandern. Sie liebt dieses Gefühl.

Vorsichtig lässt sie ihre Finger unter sein Hemd gleiten. Noch nie hat sie die Haut eines anderen auf ihrer gespürt oder erlebt, wie sehr ihr Körper nach einem anderen verlangen kann. Sie hat keine Ahnung, was sie erwartet, wenn sie nach Hause kommt, aber in diesem Moment ist ihr alles gleichgültig. Das Einzige, woran sie denken kann, ist Luca.

Die Sonne versinkt am Horizont und der Himmel färbt sich in Streifen, rot und orange. Anna knöpft ihre Bluse auf und entblößt ihren Hals, und Luca berührt das Grübchen zwischen ihren Schlüsselbeinen.

»Bist du dir sicher?«, flüstert er.

Sie nickt und führt seine Hand unter ihr Kleid, erfüllt von so vielen Gefühlen, dass sie sie nicht mehr unterscheiden kann. Glück, Nervosität und Erwartung mischen sich in einem wilden Durcheinander. Auch Trotz ist dabei. Niemand soll sie trennen dürfen, niemand hat das Recht, über ihre Gefühle zu entscheiden.

Eine Amsel trällert von der Spitze eines Baums, bevor sie sich davonmacht. Ansonsten ist der Wald vollkommen still.

Anna fängt Lucas Blick auf.

»Ja«, flüstert sie. »Ich bin mir sicher.«

19

APRIL 2007

Rebecka erwacht von einem anheimelnd brutzelnden Geräusch. Es dauert einen Moment, bevor sie wieder weiß, wo sie ist. Arvid steht am Herd, und der Duft in Butter gebratener Pilze erfüllt die Küche.

Verwirrt schaut sie auf die Uhr – Viertel nach fünf. Rebecka richtet sich auf. Hat sie etwa geschlafen? Ausgerechnet in Arvids Küche? Sie streicht sich das Haar aus dem Gesicht, dann fällt ihr Blick auf ihre verletzte Hand. Ein dunkler Blutfleck zeichnet sich auf dem weißen Verbandsstoff ab.

Arvid registriert, dass sie aufgewacht ist, schaltet den Herd herunter und tritt zu ihr.

»Wie geht es Ihnen?«

»Ich glaube, ganz gut. Tut mir leid, dass ich eingeschlafen bin. Ich geh dann mal«, sagt sie und richtet sich auf.

»Wie Sie wollen«, sagt er und zuckt die Achseln. »Ich koche allerdings gerade. Wenn Sie mögen, können Sie mitessen.«

Rebecka zögert. Sie will nicht, dass Arvid sich verpflichtet fühlt, ihr zu helfen, andererseits würde es guttun, etwas Richtiges in den Magen zu bekommen. Und dann wäre es vielleicht auch die Gelegenheit, ihn wegen Egons Zaun um Hilfe zu bitten.

»Okay, danke.«

Arvid stellt zwei Teller mit Kartoffeln, Fleisch, Pilzsauce und Preiselbeeren auf den Tisch und nimmt ihr gegenüber Platz. So ein gutes Essen hat Rebecka gar nicht erwartet.

»Das sieht lecker aus.«

»Jepp«, sagt er und schiebt sich eine Gabel in den Mund. Rebecka probiert ebenfalls. Das Fleisch ist zart, die Kartoffeln butterweich und die Pilzsauce dick und cremig.

Sie essen schweigend, und Rebecka überlegt krampfhaft, was sie sagen könnte.

»Ich wusste nicht, dass Sie kochen können.«

Arvid blickt sie an, sagt aber nichts. Etwas an seiner konzentrierten Nähe macht sie furchtbar nervös. Mit dem Finger berührt sie die Stelle, an der sie normalerweise ihren Verlobungsring trägt. Sie sollte Arvid von Joar erzählen. Wobei es natürlich seltsam wäre, ihm aus heiterem Himmel kundzutun, dass sie verlobt ist.

»Ist das Fleisch hier vom Hof?«

»Ja.«

»Was ist es denn?«

»Keule.«

Rebecka nickt. »Es schmeckt wunderbar. So zart. Und die Pilze, haben Sie die selbst gesammelt?«

»Ja«, er lächelt schief. »Noch Fragen, oder kann ich jetzt essen?«

Rebecka senkt den Blick. »Nein«, murmelt sie und rutscht unbehaglich auf dem Sofa herum. Als sie versehentlich mit der Hand an den Tisch stößt, durchzuckt sie der Schmerz.

»Tut es weh?«

»Ja.«

»Okay«, sagt Arvid und steht auf. »Ich habe Schmerztabletten und ich habe Rotwein. Was ist Ihnen lieber?«

»Sie trinken sonntags Wein?«, scherzt Rebecka.

»Auf einem Hof ist immer Montag. Oder Samstag, ganz, wie man möchte«, antwortet er.

Rebecka spürt, wie ihre Wangen heiß werden. Sie weiß, dass sie nicht trinken sollte, aber es wäre schön, die angespannte Stimmung etwas zu lösen.

»Gerne ein Glas Wein.«

»Na, dann«, sagt er und holt eine Flasche.

Eine Stunde später fühlt Rebecka sich deutlich besser. Das Essen hat ihr gutgetan, ihre Hand schmerzt nicht mehr und Arvid hat endlich angefangen, in ganzen Sätzen zu reden.

»Aber warum hast du keine Hühner?«, fragt sie.

»So weit bin ich noch nicht gekommen«, erwidert Arvid und trinkt sein Glas aus. »Ich bin ja erst seit gut einem Jahr hier.«

»Dann bist du erst seit Kurzem Bauer?«

»Nein. Ich bin auf einem Bauernhof groß geworden. In den letzten zehn Jahren haben mein Bruder und ich gemeinsam den Hof meiner Eltern bewirtschaftet, aber dann ging das nicht mehr.«

»Warum nicht?«, fragt Rebecka und lehnt sich über den Tisch. »Habt ihr euch gestritten?«

Arvid schüttelt den Kopf. »Nein, aber mein Bruder hat seine Freundin geheiratet, und da fanden wir, es wäre das Beste, wenn er mich auszahlt. Inzwischen haben sie auch eine kleine Tochter, Majlis.«

»Ach so. Aber du bist nach wie vor gerne Landwirt?«

Wenn Arvid lächelt, verändert sich sein ganzes Gesicht, Rebecka wird ganz warm davon.

»Es ist schwieriger, als ich dachte, ganz allein einen Hof zu betreiben«, sagt er und streicht mit dem Finger über die Tischkante. »Man hat immer zu tun, und da es sich um Tiere handelt, kann man nie einfach mal fünf gerade sein lassen. Außerdem ist es ...« Arvid verstummt und schaut weg.

»Was?«

»Ach, nichts.«

»Doch, sag schon.«

Er stützt das Kinn in die Hand und Rebecka bemerkt die Lachgrübchen um seinen Mund. Arvids Augen sind leuchtend blau und blicken so intensiv, dass sie jedes Mal Gänsehaut bekommt, wenn er sie ansieht. Es überrascht sie, dass sie so fasziniert von ihm ist, schließlich ist sie so gut wie verheiratet.

»Ich möchte es richtig machen«, erklärt er. »Ich möchte, dass es den Tieren gutgeht, und ich möchte möglichst auf Pestizide verzichten sowie auf Maschinen, die die Umwelt verschmutzen, aber das ist schwierig, wenn es sich rentieren soll. Die Milchpreise sind viel zu niedrig. Eigentlich hatte ich geplant, in einen Melkroboter zu investieren, um mehr Zeit für den Gemüseanbau zu haben, aber das Geld reicht einfach nicht aus.«

»Kannst du die Milch nicht an jemanden verkaufen, der besser dafür bezahlt?«

»So funktioniert es leider nicht. Aber ich überlege, einen Hofladen aufzumachen und meine Produkte direkt zu vermarkten. Ich würde gerne Gemüse anbauen – Salat, Kohl, Möhren, Rüben und Zwiebeln, und den Betrieb dadurch noch mal anders aufstellen. Ich habe ja noch das Stallgebäude, da könnte ich den Laden einrichten. Aber auch der Umbau würde natürlich Geld kosten.«

»Das klingt doch super! An den Wochenenden könntest du damit Stadtbewohner anlocken, vor allem, wenn du zusätzlich ein Hofcafé einrichtest. Die sind doch immer bereit, fünfzig Kronen für eine Tasse Kaffee in schönem Ambiente zu bezahlen.«

»Ich weiß nicht«, sagt Arvid und lacht. »Ich schaffe die Arbeit ja so schon kaum. Aber es wäre schön.«

»Vielleicht kannst du jemanden einstellen? Ich kann dir helfen, einen Finanzplan zu erstellen.«

»Richtig, du bist ja Ökonomin. Es muss toll sein, eine Arbeit zu haben, für die man geschätzt wird und die noch dazu Geld einbringt.«

Rebecka blickt zu Boden. Plötzlich ist da wieder dieser Druck auf ihrer Brust, und sie holt tief Luft.

»Was ist los?«, fragt Arvid.

»Ach, nichts«, murmelt sie. »Oder … Ach, ich weiß nicht.«

»Tut die Hand wieder weh?«

»Nein, das nicht. Es gab bei mir in letzter Zeit Probleme auf der Arbeit.«

»Inwiefern?«

Rebecka schluckt. Ihr ist klar, dass es etwas seltsam ist, dem Nachbarn ihrer Großmutter einfach so von Henning & Schuster zu erzählen, aber sie kann es plötzlich nicht mehr für sich behalten.

»Eigentlich ist es keine große Sache«, sagt sie leise. »Ich

sollte befördert werden, aber dann hat doch jemand anderes die Stelle bekommen. Es klingt albern, aber ich hatte echt hart dafür gearbeitet und jahrelang den Job an die erste Stelle gesetzt. Jetzt fühle ich mich irgendwie hintergangen.«

Als sie aufschaut und ihre Blicke sich begegnen, geht es ihr durch und durch. Arvid strahlt eine solche Wärme aus. Zwischen seinen Augenbrauen hat sich eine Falte gebildet.

»Und sie hatten dir die Beförderung versprochen?«

Rebecka nickt.

»Das ist unfair.«

»So kann man das sehen.«

»Du solltest ihnen ordentlich deine Meinung sagen und dir dann eine andere Stelle suchen.«

»Aber ich mag meine Arbeit«, wendet Rebecka ein und dreht das Weinglas in der Hand. »Meistens jedenfalls. Und ich habe sechs Jahre meines Lebens investiert.«

»Ich verstehe, was du meinst«, sagt Arvid. »Ich kann mir selbst ja auch keine andere Arbeit vorstellen, obwohl es fast unmöglich ist, als Landwirt über die Runden zu kommen. Es ist ein ständiger Kampf. Wenn du Lust hast, kannst du gerne mal ausrechnen, wie es mit dem Hofladen funktionieren könnte.«

»Okay«, sagt Rebecka. »Unter einer Bedingung.«

»Die wäre?«

»Dass du mir hilfst, Egons Zaun zu reparieren.«

»Dem Dickschädel soll ich helfen?«, ruft Arvid aus. »Nie im Leben.«

»Und ich dachte, auf dem Land halten die Nachbarn zusammen.«

»Ha«, macht Arvid. »Träum weiter! Egon ist völlig unmöglich. Er macht Krach, lädt Müll auf meinem Grundstück ab und stiehlt mein Gemüse. Einmal habe ich ihn mitten auf dem Feld erwischt, wo ich versuchsweise Broccoli angebaut habe. Er lief mit seinem Korb herum, als wäre es ein Supermarkt. Und dann ständig diese verdammte Schießerei.«

»Er hat versprochen, damit aufzuhören, wenn wir ihm helfen, die Wildschweine anderweitig fernzuhalten.«

»Wann fährst du wieder?«, seufzt Arvid.

»Sobald meine Oma entlassen wird. Im Krankenhaus rechnen sie damit, dass sie in ein paar Tagen nach Hause kann.«

»Okay«, sagt er resigniert. »Aber es muss schnell gehen. Und ich werde den Zaun nicht allein reparieren.«

»Natürlich nicht«, antwortet Rebecka, erleichtert, dass er sich plötzlich so kooperativ zeigt.

»Noch ein bisschen Wein?«

»Ja, gerne.« Sie schiebt ihr Glas zu ihm hinüber. »Was trinken wir da eigentlich?«

»Einen Merlot aus der Provinz Udine.«

Als Rebecka ihn fragend ansieht, lächelt er schief.

»Ich interessiere mich für Wein. Hätte ich das Geld gehabt, wäre ich nach Italien ausgewandert und hätte ein Weingut eröffnet.«

»Das klingt schön.«

»Ja, wäre wahrscheinlich aber ebenfalls ziemlich anstrengend. Ich spreche kein Wort Italienisch und bin generell nicht besonders sprachbegabt. Außerdem hasse ich Bürokratie, und die scheint in Italien ziemlich streng zu sein. All die Regeln, die ich nicht verstehe, würden mich vermutlich wahnsinnig machen.«

Rebecka lacht und trinkt einen Schluck.

»Was würdest du machen, wenn du richtig viel Geld hättest?«, fragt Arvid.

»Keine Ahnung.«

»Von irgendwas musst du doch träumen?«

Sie schüttelt den Kopf, aber Arvid gibt nicht nach.

»Was machst du gerne?«

»Meine Arbeit.«

»Aber du musst dich doch noch für andere Dinge interessieren als Wirtschaft und Finanzen?«

Rebecka lehnt sich zurück und lässt den Blick über die dämmrige Landschaft draußen wandern.

»Als ich jünger war, habe ich viel getanzt. Ich habe Ballett gemacht und an verschiedenen Aufführungen teilgenommen. Das war toll, aber dann habe ich mich verletzt.«

»Oh, schade.«

»Ja, aber das war gar nicht der Grund, weshalb ich aufgehört habe«, sagt Rebecka leise. »Als Teenager hatte ich eine ziemlich heftige Zeit. Ich habe mich ständig mit meiner Mutter gestritten, fühlte mich zu Hause nicht wohl und es ging mir oft dreckig. Irgendwann bin ich dann nach Björkbacken gezogen.«

»Willst du deshalb unbedingt das Haus renovieren?«

»Vielleicht«, sagt Rebecka. »Meine Oma hat mir ein Zuhause gegeben, als ich nirgendwo anders hinkonnte, und jetzt will ich ihr helfen, dass sie ihres nicht verliert.«

»Verstehe«, sagt Arvid und schenkt Wein nach.

»Das heißt aber nicht, dass das ein Hobby von mir ist«, sagt Rebecka schnell, »ich tue einfach nur, was nötig ist.«

»Vielleicht bist du eine Problemlöserin«, schlägt Arvid vor.

»Ja, vielleicht.«

»Ich bin froh, eine Arbeit zu haben, bei der ich alles selbst entscheiden kann«, fährt Arvid fort. »Es ist schön, freie Hand zu haben. Gleichzeitig habe ich manchmal Angst, etwas falsch zu machen und dadurch alles aufs Spiel zu setzen. Ich habe es immer so eilig und will, dass es schnell geht. Dabei braucht man in meiner Branche ziemlich viel Geduld.«

Rebecka lächelt. Seltsam, wie viel sympathischer ihr Arvid plötzlich erscheint. All die Wut, die sie auf ihn gehabt hat, ist wie weggeblasen. Vielleicht ist er gar nicht so furchtbar, wie sie gedacht hat.

»Ich backe gerne«, sagt sie schließlich. »Als Kind habe ich davon geträumt, ein eigenes Café zu eröffnen. Ich mag es, etwas mit den Händen zu tun. Es ist toll, etwas herstellen zu können, worüber andere sich freuen.«

»Warum machst du es dann nicht?«

Rebecka beißt sich auf die Lippen. Sie denkt an damals, als das kleine Café in dem Viertel, in dem sie und Joar wohnen, zum Verkauf stand. Voller Begeisterung war sie zu Joar gelaufen und hatte ihm von dieser Möglichkeit erzählt. Doch der hatte sie nur angestarrt. *Du willst ein Café betreiben?*, hatte er trocken gefragt. *Wie willst du denn damit Geld verdienen?* Trotz seiner abweisenden Reaktion hatte sie erklärt, die Besitzerin gehe in Pension, sie habe sich im Laufe der Jahre einen beachtlichen Kundenstamm erarbeitet und guten Umsatz gemacht. Aber Joar hatte nur den Kopf geschüttelt. *Ich habe jedenfalls nicht vor, zuzusehen, wie du deine Karriere fortwirfst*, hatte er gesagt und war gegangen.

»Es hat sich irgendwie nie ergeben«, lügt sie. »Woher hast du eigentlich den Mut gehabt, einen eigenen Hof zu kaufen? Das muss eine ziemlich große Entscheidung gewesen sein.«

»Das war es«, sagt Arvid. »Ich habe Jahre gebraucht, um den Schritt zu wagen; der letzte Anstoß war dann, dass mein Bruder mich ausbezahlt hat und ich es finanziell stemmen konnte.«

»Erzähl mir, wo du aufgewachsen bist.«

»Das war in Söderslätt. Als mein Bruder und ich noch ziemlich klein waren, kauften meine Eltern dort einen Hof. Ich habe das geliebt. Es ist ein ganz besonderer Ort. Und dann ist es natürlich toll, auf einem Bauernhof aufzuwachsen. Für ein Kind gibt es da ständig etwas zu tun. Wir waren draußen und spielten – sprangen ins Heu, streichelten die Pferde, fütterten die Kaninchen, jagten Hühner, die ausgebüxt waren, und fuhren mit meiner Mutter Trecker.«

Rebecka lehnt sich zurück. Arvid hat eine angenehme Stimme. Hinter seiner rauen Schale gibt es etwas Weiches, das sie zunächst gar nicht wahrgenommen hat.

Nach einer Weile schließt sie die Augen. Der Wein ist ihr zu Kopfe gestiegen, gleichzeitig fühlt sie sich so präsent wie schon lange nicht mehr. Alle Eindrücke verstärken sich, sie merkt, dass sie gern hier ist. Björkbacken ist der einzige Ort auf der Welt, an dem sie sich ganz zu Hause fühlt.

Manchmal hat Rebecka das Gefühl, als wäre sie nur auf Besuch in ihrem eigenen, Stockholmer Leben. Sie weiß, dass sie alles hat, was man sich wünschen kann: einen erfolgreichen Verlobten, eine schöne Wohnung und einen sicheren, gutbezahlten Job. Sie sollte zufrieden sein und sich nicht fortsehnen. Dennoch kommt es vor, dass sie das Ganze von außen betrachtet – dann sieht sie sich selbst, wie sie noch spätabends im menschenleeren Büro sitzt, wie sie alleine in der Stadt spazieren geht oder schweigend mit Joar am Esstisch sitzt, weil der noch mit einem Protokoll beschäftig ist. Es fühlt sich an, als wäre sie eigentlich gar nicht da, als lebe sie ein Schattenleben. Niemand begegnet ihrem Blick und sie fragt sich, ob überhaupt jemand sie sieht.

Als sie die Augen öffnet, lehnt Arvid sich besorgt über den Tisch und streckt vorsichtig eine Hand nach ihr aus.

»Alles okay?«

»Ja«, sagt sie, hat ihre Stimme aber nicht ganz unter Kontrolle. Sie bereut es, so viel Wein getrunken zu haben.

»Ich glaube, es wird Schlafenszeit«, sagt er und steht auf. »Komm, ich bringe dich nach Hause.«

»Okay«, murmelt Rebecka. Ihre Beine sind ein wenig wacklig, aber sie hat Arvids starken Arm als Stütze.

»Wie geht es deiner Hand?«

»Sie tut kaum noch weh.«

»Das ist schön.«

Draußen ist es dunkel geworden, und ein sternenübersäter Himmel wölbt sich über ihnen. Der Kies knirscht unter ihren Füßen, als sie langsam den Weg hinaufgehen. Arvid hält sie fest, und seine Nähe lässt Rebeckas Herz schneller schlagen. Sie und Joar haben einander seit Monaten nicht berührt, und plötzlich glüht sie vor Verlangen.

Sie nähern sich der Tür, und Rebecka kramt in ihrer Tasche nach dem Hausschlüssel.

»Wie hieß das noch mal?«, murmelt sie.

»Was meinst du?«

»Das Medikament.«

»Merlot, aus der Provinz Udine.«

»Stimmt, Merlot aus der Provinz Udine.«

Arvid lacht.

»Ich kann es dir morgen noch mal schriftlich geben, jetzt ist es wahrscheinlich besser, du legst dich hin und ruhst deine Hand aus.«

»Danke«, sagt Rebecka. »Danke, dass du dich um mich gekümmert hast.«

»Kein Ding«, antwortet er. »Man muss doch auf seine Nachbarn aufpassen.«

Rebecka lächelt. So gut hat sie sich schon lange nicht mehr gefühlt. So lebendig. Als Arvid ihre Hand nimmt und ihr hilft, den Schlüssel ins Schloss zu stecken, läuft ihr ein angenehmer Schauer über den Rücken.

Rebecka lehnt sich an ihn und zieht seinen Geruch nach Rauch und Leder ein.

»Arvid?«, flüstert sie. Doch er scheint es nicht zu hören. Sie schließt die Augen, sinkt noch tiefer in das angenehme Gefühl, und als sie sie wieder öffnet, steht er unmittelbar vor ihr. Ohne darüber nachzudenken, legt sie eine Hand in seinen Nacken und geht langsam auf die Zehenspitzen, bis sie seinem Gesicht so nah ist, dass sie seinen Atem auf ihrer Wange spürt.

Arvid steht ganz still, wie angewurzelt.

»Rebecka«, sagt er, doch seine Stimme klingt weit entfernt.

»Arvid«, flüstert sie noch einmal und holt tief Luft, bevor sie ihren Mund auf seinen drückt.

20

OKTOBER 1943

Zunächst begreift Anna nicht, woher das Klopfen kommt. Sie schaut sich um, dann entdeckt sie Lucas Gesicht hinter der Fensterscheibe.

Rasch löst sie die Haken und öffnet das Fenster. Zum Glück liegt ihr Zimmer auf der Nordseite, Richtung Wald. Dort kommt beinahe nie jemand vorbei.

In den letzten Tagen war die Stimmung auf Hillesgården angespannt. Seit ihrem großen Streit redet die Mutter nur noch das Nötigste mit ihr, erteilt ihr lediglich knappe Anweisungen bezüglich des Abendessens mit Familie Runström. Umso ängstlicher erwartet Anna die Heimkehr ihres Vaters, der ihr sicherlich weitere Vorhaltungen machen wird.

Anna schaut auf die Uhr. Obwohl sie sich freut, Luca zu sehen, hat sie doch Angst, er könnte entdeckt werden. In einer guten Stunde kommen die Essensgäste, und das Personal richtet dafür jeden Winkel des Hauses her. Die ganze Woche haben sie Teppiche ausgeklopft, Gardinen gewaschen, Fensterbretter gewischt und Spiegel geputzt. Im Esszimmer ist der große Eichentisch längst mit Tellern, Silberbesteck und glitzernden Kristallgläsern gedeckt, und in der Küche werden seit dem Morgengrauen emsig Vorbereitungen getroffen.

»*Che bel vestito.*« Luca pfeift durch die Zähne und mustert Annas Kleid aus goldenem Seidenbrokat.

»Danke«, erwidert sie verlegen. Sie hat ihm nicht erzählt, wen ihre Eltern zum Essen eingeladen haben, und es kommt ihr wie ein Verrat an Luca vor, dass sie so herausgeputzt ist. »Was machst du hier?«

Luca wirkt angespannt. »Es ist etwas passiert«, sagt er.

»Was?«

»Das kann ich dir nicht sagen, aber ich muss weg und etwas erledigen.«

»Wann bist du wieder zurück?«

»Das weiß ich noch nicht genau. In ein oder zwei Tagen wahrscheinlich. Ich wollte es dir nur sagen, weil ich es vielleicht nicht schaffe, bis morgen wieder zurück zu sein, und ich nicht möchte, dass du dir dann Sorgen machst.«

»Luca, du machst mir Angst«, sagt Anna. »Sag mir bitte, wo du hinmusst.«

Er weicht ihr aus, wirft einen Blick über die Schulter. »Das ist keine gute Idee.«

»Wenn du es mir nicht sagst, folge ich dir heimlich.«

»In dem Aufzug?«, fragt Luca ungläubig und schaut an ihrem langen Kleid herab.

Ohne ihn aus den Augen zu lassen, streift Anna ihre hochhackigen Schuhe ab. »Ich bin schneller, als du denkst.«

Luca seufzt und beugt sich zum Fenster herein. »Dann versprich mir aber, dass du es niemandem verrätst«, flüstert er.

»Natürlich nicht.«

»Ich meine es ernst, Anna. Es ist gefährlich.«

»Das habe ich verstanden.«

»Wir haben Informationen erhalten, dass die Deutschen dänische Juden festnehmen wollen, und jetzt helfen wir ihnen, über den Sund zu fliehen. Ich muss drüben zu einem Lokal namens Snekkersten Krog, um eine Person zu treffen, die die Überfahrt organisieren will.«

Anna starrt ihn an. »Du fährst nach Dänemark?«

»Ja.«

»Aber das ist lebensgefährlich!«

»Nein. Ich komme schon zurecht.«

»Du darfst nicht fahren.«

»Anna«, erwidert er sanft. »Ich verspreche dir, vorsichtig zu sein. Außerdem bin ich nicht allein, wir sind mehrere.«

Sie schüttelt den Kopf. »Nein«, sagt sie entschlossen.

»Hör zu. Mir wird nichts passieren.«

»Warum musst ausgerechnet du fahren?«

»*Se non decidi della tue vita, qualcun altro deciderà per te*«, sagt er und lächelt schwach. »Wenn du nicht entscheidest, welches Leben du führen willst, wird es jemand anderes für dich entscheiden. Ich versuche, die Welt zu schaffen, in der ich mit dir zusammenleben möchte.«

»Wie nobel von dir. Und was mache ich, wenn du nicht wiederkommst? Wie soll ich dich dann finden? Ich habe nicht einmal ein Foto von dir«, sagt sie, und ihre Stimme ist heiser vor lauter Gefühlen.

»Mach dir keine Sorgen, ich komme zurück. Und sollte ich mich verspäten, kannst du zum Hamnkrog in Hälsingborg gehen. Dort arbeitet eine Frau namens Brigitte, die du nach mir fragen kannst.«

Anna weiß nicht, was sie sagen soll. Es verletzt sie, dass Luca bereit ist, ein so großes Risiko einzugehen.

»Du«, flüstert er und legt eine Hand an ihre Wange. »Genieß das Essen. Weißt du, was es gibt?«

»Mutter hat Rinderbraten bekommen«, antwortet Anna tonlos.

»*Dio mio*«, stöhnt Luca und fasst sich an die Brust. »Was gäbe ich für ein Stück Fleisch.«

Anna versetzt ihm einen leichten Schubs, doch plötzlich raschelt es vor ihrer Tür und sie dreht sich schnell um.

»Bist du fertig?«, hört sie ihre Mutter fragen.

»Ja«, sagt Anna.

»Komm raus, lass mich dich anschauen.«

Anna fängt Lucas Blick ein. Lange sehen sie sich an, dann beugt er sich zum Fenster herein, legt die Hand in ihren Nacken und zieht sie zu sich.

Es ist ein harter, intensiver Kuss, so voller Gefühle, dass Anna zittert. »Bis bald«, flüstert Luca, dann lässt er sie los.

Als sie ihn zwischen den Bäumen verschwinden sieht, ist ihr, als würde etwas in ihr zerbrechen. Warum muss er fahren? Warum kann er nicht einfach in Schweden bleiben, wo er zumindest einigermaßen sicher ist?

Sie stützt sich am Schreibtisch ab und versucht, den Klumpen in ihrem Hals hinunterzuschlucken. Mit einem Mal kommt ihr das bevorstehende Essen noch viel schlimmer vor. Wie soll sie so tun können, als interessiere sie sich für Axel Runström, wenn sie einzig und allein an Luca denken kann und daran, wie es ihm ergeht?

Ingrid klopft an die Tür. »Hallo?«, ruft sie ungeduldig. »Was machst du denn da drinnen?«

Anna richtet sich auf und streicht ihr Kleid glatt. Am liebsten würde sie laut schreien, doch sie weiß, dass sie sich zusammennehmen muss.

»Nichts, Mutter. Du kannst reinkommen«, antwortet sie.

Ingrid öffnet die Tür und mustert Anna ein paar Sekunden.

»Gut«, sagt sie kurz angebunden. »Die Gäste kommen gleich. Bist du bereit?«

»Ja«, sagt Anna und schlüpft wieder in ihre Schuhe. Und obwohl sie das Gefühl hat, ihre Beine könnten jederzeit unter ihr nachgeben, folgt sie ihrer Mutter ins Esszimmer.

Die erste Stunde nach Ankunft der Gäste gestaltet sich zäh. Valter und Ingrid Ekblad führen die Gäste herum, und Anna geht nebenher und versucht, keinerlei Aufmerksamkeit auf sich zu ziehen.

Das letzte Mal, als sie Axel getroffen hat, war sie zehn und Axel dreizehn, und der Mann, der ihr jetzt gegenübersteht, hat nichts mehr mit dem pummeligen Jungen gemein, den sie in Erinnerung hat. Sein kurzes Haar ist zwar immer noch blond, doch er ist deutlich gewachsen und seine Stimme ist tiefer geworden. Obwohl Axel erwachsen ist, wirkt er wie verkleidet in seinem Zweireiher, der wahrscheinlich geliehen und ihm mindestens eine Nummer zu groß ist.

Nach dem Begrüßungsdrink lassen sie sich am gedeckten Tisch nieder, Anna hat Axel zu ihrer Linken. Er benimmt sich ungeschickt und hätte beinahe sein Weinglas umgestoßen.

»So sieht man sich wieder«, sagt er und hantiert mit seiner Serviette. »Ich werde nie vergessen, wie Sie mich letztes Mal beim Krocket geschlagen haben.«

Anna nimmt an, dass es ein Scherz sein soll, doch seine Stimme ist völlig monoton und er lächelt nicht.

»Habe ich das?«

»Sie haben haushoch gewonnen. Ich hatte nicht die geringste Chance«, antwortet er.

»Daran kann ich mich gar nicht erinnern.«

»Wahrscheinlich waren Sie es nicht anders gewohnt. Spielen Sie immer noch?«

»Ich übe mehrere Stunden täglich, um vorbereitet zu sein, falls jemand kommt und eine Revanche einfordert«, scherzt Anna.

»Ach, woher nehmen Sie die Zeit dafür?«

Anna lächelt verlegen und spürt den wachsamen Blick ihrer Mutter auf sich. Ingrid ist eine lange Liste von Gesprächsthemen mit ihr durchgegangen, die sie als passend erachtet, und hat ihr streng verboten, Luca oder ihren Traum von der Schwesternausbildung zu erwähnen.

»Und Sie arbeiten für das Unternehmen Ihres Vaters?«, fragt Anna und versucht, Interesse zu heucheln.

»Ja, genau. Ich habe ein Studium begonnen, aber nach einem Jahr abgebrochen, um bei Runströms Elektriska einzusteigen. Wir verkaufen Schweißgeräte, und das läuft ziemlich gut.«

»Wie schön. Meine Mutter sagt, Sie überlegen, sogar nach Amerika zu expandieren?«

»Ja, wir hoffen, dass wir das schaffen, sobald der Krieg zu Ende ist«, sagt Axel und faltet seine Serviette auseinander. »Die Nachfrage ist da, aber wenn, dann wird mein Bruder sich darum kümmern. Meine Aufgabe wird sein, eine Fabrik in Südschweden zu etablieren.«

»Aha, wo genau?«

»Wir suchen in Landskrona nach passenden Objekten, mit etwas Glück könnten wir bald Nachbarn sein.«

Er lacht, und Anna lächelt höflich.

»Und was machen Sie, wenn Sie nicht gerade Krocket trainieren?«

»Im Moment mache ich einen Fernkurs in Stenografie, aber meine große Leidenschaft sind Kunst und Literatur. Ich liebe Bücher.«

»Nett.«

»Lesen Sie gerne?«

Axel schüttelt den Kopf. »Nein, mit Büchern habe ich es noch nie gehabt. Ich sehe keinen Sinn darin, erfundene Geschichten zu lesen. Außerdem habe ich keine Zeit für sinnlose Vergnügungen. Aber ich kann mir vorstellen, dass junge Mädchen und Hausfrauen diese Art Zerstreuung brauchen.«

Anna richtet sich auf. Axels Kommentar macht sie regelrecht wütend.

»Ich habe nicht vor, Hausfrau zu werden«, sagt sie, bemerkt jedoch gleich den warnenden Blick ihrer Mutter. »Ich meine, auch eine verheiratete Frau kann ihren gesellschaftlichen Beitrag leisten.«

»Natürlich«, sagt Axel. »Da gebe ich Ihnen vollkommen recht. Meine Mutter leistet fantastische Arbeit mit ihrer Wohltätigkeitsorganisation. Sie hat bereits damit begonnen, Geld für Weihnachtsgeschenke für die Männer vom militärischen Bereitschaftsdienst an unseren Küsten zu sammeln. Und dann hat sie natürlich noch ihren Gartenverein.«

Anna rutscht auf ihrem Stuhl hin und her und versucht, auf ein neues Thema zu kommen.

»Reisen Sie viel für die Arbeit?«

»Ja, recht häufig«, erwidert Axel.

»Oh, wie aufregend! Wo waren Sie denn überall?«

Er zuckt die Achseln und beginnt, sich sein Brot zu streichen.

»Überall und nirgends. Die meisten Städte in Europa sehen doch irgendwie gleich aus. Den großen Unterschied macht eher das Essen. Unter uns, es ist fast überall ungenießbar, aber das ist für die Damen ja meist von Vorteil. Da ist es leichter, die Figur zu behalten«, scherzt er.

Anna stöhnt innerlich. Muss sie das etwa den ganzen Abend ertragen?

»Sprechen Sie irgendwelche Fremdsprachen?«, fragt sie hoffnungsvoll.

»Nein«, antwortet er und schüttelt den Kopf. »Ich mag nichts Ausländisches. Deshalb arbeite ich auch vor allem auf dem schwedischen Markt. Hier weiß man wenigstens, dass das Essen schmeckt.« Er winkt mit seinem hellen Brötchen. »Apropos Essen: Als mein Vater seinen ersten Vertrag unterzeichnete, passierte etwas ganz Lustiges.«

Axel beginnt, die Geschichte von Runströms Elektriska zu erzählen. Sachlich erklärt er, wie die Firma entstanden ist, und schildert jeden einzelnen Schritt im Detail. Nur ab und zu unterbricht er seinen Monolog, um einen Schluck Wein zu trinken oder über seine eigenen Witze zu lachen. Wenn ihm etwas besonders lustig vorkommt, klatscht er sich auf die Schenkel und schüttelt sich vor Lachen.

Anna nickt höflich und bemüht sich, ihm zuzuhören, doch nach einer Weile merkt sie, wie ihre Gedanken immer öfter abschweifen. Seit der Ankunft der Gäste sind erst gut anderthalb Stunden vergangen, und es sieht aus, als würde es ein langer Abend.

Diskret schaut sie zum Fenster und zum Meer hinunter. Die Sonne ist bereits hinter dem Horizont versunken und der Himmel hat eine blauviolette Farbe angenommen. Sie denkt an Luca. Der Mann, den sie liebt, ist gerade dabei, etwas Lebensgefährliches zu tun, und es fühlt sich nicht richtig an, ihre Angst um ihn verbergen zu müssen. Am liebsten hätte sie ihm bei seinem Auftrag geholfen. Es ist so schrecklich, keinen Einfluss auf die Situation zu haben, nicht zu wissen, was passiert, und sich deshalb alles Mögliche vorstellen zu müssen, was Luca zustoßen könnte. Statt helfen zu können, ist sie hier eingesperrt. Gefangen im Esszimmer von Hillesgården, in Gesellschaft eines Mannes, der sich für nichts anderes zu interessieren scheint als für sich selbst.

Am liebsten würde Anna aufspringen und davonlaufen. Ihrer Mutter sagen, was sie wirklich empfindet – dass sie auf den guten Ruf ihrer Familie pfeift. Doch sie weiß, dass ein solcher Abgang ihre Situation nur verschärfen würde. Um Lucas willen muss sie sich zusammenreißen, damit ihre Mutter sie nicht wirklich einsperrt.

Axel grinst breit über etwas, das er gerade gesagt hat, und Anna lacht mit, obwohl sie keine Ahnung hat, worum es geht. Bald ist es geschafft, denkt sie und wirft einen Blick auf die Uhr. In ein paar Stunden fahren sie wieder, und es ist hoffentlich das letzte Mal in meinem Leben, dass ich Axel Runström begegnen muss.

21

APRIL 2007

Rebecka liegt auf einer Pritsche, Arme und Beine sind fixiert worden. Ein Mann im Arztkittel steht neben ihr und trommelt mit den Fingern auf einen Rezeptblock. *Das kommt davon, wenn man ein böses Mädchen gewesen ist,* sagt er.

Die Sonne scheint ihr grell ins Gesicht und sie fährt hoch. Ihre Beine haben sich in der Bettdecke verheddert, und Scarlett trippelt auf dem Fensterbrett hin und her. Müde dreht Rebecka sich auf die andere Seite, doch das Maunzen der Katze macht es ihr unmöglich, wieder einzuschlafen. Ihre Augen sind verklebt und sie legt eine Hand an ihren schmerzenden Kopf. Wie ist sie gestern eigentlich nach Hause gekommen? Hat Arvid sie gebracht oder ist sie alleine gegangen? Schlaftrunken blickt sie sich um. Jemand hat ein Glas Wasser und eine Schachtel Aspirin auf den Wohnzimmertisch neben ihr gestellt, ihre Kleidungsstücke sind über den Boden verteilt. Rebecka zieht die Decke fester um sich. Sie kann sich nur noch bruchstückhaft an den vergangenen Abend erinnern. Hat sie irgendetwas Unpassendes gesagt? Oder noch schlimmer, sich vor Arvid ausgezogen?

Sie zieht an den Ärmeln ihres T-Shirts, versucht die Narben zu verbergen. Als sie den Verband erblickt, durchfährt sie der Schmerz wie ein Stromstoß. Warum musste sie nur so viel trinken?

Scarlett maunzt immer lauter, davon bekommt sie noch mehr Kopfschmerzen. Rebecka nimmt zwei Aspirin und spült sie mit einem Schluck Wasser hinunter, dann steht sie auf und gibt Scarlett zu fressen. Anschließend geht Rebecka ins Bad und schaut in den Spiegel. Sie hat graue Ringe unter den Augen, das Haar steht ihr zu Berge und ihre Lippen sind fleckig vom Rotwein. Seufzend stellt sie die Dusche an, schlüpft aus dem T-Shirt, in dem sie geschlafen hat, und wäscht sich, ohne den Verband nass zu machen.

Nach der ersten Tasse Kaffee fühlt sich Rebecka endlich wieder wie ein Mensch, schafft es jedoch immer noch nicht, die Ereignisse des Vortags in eine Reihe zu bringen. Eine verschwommene Erinnerung an Arvid neben ihr auf dem Sofa taucht auf, und sie schämt sich plötzlich, dass sie ihn so nah an sich herangelassen hat. Sie hätte nicht mit ihm essen und so lange bei ihm auf dem Hof bleiben sollen. Es hätte genügt, sich die Hand verbinden zu lassen. Doch trotz der Gewissensbisse kann sie nicht leugnen, dass sie sich in seiner Gesellschaft wohlgefühlt hat. In der gestrigen Situation hat er erstaunlich souverän reagiert, er wusste genau, was er tun musste. Seine ruhige Art hat auf sie abgefärbt, und es war schön, wenn auch nur für einen Abend alles Schwierige vergessen zu können und umsorgt zu werden.

Sie spielt mit der Tablettenschachtel. Wer hätte gedacht, dass dieser schlechtgelaunte Typ so fürsorglich sein kann? Rebecka führt die Kaffeetasse zum Mund, als ihr plötzlich noch mehr einfällt. Arvid und sie, wie sie eng umschlungen auf dem Verandavorbau vor der Haustür stehen. Vor Schreck verschluckt sie sich, und der Kaffee spritzt über den Tisch. Was hat sie getan? Sie hat den Gedanken kaum gedacht, als es auch schon an der Tür klopft.

Durchs Fenster sieht sie Arvid auf der Treppe stehen. Ihr Magen dreht sich um, tausend Gedanken rasen ihr durch den Kopf. Hat sie Arvid geküsst? Und wenn ja: Was ist danach passiert? Verzweifelt versucht sie sich an den letzten Teil des Abends zu erinnern, doch die Erinnerungen bleiben verschwommen.

Es klopft erneut. »Hallo?«, ruft Arvid. Rebecka wünschte, sie könnte im Erdboden versinken, aber wenn sie jetzt nicht antwortet, wird es nur noch peinlicher.

»Herein«, ruft sie und zupft ihren lose gebundenen Pferdeschwanz zurecht.

Arvid betritt den Flur und scheint kurz über etwas zu stutzen, dann zieht er sich die Schuhe aus und kommt in die Küche.

»Guten Morgen, wie geht es dir?«

»Gut«, antwortet Rebecka zurückhaltend. »Und dir?«

»Auch gut. Was macht die Hand?«

»Sie tut noch ein bisschen weh.«

»Das kriegen wir hin«, sagt er und hält eine Apothekentüte hoch.

»Warst du einkaufen?«

»Ich hatte ohnehin etwas in der Stadt zu erledigen«, sagt er, setzt sich neben sie an den Tisch und packt Wunddesinfektion, Tupfer, Betäubungssalbe und neue, selbstklebende Kompressen aus. Behutsam legt er ihren Arm auf dem Tisch zurecht und entfernt mit konzentrierter Miene den alten Verband.

Rebecka überlegt, ob sie etwas zum Vorabend sagen soll.

Vielleicht sollte sie sich entschuldigen, erklären, es sei ein großer Fehler gewesen. Gleichzeitig möchte sie nicht, dass er geht. Etwas an Arvids Anwesenheit stimmt sie froh. Jedes Mal, wenn ihre Blicke sich begegnen, macht das etwas mit ihr.

Vorsichtig berührt Arvid ihr Handgelenk. Seine Hände fühlen sich warm an, und das Ganze ist so intim, dass Rebecka schnell wegschauen muss.

Als die Hand versorgt ist, richtet er sich stolz auf.

»Bitte schön, jetzt brauchst du ganz bestimmt nicht mehr ins Krankenhaus.«

»Danke, Herr Doktor.«

Arvid blickt sich um. »Schön hier drinnen.«

»Ja, ein bisschen heruntergewohnt, aber ich richte es her, so gut ich kann. Wenn ich es noch schaffe, will ich auch noch die Bank auf der Veranda reparieren, die ist ziemlich morsch. Und das Dach natürlich.«

»Ich würde dir empfehlen, dafür einen Profi zu holen, zumal nach dem, was gestern passiert ist«, sagt er und deutet auf ihre Hand.

»Das war ein Unfall.«

»Wobei hast du dich denn eigentlich genau verletzt?«

»Ich habe versucht, die Dachpappe zu entfernen, die sich gelöst hat.«

»Weil es reinregnet?«

Rebecka sieht ihn verständnislos an. »Nein, soweit ich weiß, ist das Dach dicht.«

»Okay«, sagt er. Sein Blick bleibt an einem gerahmten Foto an der Wand hängen, auf dem Rebecka als Fünfzehnjährige mit dunklem, ungekämmtem Haar und schwarzem Kajal um die traurigen Augen zu sehen ist. Obwohl sie auf dem Foto lächelt, ist es ihr immer noch unangenehm.

»Bist du das?«

»Ja.«

»Süß.«

»Danke«, sagt sie verlegen.

»Ich habe übrigens gedacht, wir könnten morgen den Zaun reparieren. Passt das für dich?«

»Klar.«

»Gut. Ich habe noch eine Rolle Zaundraht im Schuppen und alle Werkzeuge, die wir brauchen. Das Einzige, was du machen musst, ist, um zehn Uhr da zu sein.«

»Klingt perfekt.«

Sie folgt ihm in den Flur, und als er die Schuhe angezogen hat und sich rasch umdreht, stehen sie plötzlich wieder ganz nah beieinander. Wie aus einem Reflex legt Arvid die Hand an ihre Wange. Diese zärtliche Geste löst einen Gefühlssturm in ihr aus und sie muss wieder an den Kuss denken. Es ist so lange her, dass jemand sie auf diese Weise berührt hat. Arvids Blick verhakt sich in ihrem und er beugt sich vorsichtig zu ihr. Rebecka schließt die Augen, wünscht sich nichts sehnlicher, als seine Lippen auf ihren zu spüren, doch als sie sich so nah sind, dass ihre Gesichter sich berühren, weicht sie zurück.

»Entschuldige«, murmelt sie. »Also, wegen gestern ... Tut mir wirklich leid, wie ich mich benommen habe.«

»Schon gut«, sagt Arvid. Er zögert, dann nickt er zur Tür. »Ich muss jetzt.«

»Klar. Aber wir sehen uns morgen?«

»Machen wir«, sagt er und geht.

Rebecka atmet lange aus, um ihr wildklopfendes Herz zu beruhigen. Dann denkt sie an Joar. O Gott, den hatte sie ganz vergessen. Was macht sie eigentlich gerade? Sie sieht ihren Verlobten vor sich, und eine Welle der Scham überrollt sie.

Pflichtschuldig zieht sie ihr Handy heraus. Sie hat keine Lust, mit ihm zu sprechen, doch sie schreibt ihm eine Nachricht, dass sie sich an der Hand verletzt hat, wenn auch nicht schlimm. Dann fügt sie hinzu, dass ihre Großmutter wahrscheinlich bald entlassen wird. Ob sie ihm gegenüber erwähnen soll, dass sie Arvid geküsst hat, weiß sie noch nicht. Im Augenblick ist jedenfalls nicht der richtige Zeitpunkt.

Nachdem sie die Nachricht abgeschickt hat, öffnet sie ihre Mail-App, um zu schauen, ob Birgitta von der Arbeit ihr geschrieben hat. Sie hat eine neue Mail, wie sie nervös feststellt. Doch dann sieht sie, dass sie von dem Lokalhistoriker, Carl Persson, ist. Er schreibt, er habe noch einmal die Archive gesichtet, jedoch keinen Luca Cavalli gefunden. Er könne ihre Anfrage aber gerne in ein Diskussionsforum stellen.

Rebecka lässt die Schultern sinken. Kein Luca Cavalli und keine E-Mail von Birgitta. Warum lässt ihre Chefin nichts von sich hören? Bedeutet sie Henning & Schuster wirklich so wenig?

Sie erinnert sich, was Arvid gesagt hat, dass sie kündigen solle. Joar würde ihr niemals raten, einen Job aufzugeben, in den sie so viel investiert hat. Er scheint davon überzeugt zu sein, dass sie immer noch befördert werden kann, wenn sie sich nur genügend anstrengt. Was für ein Unterschied zwischen diesen beiden Männern! Arvid, der für sie zur Apotheke gefahren ist, obwohl er bestimmt genug anderes zu tun hat. Wieder meldet sich ihr Gewissen. Sie hätte das besser hinkriegen müssen. Wenn sie sich das nächste Mal sehen, wird sie ihm von Joar erzählen, damit keine Missverständnisse entstehen.

Rebecka geht über ihr Handy ins Internet und googelt den Begriff »Hofladen«. Vielleicht kann sie Arvids Freundlichkeit vergelten, indem sie die Möglichkeiten für ihn recherchiert, einen solchen zu eröffnen.

Sie überfliegt den ersten Artikel. Anscheinend ist es ein recht übliches Konzept, dass Höfe sich für Besucher öffnen, und soweit Rebecka es erkennen kann, gibt es einige, die mit dieser Geschäftsidee gut fahren. In einem Artikel geht es um eine Frau, die in einem alten Lagerraum ein Café eingerichtet hat, und Rebecka versucht, sich ein ähnliches Konzept für Arvids Scheune vorzustellen. Auch wenn das Gebäude recht heruntergekommen ist, lässt sich doch das meiste austauschen und renovieren, und vieles könnte er sicherlich sogar selber machen. Sie liest weiter, dass die Frau für ihr Vorhaben EU-Gelder bekommen hat. Sie strahlt. Wenn Arvid eine ähnliche Finanzierungshilfe bekommen könnte, würde das seine Chancen, das Projekt durchzuführen, sicherlich erhöhen.

Rebecka sieht den Hofladen und ein kleines Café in Arvids Scheune vor sich. Stellt sich eine lange Theke voller Kuchen auf glasierten Tellern vor, saftige Sandwiches aus frischgebackenem Brot, hübsch dekorierte Pies und eine richtige Kaffeemaschine, deren gemütliches Fauchen wie eine anheimelnde Geräuschkulisse über dem Stimmengewirr der Gäste liegt. Zierliche Tische und Stühle bilden einen schönen Kontrast zu den rustikalen Wänden, an denen entlang man Regale mit selbstgemachten, saisonalen Produkten aufstellen könnte. Sicherlich gäbe es Interesse für so ein Ausflugsziel im ländlichen Milieu, und Arvid könnte alles Mögliche verkaufen – frisches Gemüse, selbstgemachtes Apfelmus, eingekochte Beeren und getrocknete Kräuter.

Rebecka nimmt Papier und Bleistift und fertigt eine einfache Skizze des Hofladens an, doch da piept ihr Handy. Eine Antwort auf ihre Nachricht an Joar. Er erwähnt ihre Hand mit keinem Wort, sondern erinnert sie lediglich an das Essen mit dem Vorstand der Kanzlei. *Ich habe dich immer unterstützt, und du weißt, wie viel es mir bedeutet, dass du mitkommst,* schreibt er und beendet die Nachricht mit *Kuss.*

Rebecka starrt auf das Display, und das schlechte Gewissen übermannt sie endgültig. Joar hat recht. Sie sollte für ihn da sein, wenn er sie braucht, und sie weiß, wie wichtig Essenseinladungen bei Lundins für seine Karriere sind.

Rasch legt sie die Skizze beiseite und schaut durchs Fenster auf den riesigen Haufen Grünabfall. Wenn sie das alles noch zur Müllkippe fahren und die Bank und das Dach reparieren will, bevor sie abreist, dann muss sie sich wirklich ins Zeug legen.

22

OKTOBER 1943

Aus dem Schornstein der Hütte dringt Rauch, und drinnen bewegt sich jemand. Es sind fast zwei Tage vergangen, seit Luca ihr erzählt hat, er müsse nach Dänemark. Zwei ganze Nächte schon ist er verschwunden.

Vorsichtig lehnt Anna sich an einen Baumstamm, um besser sehen zu können. Ihre Finger graben sich tief in das regennasse Moos und die Rinde. Anzuklopfen traut sie sich nicht. Luca hat sie seiner Mutter nicht vorgestellt, und soweit Anna weiß, spricht sie weder Schwedisch noch Englisch. Sie kneift die Augen zusammen und versucht, die Gestalten drinnen hinter dem Fenster zu identifizieren. Luca kann es nicht sein, denn er hat versprochen, sich bei ihr zu melden, sobald er wieder zurück ist.

Wenn er nicht bald kommt, weiß sie nicht, was sie noch tun soll. Sie hat bereits alle Orte abgesucht, an denen sie sich normalerweise treffen – die Lichtung, die großen Steine am Strand und das kleine Waldstück, in dem sie immer spazieren gehen. Gestern Abend hat sie in der Hoffnung, ein zurückkehrendes Boot zu sehen, so lange oben auf der Klippe gestanden, dass ihre Lippen blau geworden sind.

Müde reibt Anna sich die Augen. Sie hat schlecht geschlafen, böse Träume gehabt und ist mehrmals schweißgebadet aufgewacht, mit dem Gefühl, dass etwas Schreckliches geschehen ist. Es ist so frustrierend, nichts tun zu können, außer zu warten.

Zurück auf Hillesgården, dreht sie eine Runde ums Haus. Es erstaunt sie, dass ihre Mutter ihrem Vater anscheinend noch immer nichts über Luca gesagt hat. Sie hatte sich auf eine ordentliche Zurechtweisung gefasst gemacht, doch ihr Vater war sehr beschäftigt, und nach dem Sonntagsessen gestern hat er gepackt und ist gleich wieder abgereist. Ihre Mutter wiederum ist vollauf damit beschäftigt, einen Besuch bei Tante Beatrice in Varberg vorzubereiten. Beatrice ist krank geworden, und Anna hofft, dass ihre Mutter recht bald zu ihr fährt.

Sie öffnet die Tür zum Arbeitszimmer ihres Vaters und geht hinein. Es ist ein großer Raum mit drei hohen Fenstern, die auf den Garten hinausgehen. Ihr Vater liebt es, vom Schreibtisch aus ins Grüne blicken zu können, und er kennt die lateinischen Namen all ihrer Pflanzen. Eine von Annas deutlichsten Kindheitserinnerungen ist, dass sie zusammen vor einem Beet hocken und Blumen pflanzen oder Unkraut jäten. Sie und ihr Vater standen sich schon immer sehr nah. Er ist derjenige, der sie tröstet, wenn sie sich mit ihrer Mutter gestritten hat.

Anna setzt sich auf seinen Schreibtischstuhl und berührt mit den Fingerspitzen die dunkle Tischplatte. Das Holz ist glatt und weich geworden durch jahrelangen, aber pfleglichen Gebrauch. Sie dreht sich auf dem Stuhl und überlegt, was wohl geschieht, wenn ihr Vater von Luca erfährt. Wahrscheinlich wird er noch wütender als ihre Mutter, rasend vielleicht sogar. Der Gedanke bedrückt sie. Sie liebt ihren Vater, und wenn sie gezwungen wäre, sich zwischen ihm und Luca zu entscheiden, müsste sie verzweifeln.

Etwas in dem Papierkorb unterm Tisch weckt ihre Aufmerksamkeit, und sie gleitet vom Stuhl herunter. Zwischen zerknülltem Papier und weggeworfenen Briefbögen mit Tintenkleksen darauf findet sie ein zerrissenes Blatt. Darauf einen schwarzen Aufdruck. Anna starrt den Adler mit den ausgebreiteten Flügeln an, der auf einem mit einem Hakenkreuz versehenen Kranz steht.

Bis zu diesem Zeitpunkt ist ihr nicht richtig klar gewesen, dass, wenn Luca etwas passiert, die Geschäftspartner ihres Vaters schuld sind. Valter Ekblad arbeitet mit Menschen zusammen, gegen die Luca kämpft. Ihr Vater und der Mann, den sie liebt, gehören verschiedenen Seiten an, sie sind Feinde. Anna schnappt nach Luft. Das so zu sehen, schwarz auf weiß, ist schwindelerregend. Sie denkt an die vielen Gelegenheiten, wenn sie deutsche Beamte zu Besuch hatten. Waren es Nazis, mit denen sie in Stockholm an ihrem Tisch gesessen haben?

Im Flur sind Schritte zu hören, und Anna steht schnell auf und steckt den Papierfetzen in die Tasche ihres Kleides. Als das Hausmädchen im Türrahmen auftaucht, nickt Anna ihm zu.

»Schönes Wetter heute«, sagt sie schnell und stürzt aus dem Zimmer.

Es ist erst halb drei nachmittags, als sie in ihr Zimmer kommt, dennoch kriecht Anna ins Bett. So viele Gedanken schwirren ihr durch den Kopf, dass sie sie kaum ordnen kann.

Außen am Schrank hängt noch immer das goldfarbene Kleid. Anna muss an das Abendessen am Samstag mit den Runströms denken. Obwohl Axel sie tödlich gelangweilt hat, ist sie höflich geblieben, und im Nachhinein schämt sie sich ein bisschen, weil sie so uninteressiert an ihm war. Der Arme konnte ja nichts dafür, dass sie sich um Luca Sorgen machte und an nichts anderes denken konnte.

Natürlich hatte Axel einen Hang zur Selbstdarstellung. Vermutlich glaubte er, es würde ihr imponieren, wie er mit seiner Rolle im Familienunternehmen kokettierte, doch sie kann ihm nicht verdenken, dass er versucht hat, einen guten Eindruck zu machen. Und er selbst scheint mit dem Abend sehr zufrieden gewesen zu sein. Nachdem sie weg waren, hat Annas Mutter gesagt, Familie Runström habe den Abend genossen und Axel habe den Wunsch geäußert, Anna bald wiederzusehen.

Die Augenlider werden ihr schwer und sie fühlt sich kraftlos. Kurz überlegt Anna, ob sie nach Helsingborg fahren und Brigitte aufsuchen soll, doch sie will nicht unnötig Unruhe verbreiten. Schließlich hat Luca ja gesagt, es könne ein bis zwei Tage dauern. Außerdem ist sie so unglaublich müde. Sie zieht sich die Decke bis zum Kinn hoch und schließt die Augen. Sie will sich nur einen Moment ausruhen, dann muss sie überlegen, was sie als Nächstes tut.

Als Anna aufwacht, ist es dunkel im Zimmer. Sie meint, ein schwaches Klopfen zu hören, kann das Geräusch jedoch nicht zuordnen und blickt sich verwirrt um. Es dauert einen Moment, bis sie Luca entdeckt. Sein blasses Gesicht ist im Dunkeln kaum zu erkennen.

Rasch springt Anna aus dem Bett und eilt zum Fenster. Die Finger wollen ihr nicht gehorchen, und sie braucht ewig, bis sie die Haken gelöst hat. Ein paar lange Sekunden starren sie einander an, dann klettert Luca über die Fensterbank hinein.

»Gott sei Dank«, sagt Anna und schließt ihn in ihre Arme, spürt aber, wie er zurückzuckt.

»Ist etwas passiert?«, fragt sie beunruhigt.

»Nein, nichts Schlimmes«, antwortet er. »Nur Stacheldraht.«

Anna knipst eine Lampe an und sieht, dass Lucas Hände mit blutigen Schrammen überzogen sind, die in den Ärmeln seines Hemds verschwinden.

»Zieh dich aus, dann hole ich etwas zum Saubermachen«, sagt sie entschlossen. Sie schließt die Tür hinter sich und geht in die Küche hinunter, um warmes Wasser und etwas zu essen zu holen. Als sie wieder zurückkommt, sitzt Luca mit nacktem Oberkörper auf ihrem Bett. Sie muss sich zusammenreißen, als sie sieht, wie er zugerichtet ist, und stellt das Tablett mit Butterbroten und Milch neben ihm ab, bevor sie ein Stück Stoff in das warme Wasser taucht.

»Das brennt jetzt wahrscheinlich ein bisschen«, murmelt sie und tupft seinen verletzten Arm vorsichtig ab. Luca zuckt zusammen, sagt aber nichts. Er hat dunkle Ringe unter den Augen und sieht abgezehrt aus.

»Iss«, mahnt Anna mit Blick auf das Tablett. Er nimmt ein Butterbrot und beißt hinein, während sie weiter die Wunden reinigt. Sie hat zusätzlich eine Flasche Desinfektionsmittel gefunden, mit dem ihre Mutter früher immer ihre aufgeschlagenen Knie behandelt hat.

Nach einer Weile bekommt Luca wieder etwas Farbe.

»Danke, Schwester Anna. Von jetzt an werde ich mit all meinen Kriegsverletzungen zu dir kommen.«

»Ja, mach nur Witze«, sagt Anna. »Ich habe mir wirklich Sorgen um dich gemacht.«

»Ich weiß.«

»Ich hatte solche Angst, dass du nicht zurückkommst. Was, wenn die Gestapo dich erwischt hätte. Was glaubst du, was dann passiert wäre?«

»Entschuldige«, sagt Luca und berührt ihren Arm.

»Ich weiß nicht, was ich ohne dich anfangen soll«, sagt Anna. »Du darfst mich nie wieder so alleine lassen.«

Er streichelt ihre Wange, und Anna begegnet seinem warmen Blick. Langsam legt sie ihm eine Hand in den Nacken und greift in sein weiches Haar. Sie spürt ein schmerzendes Verlangen, sie will ihm nah sein, und ein Schauer überläuft sie, als Luca sich an ihre Brust lehnt.

»Sag es«, flüstert sie.

Draußen wird der Himmel gerade hell. Ein einzelner Vogel singt in der Ferne, die hellen Töne durchschneiden die Morgendämmerung.

»Anna, das geht nicht«, protestiert er.

»Versprich es mir«, beharrt Anna.

Schließlich seufzt er resigniert.

»Ich werde dich nie mehr verlassen.«

23

APRIL 2007

Am nächsten Morgen um zehn steht Rebecka gestiefelt und gespornt vor Arvids Tür. Sie hat ihre arbeitsfreundlichste Hose angezogen, dazu T-Shirt und Pullover und sich sogar ein Paar PVC-besetzte Arbeitshandschuhe besorgt, um sich nicht erneut zu verletzen.

Arvids Auto mit Anhänger wartet schon auf dem Hof, auf der Ladefläche eine große Rolle Zaundraht sowie der Werkzeugkasten, nur Arvid selbst ist nirgends zu sehen. Rebecka wirft einen Blick zur Scheunentür, die einen Spaltbreit offen steht, dann geht sie hin und späht hinein.

Die Scheune ist aus grob behauenen Balken errichtet worden, und der gegossene Betonboden ist fleckig, wirkt aber intakt. Auch die Fensterscheiben sind schmutzig, lassen jedoch selbst im ungeputzten Zustand angenehm viel Licht ein.

Rebecka hebt den Blick. Da keine Decke eingezogen wurde, kann man bis in den Giebel hinaufsehen, wodurch ein geräumiger Eindruck entsteht. Arvid scheint die Scheune hauptsächlich als Lager zu benutzen, zumindest stehen überall Maschinenteile und Kisten mit Gerümpel herum. Rebecka versucht, sich den Raum hell erleuchtet vorzustellen, Lampen, die vom Firstbalken herabhängen. An einer der Querseiten wäre reichlich Platz für eine Verkaufstheke, und an den Längsseiten könnte man Regale aufstellen.

Arvid taucht in der Türöffnung auf.

»Hier bist du!«

»Ja, ich überlege gerade, wie man den Hofladen gestalten könnte«, sagt sie munter. »Wusstest du, dass man EU-Gelder für so etwas bekommen kann? Bis zur Hälfte können Investitionskosten gefördert werden. Und ich glaube, man bräuchte gar nicht so viel zu machen, um die Scheune umzugestalten. Du bräuchtest nur ein bisschen aufzuräumen, den Boden zu wischen und die Fenster zu putzen und natürlich einen Wasseranschluss zu legen, falls es den nicht schon gibt.«

»Meinst du wirklich?«, fragt er überrascht.

»Ja, guck doch mal«, fährt sie begeistert fort. »Hier könntest du einen Kassentisch hinstellen, und für eine einfache Küchenzeile wäre ebenfalls Platz. Es genügt, wenn du eine Arbeitsplatte, ein Spülbecken, Vorratsschränke, einen Kühlschrank und eine zuverlässige Kaffeemaschine hast. Mit ein paar Regalen an den Wänden und hübschen kleinen Café-Tischen in der Mitte sieht der Raum gleich viel gemütlicher aus. Und dann brauchst du natürlich noch gute Beleuchtung.«

Arvid nickt.

»Und hier könnte man eine Wand einziehen und hätte dadurch einen separaten Verkaufsraum.«

»Stimmt.« Er blickt ihr in die Augen, und Rebecka spürt, wie sich ihr Magen zusammenzieht – es macht sie so froh, in Arvids Nähe zu sein.

»Wie viele Ideen du hast.«

»Danke«, erwidert sie verlegen. »Das ist nur, weil es ein so schönes Projekt ist.«

»Ich freue mich über jede Hilfe und Anregung. Man fährt

sich so leicht fest, wenn man niemanden hat, mit dem man sich austauschen kann.«

»Ich helfe dir gerne.«

Er lächelt schief, und Rebecka spürt, wie ihr Herz schneller schlägt.

»Falls du dich entscheiden solltest, deinen Job doch an den Nagel zu hängen, könntest du mir vielleicht helfen, den Hofladen in Gang zu bekommen. Ich würde mich sehr freuen, wenn du noch ein wenig bleibst.«

Rebecka errötet. Meint Arvid das ernst oder ist es ein rein geschäftliches Angebot? Sie will gerade antworten, als ihr Handy klingelt. Joar.

»Entschuldige«, murmelt sie, »da muss ich dran.«

»Hallo«, sagt Joar. »Wir läuft es mit allem?«

»Ganz gut.«

»Ist deine Oma schon entlassen worden?«

Rebecka geht ein Stück beiseite und kehrt Arvid den Rücken zu.

»Nein, noch nicht.«

»Warum? Sie hat sich doch nur die Hand gebrochen.«

»Schon, aber sie ist alt.«

»Okay. Hast du die Fahrkarte schon gebucht?«

»Nein, ich wollte noch abwarten, wie es sich hier entwickelt.«

Joar seufzt. »Aber du bist doch Freitag zurück, um mich zum Essen zu begleiten? Bitte«, fügt er hinzu, als sie nicht gleich antwortet. »Es ist wichtig, ich verlass mich auf dich.«

Rebecka muss an die vielen Male denken, die sie gezwungen war, an endlosen Essen teilzunehmen und repräsentativ zu sein. Zu Beginn hat sie es genossen, sich herauszuputzen und die perfekte Partnerin zu spielen, doch in den letzten Jahren sind diese Essen immer langweiliger geworden. Joar liebt es, wenn sie Designerschuhe und maßgeschneiderte Kleider trägt, und sie macht mit, weil es ihn glücklich macht.

»Natürlich. Versprochen. Wie läuft es denn bei dir?«

»Gut«, antwortet er. »Du, ich muss los, sie rufen uns gerade wieder rein. Vergiss nicht, die Fahrkarte zu buchen!«

»Nein, nein.« Das Gespräch wird abgebrochen, und Rebecka dreht sich wieder zu Arvid um, der die Hände in den Hosentaschen vergraben hat.

»Die Arbeit?«, fragt er vorsichtig.

»Nein, das war Joar, mein Verlobter.«

Arvid erstarrt und alle Farbe weicht aus seinem Gesicht. Rebecka fährt mit der Schuhspitze über den staubigen Betonboden. Es ist, als wäre plötzlich aller Sauerstoff aus der Scheune gewichen.

»Entschuldige, ich hätte es dir früher sagen sollen.«

Schweigen breitet sich zwischen ihnen aus. Rebecka versucht, Arvids Blick einzufangen, doch er meidet es, sie anzusehen. Schließlich dreht er sich zum Ausgang um.

»Ich fahre den Hänger zu Egon«, sagt er und verschwindet.

»Okay, dann sehen wir uns dort«, ruft sie ihm nach.

Rebecka verlässt ebenfalls die Scheune und geht zu Egons Hof hinüber. Wütend tritt sie gegen einen Stein. Natürlich fühlt Arvid sich jetzt hintergangen. Wie furchtbar ungeschickt von ihr! Sie denkt an den Kuss, und erneut macht sich ihr schlechtes Gewissen bemerkbar. Es spielt keine Rolle, wie gut Arvid ihr gefällt, sie hat bereits eine Beziehung. Wie konnte sie so verantwortungslos handeln? Sowohl er als auch Joar haben allen Grund, wütend auf sie zu sein. Beschämt reibt sie sich den Nacken. Am liebsten würde sie ins Haus ihrer Großmutter fliehen und sich unter der Bettdecke verkriechen, aber es war ihre Idee, Egons Zaun zu reparieren, und es würde seltsam wirken, wenn sie sich jetzt da rauszieht. Doch sobald sie fertig sind, wird sie sich von Arvid fernhalten, bis es Zeit wird, nach Stockholm zurückzufahren.

Als sie ankommt, fährt Arvid gerade auf den Hof. Rasch springt er aus dem Auto und geht zu Egon hinüber, der bereits am Zaun steht. Egon begrüßt sie, doch Arvid hebt nicht einmal den Blick.

Sie beginnen damit, die defekten Abschnitte auszumessen, und überlegen, wie sie sie austauschen können. Zu Beginn sind Arvid und Egon unterschiedlicher Meinung, doch nach einer Weile einigen sie sich über die Vorgehensweise. Rebecka hält sich im Hintergrund, bis sie gebeten wird, beim Ziehen des Zaundrahts zu helfen. Die ganze Zeit wartet sie darauf, dass Arvid sich ihr zuwendet und etwas sagt, aber er arbeitet nur verbissen vor sich hin.

Sie rackern sich mit dem Zaun ab, und nach einer Weile ist Rebecka völlig erschöpft.

»Ich brauche eine Pause«, schnauft sie.

»Wir müssen fertig werden, bevor es anfängt zu regnen«, sagt Arvid und zeigt zum Himmel, an dem Wolken aufziehen.

»Ich muss mich auch mal einen Moment lang hinsetzen«, wendet Egon ein.

»Okay«, murmelt Arvid. »Zehn Minuten.«

Rebecka folgt Egon in die Küche, wo sie eine Tasse Kaffee trinken, während Arvid draußen weiterarbeitet.

»Was ist los mit ihm?«, fragt Egon.

»Keine Ahnung«, sagt Rebecka und wechselt rasch das Thema. »Ich habe übrigens Brot gebacken, das bringe ich dir nachher noch vorbei.«

»Danke«, sagt Egon und lächelt so breit, dass man seine schiefen Zähne sieht. »Dein Mandelkuchen war fantastisch. Pia hat auch gerne gebacken. Ich vermisse den Duft in der Küche.«

»Das kann ich mir vorstellen.«

»Sie hat damals darauf bestanden, hierher zu ziehen«, fährt Egon fort. »Ich habe eigentlich sehr gerne in der Stadt gewohnt. Aber inzwischen kann ich mir auch nicht mehr vorstellen, unser Häuschen zu verlassen. Das Leben auf dem Land ist so viel angenehmer. Hier kann man im Grunde tun und lassen, was man will.«

»Ja, solange man seine Nachbarn nicht totschießt.«

»Ach, so gefährlich ist das gar nicht. Bengt, mein nächster Nachbar auf der anderen Seite, hat mal Schrotmunition in die Hinterbacke bekommen, und dem geht es prima. Seine Eisenwerte sind seitdem so gut, dass er keine Zusatzpräparate mehr schlucken muss.«

»Das glaube ich nicht«, lacht Rebecka.

Auf dem Weg zurück zu Arvid klingelt erneut ihr Handy. Rebeckas erster Gedanke ist, es wäre ihre Chefin Birgitta, die sich endlich meldet, doch die Nummer im Display ist ihr unbekannt.

»Hallo«, sagt sie abwartend.

»Hallo, hier ist Lisbeth Karyd von der Klinik. Ich rufe an wegen Ihrer Großmutter.«

»Ja?«

»Ihr Zustand hat sich leider verschlechtert. Wir wissen nicht genau, was es ist, aber es könnte eine Lungenembolie sein. Es wäre gut, wenn Sie kommen könnten.«

»Ja, natürlich.«

Egon und Arvid sehen sie besorgt an.

»Ist etwas passiert?«, fragt Egon.

»Ja, meiner Oma geht es schlecht. Sie hat möglicherweise eine Lungenembolie. Tut mir leid, aber ich muss zu ihr.«

»Ja, natürlich«, sagt Arvid. »Soll ich dich fahren?«

»Nicht nötig. Mir ist es lieber, ich habe ein Auto dort. Macht lieber weiter, damit ihr fertig werdet, bevor es schüttet.«

»Mach dir keine Sorgen um uns«, sagt Egon. »Wir kriegen das schon hin.«

»Gut«, murmelt Rebecka. Sie fühlt sich plötzlich ganz schwach auf den Beinen und taumelt kurz, dann reißt sie sich zusammen und läuft zum Haus ihrer Großmutter hinüber. Das Herz klopft ihr bis zum Halse, und sie überlegt fieberhaft, was eine Lungenembolie für jemanden im Alter und mit dem Gesundheitszustand ihrer Großmutter wohl bedeutet.

»Sag ihr gute Besserung von uns«, hört sie Arvid noch rufen, hat jedoch nicht die Kraft, ihm zu antworten. Das Einzige, woran sie denken kann, ist, dass sie ins Krankenhaus muss. Zu ihrer Großmutter, die ganz allein dort ist, während Rebecka ihre Zeit darauf verschwendet, Zäune zu reparieren und Hofläden zu planen, die sie eigentlich überhaupt nichts angehen.

24

OKTOBER 1943

»Du hast es mir versprochen!«

»Ich weiß«, sagt Luca und sieht sie mit seinen dunklen Augen an. Anna hat das Gefühl, er habe sich verändert, plötzlich wirkt er viel älter auf sie. In seinem Blick sieht sie eine neue Schärfe, die sie bisher nicht wahrgenommen hat.

»Aber es sind so viele, die über den Sund gebracht werden müssen, Familien mit Kindern. Jemand muss ihnen helfen.«

»Aber du bist doch gerade erst zurückgekommen«, wendet sie ein. Jetzt, da ihre Mutter endlich nach Varberg gefahren ist, um ihre Schwester zu besuchen, hat Anna gehofft, dass sie mehr Zeit zusammen verbringen können. »Kannst du nicht wenigstens noch ein paar Tage bleiben?«

»Die Gestapo ist überall. Sie haben den Befehl, alle Juden und Widerstandskämpfer festzunehmen. Anna«, sagt er und nimmt ihren Arm, »sie sterben, wenn wir ihnen nicht helfen.«

»Dann komme ich mit.«

»Nein, das ist viel zu gefährlich«, antwortet er.

»Erzähl mir wenigstens, wie es abläuft.«

Luca seufzt resigniert. »Wir fahren in Fischerbooten zu festgelegten Orten, um sie abzuholen. Drüben gibt es Leute, die Juden verstecken und sie zu den Treffpunkten bringen.«

»Und dann?«

»Solange wir nicht von deutschen Soldaten erwischt werden, ist es nicht gefährlich«, sagt Luca und sieht sie lange an. »Wenn es sehr windig ist, ist es allerdings schwierig, zurückzufahren, und es wird furchtbar kalt auf dem Wasser. Außerdem gibt es unterwegs Hindernisse, und wir müssen im Dunkeln navigieren. Keiner der Fischer wagt es, die Laternen anzuzünden, bevor wir wieder auf der schwedischen Seite sind.«

»Luca«, sagt Anna mit Nachdruck. »Ich will nicht, dass du fährst.«

»Wir haben keine Wahl. Es eilt. Es gibt bestimmt mehrere hundert Personen, die irgendwo an der Küste warten. Wir müssen sie rüberholen, bevor sie jemand entdeckt. Die Fischer gehen schon ein enormes Risiko ein, indem sie die Boote stellen, sie brauchen unsere Hilfe. Die Überfahrten müssen organisiert werden. Die Deutschen haben bereits damit begonnen, Teile von Dänemark abzuriegeln, um die Flucht zu verhindern. Die Telefonverbindungen sind gekappt, Straßen gesperrt und SS-Truppen überall unterwegs.«

»Dann musst du deinen Kontakten sagen, dass ich auch mitmachen will. Frag sie, was ich tun kann.«

Luca dreht an einem seiner Hemdknöpfe, der nur noch an einem Faden hängt. »Es gibt da eine Sache«, sagt er leise. »Erinnerst du dich an das verrammelte Ferienhäuschen, das wir etwas nördlich von hier entdeckt haben? Wo der Schlüssel in einem Blumentopf auf der Rückseite lag? Kannst du da hingehen und es für die Leute herrichten, die ich heute Nacht herüberhole? Sie werden erschöpft sein und brauchen etwas zu essen und zu trinken.«

»Ja«, sagt Anna. »Ich kümmere mich darum. Was glaubst du, wann ihr ungefähr kommt?«

»Keine Ahnung, ich denke, irgendwann in den frühen Morgenstunden.«

»Ich kann auch helfen, sie am Hafen in Empfang zu nehmen.«

»Ich möchte nicht, dass dich jemand sieht«, sagt Luca. »Es ist besser, wenn du an der Hütte wartest.«

»Wie meinst du das? Wer könnte mich sehen?«

Luca senkt die Stimme zu einem Flüstern. »Die Deutschen patrouillieren am Öresund, und es gibt Spione an unserer Küste. Außerdem weißt du ja, dass Schweden Neutralität versprochen hat. Wenn herauskommt, dass wir Juden zur Flucht verhelfen, kann das als Kriegshandlung gedeutet werden.«

Anna schüttelt den Kopf. Luca nimmt sie in die Arme. »Es wird schon gutgehen. Ich passe auf.«

»Okay.« Sie wünschte, es gäbe eine Möglichkeit, Luca aufzuhalten, doch anscheinend spielt es keine Rolle, was sie sagt.

Er öffnet seine Tasche und zieht etwas heraus, das sie wiedererkennt. Die blaue Biscotti-Dose.

»Hier«, sagt er. »Betrachte das als Garantie, dass ich wieder nach Hause komme. Ich muss mir doch meine Keksdose zurückholen.«

Sie nimmt die Dose entgegen und lächelt widerstrebend.

»Es ist auch etwas darin«, sagt er. »Ein Foto und ein Brief. So bin ich immer bei dir.«

Anna öffnet den Deckel und zieht ein Blatt Papier sowie ein Bild von Luca im Anzug heraus. Sie weiß nicht, was sie sagen soll. Stumm betrachtet sie das Foto.

»Ich muss jetzt los, aber ich muss dich um noch etwas bitten.«

»Was denn?«

Luca zieht einen verschlossenen Umschlag aus der Innentasche seiner Jacke.

»Falls ich wider Erwarten bis morgen Abend nicht zurück bin, möchte ich dich bitten, diesen Umschlag Brigitte zu übergeben.«

Anna merkt, wie ihr Tränen in die Augen steigen, dennoch nimmt sie den Umschlag entgegen.

»Danke«, sagt er und streichelt ihren Handrücken. »Mach dir keine Sorgen, wir sehen uns später im Ferienhäuschen.«

Luca wirft ihr einen letzten Blick zu, dann klettert er zum Schlafzimmerfenster hinaus. Als er zwischen den Bäumen verschwindet, wird sie von Verzweiflung gepackt. Vor ihrem inneren Auge sieht sie ihn auf der anderen Seite des Sundes, wo es anscheinend von deutschen Soldaten nur so wimmelt. Sie wagt sich nicht auszudenken, was passiert, wenn sie Luca erwischen.

Um sich abzulenken, überlegt sie, was sie mit in das Sommerhäuschen nehmen soll. Anna weiß, dass ihre Mutter die Haushälterin gebeten hat, ein Auge auf sie zu haben. Alma arbeitet auf dem Gut, seit Anna denken kann. Wenn sie sie um ein frühes Abendessen bittet und sich dann wegen angeblicher Kopfschmerzen in ihr Zimmer zurückzieht, wird sie sie in Ruhe lassen, und sie kann durchs Fenster entwischen.

Anna wünschte, sie könnte mit ihren Eltern darüber reden, was passiert. Es wäre so schön, ihre Sorgen mit jemandem teilen zu können, doch das ist unmöglich. Ihr Vater hat sich längst für eine Seite entschieden, und ihre Mutter wird ihre Liebe zu Luca niemals gutheißen. Außerdem haben ihre Eltern nie ein besonderes Interesse daran gezeigt, Menschen in Not zu helfen. Mehrmals hat sie ihre Mutter darüber klagen hören, dass so viele versuchen, sie für die Flüchtlingsfrage zu engagieren. Anna kann ihre Einstellung nicht nachvollziehen. Wenn es Menschen gibt, die Hilfe brauchen, dann ist man es ihnen doch gewissermaßen schuldig, ihnen nach Kräften beizustehen? Ihre Eltern sind wohlhabend und sie haben gute Kontakte. Sie könnten so viel Gutes tun, doch stattdessen verschließen sie die Augen vor dem Leid anderer. Je länger Anna darüber nachdenkt, desto wütender wird sie. Wie können ihre Eltern so gefühlskalt sein? Ihr Vater muss wissen, was da vorgeht, wozu sein Handel mit Eisenerz beiträgt. Doch anscheinend kümmert er sich nur um sich selbst.

Sie lässt den Blick über ihr Zimmer schweifen – folgt den Umrissen des großen Schranks voller handbestickter Kleider aus exklusiven Stoffen. Daneben steht ihr Schminktisch mit den vielen Schmuckkästchen sowie der große, goldbeschlagene Spiegel. Dieser Überfluss stößt sie plötzlich ab. Ist es anständig, so zu leben, wenn andere Menschen um ihre Existenz kämpfen müssen? Sich auf einem Gut einzusperren und so zu tun, als wäre alles wie immer, obwohl im Rest von Europa Krieg tobt?

Anna ballt die Fäuste im Schoß. Sie hat sich entschieden. Diese Art Leben will sie nicht haben. Sobald Luca zurück ist, muss sie hier weg. Sie wird mit ihren Eltern brechen und gehen. Weit fort, an einen Ort, an dem Luca und sie ihre Gefühle nicht geheim halten müssen.

Nach dem Abendessen schließt Anna ihre Zimmertür ab und klettert zum Fenster hinaus. Bis zu der Hütte braucht sie nicht länger als zehn Minuten. Es ist ein kleines gelbes Ferienhäuschen, das wie vergessen am Waldrand steht, halb verborgen hinter hohen Sträuchern. Sämtliche Vorhänge sind zugezogen, und auf der Veranda wurden die Gartenmöbel unter einer Plane zusammengestellt.

Anna geht um das Haus herum, bis sie den großen, braunlasierten Tonkrug entdeckt, in dem, wie Luca und sie einmal festgestellt haben, der Schlüssel liegt. Sie steckt ihn in das Schlüsselloch und weicht zurück, als ihr beim Öffnen stickige Luft entgegenschlägt.

An der Wand neben der Tür ist eine Garderobe angebracht, an der leere Kleiderbügel baumeln, auf dem Boden liegt ein abgenutzter Teppich. Anna geht hinein und stellt ihre Tasche auf einen Sessel, der eingeklemmt zwischen einem Esstisch und vier Stühlen steht. Neben dem Tisch befindet sich ein Pentry, und in dem kleinen Schlafalkoven hat der Besitzer geschickt zwei schmale Betten eingebaut, ansonsten ist die Hütte leer und vermittelt den Eindruck, seit vielen Jahren nicht mehr genutzt worden zu sein.

Anna fährt mit einem Finger über den staubigen Küchentisch und blickt durchs Fenster auf den Himmel, der langsam dunkler wird. Bis Luca kommt, dauert es noch Stunden, sie braucht etwas, um sich die Zeit zu vertreiben.

Sie beginnt damit, alle Teppiche in der Hütte sowie die Polster auf den Betten zusammenzurollen und draußen gründlich auszuschütteln. In einer Abstellkammer findet sie eine Scheuerbürste sowie einen Haufen Lappen, mit denen sie sich daranmacht, die Hütte zu putzen.

Nach einer halben Stunde ist alles erledigt. Anna staubt noch die Standuhr an der Wand ab und zieht sie auf, dann deckt sie den Tisch mit dem Essen, das sie mitgebracht hat. Neben in Wachspapier eingeschlagenen Butterbroten hat sie eine Dose Zwieback, ein paar Äpfel, eine Flasche Wasser sowie eine Thermoskanne Kaffee dabei, der mit Zichorien gestreckt ist und von dem sie nicht weiß, ob er überhaupt noch heiß sein wird, wenn Luca endlich zurück ist.

Die Petroleumlampe, die sie mitgeschleppt hat, um nicht allein im Dunkeln sitzen zu müssen, ist groß und sperrig, und sie stellt sie auf den Tisch und vergewissert sich erneut, dass die Tür abgeschlossen ist, bevor sie sich auf den Sessel setzt. Die Stille im Raum ist kompakt, einzig das Ticken der Uhr und ihr eigener Atem sind zu hören. Wo Luca wohl gerade ist? Als Kind durfte sie ihren Vater einmal auf einem Fischerboot auf den Öresund begleiten. Obwohl kaum Wellengang herrschte, schaukelte das Boot heftig, und Anna wurde schlecht. Sie wagt sich kaum vorzustellen, wie es für die Leute sein muss, die die ganze Nacht auf dem Meer verbringen müssen.

Behutsam streicht sie mit der Hand über die rauen Armlehnen und merkt, wie ihre Lider schwer werden. Das Ticken der Uhr macht sie schläfrig, und sie wickelt sich in eine Decke. Eigentlich wollte sie wach bleiben, aber wahrscheinlich macht es nichts, wenn sie ein klein wenig ausruht. Einschlafen wird sie nicht, nur kurz die Augen schließen und den Kopf anlehnen.

Als Anna erwacht, ist es dunkel, und sie hat Gänsehaut an den Armen vor Kälte. Schlaftrunken reibt sie sich die Augen und zieht die Decke bis zum Kinn hoch. Die Petroleumlampe auf dem Tisch leuchtet immer noch schwach, dennoch ist es ihr unheimlich, allein in der Hütte zu sein.

Sie weiß nicht, wie lange sie geschlafen hat, und als sie beim Blick auf die Uhr feststellt, dass es bereits vier Uhr morgens ist, zuckt sie zusammen. Hat Luca nicht gesagt, sie kämen in den frühen Morgenstunden? Anna steht auf und geht zum Fenster. Luca müsste längst da sein. Was, wenn ihm etwas zugestoßen ist? Wenn die Deutschen ihn geschnappt haben?

Was soll sie tun? Ihr Hals ist trocken, doch sie will das Wasser nicht verschwenden. Luca hat ihr aufgetragen, in der Hütte zu bleiben, um das Risiko, entdeckt zu werden, zu minimieren. Wenn sie hinausgeht, sieht sie vielleicht jemand. Andererseits wird um diese Uhrzeit kaum jemand unterwegs sein.

Rastlos geht sie zwischen den Fenstern hin und her und späht durch die Vorhänge, ob draußen jemand ist. Dann setzt sie sich wieder an den Tisch und nimmt sich eine alte Zeitung vor, die der Besitzer vergessen hat, doch es ist viel zu dunkel und ihr fehlt die notwendige Ruhe. Nach einer Weile steht sie wieder auf. Die Uhr tickt, und sie starrt die trägen Zeiger an. Ob die Zeit immer so langsam vergeht?

Sie dreht noch eine Runde durch die Hütte und versucht sich einzureden, alles sei in Ordnung. Bestimmt ist Luca unterwegs. Sie haben nur einen Umweg gemacht, um einem Patrouillenboot auszuweichen. Vielleicht mussten sie weiter nördlich an Land gehen als gedacht und gehen jetzt zu Fuß die Küste entlang. So wird es sein, denkt Anna und verdrängt rasch die Bilder von SS-Soldaten, die immerzu vor ihrem inneren Auge auftauchen. Luca wird nichts passieren, wiederholt sie. Er ist einer, der überlebt.

Als es auf halb fünf zugeht, hält Anna es nicht mehr aus. Sie löscht die Lampe, schließt die Hütte ab und legt den Schlüssel in den Krug zurück, dann läuft sie Richtung Meer.

Der kalte Wind aus Süden trifft sie im Gesicht, sobald sie den Wald hinter sich gelassen hat. Anna hat nicht die geringste Ahnung, wo sie suchen soll, und beschließt, erst einmal zum Hafen an der Ziegelei zu gehen. Die beiden gemauerten Piere wären geeignet, um dort an Land zu gehen. Angestrengt späht sie auf das dunkle Meer hinaus. Die Sonne ist noch nicht aufgegangen, und ein Boot könnte sich noch immer der Küste nähern, ohne entdeckt zu werden.

Ein Schwarm Uferschwalben, die an der Steilküste ihr Nest gebaut haben, fliegt auf. Anna folgt ihnen mit dem Blick, bis sie in der Dunkelheit verschwunden sind. Als sie eine der Trockenhütten der Fabrik erreicht, schaut sie vorsichtig um die Ecke. Vor ihr liegen Haufen gelber Ziegel, und sie will gerade aus dem Schatten treten, als sie etwas weiter vorn eine Gestalt entdeckt. Ihr Herz beginnt wild zu klopfen. Ist das Luca? Sie hebt die Hand, um zu winken, dann fällt ihr ein, dass sie lieber warten sollte, bis sie sich sicher ist. Anna drückt sich an die Wand und schleicht vorsichtig näher. Jetzt sieht sie zwei weitere Personen. Sie sitzen auf Tonnen und scheinen auf etwas zu warten. Einer von ihnen zündet sich eine Zigarette an, und im Schein des Streichholzes erkennt sie, wer es ist. Der Mann mit dem grauen Pullover, den sie und Luca vor ein paar Wochen vor der Buchhandlung Killberg getroffen haben.

Anna reißt die Augen auf. Was hat der hier zu suchen?

»Mach die Zigarette aus«, zischt eine Stimme. Anna zuckt zusammen. Sie kennt diese Stimme. John ist ebenfalls hier.

Der Mann im grauen Pullover nimmt einen tiefen Zug.

»Warum?«

»Sie könnten die Glut sehen und woanders an Land gehen«, antwortet John.

Sein Kumpan steht auf und macht eine halbe Drehung.

»So, jetzt stehe ich mit dem Rücken zum Meer«, knurrt er. »Bist du jetzt zufrieden?«

»Ich wäre zufriedener, wenn du nicht so ein Idiot wärst.«

»Schsch«, macht ein Dritter, der eine dicke Jacke trägt. »Sie dürfen uns nicht hören.«

Der Mann mit dem grauen Pullover nimmt einen letzten Zug, dann lässt er die Zigarette fallen und tritt sie aus. »Was machen wir, wenn sie kommen?«

»Das habe ich doch gesagt. Wir registrieren sie und geben die Daten an die Polizei weiter«, erklärt John.

»Gibt es keine andere Möglichkeit?«, sagt der mit der Jacke. »Die Boote könnten doch zum Beispiel kentern ... Ich glaube kaum, dass Judenschweine schwimmen können.«

»Das kannst du allein machen«, protestiert der mit dem Pullover. »Ich will keine Probleme mit der Polizei.«

»Ich hätte mein Gewehr mitnehmen sollen«, setzt der mit der Jacke noch einen drauf.

»Hellberg hat gesagt, wir sollen keine Aufmerksamkeit auf uns ziehen.« John steht auf. »Er kümmert sich um das Pack, aber dazu muss er erst wissen, wer sie sind. Bestenfalls schicken wir sie auf direktem Weg nach Auschwitz.«

Anna presst die Lippen aufeinander. Sie hat Angst zu atmen, wagt nicht daran zu denken, was passieren würde, wenn die Männer sie entdecken.

Vorsichtig zieht sie sich zurück. Sie tastet sich voran und

betet zu Gott, dass sie nicht stolpert. Als sie wieder auf der Giebelseite und außer Sichtweite ist, rennt sie los, den Hang hinauf, dabei tritt sie auf einen trockenen Ast.

»Ist da jemand?« Johns Stimme klingt aufgeregt, und aus dem Augenwinkel sieht Anna die Umrisse eines Mannes neben der Trockenhütte auftauchen. Es ist der mit dem grauen Pullover.

Anna erstarrt. Was soll sie tun? Davonlaufen oder reglos stehen bleiben? Es ist immer noch halbdunkel, wenn sie sich nicht bewegt, sieht er sie vielleicht nicht.

Ihr Herz schlägt so heftig, dass ihr Kopf dröhnt. Sie weiß, dass sie sich nicht rühren darf, gleichzeitig muss sie wissen, wo der Mann sich befindet. Ganz langsam dreht sie sich um. Der Mann mit dem grauen Pullover ist nur ein paar Meter von ihr entfernt. Er hat ihr den Rücken zugekehrt und schaut durch ein Fenster in die Trockenhütte.

Anna hat den Steilhang vor sich. Wenn sie so schnell läuft, wie sie kann, ist sie vielleicht oben, bevor er sie sieht. Sie wirft ihm einen Blick zu und will gerade losrennen, als er sich umdreht und ihre Blicke sich treffen. Der Mann starrt sie an. Anna wird eiskalt. Ihr ist, als würde sie im selben Moment zu einer Salzsäule erstarren. Sie ist unfähig, sich zu bewegen.

»Hast du jemanden gefunden?«, ruft John von der anderen Seite.

Der Mann macht einen Schritt auf sie zu. Er hat harte Gesichtszüge, irgendwie eckig. Lange steht er nur da und betrachtet sie, dann dreht er sich um. »Es war nur ein Vogel«, sagt er und verschwindet um die Hausecke.

Anna schnappt nach Luft. Es ist, als hätte sie zwischendurch das Atmen vergessen und bekomme nun plötzlich wieder Luft. So schnell sie kann, klettert sie den Hang hinauf, und als sie über den Kamm ist, beginnt sie zu rennen. Sie wagt nicht, sich umzudrehen, hat permanent das Gefühl, verfolgt zu werden. Ein paarmal stolpert sie und schlägt sich die Knie auf, doch sie läuft einfach weiter.

Erst als sie ein ganzes Stück weit gekommen ist, wird sie langsamer und dreht sich um. Das Adrenalin rauscht durch ihren Körper, ihre Wangen glühen und sie seufzt erleichtert, als sie sieht, dass niemand ihr gefolgt ist. Rasch sucht sie sich ein niedriges Gebüsch, in dem sie sich verstecken und wieder zu Atem kommen kann.

Luca muss zurückkommen. Sie wollen doch irgendwann nach Stockholm ziehen, sich ein Zuhause suchen – eine kleine Wohnung mit Schlafzimmer und einer Küche, wo sie am Abend gemeinsam essen und sich über den Tag austauschen können. Sie wollen heiraten und sich die ewige Liebe versprechen.

Der Gedanke, jeden Morgen neben Luca aufzuwachen, füllt Annas Augen mit Tränen, die sie rasch fortwischt. Er muss es einfach schaffen. Muss zurückkommen. Luca ist der wichtigste Mensch in ihrem Leben, der, den sie am meisten liebt. Wenn ihm etwas zustößt, weiß sie nicht mehr weiter.

25

Die Atmosphäre im Krankenzimmer ist angespannt, und Rebecka, die über die Flure gerannt ist, hält inne und tritt langsam ein.

Eine Ärztin steht am Bett ihrer Großmutter und liest im Krankenjournal, während sie gleichzeitig mit einer Krankenschwester spricht.

»Ihre Blutwerte sind ebenfalls niedrig. Wir beginnen mit Blutverdünnern und behalten die Herzfrequenz im Auge.«

Das Kopfteil des Betts ist erhöht, ihre Großmutter liegt zurückgelehnt mit geschlossenen Augen da. Hin und wieder hustet sie und atmet pfeifend.

Als die Ärztin Rebecka entdeckt, verstummt sie und dreht sich zu ihr um.

»Sind Sie die Enkelin?«

»Ja.«

»Wir haben eine Computertomographie durchgeführt und die Blutgefäße untersucht. Ihre Großmutter hat eine Lungenembolie. Das bedeutet, dass ein Blutgerinnsel die Arterien der Lunge blockiert. Wir beginnen die Behandlung mit Blutverdünnern«, erklärt sie und rückt ihre Brille zurecht.

»Okay. Wie gefährlich ist das?«

»Wir haben es frühzeitig entdeckt«, sagt die Ärztin. »Ihre Großmutter hat über Schmerzen in der Brust geklagt. Das Gerinnsel hat ihre Sauerstoffversorgung beeinträchtigt, sie hat Fieber und fühlt sich schwindlig. Wir müssen sie im Auge behalten.«

Sie nickt der Krankenschwester zu und verschwindet. Rebecka tritt zu ihrer Großmutter. Die Farbe ist aus ihren Wangen gewichen, ihr Gesicht ist blass. Rebecka beugt sich zu ihr herab. Erst reagiert ihre Großmutter nicht, dann öffnet sie langsam die Augen.

»Rebecka?«, flüstert sie.

»Ja, ich bin jetzt da. Alles wird gut.«

Ein Zittern läuft durch den Körper der Großmutter bis in ihre Hand, sie hält sich ein Papiertaschentuch vor den Mund und hustet. Rebecka sieht die Blutflecken und wechselt einen Blick mit der Krankenschwester.

»Das ist normal«, beruhigt diese. »Wir haben ihr Antibiotika gegeben, für den Fall, dass sie sich einen Infekt eingefangen hat. Außerdem hat Ihre Großmutter etwas Fiebersenkendes bekommen, ihre Körpertemperatur wird also bald sinken.«

Die Schwester geht hinaus, und Rebecka befeuchtet ein Handtuch mit kaltem Wasser und tupft ihrer Großmutter die Stirn.

»Ist gut«, sagt sie. »Du hast alle möglichen Medikamente bekommen, bald geht es dir besser, du wirst schon sehen.«

Die Großmutter wimmert. Ihre Augen sind blank und das Haar klebt ihr am Kopf. Sie nimmt Rebeckas Hand und drückt sie überraschend fest.

»Der Krieg war eine schreckliche Zeit, und ich habe etwas Furchtbares getan«, sagt sie.

»Was? Was hast du getan?«

»Es war grässlich«, jammert ihre Großmutter. »Es tut mir so leid.«

Rebecka schluckt.

»Hat es etwas mit dem deutschen Briefkopf zu tun?«, fragt sie.

»Ich hätte nichts sagen sollen«, murmelt die Großmutter.

»Was hättest du nicht sagen sollen?«

Ihre Großmutter schüttelt den Kopf und wimmert erneut. Ein tiefes, klagendes Stöhnen, das aus dem Bauch zu kommen scheint.

Rebecka wirft einen nervösen Blick Richtung Flur. Soll sie jemanden holen? Sie richtet sich auf und versucht, sich aus Annas Griff zu befreien, doch die weigert sich, sie loszulassen. Stattdessen zieht sie Rebecka zu sich heran.

»Bitte entschuldige«, flüstert sie. »Es ist alles meine Schuld.«

Im selben Moment kommt die Krankenschwester zurück und wirft einen Blick auf den Monitor, der die Herzrhythmusfrequenz anzeigt, und kontrolliert den Tropf.

»Nur noch einen Augenblick«, sagt sie ruhig. »Dann beginnt das Medikament zu wirken.«

»Sie versucht mir etwas zu sagen, aber ich verstehe es nicht.«

Die Krankenschwester misst noch einmal die Temperatur.

»Neununddreißig acht«, stellt sie fest. »Nicht ungewöhnlich, dass man da ein bisschen verwirrt ist.« Sie zieht Großmutters Bettdecke zurecht. »Versuchen Sie, etwas zu schlafen. Ihr Körper hat ganz schön was mitgemacht. Er muss sich jetzt ausruhen.«

Die Großmutter schließt die Augen und nickt. Nach einer

Weile löst sich ihr Griff, sie lässt Rebecka los, die ein paar Schritte zurücktritt und sich neben ihr auf einen Stuhl setzt.

Die folgenden Stunden gehören zu den längsten in Rebeckas Leben. Sie sitzt am Bett ihrer Großmutter, sieht, wie diese sich an die Brust greift und hustet, bis sie kaum noch Luft bekommt. Jedes Mal, wenn sie gerade eingeschlafen ist, reißt ein neuer Anfall sie hoch.

Draußen ist ein Unwetter aufgezogen. Schwere Wolken verdunkeln den Himmel, und der Regen prasselt aufs Fensterbrett. Eine schicksalsschwangere Stimmung, als würde die Welt von der Wolkendecke erdrückt. Krankenschwestern kommen und gehen, doch Rebecka bleibt auf ihrem Stuhl sitzen. Sie hat keinen Appetit, trinkt aber etwas Saft, als jemand ihr ein Glas in die Hand drückt. Gegen Abend lässt der Husten nach, und ihre Großmutter kann endlich richtig schlafen.

Rebecka ist erleichtert. Das Gesicht ihrer Großmutter wirkt mit einem Mal viel entspannter, und sie wertet das als gutes Zeichen. Das Einzige, woran sie jetzt denken kann, ist, dass ihre Großmutter gesund werden muss. Sie möchte so gerne wieder mehr Zeit mit ihr verbringen. Die letzten Jahre sind einfach so verflogen, und Rebecka bereut all die Gelegenheiten, die sie verpasst hat – Weihnachtsabende, Osteressen, Geburtstagskaffees und schöne Sommertage. Lange Zeit ist es ihre Großmutter gewesen, die alle Festlichkeiten und Zusammenkünfte organisiert hat. Sie war der Kitt, der alles zusammenhielt, doch das kann sie jetzt nicht mehr leisten.

Nie wird Rebecka vergessen, wie sie und ihre Großmutter immer den ersten richtigen Sommertag feierten: mit einem Picknick im Garten. Sie ließen sich auf den gestreiften Liegestühlen nieder und hörten Radio und aßen frischgebackenen Rhabarberkuchen. Oder wie sie Pfefferkuchenteig selber machten, Fleischbällchen rollten, Hering einlegten und zu Weihnachten Graved-Lachs zubereiteten. Manchmal erschienen Rebecka all diese Rituale überflüssig, als reine Zeitverschwendung, heute aber ist sie froh, dass ihre Großmutter darauf bestanden hat.

Sie lächelt. Ihr ist bewusst, dass sie als Teenager wirklich nicht einfach gewesen ist. Aber ihre Großmutter hat ihr all die Dummheiten, die sie begangen hat, niemals vorgeworfen. Sie war einfach nur da, ein fester Punkt in ihrem Leben, hörte zu und unterstützte sie.

Eine Schwester tritt zu ihr.

»Es scheint jetzt besserzugehen. Ihre Großmutter hat kein hohes Fieber mehr und wird hoffentlich die Nacht gut schlafen. Sie sollten nach Hause fahren und sich ebenfalls ausruhen.«

Rebecka zögert. Sie will nicht fahren, aber sie ist furchtbar müde und ihr Magen schmerzt vor Hunger.

»Wir rufen Sie an, wenn etwas sein sollte«, fügt die Schwester hinzu.

»Okay«, willigt Rebecka schließlich ein. Sie streichelt ihrer Großmutter den Arm. »Ich fahre jetzt zu dir nach Hause«, flüstert sie. »Aber ich komme wieder, sobald du mich brauchst. Schlaf schön, so lange.«

Als sie das Krankenhaus verlässt, strömen die Tränen ihr nur so über die Wangen. Rebecka fühlt sich leer. Ihre Großmutter muss einfach wieder gesund werden. Wie soll sie denn ohne sie klarkommen? Rebecka setzt sich ins Auto und startet den Motor, dabei schluchzt sie laut, alles kommt plötzlich hoch – der Stress auf der Arbeit, der kritische Zustand ihrer Großmutter, ihre verletzte Hand, der Streit mit ihrer Mutter, die Situation mit Joar und Arvid. Rebecka wird vom Weinen geschüttelt. Sie wusste, dass so etwas kommen musste, wenn sie nach Schonen zurückkehren würde. Sie war noch nicht bereit gewesen, zurückzukehren. Warum ist sie nicht einfach in Stockholm geblieben, wo die Gefühle nicht so nah an sie herankommen?

Schluchzend trocknet sie sich die Wangen. Was ist nur los mit ihr? Warum ist sie plötzlich so dünnhäutig? Normalerweise gelingt es ihr so gut, die Dinge von sich fernzuhalten und ihre Gefühle unter Kontrolle zu behalten. Jetzt aber ist es, als würde alles zusammenbrechen.

Sie blickt über den regennassen Asphalt, in dem sich eine einzelne flackernde Straßenlaterne spiegelt. Am besten fährt sie gleich den ganzen Weg nach Stockholm zurück. Ein Teil von ihr sehnt sich nach Joar und dem Leben mit ihm, sie muss retten, was noch zu retten ist, bevor sie sich alles verbaut. Warum hat sie nicht auf ihren Verlobten gehört? Er weiß es doch immer am besten.

Doch dann fällt ihr das Kätzchen ein. Bestimmt wartet es schon auf sie. Sie atmet tief durch, dann dreht sie erneut den Schlüssel um. Der Motor springt an und die Scheinwerfer schalten sich ein, zwei weiße Lichtkegel im Regen. Vor ihrem inneren Auge sieht sie eine tropfnasse Scarlett, die zitternd auf der Treppe sitzt. Wenn sie keinen Schutz vor dem Regen gefunden hat, ist sie jetzt sicher ganz durchgefroren.

Am Haus ihrer Großmutter angekommen, läuft Rebecka rasch zur Haustür, während sie nach Scarlett Ausschau hält.

Doch die Katze ist nirgends zu sehen. Sie hofft, jemand anderes hat sie eingelassen.

Es schüttet, und der Regen prasselt auf ihren Rücken, als sie im Dunkeln mit dem Schlüssel hantiert. Endlich gelingt es ihr aufzuschließen und sie tritt in den Flur.

Es dauert einen Moment, bis sie die Pfütze auf dem Boden bemerkt. Sie blickt auf und sieht das Wasser von der Decke tropfen, hinunter auf das Zeitungspapier. Vorsichtig schiebt sie einen Teil der Zeitungen beiseite und starrt die Pfütze auf dem Boden an. Deshalb also hatte ihre Großmutter den Boden im Flur bedeckt. Warum ist sie nicht früher darauf gekommen?

Rebecka holt einen Putzeimer aus der Abstellkammer und stellt ihn unter das Leck. Und sie hatte geglaubt, das Haus wäre wieder so weit in Ordnung, dass ihre Großmutter zurückkommen könnte, dass es reichen würde, die Dachpappe über dem Türvorbau auszutauschen. Anscheinend gibt es sehr viel mehr zu reparieren.

Im sanften Schein der Küchenlampe setzt sie Teewasser auf, deckt Aufschnitt für das Brot auf, das sie am Vortag gebacken hat, und schmiert sich eine Scheibe. Ihr Magen knurrt, und sie beißt gerade in das saftige Brot, als Scarlett draußen aufs Fensterbrett springt und sich an die Scheibe drückt. Obwohl Rebecka auf sie gewartet hat, zuckt sie zusammen. Die Katze miaut herzzerreißend und blickt sie flehend an. Das nasse Fell klebt an ihrem Körper, sodass sie noch magerer aussieht als ohnehin schon. Rebecka eilt zur Tür und öffnet ihr.

»Komm rein«, sagt sie und tritt einen Schritt zur Seite, um ihr nicht den Weg zu versperren.

Scarlett wirft ihr einen misstrauischen Blick zu, dann schüttelt sie das Regenwasser ab und schleicht in den Flur. Sie schaut sich um und geht weiter in die Küche, wo sie sich auf den gestreiften Teppich setzt und anfängt sich zu putzen.

Rebecka lächelt. Sie ist froh, dass Scarlett vor dem Regen in Sicherheit ist und dass sie ihr endlich genügend vertraut, um ihr ins Haus zu folgen.

Sie holt eine Dose Katzenfutter aus der Vorratskammer und stellt eine Schüssel mit Futter und eine mit Wasser hin. Die Katze wirkt zunächst skeptisch, dann aber nähert sie sich den Schüsseln und Rebecka beobachtet sie von ihrem Platz am Küchentisch aus.

Draußen regnet es noch immer in Strömen. Am Himmel türmen sich gewaltige Wolken und es beginnt zu donnern. Ein leises, kaum wahrnehmbares Zucken durchläuft Scarletts Körper, als ein Blitz den Garten erleuchtet, dann beginnt sie zu fressen.

Rebecka reibt sich die Stirn. Es ist ein langer Tag gewesen, und vom vielen Sitzen tut ihr der Rücken weh. Einen Moment lang überlegt sie, ob sie noch mal ins Krankenhaus zurückfahren soll, doch dann erinnert sie sich, dass die Schwester ihr versprochen hat, sich zu melden, falls sich am Zustand ihrer Großmutter etwas ändert. Außerdem ist es wahrscheinlich besser, sie bleibt hier bei Scarlett und passt auf, dass das Haus nicht ganz in sich zusammenstürzt.

Sie wirft einen sehnsüchtigen Blick auf das gemachte Sofa im Wohnzimmer. Sehr lange wird sie sich nicht mehr wach halten können. Sie geht durchs Haus und löscht alle Lampen, außer der, die im Küchenfenster steht, und legt sich auf das Sofa. Eine Minute später ist sie eingeschlafen.

26

OKTOBER 1943

Anna läuft die Küste entlang und späht immer wieder aufs Meer hinaus. Im Osten kann man bereits die Sonne erahnen. Luca müsste längst da sein.

Nach der unheimlichen Begegnung mit John und seinen Kumpanen ist sie zur Hütte zurückgelaufen, wo sie jedoch ebenfalls niemanden angetroffen hat. Der Schlüssel lag noch am selben Platz, und das Essen hatte niemand angerührt.

Ungeduldig sucht Anna das Meer ab. Wenn sie nur nicht geschnappt worden sind! Je mehr Zeit vergeht, desto wütender wird sie auf Luca. Warum musste er hinausfahren, wenn er doch genau wusste, wie gefährlich es war? Was, wenn sie ihn niemals wiedersieht?

Plötzlich meint sie, etwas zu sehen. Dichter Nebel hat sich über dem Wasser ausgebreitet, doch irgendwo da draußen erkennt sie einen Schatten. Anna tritt so nah wie möglich an die Uferkante und entdeckt tatsächlich ein Holzboot, das auf den Wellen schaukelt. Dieses Modell wird eigentlich nur zur küstennahen Fischerei verwendet – kann man damit wirklich über den ganzen Sund fahren? Trotz ihrer Zweifel rennt sie zum Steg, auf den das Boot offenbar zusteuert. Je näher sie kommt, desto überzeugter ist Anna. Zwar kann sie an Bord nur einen einzelnen Ruderer erkennen, aber eine innere Stimme sagt ihr, dass es das richtige Boot ist.

Sie erreicht den Steg, als es anlegt. Der Mann achtern trägt einen dunklen Regenmantel und macht ein grimmiges Gesicht. Anna hält inne. Vielleicht hat sie sich doch getäuscht. Noch immer kann sie keine anderen Menschen an Bord entdecken. Enttäuscht senkt sie den Blick, doch im selben Moment, in dem der Mann das Boot festmacht, rührt sich etwas in der kleinen Kajüte. Anna tritt näher. Ein Mann mit Hut schaut heraus. Hinter ihm eine Frau und zwei Kinder. Alle vier sind aschfahl im Gesicht und blicken sich ängstlich um.

»Sind wir da?«, fragt der Mann auf Dänisch. Der Fischer nickt.

Anna sucht mit den Augen das Boot ab. Haben sie Luca nicht wieder mit zurück nach Schweden gebracht? Sie will sich eben nach ihm erkundigen, als ein dunkler Schopf hinter den anderen auftaucht. Als Luca sie entdeckt, breitet sich ein Lächeln auf seinem Gesicht aus.

Langsam steigt die Familie aus und bleibt zitternd auf dem baufälligen Steg stehen. Sie wirken fehl am Platz, mit ihren feinen Kleidern. Die Frau trägt einen pelzbesetzten Mantel und einen Filzhut, an dem eine Rosette befestigt ist, und die Kinder haben Wollmäntel und handgenähte Lederschuhe.

Der Vater führt seine Kinder an Land, die Mutter folgt ihnen mit leerem Blick. Luca sagt etwas zu dem Fischer und schüttelt ihm die Hand, dann geht auch er von Bord.

Anna kann nicht länger an sich halten.

»Luca«, flüstert sie und umarmt ihn. »Gott sei Dank.«

Er drückt sie kurz an sich. »Du hast versprochen, in der Hütte zu warten«, murmelt er. Dann dreht er sich zu den anderen um.

»Das hier ist meine Freundin, Fräulein Ekblad«, erklärt er. »Und das ist Familie Klein.«

Anna begrüßt sie. »Herzlich willkommen in Schweden.« Sie lächelt.

»Fräulein Ekblad hat für Sie einen Platz vorbereitet, an dem Sie sich ausruhen können«, fährt Luca fort und deutet auf den Pfad, der zur Hütte hinaufführt.

Gemeinsam gehen sie durch das kleine Waldstück zum Sommerhäuschen. Dort angekommen, schließt Anna die Tür auf und führt die Familie hinein. Die Kinder entdecken gleich die Butterbrote, und sie fordert sie auf, zuzugreifen.

»Ich kann bestimmt noch mehr organisieren, wenn es nicht reicht«, sagt sie.

Herr Klein nickt dankbar. »Vielen Dank«, sagt er. »Kommt, Kinder, setzt euch erst mal hin.«

Während die anderen essen, zieht Anna Luca wieder mit nach draußen.

»Warum hat es so lange gedauert?«, fragt sie. »Du bist die ganze Nacht weg gewesen.«

»Es war schwierig, den Weg zu finden«, sagt Luca und reibt sich mit dem Handrücken über das Gesicht. »In ganz Dänemark wird nachts das Licht abgeschaltet, deshalb mussten wir uns im Dunkeln zurechtfinden. Außerdem ist etwas passiert.« Er senkt die Stimme. »Familie Klein hat noch ein drittes Kind. Ein kleines Mädchen von nur einem Jahr. Johansson hat sich geweigert, es mitzunehmen. Wir hatten auf dem Hinweg ein deutsches Patrouillenschiff gesehen, und er hatte Angst, die Kleine könnte während der Überfahrt anfangen zu weinen und wir dadurch entdeckt werden.«

»Wo ist sie jetzt?«

»Wir mussten sie zurücklassen. Zum Glück hat uns eine Freundin der Familie bis zur Abfahrt begleitet und konnte das Kind wieder mit zu sich nehmen.«

»Aber das ist ja schrecklich«, ruft Anna aus. »Ich muss dir übrigens auch noch etwas sagen. John und seine Leute sind unten bei der Ziegelei und halten nach Booten Ausschau. Zum Glück haben sie mich nicht gesehen.«

»Anna«, sagt er. »Genau das ist der Grund, warum du hier in der Hütte warten solltest …«

Mehr kann er nicht sagen, bevor Frau Klein zur Tür herauskommt. Ihre Augen sind verweint und sie blickt sie flehend an.

»Wann können Sie wieder zurückfahren?«, fragt sie.

Anna zuckt zusammen und greift nach Lucas Hand.

»Ich weiß es nicht«, antwortet Luca. Herr Klein taucht hinter seiner Frau auf. »Wir müssen zunächst einmal Sie in Sicherheit bringen. Es gibt eine Sammelstelle am Rathaus in Helsingborg. Dort werden Sie registriert und befragt und medizinisch untersucht. Anschließend werden Sie in eine Unterkunft gebracht.«

Die Frau schüttelt energisch den Kopf. »Ohne Leah gehe ich nirgendwohin.«

Herr Klein und Luca wechseln einen kurzen Blick. Herr Klein legt seiner Frau die Hand auf die Schulter.

»Das wird sich schon finden«, sagt er.

»Ich hätte sie nicht zurücklassen dürfen«, schluchzt Frau Klein. »Warum hast du mich dazu gezwungen?«

»Wir hatten keine Wahl«, sagt ihr Mann. »Du weißt doch,

dass Vibeke sich um sie kümmert. Bis wir sie abholen können, ist Leah bei ihr in guten Händen.«

»Woher weißt du, dass die Gestapo sie nicht findet?« Frau Klein wendet sich zu Luca um. »Ich fahre mit Ihnen zurück.«

»Das geht doch nicht«, mahnt Herr Klein und fasst sie am Arm. »Was glaubst du, was passiert, wenn die Deutschen dich finden? Denk an Klaus und Mette, die brauchen dich ebenfalls.«

Seine Frau macht sich von ihm los und wendet sich an Luca. »Ich gehe hier nicht weg ohne Leah«, sagt sie entschlossen.

»Das verstehe ich«, versichert Luca. »Wir holen sie so schnell wie möglich nach.«

Frau Kleins Gesicht entspannt sich ein bisschen und sie nimmt seine Hände. »Bitte, holen Sie mein Kind. Ich kann nicht atmen, bevor sie wieder bei uns ist.«

»Ich verspreche Ihnen, ich tue, was ich kann.«

Frau Klein fasst sich an die Stirn und schwankt, rasch fängt ihr Mann sie auf. »Komm«, sagt er sanft. »Wir gehen rein und setzen uns ein bisschen.«

Anna weiß nicht, was sie sagen soll. Allein der Gedanke, Luca könnte wieder fahren, macht sie krank. Gleichzeitig versteht sie, dass jemand das kleine Mädchen holen muss.

»Es ist so schrecklich«, flüstert sie. »Ich weiß gar nicht, was ich in ihrer Situation getan hätte.«

»Es war wirklich schlimm.« Lucas Sorge springt auf sie über. »Alle hatten solche Angst, und als Johansson sich weigerte, das Kind an Bord zu lassen, wussten wir nicht, was wir tun sollten. Es war keine Zeit, um zu überlegen, wie sie als Familie sonst nach Schweden kommen könnten. Sie hatten es schon einmal versucht, aber da waren die Fischer in letzter Sekunde abgesprungen. Und es warten noch so viele darauf, dass sie endlich an der Reihe sind. Ich habe versprochen, heute Nacht noch einmal mitzufahren, aber erst muss ich zusehen, dass Leah wieder zu ihrer Familie kommt.«

»Wie willst du das anstellen?«

»Ich glaube, ich habe eine Idee. Wenn wir eine dänische Familie finden, die bereit ist, mitzumachen, dann könnte sie mit der Fähre übersetzen und so tun, als gehöre Leah zu ihnen. Ich werde versuchen, eine meiner Kontaktpersonen in Helsingør zu erreichen und ihr das vorschlagen.«

»Was tun wir in der Zwischenzeit mit Familie Klein?«

»Das Beste wäre, wenn sie hierbleiben könnten«, sagt er und deutet auf die Hütte. »Glaubst du, du kannst dich so lange um sie kümmern?«

»Ja, natürlich«, sagt Anna. »Meine Mutter ist frühestens morgen zurück, und Alma merkt es nicht, wenn ich mich aus dem Haus schleiche, solange ich zum Abendessen da bin.«

Luca legt eine Hand an ihre Wange. Noch nie hat Anna ihn so blass gesehen. Seine Schultern hängen herab und seine Augen sehen müde aus.

»Wie geht es dir?«, fragt sie.

»Ich bin völlig erschöpft. Die Überfahrt hat länger gedauert als gedacht, außerdem hatten wir Seegang. Wir waren gezwungen, in der Kajüte zu bleiben. Die Kinder hatten Angst. Ich glaube, ich habe noch nie zuvor solche Angst gesehen, wir mussten sie die ganze Zeit beruhigen. Aber ich bin froh, dass es gutgegangen ist. Wenigstens eine weitere Familie konnten wir vor den Konzentrationslagern retten.«

»Bis auf das Mädchen.«

»Hör zu«, sagt Luca und zieht sie von der Hütte fort. »Mir ist bewusst, dass du dir wahnsinnige Sorgen machst. Aber inzwischen weiß ich genau, wo die Schiffe der Deutschen patrouillieren, und ich kenne mich an der Küste aus. Solange wir bei unserem Plan bleiben, wird nichts passieren. Ich habe der Familie versprochen, ihre kleine Tochter zu holen.«

Anna blickt zum Wald hinüber. Sie möchte nicht, dass Luca fährt. Wenn sie aber an die kleine Tochter der Familie Klein denkt, begreift sie, dass er fahren muss.

»Versprich mir, vorsichtig zu sein.«

»Immer.«

»Und beeil dich.«

Luca drückt sie fest an sich. »Versprochen«, flüstert er leise in ihr Haar.

27

APRIL 2007

Als Rebecka aufwacht, ist das Zimmer in graues Licht getaucht. Das Unwetter scheint weitergezogen zu sein, doch der Himmel ist nach wie vor dicht bewölkt. Sie dreht sich um. Ihre Beine sind ganz warm, und als sie nachschaut, sieht sie, dass Scarlett sich auf der Decke zusammengerollt hat.

»Guten Morgen«, flüstert sie.

Die Katze mustert sie kurz, dann lässt sie den Kopf wieder sinken. Vorsichtig zieht Rebecka ihre Beine unter der Decke weg, damit Scarlett noch liegen bleiben kann, steht auf und greift nach ihrem Handy. Keine entgangenen Anrufe. Sie atmet auf. Dann sucht sie die Nummer der Klinik heraus, um zu hören, wie es ihrer Großmutter geht.

Eine Krankenschwester berichtet, das Fieber sei wieder gestiegen. Rebecka spürt, wie die Angst ihr die Kehle zusammenschnürt, und beißt sich auf die Zunge, um nicht laut zu werden. Sie hatten ihr doch versprochen, sich zu melden, wenn es ihrer Großmutter schlechtergehen sollte.

Rasch macht sie sich fertig und will gerade zur Tür hinaus, als sie durchs Fenster Arvid kommen sieht. Sie hält mitten in der Bewegung inne. Ist es wirklich eine gute Idee, wenn sie sich noch mal sehen? Sie überlegt kurz, sich zu verstecken, doch als er klopft, öffnet sie ihm die Tür.

Arvid wirkt verlegen, sein Haar ist noch unordentlicher als

sonst, und er hält sich an einem Spaten fest, den er aus irgendeinem Grund mitgeschleppt hat.

»Ich habe gesehen, dass du wieder da bist«, sagt er mit einer Kopfbewegung zum Auto.

»Ich bin gestern Abend gekommen, muss aber gleich wieder zurück in die Klinik.«

»Ach so«, murmelt er und fingert am Spatenstiel herum. »Wie geht es deiner Oma?«

»Geht so. Das Blutgerinnsel in der Lunge hat dazu geführt, dass sie schlecht Luft bekam, und sie scheint sich einen Infekt zugezogen zu haben. Sie ist ja auch schon recht alt ...« Plötzlich versagt ihr die Stimme.

»Es wird schon gutgehen. Ist deine Mutter jetzt bei ihr?«

Rebecka starrt ihn an. Ihr fällt ein, dass ihre Mutter noch gar nichts vom verschlechterten Zustand ihrer Oma weiß.

»Nein. Du, ich muss los«, sagt sie.

»Okay.« Er zögert.

Rebecka zieht sich die Jacke an. Scarlett kommt dazu und setzt sich auf die Schwelle zwischen Küche und Flur.

»Willst du raus?«, fragt Rebecka ungeduldig. Die Katze leckt sich unbeeindruckt und in aller Ruhe die Pfoten.

»Sie scheint sich ganz wohl zu fühlen bei dir drinnen.«

Rebecka nimmt Scarletts Fressnapf weg und versucht, sie hinauszulocken, doch die Katze kümmert sich gar nicht um sie.

»Bitte«, sagt Rebecka.

»Warum lässt du sie nicht einfach drinnen?«, fragt Arvid.

»Ich weiß nicht, wann ich wieder zurück bin. Nicht, dass etwas passiert und sie dann hier festsitzt.«

»Wenn du willst, kann ich nach ihr schauen.«

Rebecka blickt ihn an. Warum ist er so nett zu ihr, nachdem sie sich ihm gegenüber so unfair verhalten hat? Sie hat seine Fürsorglichkeit nicht verdient.

»Scarlett«, sagt sie streng. »Du kriegst draußen was zu fressen. Komm jetzt.«

Als sie nach ihr greifen will, zischt Scarlett davon und versteckt sich. Rebecka seufzt. Dann nimmt sie den Reserveschlüssel aus der Schublade und drückt ihn Arvid in die Hand.

»In der Vorratskammer gibt es noch mehr Katzenfutter, und ich habe noch kein Katzenklo, sie muss also irgendwie rauskommen.«

»Okay. Mach dir keine Sorgen.«

Sie zieht ihre Schuhe an und will gerade an Arvid vorbeischlüpfen, als er eine Hand auf ihre Schulter legt.

»Du«, sagt er leise. Sein Blick flackert.

Rebecka wartet. Schließlich lächelt er schief. »Es wird sich schon alles finden.«

Rebecka wird innerlich ganz warm und sie würde sich am liebsten in seine Arme werfen. Wenn sie gerade etwas braucht, dann genau das.

»Danke«, murmelt sie und geht hinaus.

Im Auto ruft sie als Erstes ihre Mutter an. Sie lässt es lange klingeln, doch es nimmt niemand ab, wie immer. Rebecka flucht und versucht es gleich noch einmal. Nimm ab, denkt sie. Kapierst du nicht, dass es wichtig ist?

Nach drei vergeblichen Versuchen wirft sie das Handy auf den Beifahrersitz, startet den Motor und gibt Gas. Das Letzte, was sie jetzt möchte, ist zu ihrer Mutter nach Hause zu fahren, doch was bleibt ihr anderes übrig? Jemand muss ihr doch sagen, wie schlecht es um Anna steht!

Zehn Minuten später parkt sie vor dem gelben Backsteinhaus. Ihre Hände zittern, als sie aus dem Auto steigt, und sie vergräbt sie tief in den Hosentaschen. Es ist Jahre her, seit sie ihr Elternhaus zuletzt besucht hat, doch von außen sieht es genauso aus wie immer. Der Rasen ist gepflegt, und in der Mitte des Gartens steht der alte, knorrige Apfelbaum, in dem sie früher so oft herumgeklettert ist.

Widerstrebend geht sie den Gartenweg hinauf zur Haustür. Zwingt ihre Hand zu klopfen, erst vorsichtig, dann immer fester. Doch so laut sie auch klopft, es kommt niemand, um zu öffnen.

Sie schaut zum Wohnzimmerfenster hinein. Niemand da. Noch einmal klopft sie an die Haustür, dann drückt sie die Klinke herunter und stellt fest, dass gar nicht abgeschlossen ist.

Obwohl das Haus viele Jahre ihr Zuhause war, fühlt es sich seltsam an, diesen Flur zu betreten. Langsam geht sie hinein. Das meiste ist unverändert. Weder Lampen noch Bilder sind ausgetauscht worden, und auf dem Boden liegen noch dieselben Teppiche. Als sie den großen Spiegel mit dem Holzrahmen sieht, bleibt sie stehen.

Mit den Augen folgt sie dem Sprung im Glas. Sie sieht sich plötzlich selbst als Sechzehnjährige. Es ist Walpurgisnacht, und sie und ihre Mutter streiten. Rebecka will mit ihren Freunden nach Lund in den Stadtpark, ihre Mutter weigert sich, sie gehen zu lassen. Schließlich nimmt Rebecka einen Holzschuh und wirft ihn mit solcher Wucht gegen den Spiegel, dass das Glas zerspringt. Sie schüttelt den Kopf. Warum hat ihre Mutter es all die Jahre nicht erneuert?

Auch in der Küche hat sich nichts verändert. Ihre Mutter hat immer noch die glatten weißen Schranktüren und die hellgraue Arbeitsplatte. Das Spülbecken ist sauber und aufgeräumt. Nichts steht herum, und durch die karge Einrichtung wirkt der Raum unpersönlich. Es gibt keinerlei Fotos oder Erinnerungsstücke. Rebecka kann sich nicht erinnern, je Fotos aus ihrer Kindheit gesehen zu haben. Niemand würde vermuten, dass hier ein Kind aufgewachsen ist, dieses Haus steht in scharfem Kontrast zu dem gemütlichen Häuschen ihrer Großmutter.

»Hallo? Mama?«, ruft sie, erhält jedoch keine Antwort.

Sie geht weiter zum Schlafzimmer ihrer Mutter, meint jedoch im Wintergarten etwas zu hören und durchquert den Flur.

Ihre Mutter steht auf der verglasten Veranda. Sie hat Kopfhörer auf und füllt auf einem mit Plastikfolie abgedeckten Tisch Blumenerde in Pflanztöpfe. Rebecka bleibt einen Moment stehen und beobachtet sie, dann streckt sie die Hand aus und winkt.

»Hallo«, sagt ihre Mutter überrascht. »Du hier?«

»Ich habe versucht, dich zu erreichen, aber du bist nicht drangegangen.«

»Entschuldige, ich war ganz in meiner eigenen Welt.« Camilla zieht sich die Gartenhandschuhe aus. »Wie viel Uhr ist es?«

»Neun.«

»Dann wäre Kaffee jetzt gut. Nimmst du auch eine Tasse?«

»Ich bin eigentlich nur gekommen, um dir zu sagen, dass es Oma schlechtgeht. Sie hatte ein Blutgerinnsel in der Lunge und sich einen Infekt eingefangen.«

»Ist es was Ernstes?«, fragt Rebeckas Mutter und drückt auf ihrem iPod herum, um die Musik auszuschalten.

»Ja, sie bekommt schwer Luft. Ich fahre jetzt wieder zu ihr. Wenn du willst, kann ich dich mitnehmen.«

»Du weißt, dass ich Krankenhäuser nicht mag«, sagt ihre Mutter und schüttelt den Kopf.

»Oma würde sich freuen, wenn du kommst.«

»Mal sehen«, antwortet Camilla und deutet mit dem Kopf zur Küche. »Jetzt brauche ich erst mal eine Tasse Kaffee.«

Rebecka starrt sie an.

»Du willst nicht zu ihr, obwohl du weißt, dass es ihr schlechtgeht?«

»Rebecka«, sagt ihre Mutter. »Du weißt, dass es nicht so einfach ist.«

»Doch, es ist sogar sehr einfach. Deine Mutter ist krank. Wenn du nicht ihr zuliebe hinfährst, dann vielleicht wenigstens um meinetwillen?«

»Ach, mein Schatz«, sagt Camilla und streckt die Arme aus, doch Rebecka weicht zurück.

»Du hast dich nie um sie gekümmert, und um mich auch nicht.«

»Das ist nicht wahr.«

»Doch, ist es. Nicht einmal, als ich zu Oma gezogen bin, hat dich das irgendwie gejuckt.«

»Natürlich hat mir das etwas ausgemacht.«

»Warum hast du dann nicht versucht, mich aufzuhalten? Ich weiß, dass wir uns ständig gestritten haben und dass ich wahrscheinlich echt anstrengend war, aber ich war erst sechzehn und hätte es vielleicht gebraucht, dass du mich bei dir behalten willst. Stattdessen hast du mich einfach so gehen lassen.«

Camilla seufzt.

»Du weißt genau, dass ich dagegen war, aber mit dir konnte man einfach nicht reden. Du warst immer so wütend. Ich kam nicht an dich heran, sosehr ich mich auch bemüht habe. Und am Ende dachte ich, es wäre vielleicht besser für dich, wenn du bei Oma wohnst. Dass wir beide eine Auszeit bräuchten.«

»Zumindest brauchtest du eine von mir. So hattest du endlich dein Leben wieder zurück«, schnaubt Rebecka.

»Das stimmt nicht. Ich habe alles für dich getan.«

»Klar«, sagt Rebecka. »Guck dich doch mal um. Gibt es irgendeine Spur von mir in diesem Haus?«

»Ich habe mich um dich gekümmert«, verteidigt sich Camilla. »Wer hat denn jeden Abend für dich gekocht? Dir bei den Hausaufgaben geholfen, Geburtstagsfeiern vorbereitet, Sportbeutel gepackt, dir Gute-Nacht-Geschichten vorgelesen und dich zum Tanzen gefahren?«

»Papa hätte dir helfen können, wenn du dich nicht von ihm getrennt hättest.«

»Es war nicht meine Schuld, dass er ausgezogen ist, er wollte es selbst.«

»Das ist nicht wahr«, sagt Rebecka, den Tränen nahe. »Er brauchte uns. Wenn du nicht …«

»Rebecka, es hätte keine Rolle gespielt. Wenn er bei uns geblieben wäre, wäre er genauso krank geworden.«

Rebecka schlägt die Hände vors Gesicht. Dabei rutscht ihr Ärmel zurück und ihr Verband wird sichtbar. Camilla tritt näher.

»Hast du dich verletzt?«

»Es ist nichts«, schnieft Rebecka.

»Doch, ist es wohl. Hast du dich geschnitten?«

»Es war ein Unfall.«

»Ich mach mir doch nur Sorgen um dich«, sagt Camilla.

»Nicht nötig. Dank Oma geht es mir inzwischen sehr gut«, faucht Rebecka, sieht jedoch ein, wie ungerecht sie ist.

Sie schweigen beide.

»Ich habe es versucht«, setzt Camilla schließlich an.

»Weißt du, wie oft ich nach Björkbacken gekommen bin, um mit dir zu reden? Aber Oma hat mich nicht gelassen. Sie meinte, du bräuchtest erst mal deine Ruhe. Und ich wusste nicht, was ich tun sollte. Ich hatte solche Angst, dass es meine Schuld war, dass du den Halt verloren hattest. Als ich aber merkte, dass auch der Umzug nichts geholfen hatte, dass du dich immer noch selbst verletzt hast … Da konnte ich nicht anders, als dich einzuweisen.«

»Mama …«

»Warte«, unterbricht ihre Mutter sie. »Das hier muss ich dir jetzt sagen. Ich hatte furchtbare Angst um dich. Ich habe überall Hilfe gesucht und mit jedem Arzt gesprochen, den ich finden konnte. Ich wollte einfach nur, dass du gesund wirst, deshalb habe ich mich von dir ferngehalten. Ich wollte dich niemals alleinlassen.«

»Okay. Jedenfalls geht es mir jetzt gut«, sagt Rebecka und senkt den Blick.

»Und das ist wirklich toll. Ich freue mich sehr für dich, aber ich glaube auch, dass es gut wäre, einen langfristigen Plan zu haben. Ich weiß ja, wie du bist, dass du dich immer ganz in eine Sache hineinwirfst und alles gibst, was du hast. Aber es kann nicht gesund sein, so viel zu arbeiten wie du. Im Leben geht es immer auch darum, ein Gleichgewicht zu finden.«

Rebecka weiß nicht, was sie ihr antworten soll. Die Worte bleiben ihr im Halse stecken. Es gibt so vieles, was sie ihrer Mutter sagen möchte, so viele Dinge, über die sie immer noch wütend ist.

»Ich habe ein Gleichgewicht gefunden«, sagt sie schließlich. »Joar unterstützt mich dabei. Tut mir leid, wenn mein Leben in deinen Augen nichts taugt.«

»So habe ich das nicht gemeint«, sagt Camilla. »Ich will einfach nur, dass du auf dich aufpasst.«

»Danke für den Tipp«, sagt Rebecka kurz und geht zur Tür. »Jedenfalls weißt du jetzt, was mit Oma ist.«

Erst als sie im Auto sitzt, kann Rebecka wieder richtig atmen. Sie heftet den Blick auf die Treppe und hofft einen Moment lang, ihre Mutter würde sich doch noch entschließen mitzukommen, doch die Tür bleibt geschlossen.

Zitternd beugt sie sich über das Lenkrad. Warum musste sie all diese Dinge ansprechen? Es führt ja doch zu nichts. Ihre Mutter wird es nie verstehen oder sie um Entschuldigung bitten. Das muss sie endlich akzeptieren. Ihre Augen füllen sich mit Tränen, aber sie wischt sie wütend fort. Warum kann ihre

Mutter nicht einfach mitkommen? Wie kann sie so egoistisch sein? Was, wenn Oma stirbt?

Energisch schiebt sie die Gedanken beiseite. Sie hat keine Zeit dafür, sie muss in die Klinik. Ihre Großmutter braucht sie. Und sie braucht ihre Großmutter.

28

OKTOBER 1943

Frau Klein sitzt in eine Decke gehüllt auf dem Sessel und starrt die Wand an. Ab und zu stößt sie ein Wimmern aus, verzieht das Gesicht und schaukelt vor und zurück, um sich dann wieder der Wand zuzuwenden. Die beiden Kinder, Mette und Klaus, sind zum Glück eingeschlafen, Herr Klein dagegen läuft nervös in der Hütte auf und ab. Ein paarmal hat er versucht sich hinzusetzen, ist aber jedes Mal kurz darauf wieder aufgesprungen.

Anna behält von ihrem Platz am Küchentisch die Uhr fest im Blick. Seit Lucas Aufbruch sind elf Stunden vergangen. Wenn er nicht bald zurückkommt, heißt das nichts Gutes.

Die Atmosphäre in der Hütte ist angespannt, und es ist stickig. Schon zweimal ist Anna nach Hillesgården gelaufen, um etwas zu holen. Beim ersten Mal Handseife und ein Pflaster für Klaus, der sich auf der Überfahrt am Finger verletzt hat, und beim zweiten Mal, um Wasser und weitere Butterbrote zu organisieren. Die Verzweiflung der Familie färbt auf sie ab, und so überlegt Anna, ob sie nicht noch einmal unter dem Vorwand, etwas holen zu müssen, hinausgehen kann.

Frau Klein stößt erneut einen Klagelaut aus, der von tief innen zu kommen scheint und in ein dumpfes Grollen übergeht. Sie schlägt die Hände vors Gesicht und vergräbt die Finger in den Wangen.

Herr Klein eilt zu ihr und nimmt sie in den Arm.

»Ganz ruhig«, flüstert er. »Weck die Kinder nicht auf.«

Frau Klein hebt den Kopf, wirkt aber völlig abwesend. Anna schluckt. Sie kann sich nicht vorstellen, wie es sich anfühlt, fliehen zu müssen. Gezwungen zu sein, alles zu verlassen – sein Zuhause, seine Arbeit, alles, was einem Sicherheit geboten hat. Wie wird das weitere Leben der Familie aussehen? Was haben sie für eine Zukunft? Und wie lange wird sie die Angst vor den Nazis verfolgen und die Erinnerung daran, wie sie ihr jüngstes Kind zurücklassen mussten?

Anna spürt plötzlich einen heftigen Druck auf der Brust. Ihre Kehle schnürt sich zusammen und sie kann kaum atmen. Rasch steht sie auf. Herr Klein wirft ihr einen besorgten Blick zu, und sie bemüht sich um ein Lächeln, obwohl ihre Gesichtsmuskeln wie erstarrt sind.

»Ich gehe raus und versuche, Luca zu finden«, erklärt sie.

Draußen schaut die Sonne hinter den grauen Wolken hervor. Anna atmet die frische Luft tief ein. Dann geht sie zum Meer hinunter, und als sie auf das weite Blau hinausschaut, fühlt sie sich gleich ein bisschen besser. Luca geht es gut, denkt sie. Er muss nur das kleine Mädchen holen, damit es wieder zu seiner Familie kann.

Sie läuft zu dem Steg hinunter, an dem Familie Klein an Land gegangen ist. Vielleicht kann sie irgendwo den Fischer entdecken, der sie gefahren hat, und ihn fragen, ob er weiß, wann Luca zurück ist. Doch der Strand ist menschenleer, und auch Boote sind nirgends zu sehen.

Anna lässt den Blick über die Küste schweifen. Sie könnte ein Stück in südlicher Richtung gehen, fürchtet jedoch, an der

Ziegelei möglicherweise auf John und seine Leute zu treffen. Richtung Norden liegt Sundvik, und noch weiter oben stehen die Aalkaten. Dort liegt der größte Hafen der Gegend, der jedoch vom Militär abgeriegelt worden ist und deshalb kaum ein Ort ist, an dem Luca an Land gehen könnte.

Sie beißt sich auf die Lippe. Luca würde nicht wollen, dass sie nach ihm sucht und damit ein unnötiges Risiko eingeht, aber sie kann nicht einfach nur dasitzen und warten. Was, wenn ihm etwas zugestoßen ist? Wenn er festgenommen wurde? Was soll sie dann tun?

Sie wünschte, es gäbe jemanden, den sie um Hilfe bitten könnte, doch sie kann niemandem vertrauen. Plötzlich fällt ihr etwas ein. Sie fährt mit der Hand in ihren Mantel und tastet nach dem Brief in der Innentasche. Vielleicht sollte sie Brigitte aufsuchen und ihr sagen, wie lange Luca schon fort ist?

Anna seufzt. Geduld ist nicht gerade ihre Stärke. Sie hasst es zu warten und kümmert sich lieber selbst um die Dinge, wenn sie meint, dass es dadurch schneller geht. Doch im Augenblick gibt es nichts, was sie tun kann, das muss sie akzeptieren.

Sie folgt dem Küstenpfad, bis sie den Schornstein der Ziegelei sehen kann, und muss sich eingestehen, dass sie Luca so nicht finden wird. Sie blickt ein letztes Mal aufs Meer, dann dreht sie sich um, um zur Hütte zurückzugehen.

Ihre Gedanken drehen sich pausenlos im Kreis, während sie durch die hügelige Landschaft läuft. Wenn es Luca nicht gelingt, das kleine Mädchen herüberzuschmuggeln, könnte sie es vielleicht holen. Sie könnte behaupten, Leah sei ihre Tochter. Aber würde sie sich das wirklich trauen? Luca scheint völlig unerschrocken, wenn es darum geht, anderen Menschen zu helfen, doch sie ist sich nicht sicher, ob sie selbst ebenso stark ist. Sie hat noch nie etwas Gefährliches getan, sich noch nie in einer kritischen Situation befunden. Vielleicht würde sie es gar nicht schaffen zu lügen und stattdessen zusammenbrechen?

Erst als sie der Hütte schon ganz nah ist, hört sie die Schritte. Sie erstarrt mitten in der Bewegung und bleibt einen Moment reglos stehen. Das Rascheln hinter ihr verstummt, und sie blickt sich um. Könnte ihr jemand gefolgt sein? Doch wer sollte das sein, und warum?

Sie wirft einen Blick auf die Tür und hofft, dass Herr Klein sie nicht öffnen wird. Wenn jemand ihr gefolgt ist, sollte sie vielleicht einfach an der Hütte vorbeigehen, um keine Aufmerksamkeit auf die Familie zu lenken, die sich drinnen versteckt.

Vorsichtig geht Anna weiter und noch weiter. Als plötzlich ein Hase hinter einem Baumstamm hervorspringt und davonrennt, zuckt sie zusammen. Anna fasst sich an die Brust und dreht sich um. Mit scharfem Blick untersucht sie die Bäume, ohne irgendetwas zu entdecken. Vielleicht war es doch nur der Hase.

Erleichtert setzt sie ihren Weg fort und will gerade an die Tür der Hütte klopfen, als sie erneut ein Geräusch vernimmt. Ein leises, kaum wahrnehmbares Knacken. Langsam dreht sie sich um, und als sie John erblickt, bleibt ihr vor Schreck die Luft weg.

John. Er versteckt sich hinter einem Baumstamm und beobachtet sie mit seinem raubtierhaften Blick, doch als er sieht, dass sie ihn entdeckt hat, kommt er hervor.

»Dass ich dich hier draußen treffe«, sagt er mit falschem Grinsen.

Anna starrt ihn an. »Hast du mich verfolgt?«

»Heute war ein besonderer Tag. Viel zu tun für uns, die wir die Ordnung in diesem Land aufrechterhalten wollen. Die ganze Nacht haben irgendwelche Juden versucht, hier an Land zu gehen.«

Sie schüttelt den Kopf. »Davon habe ich nichts mitbekommen.«

»Ach nein?« Er hebt die Augenbrauen. »Was hattest du dann am Strand zu suchen?«

»Das geht dich überhaupt nichts an.«

John starrt sie noch eindringlicher an. »Wo ist denn dein geliebter Judenfreund?«

Anna zuckt die Achseln und bemüht sich um einen neutralen Gesichtsausdruck, obwohl das Herz ihr bis zum Halse klopft. Sie wagt sich nicht auszumalen, was passieren würde, wenn John die Familie in der Hütte entdeckt.

»Wahrscheinlich arbeiten.«

John lacht und tritt näher. »Dann können wir ja da weitermachen, wo wir beim letzten Mal aufgehört haben.«

Sie überlegt, welche Chancen sie hat davonzulaufen. Noch ist John mehrere Meter von ihr entfernt, doch bis Hillesgården ist es weit.

Als hätte er ihre Gedanken erraten, macht er einen Satz und steht plötzlich dicht vor ihr. Anna richtet sich auf, versucht zu verbergen, welche Angst sie vor ihm hat. Sie atmet durch die Nase und starrt ihn wütend an.

»Verschwinde«, sagt sie.

»Warum? Ist da irgendetwas, in der Hütte?«

Als sie nicht antwortet, grinst er breit.

»Ich wusste doch, dass du und dein Zigeuner die Hände mit drin habt.«

Er packt sie am Arm und versucht sie zur Seite zu drängen, doch Anna bleibt stehen.

»Mach Platz.«

»Nein.«

»Ich kümmere mich schon noch um dich, aber erst will ich wissen, was du vor mir versteckst«, faucht John.

Er versetzt ihr einen Stoß, doch Anna kann sich an einem Baumstamm nahe der Haustür abfangen und hält sich fest. John holt aus und verpasst ihr eine schallende Ohrfeige, die sie an derselben Stelle trifft wie beim letzten Mal. Ein heftiger Schmerz durchzuckt ihren Kiefer, Anna schmeckt Blut.

»Willst du noch eine?«, keucht er, legt stattdessen aber die Finger um ihren Hals und drückt zu. Anna lässt den Baum los und zerkratzt ihm die Arme, doch es scheint ihm nichts auszumachen.

John grinst überlegen und packt sie mit der freien Hand unterm Kinn.

»Endlich hältst du mal die Klappe.«

Anna starrt ihn panisch an. Sie bekommt keine Luft mehr und wirft den Kopf von einer Seite auf die andere. Johns Augen sind weit aufgerissen und er keucht erregt.

»Ihr hättet euch nicht mit mir anlegen sollen. Sobald wir den Südländer haben, fahren wir euch über den Sund und übergeben euch der Gestapo. Die interessiert sich bestimmt sehr dafür, was ihr so gemacht habt.«

Johns Gesicht verschwimmt vor ihren Augen, Anna hat das Gefühl, ihre Brust müsse zerspringen. Sie versucht zu atmen, doch er lässt nicht los. Aus dem Augenwinkel nimmt sie eine Bewegung wahr. Sie versucht zu erkennen, was es ist, dann hört sie einen dumpfen Schlag.

Die Finger um ihren Hals lösen sich und sie holt keuchend Luft. John fällt zu Boden, und Anna greift sich an die Brust. Ihr Hals brennt und sie hustet, gleichzeitig versucht sie, ihre Lunge mit Luft zu füllen.

»Alles in Ordnung?«, fragt Herr Klein sie ängstlich.

Sie versucht zu antworten, doch alles, was sie zustande bekommt, ist ein rasselndes Geräusch.

»Atmen Sie«, sagt er und hilft ihr, sich gerade aufzurichten. »Ein und aus.« Sie begegnet seinem Blick und konzentriert sich auf sein Gesicht. »Ein und aus«, wiederholt er.

»Er hat mich verfolgt«, keucht sie heiser. »Ich hätte nicht zum Meer gehen sollen. Ich habe ihn direkt hierhergeführt.«

»Das macht nichts«, sagt Herr Klein und versucht ruhig zu bleiben, obwohl er immer noch sehr erschrocken wirkt. »Wissen Sie, wer er ist?«

Sie nickt. »Kein Freund«, sagt sie, sinkt neben John auf die Knie und sucht mit zwei Fingern nach seinem Puls.

»Lebt er?«

»Ich finde keinen Puls.«

Herr Klein weicht zurück und lässt den Spaten fallen. Schweigend mustert Anna Johns Gesicht. Seine Augen sind geöffnet, doch sein Blick ist leer. Sie hält ihm die Hand vor den Mund, spürt jedoch keinen Atem. Dafür entdeckt sie Blut, das unter seinem Hinterkopf hervorsickert.

Herr Klein verbirgt das Gesicht in den Händen. »Ich wollte ihn nicht töten, aber er hat versucht, Sie umzubringen. Was hätte ich denn tun sollen? Ich werde ins Gefängnis kommen. Wer kümmert sich dann um meine Familie?«

»Sie werden ihn suchen«, stellt Anna fest.

»Es war ein Unfall«, beteuert Herr Klein. »Wir müssen die Polizei rufen.«

»Nein«, sagt Anna. Plötzlich weiß sie genau, was sie tun müssen. »Das geht nicht. Sie wissen nicht, wer das ist. Seine Kameraden werden Ihnen alles kaputtmachen. Und uns auch.« Sie steht auf und nimmt den Spaten. »Wir müssen ihn vergraben.«

Herr Klein starrt sie an. »Wie bitte?«

»Hinter der Hütte gibt es weitere Geräte. Holen Sie sich etwas zum Graben«, sagt sie und nickt zu einem Gebüsch hinüber.

»Ich bin nur ein einfacher Lehrer«, stammelt er, »ich habe so etwas noch nie gemacht.«

»Ich auch nicht, aber zusammen schaffen wir das. Schnell jetzt, bevor die Kinder aufwachen.«

Sein Protest verstummt und er geht mit gesenktem Kopf um die Hausecke. Anna schluckt. Sie kann John nicht ansehen. Jedes Mal, wenn sie sein Gesicht erblickt, dreht sich ihr der Magen um und sie fragt sich, ob es wirklich richtig ist, was sie tun. Doch was haben sie für eine Wahl?

Sie geht zu dem Gebüsch hinüber und stößt den Spaten in die Erde. Der Boden ist erstaunlich weich, es geht schneller, als sie erwartet hat. Bald gesellt sich auch Herr Klein zu ihr, und gemeinsam graben sie schweigend, bis das Loch hüfttief ist.

»Reicht das?«, fragt Herr Klein und wischt sich den Schweiß von der Stirn.

Anna starrt die Leiche an. Ihr wird schlecht. Allein der Gedanke, John zu der Grube schleifen und ihn mit Erde bedecken zu müssen, lässt sie würgen. Doch sie muss sich zusammenreißen.

»Ich glaube, ja«, antwortet sie matt.

Als es dämmert, geht Anna zurück nach Hillesgården, um zu Abend zu essen. Sie hat keinen Appetit, muss unablässig an John denken. Der Anblick seines schlaffen Körpers und seiner starren Augen verfolgt sie. Es war schrecklich, ihn in die Grube wälzen zu müssen. Den dumpfen Aufprall zu hören und dann Erde über ihn zu schaufeln. Doch sie nahm sich zusammen und schluckte die Tränen hinunter, um Herrn Klein nicht noch mehr aufzuregen.

Sobald sie kann, kehrt Anna zur Hütte zurück und spielt mit den Kindern Karten, bis es Schlafenszeit für sie ist. Noch immer verfolgt sie Johns leerer Blick. Sie ist mit dabei gewesen, als ein Mensch getötet wurde. John lebt nicht mehr, er liegt in einem Grab, und seine Familie wird niemals erfahren, was mit ihm passiert ist. Anna lässt sich auf einen Sessel sinken. Herr und Frau Klein haben sich zu den Kindern gelegt und den Vorhang zugezogen, der den Alkoven vom Rest der Hütte abtrennt. Sie selbst ist überzeugt davon, nicht schlafen zu können. Was geschehen ist, lässt ihr keine Ruhe, und sie rutscht unruhig auf dem Sessel hin und her, bis ihr doch die Augen zufallen.

Als es an der Tür klopft, erwacht sie mit einem Ruck. Verwirrt blickt sie auf die Uhr, es ist bereits sieben Uhr morgens. Das muss Luca sein, denkt sie, springt rasch auf und dreht den Schlüssel um. Doch draußen steht kein Luca, sondern eine Frau mittleren Alters mit mürrischem Gesicht, die ein Bündel im Arm hält.

»Anna?«, fragt sie. »Ich Brigitte.«

Anna nickt. Aus dem Inneren der Hütte sind Geräusche zu hören, die Familie ist anscheinend ebenfalls aufgewacht. Frau Klein geht ein paar zögernde Schritte auf sie zu, doch als sie Brigitte sieht, stößt sie einen Schrei aus und stürzt zu ihr.

»Leah«, ruft sie und drückt das Bündel an sich. Herr Klein kommt ebenfalls angelaufen und nimmt Frau und Kind in die Arme.

»Tausend, tausend Dank«, sagen sie wie aus einem Mund.

»Das Kind hat ein Beruhigungsmittel bekommen, damit es auf der Überfahrt nicht weint, aber in ein paar Stunden wird es wieder munter sein«, erklärt Brigitte.

Anna kann gar nicht aufhören zu lächeln. Die Freude in Frau Kleins Gesicht ist überwältigend. Sie wendet sich an die Frau auf der Veranda.

»Und wo ist Luca?«

Brigitte wirft ihr einen langen Blick zu, dann winkt sie sie aus der Hütte.

»Ich habe leider schlechte Nachrichten«, sagt sie.

»Wie bitte? Was ist denn passiert?«

Brigitte schließt die Tür hinter ihnen, damit Familie Klein nicht mithören kann.

»Er war es, der das Fischerboot gefunden hat, in dem Leah herübergekommen ist. Eine andere Familie hatte sich bereiterklärt, sie mitzunehmen, und da noch Platz für weitere Passagiere war, ging er los, um noch andere Flüchtlinge zu holen. Er versprach, bei Einbruch der Dunkelheit wieder zurück zu sein, doch laut der Familie ist er nicht mehr aufgetaucht.«

Anna wankt. Sie hört, was die Frau sagt, kann es aber nicht fassen.

»Bestimmt hat er sich nur irgendwo versteckt.«

Brigitte legt eine Hand auf ihre Schulter. »Sobald ich etwas weiß, melde ich mich bei dir.«

»Können wir nicht die schwedische Polizei um Hilfe bitten?«, fragt Anna mit Tränen in den Augen.

»Da Luca keine offiziellen Papiere hat, ist das schwierig.«

»Aber er ist doch nur wenige Kilometer weit weg. Da müssen wir ihm doch helfen können!«

»Solange wir nicht wissen, was passiert ist, können wir leider nichts tun.«

Brigitte wendet sich zum Gehen, doch Anna hält sie zurück.

»Warte, ich habe noch etwas für Sie.« Sie zieht den verschlossenen Umschlag aus der Manteltasche, den Luca ihr gegeben hat. »Er hat noch Mutter und Schwester hier«, fügt sie hinzu.

»Keine Sorge, ich kümmere mich um sie«, sagt Brigitte und nickt steif. »Ich muss jetzt gehen, aber ich melde mich wieder.«

Als Brigitte fort ist, fällt Anna auf die Knie. Sie kann es einfach nicht fassen. Ihr geliebter Luca! Wo ist er, und was ist ihm zugestoßen? Schreckliche Szenarien spielen sich vor ihrem geistigen Auge ab. Ist er von deutschen Soldaten überwältigt oder von der Gestapo gefangen genommen worden?

Aus der Hütte sind fröhliche Stimmen zu hören. Klaus und

Mette reden auf ihre kleine Schwester ein, die zu wimmern begonnen hat. Anna muss nach Hillesgården zurück, damit Alma nicht merkt, dass sie die ganze Nacht weg gewesen ist. Außerdem braucht die Familie mehr Wasser und Proviant, doch sie kann sich nicht von der Stelle rühren. Sie ist innerlich vollkommen leer, als hätte jemand ihre Brust ausgehöhlt und ein großes Loch zurückgelassen. Ein noch schrecklicherer Gedanke überkommt sie: Was, wenn Luca nicht nur festgenommen worden ist? Was, wenn er nie wieder zu ihr zurückkommt?

Die Angst zerreißt sie fast, es brennt in ihrer Brust. Anna rappelt sich auf und taumelt hinter einen Busch, wo sie sich außer Sichtweite der Familie übergibt. Ihr Magen dreht sich um und sie erbricht gelbe Galle.

Anschließend lässt sie sich erschöpft zu Boden sinken. Ist es vorbei? Wird sie nie wieder mit Luca zusammen sein, nie mehr seine Arme um sich spüren oder seine Stimme hören?

Der Gedanke ist so schrecklich, dass sie sich zusammenkrümmt. Was wird nun aus all ihren Plänen? Ist ihre gemeinsame Zukunft zerstört, alles, wovon sie geträumt haben?

Zu viele Gefühle stürmen auf sie ein. Es ist, als müsse sie zerspringen. Tränen strömen ihr über die Wangen, und sie presst den Rock an ihr Gesicht und schluchzt hinein. Sie hätte jemanden gebraucht, der sie festhält, der gesagt hätte, alles würde gut. Doch es gibt niemanden, der sie trösten kann. Anna ist ganz allein. Sie kann sich niemandem anvertrauen.

29

APRIL 2007

Rebecka sitzt auf dem unbequemen Besucherstuhl und schaut auf die Zeiger ihrer Armbanduhr, die sich kaum fortzubewegen scheinen. Vorsichtig klopft sie auf das Glas. Sind wirklich erst vier Stunden vergangen, seit sie hier ist?

Ihre Großmutter atmet pfeifend. Den ganzen Tag über ist sie immer wieder eingeschlummert, zwischendurch aufgewacht, um etwas zu trinken, und dann wieder eingeschlafen. Eine Krankenschwester kommt herein, um nach ihnen zu schauen. Sie stellt fest, dass Annas CRP-Wert weiter sinkt, was bedeutet, dass das Penicillin, das sie ihr gegeben haben, wirkt. Die Infektion lässt nach, das Fieber ist endlich gesunken.

Rebeckas Erleichterung, dass es ihrer Großmutter bessergeht, ist groß, doch die Angst der vergangenen Stunden hat sie nachhaltig erschüttert, und während sie so am Krankenbett saß, hatte sie reichlich Zeit, über ihr Leben nachzudenken. Das Gefühl, die falsche Wahl getroffen zu haben, wird immer stärker. Sie ist sich nicht mehr sicher, ob sie weiterhin für Henning & Schuster arbeiten möchte. Vielleicht wird es Zeit, etwas Neues auszuprobieren? Gleichzeitig weiß sie, dass Joar enttäuscht sein wird, wenn sie aufgibt. Sie haben via SMS Kontakt gehabt. Rebecka hat versucht ihm zu vermitteln, welche Sorgen sie sich um ihre Großmutter macht, doch Joar scheint es nicht zu verstehen. Sie hätte sich gewünscht, er würde herkommen, um sie zu unterstützen, weiß aber, dass er das niemals tun wird. Joar steckt mitten in einem Prozess, er kann sich für so etwas nicht einfach freinehmen, außerdem ist er noch nie der fürsorgliche Typ gewesen. Als sie sich die Mandeln herausoperieren lassen musste, hat er ihr ein Taxi geschickt, um sie von der Klinik abzuholen, und sie gebeten, sich nach Hause zu bestellen, was sie brauchte, weil er Überstunden machen musste.

Arvid ist anders, und es fühlt sich gut an, zu wissen, dass er da ist, wenn sie Hilfe braucht, und dass er sich um Scarlett kümmert. Gleichzeitig hat sie ein schlechtes Gewissen, weil sie sich so auf ihn verlässt. Sie möchte Arvid keinen falschen Eindruck vermitteln, dennoch fällt es ihr schwer, nicht immerzu an ihn zu denken. Man kann sich so gut mit ihm unterhalten, sie fühlt sich in seiner Gesellschaft wohl. Und obgleich sie es nicht gewöhnt ist, dass Menschen so offen mit ihren Gefühlen umgehen, hat sie festgestellt, dass es ihr gefällt. Arvid hat etwas Ehrliches, Ungekünsteltes, er ist nicht so kontrolliert und selbstdiszipliniert wie ihr Verlobter. Ihre und Joars Beziehung läuft, wenn sie ehrlich ist, schon seit Monaten nicht mehr gut. Dennoch sind sie verlobt und immerhin schon seit sieben Jahren ein Paar. Das kann man auch nicht einfach so wegwerfen, oder?

Rebecka denkt an ihre schwierige Teenager-Zeit zurück, als ein Psychologe ihr sagte, sie gebe zu schnell auf. Sie will nicht zu denjenigen gehören, die weglaufen, sobald es anstrengend wird. Sie hat sich verändert, und sie braucht Joar. Was auch immer sie also für Arvid empfindet, sie muss es unterdrücken.

Die Wolken draußen hängen immer noch tief, und Rebecka

muss an das undichte Dach denken. Wie repariert man so etwas? Muss das ganze Dach neu gedeckt werden? Das kann ihre Großmutter sich gar nicht leisten, und wenn sie versucht, ihr unter die Arme zu greifen, regt Joar sich bestimmt nur darüber auf.

Als die Großmutter die Augen öffnet und sie endlich klar und fokussiert anschaut, richtet Rebecka sich auf.

»Hallo«, sagt sie vorsichtig. »Wie geht es dir?«

»Ich habe Durst«, antwortet ihre Großmutter.

Rebecka hält ihr ein Glas mit Strohhalm hin, aber ihre Großmutter gibt ihr Zeichen, dass sie sich aufsetzen will. Dann greift sie nach dem Glas und hält es selbst. Sie schafft es sogar, es auszutrinken.

»Möchtest du mehr?«, fragt Rebecka. Großmutter nickt.

»Aber vielleicht lieber etwas mit Zucker drin, Saft oder so.«

»Gerne. Ich wollte sowieso gerade etwas zu essen holen. Hast du sonst noch einen Wunsch?«

»Ein Joghurt wäre schön«, sagt ihre Großmutter heiser.

»Den hole ich dir. Die Schwestern sagen, es wäre gut, wenn du etwas zu dir nimmst.« Rebecka lächelt. Dass ihre Oma Appetit hat, ist bestimmt ein gutes Zeichen.

Sie eilt in die Cafeteria, um das Gewünschte zu holen, und als sie zurückkommt, stellt sie fest, dass ihre Großmutter nicht allein ist. Jemand beugt sich über ihr Bett, und es dauert einen Moment, bis sie begreift, wer es ist.

Ihr Herz schlägt schneller. Rebecka zieht sich zurück und stellt sich mit dem Rücken zur Wand. Sie wagt kaum, ihren Augen zu trauen. Ihre Mutter ist gekommen. Noch einmal schaut sie zu ihnen hinein. Sie kann sich nicht erinnern, wann sie

Mutter und Großmutter zuletzt in ein und demselben Zimmer gesehen hat.

Der Besuch dauert etwa fünf Minuten, und das Gespräch zwischen ihnen ist leise und stockend, doch beide scheinen bewegt von dem Treffen, und bevor Camilla geht, verspricht sie Anna, sie bald wieder zu besuchen. Als sie Rebecka im Flur entdeckt, bleibt sie stehen.

»Hallo, mein Schatz.«

»Hallo.«

Für einen Augenblick ist es still. Rebecka blickt auf den Joghurt hinunter, die eingeschweißten Muffins und das Saftglas, die sie auf einem Tablett balanciert.

»Du hast recht, Rebecka«, sagt ihre Mutter schließlich »Ich bin schlecht darin, Fehler einzugestehen, und natürlich habe ich in deiner Kindheit vieles falsch gemacht. Ich will versuchen, das wiedergutzumachen.«

Rebecka schluckt. Sie weiß nicht, was sie antworten soll.

»Ich möchte nicht, dass wir im Streit miteinander liegen«, fährt ihre Mutter fort. An ihrem Hals haben sich rote Flecken gebildet und sie sieht sie bittend an. »Wenn du dich dazu bereit fühlst, komm doch noch mal zu Hause vorbei, damit wir reden können.«

»Okay«, sagt Rebecka. Ihre Mutter lächelt.

Rebecka starrt ihr hinterher, bis sie um die Ecke verschwunden ist. Dann geht sie zu ihrer Großmutter hinein, die schon viel besser aussieht. Sie hat wieder Farbe im Gesicht und streckt die Hand nach dem Saft aus.

»Danke«, murmelt sie und trinkt gierig. »Ich habe solchen Hunger. Weißt du, wann es Essen gibt?«

»Ich habe dir Joghurt und Muffins mitgebracht, aber ich kann noch mal gehen und dir etwas Nahrhafteres holen, wenn du möchtest.«

»Wir können erst mal mit dem hier anfangen«, sagt die Großmutter und zieht den Plastikdeckel vom Joghurtbecher.

Rebecka setzt sich neben ihr auf den Stuhl und zupft einen Krümel von ihrem Pullover.

»Ich habe gesehen, dass Mama hier war«, sagt sie leichthin.

»Ja.«

»Ging es gut?«

Ihre Großmutter legt den Löffel hin und sieht sie an.

»Ich weiß, dass du das nicht hören willst, aber ich werde nicht immer da sein, und ich möchte nicht, dass ihr so ein angespanntes Verhältnis habt, wenn ich tot bin.«

»Wenn es so wäre, wäre es nicht deine Schuld.«

»Doch, das wäre es. Ich weiß, dass du und deine Mutter eure eigenen Konflikte habt, und es ist an dir, herauszufinden, was du verzeihen kannst und was nicht. Aber ich möchte, dass du nicht um meinetwillen an deiner Wut festhältst. Das Leben ist für niemanden einfach, und auch Camilla hatte es in ihrer Kindheit nicht leicht.«

»Wie meinst du das?«

»Ich war ihr keine gute Mutter«, sagt die Großmutter beschämt. »Als sie zur Welt kam, war ich gerade einmal neunzehn und viel zu jung und unsicher, um mich gut um ein Kind zu kümmern. Ich dachte, das Wichtigste wäre meine Ehe, und tat alles, damit sie funktionierte. Ich hatte solche Angst, dass...«

Sie verstummt und senkt den Blick.

»Wovor hattest du Angst?«

»Es gibt Dinge, die ich nie erzählt habe«, sagt Anna.

»Was denn?«, fragt Rebecka und rückt auf dem Stuhl näher an sie heran.

Ihre Großmutter seufzt und schüttelt den Kopf. »Es ist nicht so leicht, darüber zu reden.«

Rebecka fingert an der Bettdecke herum und überlegt, ob sie zugeben soll, dass sie in ihrem Tagebuch gelesen hat.

»Hat es etwas mit dem Foto zu tun?«, fragt sie vorsichtig.

Die Großmutter lächelt schwach, doch ihre Augen blicken weiter ernst.

»Ich dachte, es wäre das Beste für alle, wenn es ein Geheimnis bliebe«, murmelt sie. »Meine Mutter bestand damals darauf. Sie meinte, ich würde alles kaputtmachen, wenn ich etwas darüber sagte. Später habe ich begriffen, dass sie unrecht hatte. Heimlichkeiten verletzen die Menschen noch viel mehr. Dennoch saß der Gedanke tief, dass ich etwas Falsches getan hatte und alles tun musste, um es zu verbergen.«

Rebecka kramt das Foto aus ihrer Handtasche und reicht es ihr. Die Großmutter betrachtete es lange.

»Luca«, sagt sie dann mit zärtlicher Stimme. »Wir haben uns durch einen Zufall kennengelernt, und ich hatte ihn wahnsinnig gern. Er war ein feiner Mensch. Wenn ich mit ihm zusammen war, fühlte ich mich frei. Er hat mich als die gesehen, die ich war, und nahm mich auf eine Weise ernst, wie es nie zuvor jemand getan hatte. Wir waren verliebt und wollten zusammen weglaufen – nach Stockholm ziehen und all die Dinge tun, die wir hier nicht tun konnten. Ich wollte eine Ausbildung zur Krankenschwester machen, und er wollte Journalist werden.«

»Was ist dazwischengekommen?«

»Es war Krieg. Obwohl Schweden offiziell neutral war, wurden wir dennoch hineingezogen. Auf der anderen Seite des Öresunds hatten die Nazis Dänemark besetzt, und Luca engagierte sich für die Widerstandsbewegung. Er wollte diejenigen unterstützen, die gegen die Deutschen kämpften. Es war wirklich eine schwere Zeit, viele mussten Dinge tun, die man sich heute kaum vorstellen kann.«

»Du Arme«, sagt Rebecka. »Ich wusste nicht, dass du den Krieg so aus der Nähe erlebt hast.«

»Ich habe nie jemandem davon erzählt«, sagt ihre Großmutter leise. »Im Herbst 1943 floh eine große Zahl dänischer Juden über den Öresund, und Luca half ihnen dabei. Er fuhr in einem Fischerboot mit, um die Flüchtlinge hierherzuschmuggeln, und beim ersten Mal ging es auch gut. Dann fuhr er noch einmal zurück, um noch eine weitere Person zu holen. Seitdem hat ihn niemand mehr gesehen. Er verschwand einfach, und ich habe nie erfahren, warum.« Sie schweigt und schaut aus dem Fenster. »Es war schlimm«, sagt sie schließlich. »Ich tat alles, was in meiner Macht stand, um ihn wiederzufinden, doch er blieb verschwunden. Meine Mutter versuchte mir einzureden, er habe sich freiwillig abgesetzt, aber ich bin sicher, dass er umgekommen ist. Luca hätte mich nie einfach so im Stich gelassen.«

Eine einzelne Träne rollt über ihre Wange.

Rebecka reicht ihr ein Taschentuch.

»Es war damals so ein Durcheinander«, fährt ihre Großmutter fort. »Schweden hatte gerade das Transitabkommen mit Deutschland aufgekündigt, und viele befürchteten, dass sie uns deshalb angreifen würden. Die meisten fanden es selbstverständlich, dass wir den dänischen Juden halfen, doch auch bei uns gab es Nazis sowie Spione, das Misstrauen unter den Leuten war groß. Man musste einfach tun, was verlangt wurde, um zu überleben.«

»Das klingt heftig.«

»Das war es. Und ich war völlig verzweifelt, als Luca mich alleine zurückließ, neunzehn Jahre alt und schwanger.«

Rebecka erstarrt. »Was?«, ruft sie aus. »Du meinst, Luca ist mein Großvater?«

Ihre Großmutter seufzt. »Ja«, flüstert sie schließlich.

»Und dein Mann Axel?«, fragt Rebecka.

»Er wusste es nicht. Unsere Familien kannten sich von früher, und Axel hatte verlauten lassen, dass er sich für mich interessierte. Als meine Mutter begriff, wie die Dinge lagen, organisierte sie eine schnelle Hochzeit. Ich war völlig verstört von allem, was passiert war, und hatte das Gefühl, ich hätte keine andere Wahl.« Sie ringt die Hände. »Wir heirateten weniger als zwei Monate nach Lucas Verschwinden, und am Anfang sah es auch danach aus, als würde es funktionieren. Ich tat alles, um Axel glauben zu machen, deine Mutter wäre sein Kind. Ich hatte Todesangst davor, was passieren würde, wenn er dahinterkäme. Als Camilla ein paar Monate alt war, rechnete er es sich aber dann doch aus. Ich weiß nicht, wie genau er darauf kam. Die Leute redeten, und vielleicht hat es ihm jemand gesagt. Hätten wir zusammen weitere Kinder bekommen, hätte es vermutlich keine große Rolle gespielt, aber Camilla wurde zu einem ständigen Mahnmal, was in unserer Ehe verkehrt lief. Als er ein paar Jahre später einen Brief von Luca fand, den ich aufbewahrt hatte, wurde er furchtbar wütend. Er verbrannte ihn vor meinen Augen, und ich musste ihm versprechen, niemandem von Luca zu erzählen. Seine Firma, Runströms Elektriska, hatte gerade eine Großbestellung aus den USA bekommen, und dieser Erfolg führte zu einem großen Medieninteresse. Er hatte zu Recht das Gefühl, von mir hintergangen worden zu sein, und wollte nicht auch noch öffentlich bloßgestellt werden. Deshalb schloss ich alle Erinnerungen, die ich noch an Luca hatte, ein. Obwohl es nur so wenig war, war es für mich unglaublich wertvoll.«

»Was ist mit Mama? Hast du es ihr nie erzählt?«

Die Großmutter senkt den Blick. »Ich wollte es ihr so oft sagen.« Sie schüttelt den Kopf. »Doch die Angst vor Axel und meine Schuldgefühle waren zu groß. Als ich endlich meinen Mut zusammennahm und ihr die Wahrheit sagte, war es zu spät. Camilla war erwachsen und fand es zu anstrengend, sich damit auseinanderzusetzen. Sie wollte nichts davon wissen.«

Rebecka nimmt die Hand ihrer Großmutter und drückt sie. Das also ist das große Geheimnis, denkt sie.

Das Bekenntnis ihrer Oma macht sie neugierig, gleichzeitig fühlt sie sich schlecht. Sie will einerseits unbedingt mehr erfahren, andererseits stellt sie sich vor, wie es für ihre Mutter war, nicht zu wissen, wer ihr richtiger Vater war.

»Deshalb habe ich mich so gefreut, als du zur Welt kamst«, fährt ihre Großmutter fort. »Ich bekam eine neue Chance, eine Möglichkeit, es wiedergutzumachen.«

Sie lächelt, dann sinkt sie in sich zusammen, als hätte das Geständnis sie die letzten Kräfte gekostet.

Rebecka mustert sie stumm, wie sie mit leerem Blick dasitzt. Ihr Gesicht ist tränennass, und die Hände auf ihrem Schoß zittern.

»Es ist meine Schuld, dass deine Mutter und ich ein so schlechtes Verhältnis haben«, sagt Anna nach einer langen Pause. »Sie hat alles Recht der Welt, wütend auf mich zu sein. Ich hätte sie niemals belügen und Axel unter diesen falschen Voraussetzungen in eine Ehe locken dürfen. Ich hätte mich darauf konzentrieren sollen, eine gute Mutter zu sein.«

Rebecka wechselt auf die Bettkante hinüber und legt einen Arm um ihre Großmutter. So sitzen sie eine Weile, ohne etwas zu sagen. Rebecka versucht zu verdauen, was sie gerade gehört hat, dass der junge Italiener auf dem Foto ihr Großvater ist und dass ihre Mutter, genau wie sie selbst, keine leichte Kindheit gehabt hat.

»Das meinst du also damit, wenn du sagst, dass Mama es als Kind nicht leicht hatte?«, fragt sie.

»Ja. Unsere Ehe war vergiftet. Axel war kein schlechter Mensch, aber wir waren schlecht füreinander. Und er interessierte sich nicht sonderlich für Camilla. Es war, als lebten wir parallele Leben. Wir wohnten im selben Haus, redeten aber kaum miteinander. Lange betrachtete ich es als meine Strafe. Als junges, unverheiratetes Mädchen schwanger zu werden war damals ein großer Makel. Meine Mutter schlug sogar vor, ich solle wegfahren, das Kind in einem Heim für gefallene Mädchen zur Welt bringen und zur Adoption freigeben. Doch das brachte ich nicht übers Herz. Camilla war das Einzige, was mir von Luca geblieben war, und ich dachte, wenn ich Axel dazu bringen könnte, sie zu akzeptieren, und wir nach außen als glückliche Familie auftreten könnten, würde schon alles gutgehen. Erst als sie ausgezogen war, habe ich aufgehört, darüber nachzudenken, was die Leute sagen könnten, und wagte, aus meinem Leben auszubrechen. Ich erzählte Camilla von Luca, reichte die Scheidung ein, nahm meinen Mädchennamen wieder an und kaufte von meinem Ersparten Björkbacken. Das Häuschen wurde zu meinem Zufluchtsort.«

»Haben du und Mama deshalb nichts bekommen, als Großvater starb?«

»Wahrscheinlich. Axel wollte, dass das, was er mit Runströms Elektriska verdient hatte, in der Familie blieb. Selbst unser Haus in Helsingborg überschrieb er vor dem Tod seinem Bruder.« Sie streichelt Rebecka die Wange. »Es tut mir leid, dass ich dir das alles so ohne jede Vorwarnung erzähle. Es ist bestimmt nicht leicht zu verkraften.«

Rebecka nickt beruhigend. Sie hat immer gespürt, dass etwas mit ihrer Familie nicht stimmt, und irgendwie ist es erleichternd, dass sie jetzt endlich weiß, was es ist.

Die dicke Wolkendecke draußen ist aufgerissen, Sonnenstrahlen dringen durch den Nebel. In den letzten vierundzwanzig Stunden ist so viel passiert, dass sie sich ganz schwindlig fühlt. Sie lehnt sich neben ihrer Großmutter im Krankenbett zurück und denkt an ihre Mutter. Immer hat sie gespürt, dass es einen Abstand zwischen ihr und der Großmutter gab, und aus irgendeinem Grund hat sie immer gedacht, dass es an ihr selbst läge. Sie hat gedacht, sie hätten sich entzweit, als sie bei ihrer Mutter auszog, um nach Björkbacken zu ziehen. Jetzt weiß sie, dass das nicht stimmt. Die Unstimmigkeiten zwischen ihrer Mutter und ihrer Großmutter haben nichts mit ihr zu tun, und diese Erkenntnis ist so überwältigend, dass es ihr beinahe den Atem nimmt.

30

In Björkbacken ist Rebecka kaum ausgestiegen, als ihr Handy klingelt. Unbekannte Rufnummer, sie meldet sich reserviert: »Ja? Rebecka hier.«

»Hallo Rebecka, mein Name ist Marta Singer, Carl Persson hat mir Ihre Handynummer gegeben.«

Es dauert einen Moment, bis Rebecka den Namen zuordnen kann, dann fällt es ihr wieder ein. Der Lokalhistoriker, mit dem sie Mailkontakt hatte.

»Ach, hallo.«

»Ich hoffe, ich störe nicht, aber soweit ich das verstanden habe, war Ihre Großmutter eng mit Luca Cavalli befreundet. Ich habe einiges an Informationen über ihn.«

»Okay«, sagt Rebecka. Ihr Blick bleibt am Dach des Hauses hängen. Jemand hat eine Plane über die undichte Stelle gespannt.

»Ich würde es Ihnen gerne bei einem persönlichen Treffen erzählen. Hätten Sie heute Zeit?«, fragt Marta. »Ich kann zu Ihnen kommen. Sie wohnen doch in Björkbacken?«

»Ja, genau«, sagt Rebecka und schließt die Haustür auf.

»Prima, dann komme ich gleich vorbei.«

»Okay.«

Rebecka legt auf und blickt sich verwundert um. Jemand hat alle Zeitungen weggeräumt und den fleckigen Plastikbodenbelag im Flur entfernt. Stattdessen ist dort jetzt derselbe Dielenboden wie im Rest des Hauses. In einer Ecke steht ein großer weißer Apparat und brummt, und in einer anderen steht ein Eimer Farbe.

Sie geht weiter in die Küche, wo Scarlett auf einem der Stühle zusammengerollt schläft. Auf dem Tisch liegt ein Zettel. Arvid schreibt, er habe sich das Dach angesehen und könne die undichte Stelle flicken, sobald das Holz getrocknet sei. Sie solle deshalb den Luftentfeuchter eingeschaltet lassen.

Rebecka setzt Kaffee auf und will sich gerade umziehen, als es an der Tür klopft. Durchs Fenster sieht sie eine Frau mit schwarzen Locken und farbenfrohen Kleidern. Ist das etwa schon Marta?

Sie öffnet ihr die Tür, und die Frau lächelt strahlend.

»Rebecka«, ruft sie aus, als wären sie alte Freundinnen, die sich lange nicht gesehen haben.

»Marta?«

Die Frau nickt. »Darf ich reinkommen?«

Rebecka führt sie in die Küche und stellt Kaffeetassen und einen Teller mit Keksen auf den Tisch.

»Was für ein gemütliches Häuschen! Da haben Sie es aber wirklich gut getroffen.«

»Ich wohne eigentlich gar nicht hier«, erklärt Rebecka. »Es gehört meiner Oma, ich passe nur darauf auf, solange sie im Krankenhaus liegt.«

»Oh, hoffentlich ist es nichts Ernstes!«

»Inzwischen geht es ihr schon besser«, sagt Rebecka und schenkt Kaffee ein. »Und Sie haben Informationen über Luca, wenn ich das richtig verstanden habe?«

Marta öffnet ihren Rucksack und zieht eine Mappe heraus, die so dick ist, dass die Gummibänder an den Ecken straff gespannt sind.

»Und ob«, sagt sie fröhlich. »Ich weiß nicht, wie viel Sie über seine Aktionen wissen, aber Luca hat während des Kriegs einen großartigen Einsatz geleistet.«

»Ja, ich habe gehört, er hat einer Familie bei der Flucht über den Öresund geholfen.«

»Nicht nur einer Familie«, sagt Marta, öffnet ihre Mappe und reicht ihr eine Namenliste. »Er hat siebenundfünfzig Menschen gerettet, und einer davon war mein Großvater, Immanuel Singer.«

»Wow, das ist ja unglaublich.« Rebecka schaut sich die Liste an.

»Ja, das ist es. Mein Großvater hat mir erzählt, wie gefährlich die Flucht damals war. Jeder, der dabei half, riskierte sein Leben, und viele wurden festgenommen oder kamen um.« Marta schüttelt den Kopf. »Die Familie meines Großvaters hatte ein Boot gefunden, das sie nach Schweden bringen sollte, doch als sie zum vereinbarten Treffpunkt kamen, war dort niemand. Die Deutschen patrouillierten überall, und sie mussten sich in einer Fischerkate verstecken. Dank Luca fanden sie jedoch einen anderen Bootsbesitzer, der bereit war, sie nach Råå hinüberzufahren. Mein Großvater war allen, die dabei geholfen hatten, unglaublich dankbar und kämpfte darum, dass diese Heldentaten auch bekannt wurden.«

»Wissen Sie, was anschließend mit Luca geschah?«, fragt Rebecka gespannt. »Meine Oma hat gesagt, dass er einfach verschwand.«

Marta blättert in dem dicken Papierstapel, bis sie ein Dokument findet, das sie Rebecka hinüberschiebt.

»Ich habe allerhand Nachforschungen betrieben. In derselben Nacht, in der mein Großvater geflohen ist, wurde Luca mit anderen Widerstandskämpfern zusammen gefangen genommen und nach Theresienstadt gebracht.«

»Theresienstadt? Das war doch eins der Konzentrationslager«, ruft Rebecka aus. »Könnte er es überlebt haben?«

Marta schenkt ihr einen mitleidigen Blick. »Im April 1945, kurz vor der Befreiung des Lagers, wurden vierhundert dänische Gefangene zum Roten Kreuz gebracht. Einer der Männer berichtete leider, dass Luca hingerichtet worden war.«

Rebecka überfliegt die schriftliche Aussage. Sie ist selbst überrascht, wie sehr sie Lucas Schicksal mitnimmt. Dabei wusste sie bis vor wenigen Stunden nicht einmal, dass sie mit ihm verwandt ist.

»Sie sagen, er und Ihre Großmutter waren Freunde. Wissen Sie, wie sie sich kennenlernten?«, fragt Marta.

»Ja, ich glaube, es war Zufall. Sie wohnten in derselben Gegend«, sagt Rebecka. »Und sie waren mehr als nur Freunde. Luca ist mein Großvater.«

Marta reißt die Augen auf.

»Wirklich? Ach, es tut mir so leid, dass ich mit solch traurigen Nachrichten komme. Ich wusste nicht, dass er überhaupt Kinder hatte.«

»Es war nie offiziell.«

»Mein Beileid«, sagt Marta. »Und auch wenn es nichts daran ändert, was geschehen ist, möchte ich, dass Sie wissen, wie dankbar meine Familie Ihrem Großvater ist. Es gibt einige Menschen, die Sie und Ihre Großmutter gerne kennenlernen und vielleicht auch eine Gedenkveranstaltung für ihn organisieren möchten.«

»Oh, ich weiß nicht, ob sie dafür fit genug ist.«

»Aber Sie können sie doch mal fragen?«, bittet Marta. Dann zieht sie weitere Dokumente aus ihrer Mappe. »Ich lasse Ihnen ein paar Kopien hier, die können Sie Ihrer Großmutter zeigen.«

Rebecka nickt. Sie ist aufgewühlt und gleichzeitig wie betäubt von den vielen neuen Informationen, die auf sie einstürzen. Der junge Mann auf dem Foto ist also ihr Großvater – und er hat all diese Menschen vor dem Tod gerettet. Das muss sie erst mal verarbeiten.

Als es einige Zeit später erneut an der Tür klopft, seufzt sie. Sie hat es weder geschafft, zu duschen noch sich nach dem Krankenbesuch umzuziehen. Rasch fährt sie sich mit der Hand durchs Haar.

»Hallo«, sagt Arvid. »Wie geht es deiner Oma?«

»Inzwischen wieder etwas besser.«

»Das ist schön. Ich kann weiter auf Scarlett aufpassen, wenn du willst.«

»Gerne, das würde mir sehr helfen.« Rebecka zeigt auf den Boden. »Und danke auch, dass du dich um den Feuchtigkeitsschaden gekümmert hast. Wegen des Dachs brauchst du aber nichts zu unternehmen, ich rufe nachher noch einen Dachdecker an.«

»Ich mache das gerne.«

»Ist aber wirklich nicht nötig.«

»Aber ich möchte dir als Großstadtmensch beweisen, dass wir Landwirte nicht so schlechte Nachbarn sind, wie es auf den ersten Blick vielleicht aussieht.«

»Danke. Möchtest du eine Tasse Kaffee?«

»Ja, gerne.«

Arvid setzt sich an den Küchentisch, und Rebecka schenkt ihnen beiden ein, dann lässt sie sich ihm gegenüber auf den Stuhl fallen.

»Wie geht es dir?«, fragt er.

»Okay.«

»Sicher?«

»Ja. Ich mache mir nur solche Sorgen um meine Oma. Sie war recht munter, als ich gefahren bin, aber man weiß ja nie. Wahrscheinlich ist es albern von mir, aber ich kann nichts dagegen tun.«

»Das ist doch normal. Was sagen denn die Ärzte?«

»Bist du sicher, dass du dir das anhören willst?«

»Klar. Ich glaube, es ist wichtig, dass man über Dinge, die einem Sorgen machen, reden kann.«

Rebecka lächelt. Arvid ist so gut zu ihr. Wenn sie mit ihm zusammen ist, fühlt sich alles viel weniger schlimm an.

Kurze Zeit später hat Arvid eine Beschreibung des Krankheitsbilds ihrer Oma bekommen, und Rebecka fühlt sich ruhiger. Eine Weile bleiben sie noch am Tisch, sitzen in entspanntem Schweigen, bis Rebeckas Blick auf die Uhr fällt.

»Ich muss leider wieder zurück ins Krankenhaus. Aber danke für die nette Plauderstunde.«

»Ich habe zu danken.«

Sie begleitet Arvid in den Flur, ist diesmal aber darauf bedacht, Abstand zu halten. Sobald er gegangen ist, zieht Rebecka sich aus und stellt sich unter die Dusche. Sie lässt das warme Wasser über ihren Körper rinnen und denkt an Arvid. Eigentlich hatte sie ja beschlossen, ihm keine falschen Signale mehr zu senden, doch es hat sich so angenehm angefühlt, mit ihm zu reden. Wir können ja auch einfach Freunde sein, versucht sie sich einzureden. Dann muss sie wieder an Martas Besuch denken. Was wird ihre Großmutter wohl sagen, wenn sie ihr erzählt, was sie über Luca erfahren hat? Sicherlich hat sie sich schon gedacht, dass er nicht mehr am Leben ist, aber vielleicht hilft ihr die Gewissheit doch, endlich damit abzuschließen. Rebecka wünscht es ihr sehr. Es muss wahnsinnig anstrengend gewesen sein, mit der Ungewissheit zu leben und nie eine richtige Antwort darauf zu bekommen, was wirklich mit ihm geschehen ist.

Rebecka reibt sich die Hände mit Seife ein, bis dicker weißer Schaum entsteht, der samtweich über die Narben an den Innenseiten ihrer Arme rinnt. Das Ganze ist wirklich so traurig. Bilder von Stacheldrahtzäunen und bis auf das Skelett abgemagerten Menschen in gestreifter Sträflingskleidung flimmern vor ihrem geistigen Auge vorbei. Sie verdrängt sie schnell. Sie wagt sich kaum auszudenken, wie es für Luca gewesen sein muss, an so einem Ort zu sein. Laut den Zeugenaussagen, auf die Marta sich bezogen hat, wurde er nur wenige Monate vor der Befreiung des Lagers hingerichtet. Er war dabei erwischt worden, wie er Essen zu einem kranken Mitgefangenen hineinschmuggelte, der in derselben Baracke untergebracht war wie er.

Sie überlegt, was wohl geschehen wäre, wenn Luca nicht festgenommen worden wäre. Wusste er überhaupt, dass er Vater werden würde? Vielleicht wäre er das große Risiko dann gar nicht eingegangen. Und was, wenn Luca aus Dänemark zurückgekehrt wäre? Hätte ihre Großmutter es dann leichter gehabt? Was für ein Mensch wäre Camilla geworden, wenn sie in einer liebevollen Familie aufgewachsen wäre? Jetzt, da sie weiß, was ihre Großmutter vor ihr geheim gehalten hat, versteht Rebecka besser, warum ihre Mutter ein so distanziertes Verhältnis zu ihr hat. Umso dankbarer ist sie ihr, dass sie dennoch ins Krankenhaus gekommen ist.

Sie überlegt sich, dass es schön wäre, ihrer Mutter erzählen zu können, was sie inzwischen über Luca weiß. Seit ihre Eltern sich getrennt haben und ihr Vater starb, hat sie sich danach gesehnt, endlich wieder heil zu werden. Vielleicht ist die gemeinsame Geschichte etwas, das sie einander wieder näherbringen kann.

31

»Also«, sagt Rebecka, als die Krankenschwester endlich hinausgegangen ist und sie alleine sind. »Ich muss dir etwas erzählen.«

»Ist Scarlett etwas passiert?«, fragt ihre Großmutter.

»Nein, um sie brauchst du dir keine Sorgen zu machen.«

»Okay.«

Rebecka räuspert sich. Wie wird ihre Oma reagieren, wenn sie erfährt, dass sie sich über Lucas Geschichte kundig gemacht hat?

»Ich habe einen Lokalhistoriker angeschrieben und gefragt, ob er etwas über Luca weiß.«

»Und?«, fragt die Großmutter gespannt.

»Er selbst konnte mir leider nicht helfen, aber er hat die Frage weitergeleitet, und vor einer Stunde war eine Frau namens Marta Singer bei mir. Sie hat Forschungen über die Fluchtwege über den Öresund angestellt und kannte Luca dem Namen nach. Einer der Dänen, denen er geholfen hat, war ihr Großvater, Immanuel Singer.«

Großmutter wird blass. »Wusste sie, was mit ihm geschehen ist?«

»Luca wurde noch in derselben Nacht verhaftet und nach Theresienstadt gebracht. Dort starb er anderthalb Jahre später.«

Die Großmutter schlägt sich die Hand vor den Mund.

»Wie schrecklich«, stammelt sie.

»Es tut mir so leid«, sagt Rebecka. »Und ich hoffe, du bist mir nicht böse, dass ich Nachforschungen angestellt habe, ohne dich vorher um Erlaubnis zu fragen.«

»Es ist nur der Schock«, antwortet die Großmutter und schüttelt den Kopf. »Woher weiß man, was mit ihm passiert ist?«

»Als das Lager 1945 befreit wurde, erzählte einer der Gefangenen dem Roten Kreuz, dass Luca nicht mehr am Leben war. Ich habe die Aussage des Mannes, wenn du sie lesen willst.«

Sie reicht ihr das Dokument. Ihre Großmutter setzt sich die Brille auf und überfliegt es. Dann schließt sie die Augen und lehnt sich ins Kissen zurück. Ihre Trauer ist offensichtlich.

»Ich habe nicht mehr damit gerechnet, je zu erfahren, was passiert ist«, sagt sie nach einer Weile. »Theresienstadt – wie furchtbar. Und ich habe mich so oft gefragt, ob er vielleicht doch noch irgendwo ist, ob meine Mutter doch recht hatte, als sie meinte, er habe sich einfach abgesetzt. Tief in meinem Innern wusste ich, dass es nicht so war, Luca hätte mich nie verlassen, dennoch hoffte ich es manchmal beinahe. Ich hatte den Traum, dass er eines Tages einfach auftauchen würde und deine Mutter die Chance bekäme, ihn kennenzulernen. Ich habe sogar Kontakt zur schwedischen Polizei aufgenommen, um herauszufinden, ob sie wussten, was auf der anderen Seite des Öresunds geschehen war. Ich dachte, er säße vielleicht in einem dänischen Gefängnis fest, doch es war wirklich eine verfahrene Situation. Es gab keine Möglichkeit, nach ihm zu suchen. Die Polizei war gezwungen, die Tausenden von Flüchtlingen zu registrieren, die nach Schonen kamen, es war ein völliges Durcheinander. In diesen Wochen passierte so vieles, womit ich nicht umgehen konnte. Ich war ganz allein mit meiner Angst. Es gab niemanden, mit dem ich darüber reden konnte, und meine Mutter sagte, wenn ich wollte, dass mein Kind eine Zukunft hätte, müsste ich Luca vergessen. Doch das konnte ich nicht.«

Rebecka rückt näher. »Es tut mir so leid.«

»Einmal, als deine Mutter etwa fünf war, machten wir einen Ausflug nach Kopenhagen und ich dachte, ich hätte ihn gesehen. Es war nur ein Gesicht in der Menschenmenge, doch für einen Moment war ich überzeugt, dass es Luca war. Ich zog deine Mutter mehrere Häuserblöcke weit hinter mir her, bis mir klarwurde, wie verrückt das war. Ein paar Jahre später habe ich versucht, Lucas Mutter und Schwester zu finden. Sie hatten in einer Hütte ganz in der Nähe von Hillesgården gewohnt, und jedes Mal, wenn ich meine Eltern besuchte, dachte ich an sie. Aber als ich mich endlich dazu aufraffte, Kontakt aufzunehmen, um ihnen von Camilla zu erzählen, waren sie verschwunden. Ich erfuhr, dass sie nach Italien zurückgegangen waren, und es gelang mir nie, sie dort ausfindig zu machen.«

»Hillesgården – ist das der Ort, wo du aufgewachsen bist?«, fragt Rebecka.

»Ja, zumindest teilweise. Wir hatten das Haus von meinen Großeltern väterlicherseits geerbt und verbrachten jeden Sommer dort, aber ich mochte es nicht. Es war ein großes, dunkles Haus, das einsam auf einem der Hügel in Glumslöv lag.«

»Ich habe versucht, es zu finden«, sagt Rebecka. »Aber es scheint abgerissen worden zu sein.«

Die Großmutter senkt den Blick.

»Ja, und das ist auch gut so«, sagt sie leise. »Mein Vater Valter besaß eine Firma, die in den dreißiger- und vierziger-jahren Eisenerz nach Deutschland verkaufte. Einige Jahre lang war er sehr erfolgreich, doch nach dem Krieg wurde es schwieriger. Ich glaube, viele wollten nichts mehr mit ihm zu tun haben, weil er mit den Nazis Geschäfte gemacht hatte. Wie dem auch sei, sie mussten Hillesgården verkaufen. Eine andere Familie erwarb das Gut, und ein paar Jahrzehnte später wurde es abgerissen und stattdessen Wohnblocks errichtet.«

Rebecka nickt. Daher also stammt der abgerissene Brief-kopf mit dem deutschen Emblem.

»Es ist natürlich ein geringer Trost, aber stell dir vor, wie vielen Menschen Luca das Leben gerettet hat«, sagt Rebecka und streichelt ihrer Großmutter die Wange. »Marta hat er-zählt, einige von ihnen würden dich gerne kennenlernen und eine Gedenkveranstaltung für Luca organisieren. Ich habe aber schon gesagt, dass dir das wahrscheinlich zu viel wird.«

»Nein, da würde ich gerne hingehen«, sagt die Großmut-ter mit erstaunlich fester Stimme. »Ich habe dieses Geheim-nis viel zu lange mit mir herumgetragen. Die ganze Welt muss erfahren, was für ein großartiger Mensch Luca war. Bitte, ruf sie an und sag ihr zu.«

»Jetzt?«

»Ja, warum nicht? Ich brauche etwas, worauf ich mich freu-en kann.«

Rebecka sucht Martas Nummer in ihrem Handy.

»Marta Singer?«, meldet sich die fröhliche Stimme.

»Hallo, Rebecka hier, Sie waren vorhin bei mir. Ich rufe an, weil ich gerade mit meiner Oma gesprochen habe, sie würde Sie sehr gerne kennenlernen und bei einer Gedenkveranstaltung für Luca dabei sein.«

»Ach, wie schön! Wir sind ein fester Kreis von Überlebenden und deren Nachfahren, der einmal im Jahr zusammenkommt. Würde es Ihnen passen, wenn wir Sie zu unserem Treffen Ende nächster Woche einladen?«

»Das ist wahrscheinlich noch etwas früh«, sagt Rebecka und sieht ihre Großmutter an, die den Kopf schüttelt.

»Nein, nächste Woche ist prima«, flüstert ihre Großmutter.

»Dann kannst du auch noch mit dabei sein.«

Rebecka lächelt steif. Sie hat Joar versprochen, spätestens übermorgen wieder in Stockholm zu sein, um ihn zu diesem Essen bei seinem Chef zu begleiten. Doch angesichts dessen, was alles passiert ist, hat ihr Verlobter sicher Verständnis dafür, wenn sie es ausnahmsweise einmal nicht schafft.

»Und wenn du dann noch nicht fit genug bist?«

»Wir können es doch einfach lose festhalten, und wenn es Ihrer Großmutter dann doch nicht so gut geht, verschieben wir es einfach auf später«, mischt Marta sich ein.

»Okay.«

»Prima! Ich melde mich dann noch mal mit den Einzelheiten. Einen schönen Abend noch!« Marta legt auf.

»Oma«, fragt Rebecka. »Schaffst du es, mir ein bisschen mehr davon zu erzählen, wie ihr euch kennengelernt habt, du und Luca?«

Ihre Großmutter wendet ihr das Gesicht zu und lächelt.

»Gerne«, sagt sie. »Aber dann musst du es dir ein bisschen bequemer machen, denn es ist eine lange Geschichte.«

Fast eine Stunde dauert es, bis ihre Großmutter alles erzählt hat. Rebecka ist sehr berührt, und sie freut sich, dass das Erzählen Anna neue Kraft zu geben scheint.

Als ihr Handy klingelt, hat sie eigentlich gar keine Lust dranzugehen, doch da es Joar ist, nimmt sie das Gespräch an.

»Hallo«, sagt sie aufgeregt. »Wenn du wüsstest, was ich erlebt habe.« Sie fängt an, von Marta Singers Besuch zu erzählen, kommt aber nicht weit, bevor Joar sie unterbricht.

»Ich habe jetzt keine Zeit für so etwas«, sagt er brüsk. »Ich will einfach nur wissen, ob du am Freitag zurück bist oder nicht. Lundins haben um Bescheid gebeten.«

»Entschuldige«, sagt Rebecka. »Aber ich schaffe es nicht. Ich muss noch ein paar Tage hierbleiben.«

»Es ist unglaublich, was deine Familie da von dir verlangt: alles aufzugeben, sobald auch nur irgendetwas passiert.« Seine Stimme klingt hart, und Rebecka wirft ihrer Großmutter einen kurzen Blick zu, bevor sie aufsteht und ein Stück beiseitetritt.

»Das stimmt nicht«, faucht sie. »Außerdem bin ich es, die hierbleiben will.«

»Aber du bist doch schon über eine Woche dort. Was glaubst du, was sie bei Henning & Schuster sagen, wenn du einfach so abtauchst? Dir ist schon klar, dass du dir so alle Chancen verbaust?«

»Joar«, sagt sie mit Nachdruck. »Es gibt wichtigere Dinge im Leben als die Arbeit. Außerdem denke ich inzwischen darüber nach, den Job zu wechseln.«

»Machst du Witze?«

»Nein. Oder – ich weiß nicht.«

Er seufzt, dann fährt er scharf fort: »Ich kenne dich. Ich weiß, dass du manchmal den Fokus verlierst, aber du wirst es bereuen, wenn du Henning & Schuster verlässt.«

»Ich glaube wirklich, ich möchte kündigen.«

»Dann kannst du auch gleich darüber nachdenken, ob du unsere Beziehung überhaupt noch willst«, schimpft er. »Im Moment wirkt es nicht so, du setzt uns beide jedenfalls kaum noch an die erste Stelle.«

»Das stimmt nicht. Ich habe uns immer an die erste Stelle gesetzt, aber jetzt werde ich hier gebraucht, verstehst du das nicht?«

»Wenn du mich nicht zu diesem Essen begleitest, kannst du auch gleich in Schonen bleiben«, sagt er wütend.

»Jetzt bist du unfair.« Sie atmet tief durch, wartet einen Augenblick. »Joar?«

Es bleibt still am anderen Ende. Anscheinend hat er aufgelegt.

»Okay. Mach's gut. Lieb dich«, sagt sie und wirft einen Blick auf ihre Großmutter. Rebecka will nicht, dass sie sich Sorgen macht.

»Das war Joar. Er ist ein bisschen gestresst. Er steckt mitten in einem großen Prozess und arbeitet mehr oder weniger rund um die Uhr«, erklärt sie.

»Verstehe«, sagt ihre Großmutter. »Und ich will dir auf keinen Fall irgendwelche Schwierigkeiten machen. Wenn du wieder nach Hause musst, lässt sich sicherlich auch ein Transport für mich nach Björkbacken organisieren.«

»Nein, auf keinen Fall. Ich möchte dir helfen.«

Rebecka bemüht sich um ein Lächeln, spürt jedoch tief im Innern, wie verletzt sie ist. Hat Joar es ernst gemeint? Ist es jetzt aus zwischen ihnen? Wahrscheinlich waren sie schon eine Weile auf dem Weg dahin, auch wenn sie bisher versucht hat, alle Zeichen zu ignorieren. Eigentlich müsste dieser Gedanke sie traurig machen, seltsamerweise fühlt sie sich einfach nur leer. Es wäre besser gewesen, sie hätten dieses Gespräch in Stockholm geführt. Was soll sie jetzt tun? Ihre Gedanken drehen sich im Kreis. Will Joar, dass sie aus ihrer gemeinsamen Wohnung auszieht? Plötzlich öffnet sich eine unbekannte Zukunft vor ihr, und ihr Herz beginnt wie wild zu klopfen. Als sie jedoch den beunruhigten Blick ihrer Großmutter bemerkt, schiebt sie diese Gedanken rasch beiseite.

32

Es ist ein strahlend sonniger Frühlingstag, als Rebeckas Großmutter endlich aus dem Krankenhaus entlassen worden ist.
Humpelnd geht sie den Gartenweg hinauf und blickt sich immer wieder staunend um. Sträucher und Bäume sind beschnit-
ten, die Beete gejätet, an den Hauswänden öffnen sich die ersten Osterglocken und auf der frischgemähten Wiese stehen
ein kleiner Cafétisch und vier Stühle, die Rebecka im Schuppen gefunden hat.

»Hast du das alles gemacht?«, ruft Anna verblüfft aus. »Der
Garten sieht fantastisch aus. Jetzt kann ich ihn endlich wieder nutzen.«

»Ja, das meiste habe ich gemacht«, sagt Rebecka froh. »Bis
auf die Reparatur des Daches und des Zauns. Darum hat sich
dein Nachbar Arvid gekümmert.«

»Es ist wunderschön«, sagt ihre Großmutter gerührt.

»Warte nur, bis du drinnen bist.«

Im Flur ist die Decke frisch gestrichen, und Rebecka hat
einen hübschen Teppich auf den Dielenboden gelegt.

»Ich hoffe, es macht dir nichts aus, dass Arvid den Kunst-
stoffbelag herausgerissen hat.«

»Nein, überhaupt nicht. Ich wusste nicht, dass sich darunter so ein schöner Boden verbirgt.« Die Großmutter lächelt.
»Arvid hat hier ja anscheinend einiges geschafft.«

»Ja, er war eine große Hilfe.«

»Ich bin noch gar nicht dazu gekommen, mich ausführlicher mit ihm zu unterhalten, aber er scheint sehr nett zu sein.«

»Das stimmt«, sagt Rebecka ausweichend. »Was hältst du von einer Tasse Kaffee?«

Sie wollen sich gerade an den Tisch setzen, als es an der Tür klopft und Arvid hereinkommt.

»Hallo, ich wollte eigentlich den Luftentfeuchter abholen, bevor ihr kommt, aber offensichtlich bin ich zu spät. Willkommen zu Hause, Anna!«

»Danke. Es ist so schön, endlich wieder hier zu sein. Ich habe gehört, Sie haben meiner Enkelin sehr geholfen, während ich im Krankenhaus lag.«

»Ach«, sagt er und schielt zu Rebecka hinüber. »Das ist doch selbstverständlich, unter Nachbarn.«

»Das war sehr freundlich von Ihnen«, sagt Anna. »Und da wir am Donnerstag eine kleine Feier in der Stadt haben, würde ich Sie zum Dank gerne dazu einladen.«

»Dafür hat er bestimmt keine Zeit«, sagt Rebecka schnell.

»Am Donnerstag ...« Arvid tut, als dächte er nach. »Doch, zwischen Melken und Frühjahrsbestellung müsste ich eine Lücke haben. Da komme ich gern.«

Rebecka lächelt, es kribbelt in ihrem Bauch. Seit Tagen hat sie versucht, Joar zu erreichen, doch er geht nie an sein Handy, und auch wenn sie Arvid gerne gesagt hätte, dass diese Beziehung beendet ist, fühlt es sich verkehrt an, solange sie und Joar nicht gemeinsam zu diesem Schluss gekommen sind.

»Perfekt«, sagt Anna. »Dann sehen wir uns dort.«

Nachdem Arvid verschwunden ist, lächelt sie strahlend.

»Wie schön es hier geworden ist. Jetzt fühlt es sich wirklich wieder wie ein Zuhause an.«

»Ich habe überall aufgeräumt, weggepackt, was herumstand, und die Möbel so ausgerichtet, dass du dich besser bewegen kannst«, erklärt Rebecka.

»Danke, mein Herzchen. Was täte ich nur ohne dich?« Die Großmutter tätschelt ihr die Wange.

»Apropos, an dem Tag, an dem ich gekommen bin, hast du gesagt, jemand wolle dir dein Haus wegnehmen. Erinnerst du dich daran?«

Die Großmutter nickt, geht langsam ins Wohnzimmer und kehrt mit einem Brief in der Hand zurück.

»Hier«, sagt sie und gibt ihn Rebecka, die gleich zu lesen beginnt.

»Von der Kommune. Sie bestätigen dir einen Platz im Seniorenheim Bergalid. Hast du den überhaupt beantragt?«

»Nein«, sagt die Großmutter und schüttelt den Kopf. »Aber vor ein paar Monaten waren zwei Frauen hier, die massenhaft Fragen stellten. Sie wollten wissen, welche Medikamente ich nehme und wobei ich Unterstützung brauche, und ich dachte, sie wären vom mobilen Pflegedienst, deshalb erzählte ich ihnen von meinen Schwierigkeiten.«

»Und das gilt dann als Ansuchen um einen Platz im Seniorenheim? Das kann doch nicht sein! Du kommst doch im Grunde mit dem mobilen Pflegedienst zurecht, oder?«

Die Großmutter verzieht das Gesicht. »Ehrlich gesagt, wird es immer schwieriger. Die jungen Frauen, die hierherkommen, sind zum Großteil sehr lieb, aber sie haben es immer furchtbar eilig. Oft reicht die Zeit gerade, um mir mein Essen zu geben und den Müll rauszubringen. Eigentlich habe ich einmal in der Woche eine feste Zeit zum Duschen ...«

»Wie bitte? Du darfst nur einmal die Woche duschen?«

»Ja, wenn genügend Zeit ist.«

Rebecka beißt sich auf die Lippe. Wie naiv von ihr, zu glauben, es würde genügen, wenn sie das Haus wieder auf Vordermann bringt, damit es ihrer Großmutter gutgeht.

»Wir müssen mehr Stunden beantragen«, sagt sie resolut. »Du musst regelmäßig duschen können und ein wenig Hilfe beim Putzen haben. Denn du möchtest doch hier wohnen bleiben, oder?«

Anna versucht, sich mit ihrer gesunden Hand einen Stuhl heranzuziehen, es gelingt ihr jedoch nicht, und Rebecka muss ihr beim Hinsetzen helfen.

»Was ist denn jetzt mit dem Kaffee?«

»Kommt sofort.« Rebecka stellt die Kanne auf den Tisch.

Als sie einander gegenübersitzen, blickt die Großmutter ihr fest in die Augen.

»Natürlich will ich hier wohnen bleiben, aber ich komme tatsächlich nicht mehr so gut zurecht wie früher. Außerdem möchte ich niemandem zur Last fallen. Ich möchte nicht zu einem Problem werden, um das du dich ständig kümmern musst. Vielleicht ist es wirklich das Beste, wenn ich nach Bergalid ziehe.«

Rebecka rührt ihren Kaffee um. Sie wünschte, sie könnte ihr widersprechen und sagen, es würde alles schon werden. Aber wie soll es gehen, wenn keiner hier ist, der nach ihrer Großmutter schauen kann? Was, wenn sie wieder stürzt und liegen bleibt, ohne Hilfe rufen zu können?

Erneut klopft es an der Tür. Rebecka geht hin, um zu öffnen, und freut sich, als sie ihre Mutter draußen sieht.

»Hallo, ich bin nur gekommen, um ein paar Blumen vorbeizubringen«, sagt sie und streckt ihr einen Strauß Tulpen hin.

»Wie schön. Komm rein.«

Rebecka führt ihre Mutter in die Küche. In der letzten Woche haben sie sich häufiger gesehen als in all den Jahren davor. Camilla hat die Großmutter im Krankenhaus besucht, und die beiden haben sogar erste tastende Gespräche über Luca geführt.

»Wir haben gerade Kaffee gemacht, und es gibt frische Zimtschnecken, wenn du möchtest.«

»Danke. Wie schön es hier geworden ist«, sagt ihre Mutter und lässt den Blick durch die Küche schweifen.

»Rebecka ist wirklich sehr fleißig gewesen«, erklärt die Großmutter.

Camilla nimmt auf der Stuhlkante Platz. »Ich bleib nicht lange, versprochen.«

»Du kannst bleiben, so lange du willst«, sagt die Großmutter.

Rebecka setzt sich zu ihnen und bietet Camilla eine Zimtschnecke an.

»Erinnerst du dich an den Winter, als du beschlossen hattest, Zimtschnecken zu verkaufen?«, fragt ihre Mutter lächelnd.

»Das habe ich gemacht?«

»Ach Gott, stimmt«, lacht Anna. »Du hattest im Fernsehen gesehen, dass die Pandas vom Aussterben bedroht sind, und wolltest Geld sammeln, um sie zu retten.«

»Jetzt erinnere ich mich«, sagt Rebecka. »Papa hat mir damals geholfen, einen kleinen Verkaufsstand zu bauen.«

»Du hast bestimmt dreihundert Zimtschnecken gebacken«, fährt ihre Großmutter fort. »Im Supermarkt haben sie gedacht, wir sind verrückt geworden, als wir zehn Pakete Mehl nach Hause schleppten.«

»Und dann hast du dich mitten im Weihnachtsgeschäft auf den Stortorget gestellt, mit einem Schild, auf das du einen weinenden Panda gemalt hattest, und hast für über zweitausend Kronen Zimtschnecken verkauft«, sagt Camilla. »Der WWF hat dir ein persönliches Dankschreiben geschickt.«

Rebecka lächelt. Sie kann sich nur noch dunkel an diese Aktion erinnern, aber es tut gut, Mutter und Großmutter davon erzählen zu hören.

Nach einer Weile muss Camilla wieder los.

»Bevor du gehst, möchte ich dich noch etwas fragen«, sagt Rebecka.

»Ja?«

Rebecka wechselt einen schnellen Blick mit ihrer Großmutter. »Ich weiß, dass ihr bereits viel über Luca geredet habt und dass Oma dir erzählt hat, dass er in einer Widerstandsbewegung aktiv war, die dänischen Flüchtlingen nach Schweden geholfen hat.«

»Und?«

»Für Donnerstag haben ein paar der Menschen, die er gerettet hat, eine Gedenkveranstaltung für ihn organisiert, und ich würde mich sehr freuen, wenn du uns begleitest.«

Camilla wirkt betreten. »Ich glaube, das kann ich nicht«, sagt sie steif und steht auf.

»Bitte, Mama«, sagt Rebecka. »Es würde mir furchtbar viel bedeuten.«

»Danke für den Kaffee«, murmelt Camilla und verlässt die Küche.

Rebecka folgt ihr in den Flur. Die Reaktion ihrer Mutter wundert sie.

»Ich verstehe, dass du immer noch gekränkt bist, aber bist du nicht neugierig darauf, mehr über Luca zu erfahren?«

»Nein«, sagt ihre Mutter und zieht sich die Schuhe an.

»Okay«, sagt Rebecka. »Schade. Aber da ist noch etwas, worüber ich mit dir reden möchte.«

»Was denn?«

Rebecka zögert. Wahrscheinlich ist es nicht der geeignete Augenblick, die Wohnsituation ihrer Oma zu erörtern, doch sie weiß nicht, ob sie ihre Mutter noch einmal sehen wird, bevor sie wieder nach Hause fährt.

»Ich muss bald nach Stockholm, und ich wollte fragen, ob du ab und zu herkommen und nach Oma schauen kannst.«

»Ach, Rebecka«, seufzt ihre Mutter. »Oma ist zu alt, um hier weiter alleine zu wohnen. Es geht nicht mehr. Ich habe mit der Kommune Kontakt aufgenommen, und es gibt für sie einen Platz in einem Seniorenheim in der Stadt.«

»Dann hast du also den Antrag gestellt?«

»Ja.« Ihre Mutter nickt. »Ich sehe keine andere Lösung. Du etwa?«

»Du weißt doch, dass Oma lieber hierbleiben möchte.«

Als sie keine Antwort erhält, schüttelt Rebecka den Kopf. »Das ist wieder mal so typisch. Du denkst immer nur an dich.«

»Das stimmt nicht.«

»Warum kannst du dann nicht wenigstens am Donnerstag zu dieser Feier kommen?«

Camilla holt tief Luft. »Ich erwarte nicht, dass du mich verstehst. Aber ich habe kein Interesse daran, mehr über Luca zu erfahren. Ich bin mit einem anderen Vater aufgewachsen und habe viele Jahre versucht zu verstehen, warum ich ihm so gleichgültig war. Ich dachte, mit mir stimmte etwas nicht und man könnte mich nicht lieben.« Sie senkt den Blick. »Hätte Oma mir die Wahrheit gesagt, wäre mir dieses Gefühl erspart geblieben. Stattdessen hat sie mich all die Jahre glauben lassen, es wäre mein Fehler. So etwas ist nicht leicht zu verzeihen.« Camilla schlüpft ungeschickt in ihre Jacke.

»Es tut mir unendlich leid für dich, aber ich glaube nicht, dass Oma dir wehtun wollte. Sie hatte Angst, es wäre noch schlimmer, ohne einen Vater aufzuwachsen.«

»Das kann schon sein. Dennoch muss sie ja gesehen haben, wie ich unter der Situation gelitten habe.«

Ihre Mutter geht zur Tür, und Rebecka spürt, wie all ihre Hoffnungen schwinden. Dabei hat sie gedacht, sie wären auf einem guten Weg. Enttäuscht blickt sie zu Boden, als ihr plötzlich etwas einfällt.

»Warte kurz«, sagt sie schnell. »Ich möchte dir noch etwas geben.«

Sie verschwindet und kehrt mit dem Tagebuch ihrer Großmutter zurück. Zögernd reicht sie es ihrer Mutter. Vielleicht ist es falsch von ihr, so mit den privaten Aufzeichnungen eines anderen Menschen umzugehen, aber sie wünscht sich nichts sehnlicher, als dass ihre Mutter ihre Großmutter besser versteht.

»Was ist das?«

»Ein Tagebuch. Bitte lies es.«

Ihre Mutter seufzt, steckt das Tagebuch jedoch ein.

33

Rebecka überprüft ein letztes Mal die Adresse, bevor sie aus dem Auto steigen. Sie stehen vor einer riesigen Villa aus dem neunzehnten Jahrhundert, mit verputzter Fassade und einer Veranda mit altertümlichem, geschnitztem grünen Geländer. Durch die hohen Fenster sind Menschen zu sehen, die sich angeregt unterhalten.

»Bis du sicher, dass wir hier richtig sind?«

Rebecka lässt den Blick die Straße hinauf- und hinunterwandern. Tågaborg gehört zu den feineren Wohngegenden Helsingborgs. Viele der Häuser sind alt und haben große, gepflegte Gärten, dieses jedoch ist das stattlichste von allen.

»Der Straßenname stimmt, die Hausnummer auch«, antwortet sie, reicht ihrer Großmutter den Arm und führt sie zur Haustür. Sie haben kaum angeklopft, als Marta ihnen auch schon öffnet.

»Herzlich willkommen«, sagt Marta und wendet sich Rebeckas Großmutter zu. »Ich bin Marta.«

»Schön, Sie kennenzulernen.« Anna sieht ein wenig überwältigt aus, nimmt sich jedoch zusammen und reicht Marta die Hand.

Rebecka blickt sich um. Die Eingangshalle ist noch größer, als sie gedacht hat, und ganz hinten führt eine Treppe aus dunklem Holz nach oben.

»Was ist das hier für ein Gebäude?«, fragt sie Marta, als diese ihnen die Mäntel abnimmt.

»Die Abel'sche Villa«, sagt Marta. »Hier treffen wir uns immer zu Veranstaltungen, weil es einen so wunderschönen Festsaal gibt.«

Marta führt sie in einen großen Raum mit hohen Fenstern und Fischgrätenparkett, wo sich etwa hundert festlich gekleidete Menschen versammelt haben. In einer Ecke steht ein schwarzer Flügel mit einem Kandelaber darauf, und ein weißgekleideter Herr bietet ihnen auf einem Silbertablett Champagner an.

»Ich wusste nicht, dass es eine so große Veranstaltung wird«, sagt Anna.

»Es waren so viele, die Sie unbedingt kennenlernen wollten«, sagt Marta und lächelt. »Ich schau mal, ob ich Mirjam finde. Sie ist hier die Gastgeberin.«

Marta verschwindet, und Rebecka bleibt dicht bei ihrer Großmutter. Wie hoch wohl die Chance ist, dass ihre Mutter noch auftaucht? Es würde ihnen beiden so viel bedeuten, wenn sie käme.

Langsam lässt sie den Blick über den Raum gleiten, bis sie am Eingang plötzlich Arvid entdeckt. Er trägt einen dunklen Anzug und hat sich ausnahmsweise einmal die Haare gekämmt. Das hellblaue Hemd betont die Farbe seiner Augen, und das Jackett bringt seine breiten Schultern zur Geltung. Als er sie erblickt und grüßend die Hand hebt, kribbelt es in ihrem Bauch.

Er kommt zu ihnen herüber. »Hallo«, sagt er und gibt als Erstes ihrer Großmutter die Hand. »Gut sehen Sie aus.«

»Sie auch«, erwidert Anna.

»Danke. Ich habe ja nicht so oft die Gelegenheit, mich in Schale zu werfen.« Er wendet sich Rebecka zu, die ein silbrig glänzendes Kleid trägt. »Und du passt ebenfalls perfekt hierher.«

»Danke«, sagt Rebecka verlegen. »Es gibt Champagner, ich hole dir ein Glas.« Sie eilt davon, um ihr Herzklopfen zu verbergen. Joar konnte sie nach wie vor nicht erreichen. Er scheint sie einfach aus seinem Leben gestrichen zu haben, und das schmerzt sie. Doch in den letzten Tagen hat sie sich mehr und mehr damit abgefunden, dass ihre Beziehung beendet ist. Das hat es ihr wesentlich leichter gemacht, ihre Gefühle für Arvid zuzulassen.

Als sie sich gerade durch die Menschenmenge zu ihrer Großmutter und Arvid zurückgearbeitet hat, klopft jemand an sein Glas und alle verstummen. Eine Frau in weinrotem Samtkleid stellt sich in die Mitte des Raums. Sie hat kurzes dunkles Haar und trägt um die Stirn ein juwelenbesetztes Band im Stil der zwanziger Jahre.

»Willkommen zu unserem Jahrestreffen, liebe Freunde. Wie schön, dass es so viele geschafft haben«, sagt sie. Marta tritt zu Rebecka und Anna und flüstert: »Das ist Mirjam«.

Die Großmutter blickt Rebecka mit großen Augen an.

»Heute Abend wollen wir einen ganz besonderen Menschen ehren«, fährt die Frau in Weinrot fort. »Luca Cavalli war erst zweiundzwanzig Jahre alt, als er im Oktober 1943 unter Einsatz seines Lebens siebenundfünfzig Juden aus Dänemark vor der Verfolgung der Nazis rettete und ihnen zur Flucht über den Öresund verhalf. Die meisten von Ihnen waren selbst dabei oder haben Verwandte, denen er geholfen hat. Unsere Dankbarkeit ihm gegenüber lässt sich kaum in Worte fassen. Heute ist die Gruppe von damals auf hundertvierundsechzig angewachsen, die ohne Lucas heroischen Einsatz wohl gar nicht am Leben wären.« Sie erhebt ihr Glas. »Deshalb möchte ich einen Toast ausbringen. Auf Luca«, sagt sie feierlich, und ein Chor von Stimmen antwortet: »Auf Luca.«

Ein alter Mann in grauem Anzug und mit Kippa tritt aus der Menge und stellt sich als Ruben vor.

»Wir wussten gar nicht, wie uns geschah«, berichtet er. »Alles ging furchtbar schnell. Ich war erst fünfzehn und arbeitete nach der Schule in einem Malerbetrieb. Wir wollten gerade Feierabend machen, als es plötzlich an der Tür klopfte und uns mitgeteilt wurde, man plane, alle Juden zu verhaften. Ich ging zum Hafen hinunter, wo sich eine Gruppe versammelt hatte. Sie versuchten, einen Fischer zu überreden, sie mit nach Schweden zu nehmen. Erst wollte er nicht, doch dann willigte er gegen Bezahlung ein. Die anderen meinten, ich könne auch noch mit, aber ich musste erst meinen Vater holen, und so lange wollten sie nicht warten. *Fahr doch ohne ihn*, meinten sie. *Vielleicht ist es deine einzige Chance.* Doch ich konnte nicht. Er war krank und wäre alleine niemals zurechtgekommen. Also rannte ich, so schnell ich konnte, nach Hause und sagte meinem Vater, dass wir packen müssten. Ich nahm alles Wertvolle, was ich tragen konnte – die Fotos von meiner Mutter, Schmuck, Großmutters vergoldete Menora, ein paar Kleidungsstücke und das Silberbesteck. Mein Vater protestierte ununterbrochen. Er sagte, wir bräuchten uns keine Sorgen zu machen, die Dänen würden niemals zulassen, dass uns etwas geschähe. Sie hätten uns doch jahrelang beschützt. Aber ich wusste, dass es ernst war. Ich hatte es in den Augen der anderen gesehen. Schließlich konnte ich ihn überreden, mit zum Hafen hinunterzugehen, doch da war niemand mehr. Das Boot war weg. Ich forderte meinen Vater auf, sich zwischen zwei Ruderbooten zu verstecken, während ich die Küste nach einer anderen Möglichkeit absuchte. Es dauerte lange, bis ich eine Gruppe fand, die dasselbe vorzuhaben schien wie ich. Als ich fragte, wohin sie wollten, rückten sie erst nicht damit heraus, aber dann tauchte Luca auf. Er sagte, sie würden nach Schweden übersetzen, und ich und mein Vater könnten mit. Als ich einwendete, mein Vater würde es möglicherweise nicht schaffen, alleine zum Treffpunkt zu gehen, versprach er, mir zu helfen. Trotz der Gefahr, entdeckt zu werden, begleitete er mich bis zum Hafen und half mir, meinen Vater zu holen.«

Ruben schweigt und legt die rechte Hand auf seine Brust. Rebecka muss schlucken. Wenn ihre Mutter das hören könnte! »Ich weiß nicht, was passiert wäre, wenn Luca nicht gewesen wäre. Er hat uns das Leben gerettet«, schließt Ruben.

Eine ältere Frau tritt ebenfalls vor. »Bei uns war es ganz ähnlich. Spätabends klingelte das Telefon. Eine Frau fragte, ob wir Israeliten seien. Sie teilte uns mit, dass die Nazis alle Juden in Dänemark zusammensammeln wollten und dass sie deshalb alle Menschen mit jüdisch klingenden Namen anrufe, die sie im Telefonbuch finden könne, um sie zu warnen. Sie sagte, wir müssten so schnell wie möglich fliehen. Mein Vater befahl uns, die Vorhänge zuzuziehen und die Tür abzuschließen und niemandem zu öffnen. Er würde sich über Möglichkeiten erkundigen, das Land zu verlassen. Ich erinnere mich so gut, wie wir in Jacken und Schuhen darauf warteten, dass er zurückkam. Meiner Mutter gelang es, uns Kinder in Sicherheit zu wiegen, ich fand es sogar lustig, dass wir mit Schuhen im Bett liegen durften. An die Überfahrt selbst kann ich mich nicht mehr erinnern, nur, dass es kalt war. Es roch nach Fisch und der Wind blies heftig. Meinem Bruder wurde schlecht und er erbrach sich über die Reling. Meine Finger waren eiskalt, aber ich durfte sie meiner Mutter unter den Mantel schieben. Erst später erfuhr ich, dass es Luca Cavalli war, der meinem Vater geholfen hatte, einen Bootsbesitzer zu finden, der bereit war, uns über den Öresund zu bringen.«

Anna blickt sich mit Tränen in den Augen um. Sie scheint ganz ergriffen von den Geschichten.

»Es ist etwas ganz anderes, die Leute so zu sehen, als nur ihre Namen auf einer Liste zu lesen«, flüstert sie. »Ich wusste nicht, dass er so vielen geholfen hat. Und dabei wollte ich immer, dass er nicht fuhr. Ich dachte nicht an die, die in Not waren, ich hatte immer nur Angst, ihm könnte etwas zustoßen. Jetzt schäme ich mich dafür.«

»Das ist doch normal«, sagt Rebecka und streichelt ihr den Arm. »Du hast dir zu Recht Sorgen um ihn gemacht.«

Weitere Personen erzählen ihre Geschichten, und anschließend tritt Mirjam zu ihnen. Sie stellt ihr Glas ab und reicht erst Anna und dann Rebecka die Hand.

»Mein Name ist Mirjam Abel und ich freue mich sehr, dass Sie kommen konnten. Luca war ein außerordentlich mutiger und guter Mensch, und ich bedaure Ihren Verlust. Wenn es etwas gibt, das ich für Sie tun kann, dann lassen Sie es mich bitte wissen.«

»Danke«, sagt Anna. »Sie haben eine sehr schöne Rede gehalten.«

»Das war das Mindeste, was ich tun konnte.« Mirjam winkt einem Mann, der ihnen eine gelbe Mappe überreicht. »Ich weiß, es ist nicht viel. Aber wir haben versucht, alle Informationen zu sammeln, die wir über Luca finden konnten. Mein Sohn ist vor ein paar Jahren in seiner Heimatstadt in Italien gewesen und hat das Haus fotografiert, in dem Luca aufgewachsen ist. Er fand auch ein Foto aus seiner Schulzeit von ihm. Warten Sie, ich zeige es Ihnen.«

Mirjam öffnet die Mappe und blättert. Sie ist voller Dokumente, Fotos und Erinnerungen von Leuten, die Luca kannten.

Anna ist so gerührt, dass es ihr die Sprache verschlägt. Ihre Hände zittern, als sie die Fotos berührt. Auf einem davon ist eine Großfamilie zu sehen. Ein grauhaariges Paar sitzt auf einem Sofa, zwei Mädchen mit lockigem Haar auf dem Schoß, und um sie herum stehen etwa zwanzig Menschen verschiedenen Alters.

»Wer ist das?«, fragt Rebecka.

»Lucas Schwester Francesca und ihre Familie«, antwortet Miriam. »Mein Sohn hat sie in Bologna getroffen. Wussten Sie nicht, dass sie dort leben?«

Anna wirkt ganz benommen. »Mir ist es nie gelungen, sie ausfindig zu machen.«

»Ich gebe Ihnen nachher ihre Kontaktdaten«, sagt Mirjam. »Es wird sie überglücklich machen, zu erfahren, dass ihr Bruder ein Kind hat. Sie und ihre Mutter haben für Luca auf dem Friedhof in Bologna einen Grabstein errichtet, direkt neben dem seines Vaters.«

»Wie schön«, sagt Anna.

»Sie wissen doch, dass es einen Gedenkstein gibt, den Dänemark zum Dank für seine Hilfe während des Kriegs errichtet hat?«

Rebecka und ihre Großmutter sehen sich an und schütteln dann den Kopf.

»Er steht neben dem Rathaus von Helsingborg. Sie müssen unbedingt mal dorthin gehen.«

Anna nickt. »Das machen wir«, murmelt sie. »Vielen Dank.«

»Wir haben zu danken. Es sind wirklich viele Menschen hier, die Sie gern persönlich kennenlernen möchten. Eine Frau aber hat besonders dringend darum gebeten.«

Rebecka dreht sich um und entdeckt eine Frau mit hochgestecktem Haar, die ein bodenlanges, mitternachtsblaues Kleid trägt und etwa im Alter ihrer Mutter zu sein scheint.

»Hallo«, sagt die Frau und streckt die Hand aus. »Leah Klein.«

Rebeckas Großmutter erstarrt.

»Leah?«, wiederholt sie.

»Ja. Ich war erst ein Jahr alt, als meine Familie versuchte, über den Sund zu gelangen, und der Fischer sich weigerte, mich mitzunehmen. Luca schaffte es jedoch, auch mich herüberzubekommen und wieder mit meiner Familie zu vereinen. Meine Eltern waren unendlich dankbar für seine Hilfe, aber schwer traumatisiert von der Flucht. Mein Vater berichtete, dass er bei seiner Ankunft in Schweden ein schreckliches Erlebnis hatte, das er mit einer jungen Frau, einem Fräulein Ekblad, teilte. Sind Sie das?«

»Ja«, murmelt Anna. »Ich war damals dabei und habe Ihre Familie in Empfang genommen.«

Leahs Augen leuchten auf. »Das ist ja unglaublich.«

Anna nickt. »Sie haben zwei Geschwister, oder?«

»Mette und Klaus, aber sie leben nicht hier, sonst wären sie sicher ebenfalls gekommen.«

»Ich bin so froh, dass alles gutgegangen ist«, sagt Anna. »Ihre Eltern hatten große Angst. Es hat ihnen sehr zu schaffen gemacht, dass sie Sie zurücklassen mussten.«

Leah nickt, ihre Augen füllen sich mit Tränen. »Ich weiß«, flüstert sie.

»Wir werden uns immer erinnern«, sagt Mirjam und legt einen Arm um sie. »Aber das darf uns nicht daran hindern, unser Leben zu feiern.«

Hinter dem Flügel beginnt das Orchester, seine Instrumente auszupacken. Eine Frau mit leuchtend rotem Lippenstift setzt sich ans Klavier, während die Männer zu Bass, Gitarre und Saxofon greifen.

»Jetzt wird getanzt«, sagt Mirjam und lächelt. »Ich hoffe, Sie bleiben noch ein wenig und genießen das Fest.«

Eine weitere Gruppe Menschen tritt zu ihnen, um mit Anna über Luca zu sprechen. Rebecka zieht sich ein wenig zurück und beobachtet das Ganze. Sie überlegt gerade, wo Arvid wohl steckt, als er sanft ihre Schulter berührt.

»Na«, sagt er.

»Ach, da bist du.«

»Eine schöne Feier. Ich kann nur leider nicht so lange bleiben, weil zwei meiner Kühe demnächst kalben. Im Moment passt Egon auf sie auf, aber wenn es losgeht, ist er überfordert.« Er reicht ihr die Hand: »Bevor ich gehe, würde ich aber gerne noch mit dir tanzen.«

Rebecka stellt ihr Champagnerglas ab. Es fühlt sich so vertraut an, als Arvid sie zur Tanzfläche führt, und sein Lächeln macht sie innerlich ganz warm. Als er einen Arm um sie legt und mit der anderen Hand ihre ergreift, spürt Rebecka, wie ihr das Blut in die Wangen schießt.

Er führt erstaunlich gut beim Tanzen, und jedes Mal, wenn sie sich berühren, läuft ihr ein angenehmer Schauer über den Rücken.

»Da ist noch etwas, was ich dir sagen möchte«, sagt er irgendwann leise. »Es tut mir leid, dass ich damals in der Scheune so harsch reagiert habe. Ich war einfach enttäuscht, dass du verlobt bist.«

»Dafür brauchst du dich doch nicht zu entschuldigen«, sagt Rebecka. »Ich habe die falschen Signale ausgesendet, es ist meine Schuld. Ich hätte von vorneherein ehrlich zu dir sein sollen. Aber Joar und ich hatten in letzter Zeit ziemliche Probleme miteinander.«

»Das tut mir leid.«

»Das muss es nicht. Ich glaube, wir wollen einfach ganz unterschiedliche Dinge. Aber es dauert, so etwas herauszufinden, und es tut weh. Vor allem, wenn man eine Weile zusammengelebt hat.« Sie hofft inständig, dass Arvid versteht, was sie meint. Solange sie sich mit Joar nicht gründlich ausgesprochen hat, fühlt es sich verkehrt an, zu sagen, sie wären nicht mehr zusammen.

»Okay. Wenn du noch Lust hast, würde ich gerne mehr über deine Ideen für den Hofladen erfahren.«

»Klar«, sagt Rebecka und lächelt. »Das ist das Mindeste, nach allem, was du für uns getan hast.«

Arvid steuert sie geschickt an einem anderen Paar vorbei. Sie sind mitten in einer Drehung, als sein Handy klingelt.

»Entschuldige«, murmelt er und zieht es aus der Innentasche seines Jacketts. »Ja? Aha. Bist du dir sicher? Ich komme, so schnell ich kann.«

Er legt auf.

»Ich muss nach Hause. Anscheinend kalben beide Kühe gleichzeitig, und bei einer gibt es Probleme.«

»Brauchst du Hilfe?«, fragt Rebecka, während ihre Großmutter und Mirjam neugierig zu ihnen treten. »Arvid hat zwei Kühe, die kalben«, erklärt sie ihnen. »Wenn ich ihn begleite – könntest du dann ein Taxi nach Hause nehmen?«

»Wir sorgen dafür, dass Anna gut nach Hause kommt«, sagt Mirjam beruhigend. »Fahren Sie nur.«

»Danke«, sagt Rebecka und nickt zum Ausgang. »Ich stehe direkt vorm Haus, aber du bist wahrscheinlich ebenfalls mit dem Auto da?«

»Ja«, sagt Arvid. »Wir sehen uns zu Hause.«

»Viel Glück«, rufen die Großmutter und Mirjam ihnen nach, als sie hinauseilen.

34

Als Rebecka den Stall betritt, ist Arvid schon vollauf beschäftigt. Er hat sein Jackett ausgezogen und sich die Ärmel so weit wie möglich hochgekrempelt.

Egon biegt mit zwei Wassereimern um die Ecke und stellt sie neben einem Strohballen ab.

»Ich glaube, jetzt habe ich alles«, sagt er. »Hier sind auch noch ein Sack Streu und Desinfektionsmittel.«

»Gut«, sagt Arvid und streichelt die Kuh, die in der Box zum Kalben auf und ab läuft. »Das wird schon, du wirst sehen.«

»Was soll ich jetzt machen?«, fragt Egon.

»Bleib du hier bei Rosa, dann schaue ich nach Lilja. Ich fürchte, ihr Kalb liegt verkehrt herum.«

»Und ich?«, fragt Rebecka.

»Im Schuppen steht ein großer grüner Erste-Hilfe-Koffer. Hol den mal sicherheitshalber, und such gleich auch noch die Nummer von Doktor Madani heraus. Das ist die Tierärztin. Wenn tatsächlich was ist, schaffe ich es vielleicht nicht, sie selbst anzurufen. Allerdings solltest du dich vielleicht erst noch umziehen«, ergänzt er mit Blick auf ihr langes, glitzerndes Kleid. »Nicht, dass ich dir hinterher Schadenersatz zahlen muss.«

Rebecka blickt an sich herab. »Das könnte tatsächlich teuer werden«, antwortet sie und sieht, wie er lächelt.

Bei ihrer Rückkehr stampft Rosa immer noch unruhig in ihrer Box. Egon hat Wärmelampen eingeschaltet, die ein warmes gelbes Licht verbreiten, und redet beruhigend auf die Kuh ein.

»Na, komm, das wird schon«, sagt er. »Alles wird gut.«

»Du klingst wie ein echter Bauer«, scherzt Rebecka. »Ich wusste gar nicht, dass du und Arvid so gute Freunde geworden seid, dass du auf seine Kühe aufpasst.«

»Was bleibt mir anderes übrig, nachdem er meinen Zaun repariert hat? Deinetwegen bin ich jetzt fast so etwas wie sein Leibeigener«, murrt Egon, grinst aber dabei.

Die Kuh brüllt, und Egon bittet Rebecka, ihren Wassertrog aufzufüllen.

»Kann ich sonst noch etwas tun?«, fragt sie, als sie das erledigt hat.

»Ein bisschen Verpflegung wäre nicht schlecht, ich sitze hier schon ein paar Stunden, und es könnten noch einige mehr werden. Aber erst muss ich zur Toilette. Es wäre gut, wenn du so lange hier aufpasst.«

Egon winkt sie zu sich in die Box, sie geht zögernd hinein.

»Ich habe so etwas noch nie gemacht.«

»Bleib einfach ruhig, dann wird das schon. Und stell dich niemals direkt hinter sie, sonst wird sie vielleicht panisch und schlägt aus.«

Egon zeigt ihr, wie er sich der Kuh von vorne nähert, sodass sie ihn sehen kann, und streicht dem Tier über den Widerrist. Rebecka tut es ihm nach, und Rosa schnaubt laut.

»Bin gleich wieder da«, sagt Egon und verschwindet.

Jedes Mal, wenn die Kuh sich bewegt, bekommt Rebecka es

mit der Angst zu tun und spricht beruhigend auf sie ein. Rosa schüttelt den Kopf und legt sich ins Stroh. Ihre Bewegungen sind plump und sie wiegt sich von einer Seite zur anderen.

»Okay«, sagt Rebecka, »leg dich hin, vielleicht ist das ja bequemer für dich.«

Die Kuh muht erneut, diesmal aber tiefer und langgezogener. Rebecka geht rückwärts aus der Box.

»Arvid?«, ruft sie leise, um sie nicht zu erschrecken. »Kannst du mal kurz kommen?«

Als er auftaucht, glänzt seine Stirn vor Schweiß. Er hat sich das Hemd aufgeknöpft, und das Unterhemd darunter ist schmutzig. Seine elegante Hose steckt in einem Paar Gummistiefel.

»Egon musste kurz weg, und ich weiß nicht, was ich machen soll.«

»Mit Rosa? Sieht aus, als würde sie es alleine schaffen.«

Rebecka seufzt erleichtert. »Gut. Ich war mir nicht sicher, was von mir erwartet wird. Wie läuft es mit der anderen Kuh?«

»Ich habe das Kalb gedreht, jetzt kann hoffentlich auch sie ohne weitere Probleme kalben.«

Rebecka versucht zu verbergen, wie überwältigt sie von alldem ist, kann ein erleichtertes Seufzen jedoch nicht unterdrücken.

»Weißt du was?«, sagt Arvid. »Alles, was ich heute Abend zu mir genommen habe, sind ein Schluck Champagner und ein paar Canapés. Meinst du, du könntest dich um Kaffee und etwas zu essen kümmern?«

»Klar«, sagt sie schnell und läuft nach Björkbacken hinüber. Mit Essen kennt sie sich wenigstens aus.

Kurz darauf ist sie mit einem Korb Kaffee und Sandwiches zurück. Im Stroh liegt ein schwarzweiß geflecktes Kalb, und Rosa ist schon wieder auf den Beinen.

Egon eilt zu ihr und nimmt den Korb entgegen.

»Was ist drauf auf den Sandwiches?«

»Käse und Schinken«, sagt Rebecka, ohne das Kalb aus den Augen zu lassen.

»Wunderbar«, murmelt Egon und stellt die Kaffeebecher auf einem Fensterbrett ab.

Rebecka geht zur Box. Das Kalb ist klein und zart, und Rosa leckt es mit ihrer großen rauen Zunge ab.

»Ist alles gutgegangen?«, fragt sie unsicher.

»Ja. Warte nur, gleich steht es auf, um zu trinken.«

Egon holt für jeden einen Klappstuhl aus dem Schuppen und stellt sie ein Stück von der Box entfernt auf, während Rebecka den heißen Kaffee in die Becher schenkt. Wenig später stößt Arvid zu ihnen.

»Jetzt hat auch Lilja ihr Kalb bekommen«, sagt er und atmet tief durch. »Und alles ist gutgegangen.«

»Unglaublich, wie das sein kann«, sagt Rebecka beeindruckt. »Auf einmal sind da zwei neue Kälbchen!«

»Ja, so ist es«, lacht Egon. »Das Wunder des Lebens. Willst du Kaffee?« Er hält Arvid eine Tasse hin.

»Gerne.« Arvid geht zum Waschbecken und wäscht sich die Hände, dann nimmt er den Kaffee entgegen. »Eigentlich müsste ich erst mal duschen, aber ich weiß nicht, ob ich es bis ins Bad schaffe.«

»Das kenne ich, mir geht es jeden Tag so«, grinst Egon.

Arvid beißt in ein Sandwich und kaut.

»Oh, ist das lecker!«, ruft er aus. »Wo hast du denn das Brot her?«

»Das habe ich gebacken«, sagt Rebecka.

»Echt?«, murmelt er. »Das ist ja unglaublich saftig. Ich wusste gar nicht, dass du so gut bäckst.«

»Sie macht auch fantastische Kuchen«, mischt Egon sich ein.

»Das kann ich mir vorstellen.« Arvid lächelt. »Für so ein Brot würde ich richtig viel bezahlen. Also, wenn ich das Geld dazu hätte.«

»Danke«, sagt Rebecka verlegen.

Sie essen ihre Brote zum Surren der Wärmelampen und zum Muhen der übrigen Kühe. Plötzlich zuckt Rebecka zusammen.

»Guckt mal«, flüstert sie und zeigt auf das Kalb, das sich langsam und mit zitternden Beinen erhebt. Ein paarmal stolpert es hin und her, ist nahe daran, zu fallen, doch dann ist es bei Rosa angekommen.

»Das ist ja unglaublich. Dass es nach so kurzer Zeit schon laufen kann.«

»Hast du noch nie ein Kalb gesehen?«, fragt Egon.

»Vergiss nicht, sie wohnt in Stockholm«, erinnert ihn Arvid.

Rebecka gibt ihm einen Klaps auf den Arm.

»Halt den Mund.«

»Ich mach doch nur Spaß. Du hast das wirklich sehr gut gemacht. Jemanden wie dich könnte ich hier auf dem Hof gut gebrauchen.«

Rebecka wendet sich ab, damit Arvid nicht sieht, wie sie errötet. Ein Gedanke blitzt kurz in ihrem Kopf auf. Was, wenn sie einfach hierbliebe? Vielleicht könnte sie ihm helfen, den Hofladen zu eröffnen und das Café zu betreiben?

Sie sieht es vor sich, wie sie die alte Scheune hübsch herrichten und wie sie selbst Kuchen und Brot für den Verkauf bäckt. Was für ein Traum, jeden Morgen aufzustehen und nur Dinge zu tun, die man gerne macht. So ist es bei Henning & Schuster nie gewesen, wie sie sich eingestehen muss. Wenn sie mit sofortiger Wirkung kündigen würde und ihren Resturlaub nähme, bräuchte sie nie wieder dort zu arbeiten.

Verstohlen wirft sie einen Blick auf Arvid. Mit jedem Tag gewinnt sie ihn lieber. Dennoch ist ihr bewusst, dass es ein großer Schritt wäre, Stockholm zu verlassen. Ihr ganzes Leben ist dort, und es wäre viel zu organisieren. Aber je mehr sie sich an den Gedanken gewöhnt, bei ihrer Firma aufzuhören, desto richtiger fühlt es sich an.

Rebecka zieht ihr Handy heraus und schaut auf ihre Anrufliste. Dreizehnmal hat sie versucht, Joar anzurufen, und ihm unzählige Nachrichten geschrieben, doch er hat keinmal geantwortet. Sie steckt ihr Handy wieder ein. Wie sich ihre Großmutter freuen würde, wenn sie wieder herziehen würde. Vielleicht ist eigentlich doch Björkbacken ihr Zuhause.

35

Rebecka kämmt ihrer Großmutter das Haar und wringt es mit einem Handtuch aus, dann steckt sie den Föhn in die Steckdose. Behutsam föhnt sie ihr die grauweißen Locken. Die Großmutter lehnt sich zurück. Sie scheint es zu genießen, so umsorgt zu werden, wahrscheinlich kommt es nicht häufig vor.

Als das Haar trocken ist, steckt Rebecka es zu einem Knoten auf und hilft ihrer Großmutter, frische Kleidung anzuziehen. Dabei denkt Rebecka daran, wie ihre Oma ihr als Kind geholfen hat – ihr vorm Schlafen das lange Haar geflochten und über Nacht ihr weißes Kleid mit den Spitzen gewaschen hat, damit sie es am Morgen wieder anziehen konnte. Wie sie ihr Hafergrütze mit selbstgemachter Erdbeermarmelade zum Frühstück hingestellt hat, weil es das Einzige war, was sie herunterbekam. Jetzt sind die Rollen plötzlich vertauscht, jetzt braucht die Großmutter ihre Hilfe.

Rebecka holt die Gesichtscreme und trägt sie sorgfältig auf, es folgt ein wenig Rouge für die Wangen. Zum Schluss nimmt sie noch die Goldkette aus der kleinen Schachtel auf dem Nachttisch und legt sie ihrer Großmutter um den Hals. Dabei achtet sie darauf, dass der Anhänger, ein Vogel mit ausgebreiteten Schwingen, zwischen ihren Schlüsselbeinen zu liegen kommt.

Die Großmutter begegnet ihrem Blick im Spiegel und lächelt, doch ihre Augen blicken traurig drein. Vielleicht ist sie immer noch enttäuscht, dass Camilla nicht zur Gedenkfeier gekommen ist.

»So, fertig«, sagt Rebecka munter.

Ihre Großmutter betrachtet sich im Spiegel und nickt.

»Vielen Dank. Es ist wirklich ein Luxus, so zurechtgemacht zu werden.«

Die Küche badet im Sonnenlicht. Rebecka hilft ihrer Großmutter auf ihren gewohnten Platz und reicht ihr die Zeitung.

»Ich habe schon mal Kaffee aufgesetzt«, sagt sie und deckt den Tisch.

Anschließend bindet sie sich das Haar zu einem losen Pferdeschwanz zusammen. Um neun ist sie mit Arvid verabredet, um ihm ihre Ideen zu erklären und die Entwürfe für den Hofladen zu geben. Am Nachmittag planen sie und ihre Großmutter einen Sonntagsausflug nach Helsingborg, um sich den Gedenkstein anzuschauen.

Rebecka wirft einen Blick auf ihr Handy. Das Erste, was sie nach dem Aufwachen getan hat, war, ihrer Mutter eine SMS zu schicken und sie einzuladen, mitzukommen, doch sie hat noch nicht zurückgeschrieben. Rebecka denkt viel darüber nach, was sie bei ihrem letzten Treffen gesagt hat. Sie kann sich nicht einmal vorstellen, wie es für sie war, in einer so unglücklichen Familiensituation aufzuwachsen, dennoch versteht sie auch die damalige Entscheidung ihrer Großmutter. Es war bestimmt nicht leicht, mit neunzehn schwanger zu sein, noch dazu in einer Zeit, in der uneheliche Kinder als Schande betrachtet wurden.

»Kommst du allein zurecht, wenn ich kurz zu Arvid gehe?«, fragt sie und schenkt ihrer Großmutter Kaffee ein.

Die Großmutter schiebt die Zeitung zur Seite, um ihr Platz zu machen.

»Ja, natürlich. Deine Idee mit dem Hofcafé klingt fantastisch, und bei deinem Talent fürs Backen kann es nur ein Erfolg werden.«

»Wobei es ja nicht mein Café sein wird, sondern Arvids.« Rebecka lacht und setzt sich zu ihr an den Tisch. »Ich habe ja bereits einen Job.«

»Aber stell dir vor, wie schön es wäre, wenn du wieder nach Hause ziehen könntest. Du tust mir immer so leid, weil du so weit weg von uns wohnst. Wir sind doch deine Familie.«

»Aber ich habe doch Joar«, rutscht es Rebecka heraus, »der ist auch meine Familie.«

Dann verstummt sie. Sie hat sich so daran gewöhnt, ihre Beziehung zu verteidigen, es geschieht beinahe von selbst. Außerdem fällt es ihr noch schwer, in einer Trennung etwas anderes zu sehen als ein Scheitern.

Die Großmutter greift nach ihrer Hand. »Man kann seine Meinung ändern.«

»Ja.«

»Wenn ich etwas gelernt habe, dann das: Manchmal muss man sich trauen, seinem Herzen zu folgen«, fährt die Großmutter eindringlich fort. »Das Leben ist kurz. Plötzlich bist du eine alte Frau wie ich, und alles ist dir davongelaufen.«

Rebecka drückt ihre Hand. Obwohl sie ihr nichts von ihren Gefühlen für Arvid erzählt hat, scheint sie zumindest davon zu ahnen.

Arvid sitzt in einem eingezäunten Bereich gleich neben dem Stall auf dem Boden. Er hat ein Lamm auf dem Schoß, das er mit einer Flasche füttert, und bemerkt Rebecka zunächst nicht. Er streichelt das Lamm und redet beruhigend auf es ein, und seine fürsorgliche Art lässt ihr Herz höherschlagen. Arvid ist ein viel zugewandterer Mensch, als sie anfangs gedacht hat.

In ein paar Metern Entfernung bleibt sie stehen. Erst, als das Lamm fertig getrunken hat und er aufsteht, entdeckt Arvid sie.

»Du bist schon hier?«, sagt er und lächelt schief. »Und ich dachte, so früh kommst du bestimmt nicht aus dem Bett.«

»Ich bin jeden Morgen noch vor acht im Büro«, erwidert sie schnell. »Und dann habe ich schon eine Laufrunde und fünfundvierzig Minuten Anfahrt hinter mir.«

»Wenn du so eine Frühaufsteherin bist, könntest du vielleicht das Melken um fünf übernehmen?«, witzelt er, und sie sieht, wie seine Augen funkeln.

»Ich habe schon einen Job, für den ich früh aufstehen muss, aber danke für das Angebot.«

Arvid kommt zu ihr heraus, und Rebecka zeigt auf das Lamm.

»Warum wird es mit der Flasche gefüttert?«

»Seine Mutter ist gestorben«, erklärt er und beugt sich über den Zaun. »Viele finden, es lohnt sich nicht, ein Flaschenlamm leben zu lassen, aber dieser Bursche hier ist ein Kämpfer. Stimmt's?« Das Lamm blökt so laut, dass seine Zunge zum Vorschein kommt.

Arvid wischt sich die Hände ab und macht eine Geste zur Scheune. »Wollen wir es uns mal ansehen?«

Rebecka nickt. Sie freut sich schon den ganzen Morgen darauf, Arvid ihre Ideen vorzustellen.

»Ich habe es mal durchgerechnet, es könnte sich wirklich richtig lohnen. Vor allem, wenn du eine Kombination aus Laden und Café betreibst.«

Sie gehen eine Runde durch die Scheune, und Rebecka erklärt ihm, was man ihrer Meinung nach machen könnte, und zeigt ihm dann einen Kostenvoranschlag.

»Da du viele Bauarbeiten selbst erledigen kannst, braucht es gar nicht so teuer zu werden«, sagt sie. »Was du verkaufst und wann der Laden geöffnet hat, kannst du saisonabhängig machen. Ich habe auch gelesen, dass es Landwirte gibt, die unterschiedliche Produkt-Abos anbieten. Die Leute bezahlen jeden Monat eine bestimmte Summe und bekommen dafür Fleisch und Gemüse geliefert.«

»Wow. Wie viel Arbeit du dir gemacht hast.«

Rebecka freut sich über seine Anerkennung. »Danke.«

»Aber es scheint mir immer noch ein viel zu großes Projekt, um es allein zu realisieren.«

»Das verstehe ich. Aber von den Einkünften könntest du jemanden einstellen. Und gleichzeitig könntest du bessere Preise für dein angebautes Gemüse erzielen.«

Arvid zupft sich einen Grashalm vom T-Shirt.

»Du kannst dir nicht vorstellen, mir zu helfen?«

Sie hält seinen Blick fest.

»Würdest du das denn wollen?«

»Natürlich«, sagt er. »Du scheinst klare Vorstellungen zu haben, wie man so etwas aufziehen könnte, außerdem bäckst du wahnsinnig gut. Und ich habe dich gern hier.«

Rebecka spürt, wie ihr Herz schneller schlägt. »Ich auch«, sagt sie zögernd. »Also ich meine, ich bin gerne hier.«

Sie lächeln beide verlegen und Arvid fährt sich mit der Hand durchs Haar.

»Ich bin nicht so gut in so etwas, aber ich muss zugeben, es macht alles mehr Spaß, seit du hier bist. Du hast so viele Ideen und so viel Energie und ... Ja, ich mag dich einfach, Rebecka. Ich weiß, dass du in deiner Beziehung gerade feststeckst und nicht ganz klar ist, wie es weitergeht, aber ...«

Rebeckas Handy unterbricht sie. Wenn das endlich Joar ist, muss sie da drangehen.

»Entschuldige«, sagt sie, als sie sieht, dass es ihre Chefin Birgitta ist. »Da muss ich dran. Hallo Birgitta.«

Sie drückt das Handy ans Ohr.

»Hallo, gut, dass ich dich erreiche. Wir haben hier gerade ein bisschen Krise – weißt du vielleicht schon, wann du wieder hier sein kannst?«

»Wir hatten doch vereinbart, dass du dich bei mir meldest«, sagt Rebecka.

Birgitta seufzt: »Tut mir leid, es war einfach viel in den letzten Wochen los. Jetzt haben wir jedenfalls dein AT-Projekt zurück, sind uns aber nicht einig, wie wir weiter vorgehen sollen, und brauchen deine Hilfe.«

»Okay.«

»Und ich weiß, dass es mit der Beförderung dumm gelaufen ist. Unter uns gesagt, wollte ich die Stelle immer dir geben, aber Boman hat auf Markus bestanden. Wenn du wieder hier bist und uns hilfst, das Ganze auf den Weg zu bringen, verspreche ich dir, noch mal mit dem Vorstand zu sprechen.«

Rebecka erstarrt. Sie hatte doch eigentlich gerade überlegt, bei Henning & Schuster zu kündigen.

Als sie nicht gleich antwortet, fährt Birgitta fort. »Bitte, Rebecka. Ich hätte nicht angerufen, wenn es nicht wichtig wäre. Wenn wir das nicht hinkriegen, verlieren wir vielleicht den Kunden.«

Rebecka schluckt. Sie könnte ja noch mal hinfahren und ihnen mit dem AT-Projekt helfen. Sie muss ohnehin noch mal zurück und sich mit Joar aussprechen.

»Okay«, seufzt sie. »Ich kann den Zug morgen Vormittag nehmen, dann bin ich irgendwann am Nachmittag da.«

»Danke!«

Rebecka legt auf und wechselt einen kurzen Blick mit Arvid.

»Das war die Arbeit. Ich muss zurück.«

»Was? Hatten sie dich nicht so unmöglich behandelt?«

»Doch«, erwidert sie. »Aber sie brauchen meine Hilfe.«

»Und ich dachte, du bleibst«, sagt er enttäuscht.

»So einfach ist das nicht. Ich kann in Stockholm nicht einfach alles stehen- und liegenlassen.«

»Aber hier ist das okay?«

»Natürlich nicht«, widerspricht Rebecka. »Verstehst du nicht, mein ganzes Leben ist in Stockholm. Ich muss noch tausend Dinge mit der Arbeit klären – und mit Joar.«

Arvids Gesichtszüge verhärten sich.

»Hattest du nicht gesagt, ihr seid dabei, euch zu trennen?«

»Doch, oder ... nein. Ich weiß es nicht, ich konnte ihn noch nicht erreichen.«

»Warum hast du das dann nicht einfach gesagt?«

»Das ist schwierig«, antwortet Rebecka.

»Wie schwierig kann das denn sein? Entweder ist man zusammen, oder man ist es nicht, oder?«, fragt er und schüttelt den Kopf.

Sie starrt Arvid an. Begreift er nicht, dass so etwas Zeit braucht?

»Ich dachte, du würdest es verstehen«, faucht sie.

»Nein, tue ich nicht.«

Rebecka stöhnt. Warum ist er nur plötzlich so bitter? Sie hat ihm schließlich nichts versprochen. Es fühlt sich an, als würde plötzlich von allen Seiten an ihr gezerrt. Sie möchte Arvid sagen, wie sehr sie ihn mag, doch wenn er so ist, kann sie das nicht. Außerdem muss sie erst die Beziehung mit Joar richtig beenden, bevor sie etwas Neues beginnt. Ist das wirklich so schwer zu kapieren?

Als sie nicht gleich antwortet, hebt Arvid die Hände. »Vielleicht ist es auch gut so. Ich habe gedacht, da wäre etwas zwischen uns, aber anscheinend bin ich völlig unfähig, deine Signale richtig zu deuten. Wahrscheinlich passen wir wirklich nicht zusammen.«

Diese Worte treffen sie zutiefst. Sie will ihm sagen, dass er sich irrt, dass sie sehr wohl zusammenpassen, aber sie kann nicht. Sein Mangel an Verständnis macht sie wahnsinnig.

»Natürlich ist da etwas zwischen uns«, murmelt sie. »Aber es ist nicht so leicht, sein Leben komplett umzukrempeln.«

»Dazu muss man sich doch nur entschließen, oder? Oder bin ich nur dein Reserveplan, falls du und dein Verlobter es tatsächlich nicht hinbekommt, die Dinge zwischen euch zu klären? Gott, was für ein Idiot ich bin«, ruft er aus und stapft davon.

»Warte«, ruft sie, aber Arvid ist schon hinausgegangen.

Rebecka folgt ihm. Das Sonnenlicht blendet sie, und sie blinzelt, doch er bleibt verschwunden. Ihre Gedanken fahren Achterbahn, sie kann sie nicht richtig fassen. Sie ist wütend auf Arvid, weil er ihr keine Chance gibt, sich zu erklären, vor allem aber ist sie wütend auf Joar, weil er einfach nicht ans Telefon geht. Sie muss mit ihm reden, bevor sie irgendwelche Entscheidungen trifft, warum begreift Arvid das nicht?

Niedergeschlagen geht sie zum Haus ihrer Großmutter zurück. Haben ihre Gefühle für Arvid ihr Urteilsvermögen so sehr beeinträchtigt, dass sie ihn völlig falsch eingeschätzt hat? Sie kennen sich ja tatsächlich kaum, und auch wenn Rebecka ihn mag, wäre es doch verrückt, wenn sie ihr Leben wegen jemandem, den sie keine drei Wochen kennt, komplett auf den Kopf stellt.

36

Rebecka holt die Thermoskanne heraus und schenkt ihrer Großmutter Kaffee ein. Sie sitzen auf einer Bank an der Hafenpromenade und schauen aufs Meer. Die Frühlingssonne glitzert auf den Wellen und wärmt ihnen das Gesicht. Noch immer bedrückt Rebecka der Streit mit Arvid, doch sie weiß tatsächlich nur sehr wenig über ihn. Vielleicht hat Arvid ja auch recht und sie passen wirklich nicht zusammen. Alles, was sie hat, ist diese romantische Idee, sie beide könnten einen Hofladen mit Café eröffnen, aber was weiß sie wirklich darüber? Vielleicht ist es doch nur ein alberner Traum? Vielleicht sollte sie doch lieber auf Joar hören und ihre Karriere bei Henning & Schuster, für die sie so viele Jahre gekämpft hat, nicht einfach wegwerfen? Die Arbeit ist immer wichtig für sie gewesen, sie hat ihr ein Selbstwertgefühl und eine Identität gegeben.

Schon immer ist es Rebecka schwergefallen herauszufinden, was sie wirklich will. In ihrem bisherigen Leben hat sie so viele falsche Entscheidungen getroffen, dass sie sich nicht mehr traut, auf ihr Bauchgefühl zu vertrauen. Dass ihre Beziehung mit Joar zu Ende ist, steht für sie so gut wie fest, aber ist sie auch bereit, ihr Leben in Stockholm aufzugeben? Vielleicht hat Arvid inzwischen ohnehin seine Meinung geändert und will sie nicht mehr auf dem Hof, und dann hat sie plötzlich gar nichts mehr.

»Man kann sich kaum vorstellen, dass einst Menschen über den Sund geflohen sind«, sagt ihre Großmutter nachdenklich.

Rebecka wird in die Gegenwart zurückgerissen und nickt. Sie hat das Material, das sie von Marta bekommen haben, sorgfältig studiert und war überrascht, wie viele in jenem Herbst nach Schweden kamen. Über siebentausend flohen innerhalb nur weniger Wochen. Die meisten schafften es, aber einige wurden auch unterwegs gefangen genommen oder ertranken.

»Es war sehr mutig von Luca, ihnen zu helfen«, sagt sie.

»Er konnte gar nicht anders, er hatte den inneren Drang zu helfen. Für ihn war das etwas Selbstverständliches«, sagte die Großmutter, »und in dir erkenne ich viel von ihm wieder.«

»Wirklich?«

Die Großmutter nickt. »Du bist so viel stärker, als du denkst. Du hast dieselbe Leidenschaft und dasselbe starke Pflichtgefühl wie er.«

Rebecka lächelt. »Darf ich dich etwas fragen? Hast du es jemals bereut, dich in Luca verliebt zu haben, nach allem, was passiert ist?«

»Nein, niemals«, sagt die Großmutter und schüttelt den Kopf. »Eine so echte, lebensverändernde Liebe ist sehr selten, dafür muss man dankbar sein. Natürlich habe ich darunter gelitten, dass Luca mir genommen wurde. Ich wünschte so sehr, ich könnte ihn noch einmal wiedersehen, könnte mit ihm reden und ihm sagen, wie wichtig er für mich war. Dass ich ihn nie vergessen habe und dass er eine wunderbare Tochter und Enkeltochter hat.« Sie streichelt Rebeckas Wange.

»Hast du vor, Francesca zu schreiben?«

»Auf jeden Fall. Es gibt so vieles, das ich ihr erzählen möchte, und ich hoffe, es ist umgekehrt genauso.«

Rebecka nimmt die Hand ihrer Großmutter. Es hat sie sehr berührt, den Gedenkstein oben am Rathaus zu sehen. In den großen, dunkelgrauen Stein ist ein Bild von Flüchtenden in einem Boot gemeißelt, und darunter steht: »Errichtet im Jahr 1945 von dänischen Flüchtlingen, die in Helsingborg Zuflucht und Freunde fanden.«

»Was glaubst du, was passiert wäre, wenn Luca nicht gefangen genommen worden wäre?«

»Ich habe keine Ahnung«, sagt die Großmutter. »Ich würde gerne glauben, dass wir zusammen abgehauen wären und uns das Leben aufgebaut hätten, von dem wir geträumt haben. Aber ich bin mir nicht sicher, ob ich mich wirklich getraut hätte. Ich hatte so furchtbare Angst vor der Reaktion meiner Eltern; dass sie mich verurteilen und den Kontakt abbrechen könnten. Wenn ich etwas bereue, dann, dass ich nicht mehr auf meine innere Stimme gehört habe. Die Liebe ist es wert, für sie zu kämpfen, man muss es wenigstens versuchen.«

Rebecka nickt. Sie muss daran denken, was ihre Großmutter ihr erzählt hat; wie verzweifelt sie gewesen ist, als Luca verschwand, und wie lange sie gehofft hatte, er würde eines Tages zurückkehren. Es kommt ihr so überflüssig vor. Wenn Luca es an jenem Abend geschafft hätte, auf einem Boot nach Schweden zurückzukehren, wenn er und ihre Großmutter eine Chance bekommen hätten, wäre ihrer aller Leben vielleicht ganz anders verlaufen.

Als sie aufblickt, sieht sie eine Gestalt, die sich am Wasser entlang nähert. Erst ist sie sich unsicher, ob sie richtig sieht, aber dann steht sie auf und winkt:

»Hier sind wir!«

Camilla kommt auf sie zu.

»Schön, dass du da bist«, sagt Rebecka froh. »Möchtest du Kaffee?«

»Ja, gerne. Was für ein netter Platz für ein Treffen.« Camilla deutet auf das Meer.

»Schön, nicht?«

»Ja.« Camilla nimmt die randvolle Kaffeetasse entgegen.

»Wir haben gerade über Luca geredet«, sagt Rebecka eifrig. »Er war ja selber geflüchtet. Er und seine Familie kamen aus Italien, nachdem sein Vater von Mussolini ermordet worden war.«

»Ach ja.« Camilla trinkt einen Schluck. »Das wusste ich nicht.«

»Ich erzähle dir gerne alles, was ich über ihn weiß«, fährt Rebecka fort. »Also, wenn du willst.«

Ihre Mutter schweigt. Nach einer Weile aber nickt sie. »Okay.«

Die Großmutter stellt feierlich ihre Tasse auf der Bank ab. »Danke, dass du gekommen bist«, sagt sie. »Es bedeutet mir sehr viel.«

Camilla räuspert sich. »Ich brauche allerdings etwas Zeit, um das alles zu verdauen.«

»Das verstehe ich. Nimm dir so viel Zeit, wie du brauchst.«

»Weißt du schon, wie lange du noch hierbleibst?«, fragt Camilla an Rebecka gewandt.

»Ich fahre morgen wieder nach Stockholm.«

»So bald schon?«

»Ja, es hat sich so ergeben. Aber ich komme bald wieder. Wenn Oma nach Bergalid zieht, braucht sie sicher Hilfe beim Einpacken und beim Umzug.«

»Ich habe noch mal darüber nachgedacht«, sagt Camilla zu Rebecka, dann wendet sie sich ihrer Mutter zu. »Wenn du nach wie vor lieber in Björkbacken bleiben möchtest, kann ich ein paarmal in der Woche vorbeikommen und dir helfen.«

Anna macht große Augen. »Bist du dir sicher?«

»Ja.«

»Camilla, danke, das überwältigt mich.«

»Vielleicht sehe ich dich dann ja auch öfter«, sagt Camilla mit Blick auf Rebecka.

»Auf jeden Fall, versprochen!« Rebecka lächelt.

Sie bleiben fast eine Stunde an der Hafenpromenade sitzen und unterhalten sich über alles Mögliche. Rebecka kann sich nicht erinnern, wann sie sich zuletzt so glücklich gefühlt hat. Sie und ihre Großmutter berichten, was sie über Luca herausgefunden haben, und ihre Mutter hört geduldig zu. Es hat etwas tief Beruhigendes, sich so von der gemeinsamen Geschichte verbinden zu lassen. So viele Jahre hat Rebecka sich nach diesem Zusammengehörigkeitsgefühl gesehnt, und jetzt haben sie es endlich gefunden.

37

Rebecka ist gerade dabei, das Abendessen abzuräumen. Die Großmutter ist ins Schlafzimmer gegangen, um noch ein wenig zu lesen, und sie selbst will den Abend zum Packen nutzen.

Sie wischt das Spülbecken und will gerade den Lappen auswringen, als ihr Handy klingelt. Joar. Endlich. Schnell nimmt sie das Gespräch an, ihr Herz klopft.

»Hallo, ich versuche seit über einer Woche dich zu erreichen«, sagt sie.

»Ich weiß. Sorry, aber ich hatte einfach so viel zu tun.« Joar, der sonst nie nervös wird, klingt angespannt. »Immerhin habe ich gute Neuigkeiten«, fährt er fort.

»Ach ja? Was denn?«

»Ich habe mit deiner Firma gesprochen, und es ist nicht zu spät. Du kannst immer noch Senior-Managerin werden«.

Rebecka verschlägt es die Sprache. Joar hat mit ihren Kollegen gesprochen?

»Wie denn das?«, fragt sie verwirrt.

»Ach, das war kein großes Ding. Du weißt doch, dass ich einen eurer Partner ein wenig kenne, und ich habe versprochen, bei meinen wichtigsten Klienten ein gutes Wort für Henning & Schuster einzulegen, wenn sie noch mal über deine Beförderung nachdenken.«

»Darum habe ich dich nie gebeten.«

»Ich weiß, aber ist doch klar, dass ich für dich da bin, wenn du mich brauchst. Wir sind doch ein Team.«

Rebecka schließt die Augen. Hat Joar gar nicht begriffen, dass ihre Beziehung so gut wie beendet ist?

»Ich bin morgen wieder in Stockholm, und dann müssen wir uns zusammensetzen und reden«, sagt sie.

»Worüber denn?«

Rebecka schluckt. Sie hätte nicht gedacht, dass es so schwer werden würde. Sie möchte Joar begreiflich machen, wie ernst es ist, möchte ihm die Chance geben, sich vorzubereiten. Gleichzeitig widerstrebt es ihr, am Handy Schluss zu machen.

»Über uns.«

»Was heißt das?«, fragt er alarmiert. »Willst du mich verlassen, oder was?«

Rebecka spürt, wie es schmerzt.

»Joar«, beginnt sie zögernd. »Lass uns morgen reden, ja?«

»Nicht nötig«, antwortet er. »Du hast recht, wir beide wollen offensichtlich nicht das Gleiche.«

Lange bleibt es still zwischen ihnen.

»Entschuldige«, sagt Rebecka schließlich. »Ich will dich ganz bestimmt nicht verletzen, aber du weißt genauso wie ich, dass es zwischen uns schon lange nicht mehr gut läuft.«

Joar seufzt tief. »Ich habe alles versucht«, sagt er in klagendem Tonfall. »Aber du warst einfach nicht mehr du selbst.«

»Das ist bestimmt richtig«, gibt Rebecka zu. »Ich habe selbst nicht darüber nachgedacht, aber ich habe mich wahrscheinlich wirklich verändert.«

Sie hört ihn atmen, lange, schwere Atemzüge. Sie wartet auf einen Wutausbruch, doch es kommt nichts.

»Es ist okay«, murmelt er schließlich. »Ich habe gespürt, dass es so kommen würde.«

Rebecka ist überrascht, wie gefasst er klingt.

»Tut mir wirklich leid«, wiederholt sie. »Ich frage Nelly, ob ich für eine Weile zu ihr ziehen kann. Ich schreibe dir, wenn ich da bin, dann können wir überlegen, wie es jetzt weitergeht.«

Nach dem Gespräch ist Rebecka aufgewühlt. Sie lässt sich auf einen Stuhl sinken. Ihr Magen zieht sich zusammen, wenn sie an Joar denkt. Auch wenn er sich nicht immer so verhält, wie sie es sich wünscht, meint er es doch gut, und sie haben immerhin mehr als sieben Jahre zusammengelebt. Sie hat beinahe ihr gesamtes Erwachsenenleben mit ihm verbracht, und es fühlt sich seltsam an, dass diese Zeit plötzlich vorbei ist.

Rebecka überlegt, wann sie ihre Sachen aus der Wohnung holen könnte. Nicht, dass sie dort viel hätte. Die meisten Möbel gehören Joar, ebenso wie die Wohnung. Als sie zusammengezogen sind, hat sie noch studiert und konnte weder Erspartes mit einbringen noch einen Kredit beantragen.

Der Garten liegt still in der Abenddämmerung, und ihr Blick fällt auf einen Fliederbusch, der eben zu knospen beginnt. Sie muss für eine Weile nach Stockholm, um alles zu organisieren und sich zu entscheiden, was sie jetzt aus ihrem Leben machen will, aber vielleicht schafft sie es, ihre Großmutter noch mal zu besuchen, bevor die Fliederblüte wieder vorbei ist.

Ihr Handy piept, eine Nachricht von Joar. *Ich habe das mit deinen Sachen geklärt*, schreibt er. *Hoffe, du nimmst es mir nicht übel, aber ich schaffe es nicht, mich mit dir zu treffen.*

Sie will gerade antworten, als Nelly anruft.

»Hallo.«

»Hallo, ich habe gerade so eine merkwürdige Nachricht von Joar bekommen«, sagt Nelly. »Er schreibt, morgen Abend würde ein Umzugsunternehmen deine Sachen bei mir vorbeibringen.«

»Und ich dachte, ich schaffe es vorher, es dir zu erzählen«, seufzt Rebecka. »Wir haben uns getrennt, und ich muss bei ihm raus.«

»Du Arme«, sagt Nelly. »Natürlich kannst du bei mir wohnen, bis du was anderes gefunden hast.«

»Danke«, sagt Rebecka und merkt zu ihrer Verwunderung, wie ihre Stimme bricht.

»Wie geht es dir?«

»Ich komme schon klar.«

»Das ist gut«, sagt Nelly erleichtert. »Und jetzt erzähl mir mal, was passiert ist.«

»Okay.«

Eine Viertelstunde später hat Rebecka ihr von ihrer Großmutter, dem Haus, der verpassten Beförderung, Joar und Arvid erzählt. Nelly hört interessiert zu und wirft hier und da Fragen ein.

»Und du magst Arvid richtig gern?«, fragt sie.

»Ja.«

»Aber du hast es ihm nicht gesagt.«

»Nein. Beziehungsweise, ich habe ihm gesagt, dass ich ihm mit dem Hofladen und dem Café helfen möchte.«

»Aber dann hat Birgitta angerufen, und er hat gehört, wie du ihr versprochen hast, zu Henning & Schuster zurückzukehren?«

»Ja«, sagt Rebecka.

»Und außerdem hatte er das Gefühl, du warst ihm gegenüber nicht ehrlich, was die Beziehung mit Joar angeht?«

»Ja, so in der Art.«

»Dann gibt es nur eins«, sagt Nelly resolut. »Du musst zu ihm gehen und ihm sagen, wie es wirklich ist und was du für ihn empfindest.«

Rebecka rutscht auf ihrem Stuhl hin und her.

»Ich kann doch nicht einfach rüberlaufen und ihm sagen, dass Joar und ich Schluss gemacht haben, das würde doch merkwürdig aussehen. Ich muss wenigstens erst meine Sachen holen und meinen Verlobungsring zurückgeben.«

»Aber du hast doch gesagt, du magst ihn wirklich«, protestiert Nelly. »Wenn du zu lange wartest, verpasst du vielleicht deine Chance.«

»Ich weiß«, seufzt Rebecka. »Aber ich bin mir gar nicht mehr sicher, ob er mich noch auf dem Hof haben will. Außerdem ist es eine große Entscheidung, aus Stockholm wegzugehen. Ich brauche Zeit.«

»Okay«, sagt Nelly. »Lass uns morgen weiter darüber reden. Uns fällt bestimmt eine Lösung ein.«

Nach dem Gespräch ist Rebecka völlig erschöpft, doch sie hat lange nichts aus dem Zimmer ihrer Großmutter gehört und will deshalb noch einmal nach ihr sehen. Die Tür ist angelehnt, und ihre Großmutter sitzt in ihrem geblümten Sessel. Sie sieht sehr zufrieden aus, wie sie im Schein der Leselampe in das geöffnete Buch schaut, die zusammengerollte Scarlett auf ihrem Schoß.

»Hallo, mein Mädchen«, sagt die Großmutter, als sie sie bemerkt. »Ist irgendetwas passiert?«

Rebecka nickt. Als sie dem Blick ihrer Großmutter begegnet, ist sie sich zum ersten Mal sicher, dass sie die richtige Entscheidung getroffen hat. Dennoch ist es, als würde etwas in ihr zerbrechen.

»Joar und ich haben uns getrennt.«

In dem Moment, in dem sie es ausspricht, stürzen ihr die Tränen in die Augen. Ihre Großmutter legt das Buch weg.

»Komm her«, sagt sie und breitet die Arme aus.

38

Rebecka schließt ihren Koffer. Obwohl seit ihrem letzten Arbeitstag bei Henning & Schuster nur drei Wochen vergangen sind, fühlt sich die Arbeit so weit weg an, als läge sie in einer anderen Zeit. Der Aufenthalt in Björkbacken hat ihr ganzes Leben durcheinandergerüttelt, dennoch fühlt sie sich jetzt ruhiger. So viele Bausteine sind endlich an ihrem Platz.

Es klopft, und ihre Mutter kommt herein.

»Hallo«, sagt sie. Und mit Blick auf die Gepäckstücke im Flur: »Wie läuft es?«

»Gut, danke«, sagt Rebecka. »Ich glaube, ich bekomme alles mit. Möchtest du eine Tasse Kaffee?«

Camilla schüttelt den Kopf. »Das schaffe ich leider nicht, ich muss zur Arbeit. Aber ich wollte wenigstens vorbeikommen und tschüs sagen.«

»Das ist lieb.«

Camilla zieht einen Umschlag aus ihrer Handtasche. »Für dich«, sagt sie.

Rebecka öffnet ihn und nimmt ein Foto heraus. Darauf ist sie selbst als Sechsjährige zu sehen, auf dem Schoß ihrer Mutter, in irgendeiner Grünanlage. Die Sonne scheint, und Rebecka lacht in die Kamera, sodass man ihre Zahnlücke sieht.

»Ich versuche, noch mehr zu finden«, sagt Camilla. »Irgendwo habe ich noch einen ganzen Karton Kinderfotos von dir.«

»Danke, da würde ich mich sehr freuen.« Ihre Mutter breitet die Arme aus, und Rebecka drückt sie fest an sich.

»Es tut mir so leid«, flüstert Camilla. »Alles. Ich möchte, dass es wieder in Ordnung kommt, dass wir endlich wieder eine richtige Familie werden.«

»Ich auch.«

Camilla sieht Rebecka an und streicht ihr übers Haar.

»Mach's gut«, sagt sie liebevoll. Dann dreht sie sich zu Anna am Küchentisch um. »Ich komme heute Abend noch mal vorbei, nach der Arbeit, wenn es dir passt. Dann können wir besprechen, wobei du Hilfe brauchst.«

»Danke, Camilla, da freue ich mich drauf.«

Camilla wirft Rebecka einen letzten Blick zu, dann verschwindet sie nach draußen. Rebecka setzt sich neben ihre Oma und zeigt ihr das Foto.

»Du warst immer ein sehr fröhliches Kind. Du hast es geliebt, Quatsch zu machen und zu spielen.«

»Daran kann ich mich überhaupt nicht erinnern«, sagt Rebecka nachdenklich. »Alles, was gut war, wird irgendwie überschattet von meiner schwierigen Zeit als Jugendliche.«

»Aber jetzt bist du ein ganz anderer Mensch«, sagt die Großmutter. »Ich weiß, wie hart du an dir gearbeitet hast.«

»Danke.«

Die Großmutter nimmt ihre Hand. »Du bist immer so fleißig gewesen, hast immer versucht, das Richtige zu tun, aber du musst dir auch erlauben, hin und wieder loszulassen und ein bisschen zu leben. Einfach mal zu springen. Es gibt so viel Wunderbares zu sehen und zu tun, und du hast es verdient, glücklich zu sein.«

Scarlett, die auf ihrem Lieblingsstuhl gelegen und geschlafen hat, streckt sich und hebt den Kopf über die Tischkante.

»Guten Morgen, du Schlafmütze«, lacht die Großmutter.

Scarlett wirkt sehr zufrieden und wechselt auf ihren Schoß hinüber, wo sie es sich gemütlich macht.

»Ich muss jetzt los«, sagt Rebecka. »Aber ich bin froh, dass du jemanden hast, der dir Gesellschaft leistet.«

»Darauf kannst du dich verlassen«, sagt die Großmutter. »Seit ich wieder zu Hause bin, hat sie jede Nacht bei mir geschlafen.«

»Hier sind übrigens noch die Telefonnummern von Arvid und Egon. Sie haben gesagt, du darfst jederzeit anrufen, wenn du Hilfe benötigst.« Rebecka schiebt ihr einen Zettel hin.

»Hast du noch mal mit Arvid gesprochen?«, fragt die Großmutter vorsichtig.

Rebecka schüttelt den Kopf. »Ich weiß nicht, ob er das wollen würde. Er war so wütend auf mich, wegen allem, was passiert ist.«

»Dann hast du ihm also gar nicht gesagt, dass du dich von Joar getrennt hast oder dass du deinen Job kündigen willst?«

»Nein«, sagt Rebecka und steht auf. »Ich muss mich erst noch um so viel kümmern.«

»Verstehe«, sagt die Großmutter nachdenklich. »Versprich mir nur, dass du gut auf dich aufpasst.«

»Du auch.« Rebecka lächelt. »Ich möchte keine weiteren Überraschungsanrufe wegen irgendwelcher Klinikaufenthalte.«

Auf dem geharkten Kiesweg lässt Rebecka ein letztes Mal den Blick über den Garten schweifen. Sie wird die Ruhe vermissen, den Wind, der die Gerüche des Waldes herüberweht, das entfernte Muhen von Arvids Kühen und all die schönen Blumen.

Sie beißt die Zähne zusammen, setzt sich ins Auto und schaut zu Arvids Hof hinüber. Wie es den Kälbern wohl geht? Wäre ihr Gespräch gestern nicht so unglücklich verlaufen, hätte sie sich noch einmal ordentlich von ihm verabschiedet. Stattdessen steckt sie den Schlüssel ins Zündschloss und dreht ihn um. Sie muss sich beeilen, um den Leihwagen noch zurückzugeben, bevor ihr Zug abfährt. Der Motor schaltet sich ein und sie legt den ersten Gang ein, löst die Handbremse und verspürt einen Stich, als sich das Auto in Bewegung setzt.

Am Bahnhof wimmelt es von Leuten, die alle einsteigen wollen. Ein kalter Wind fährt über den unterirdischen Bahnsteig, und Rebecka schaudert. Es fühlt sich traurig an, Schonen zu verlassen. In den letzten Wochen ist so viel passiert, dass sie es kaum geschafft hat, ihre Eindrücke und Gedanken zu sortieren.

Sie lächelt bei der Vorstellung, wie ihre Großmutter jetzt mit Scarlett in der Küche sitzt. Es wäre schön gewesen, noch ein wenig zu bleiben, all die Jahre, die sie miteinander verpasst haben, wenigstens ein bisschen zu kompensieren. Gleichzeitig weiß sie, dass sie vor der Wirklichkeit nicht ewig davonlaufen kann. Sie muss nach Stockholm zurück, um die Situation mit Henning & Schuster zu klären. Es ärgert sie, dass der Vorstand nicht etwa aufgrund ihrer guten Arbeit bereit war, ihr erneut eine Beförderung in Aussicht zu stellen, sondern weil Joar mit ihnen gesprochen und ihnen angeboten hat, ihnen im Gegenzug einen Gefallen zu tun. Gleichzeitig ist es eine schwere Entscheidung, einen so gut bezahlten und sicheren Job aufzugeben. Sie muss erneut daran denken, wie sehr sie gekämpft hat, um dahin zu kommen, wo sie jetzt ist, und was sie dafür geopfert hat.

Es knistert in den Lautsprechern, ihr Zug wird angekündigt. Rebecka fällt ein, dass sie gar kein Zuhause hat, zu dem sie zurückkehren kann. Das Einzige, was auf sie wartet, sind Nellys Schlafsofa und ein paar Umzugskartons, und das fühlt sich einerseits traurig, andererseits aber auch befreiend an.

Sie hebt den Blick und entdeckt eine bekannte Gestalt etwas weiter den Bahnsteig hinunter. Arvid. Er trägt Jeans und eine Jacke mit hochgeschlagenem Kragen, um sich gegen den Wind zu schützen, und er scheint etwas zu suchen. Als ihre Blicke sich treffen, bleibt er stehen.

Rebecka starrt ihn an. Was, um alles in der Welt, tut er hier?

»Hallo«, keucht er außer Atem, als er vor ihr steht. »Du bist also noch nicht weg.«

»Nein. Der Zug fährt in ein paar Minuten.«

»Gut.« Arvid scheint nervös, sein Blick flackert.

»Woher wusstest du, mit welchem Zug ich fahre?«

»Deine Oma hat mich angerufen.«

»Was? Wieso?«

»Das spielt keine Rolle«, sagt er und schüttelt den Kopf. »Ich wollte noch mal mit dir sprechen.«

Er holt tief Luft und schaut zu den Neonröhren an der Decke hinauf.

»Es tut mir leid, dass ich gestern so wütend geworden bin.

Ich hätte dir wenigstens die Chance geben sollen, dich zu erklären.«

»Macht nichts«, sagt Rebecka. »Ich hätte dir meine Situation klarer schildern müssen. Aber ich wusste wirklich nicht, ob du wolltest, dass ich bleibe.«

»Will«, berichtigt Arvid sie.

Wieder treffen sich ihre Blicke, und diesmal lassen sie einander nicht los.

»Ich habe tausend Sachen, die ich klären muss«, sagt Rebecka. »Theoretisch wohnen Joar und ich immer noch zusammen, und ich habe meinen Kollegen versprochen, das eine Projekt noch zu Ende zu bringen.«

»Aber ihr habt Schluss gemacht?«

»Ja.«

»Und du kannst dir vorstellen, hierher zurückzukommen, wenn du in Stockholm alles erledigt hast?«

»Ja, aber ...«

Er unterbricht sie. »Wenn ich die Scheune für den Hofladen und das Café vorbereite, kannst du mir dann helfen, wenn du wieder zurück bist?«

Rebecka starrt auf ein festgetretenes Kaugummi auf dem Bahnsteig.

»Und dass wir nicht zusammenpassen ...?«

»Ach ... das stimmt doch gar nicht. Das sieht doch jeder!« Er wirkt so verlegen und gleichzeitig so entschlossen, dass sie ein Lächeln nicht unterdrücken kann.

»Ich weiß nicht, ob es eine so gute Idee ist«, sagt sie.

Arvid verlagert nervös das Gewicht von einem Fuß auf den anderen.

»Du könntest deine Oma besuchen, sooft du willst. Außerdem könntest du die Chefin sein und alles entscheiden, von den Öffnungszeiten bis zur Gestaltung der Scheune.«

»Arvid«, sagt Rebecka. »Ich habe keine Ahnung, wie man ein Café betreibt.«

»Ich auch nicht, aber wir können es gemeinsam herausfinden.«

Rebecka schweigt. Sie möchte ihm erklären, dass auch, wenn sie ihn noch so gern mag und sich noch so sehr wünscht, mit ihm ein Café zu betreiben, immer noch wahnsinnig viel schiefgehen kann.

»Es geht nicht«, sagt sie schließlich.

»Und wenn ich dich bitten würde, meinetwegen zu bleiben?«, fleht er. »Ich meine wirklich, was ich gestern gesagt habe, dass ich dich gerne bei mir habe.«

Rebecka schwankt. Ein Teil von ihr möchte sich ihm einfach um den Hals werfen, doch sie kann nicht. Etwas hält sie zurück.

»Ich würde alles für dich tun«, fährt er fort. »Deine Wunden verbinden, jedes Mal, wenn du dich schneidest, undichte Dächer reparieren, Hühner anschaffen, neue Zäune ziehen. Ich baue Egons gesamten Hof um, wenn du willst. Solange du bleibst.«

Der Zug rollt ein. In Rebeckas Manteltasche klingelt das Handy. Sie zieht es heraus und meldet sich.

»Hallo?«

»Hallo Rebecka, Birgitta hier. Sitzt du schon im Zug?«

»Ich steige gleich ein.«

»Gut. Ich dachte, wir könnten das Feedback schon mal am

Telefon durchgehen, damit wir alles vorbereiten können, bis du kommst.«

Rebecka starrt Arvid an.

»Hallo?«, ruft Birgitta, »bist du noch dran?«

Die Waggontüren öffnen sich und sie nickt. »Ja.«

»Super. Ich habe nämlich eine Menge Fragen.«

»Ja«, wiederholt Rebecka, und ihre Augen füllen sich mit Tränen.

Arvid streckt die Hand aus. Sie zögert einen Moment, dann ergreift sie sie und spürt, wie sich seine warmen Finger um ihre schließen.

»Hast du deine Notizen parat?«, fragt Birgitta. »Kannst du dann bitte mal den Teil zu den Rentenabzügen raussuchen? Da müssen wir noch eine andere Lösung finden.«

Als Arvid lächelt, spürt sie es bis in die Magengrube. Sie muss an die Worte ihrer Großmutter denken. Manchmal muss man im Leben einfach etwas wagen.

»Weißt du Birgitta, ich kann gerade nicht sprechen.«

»Warum nicht? Wir müssen das klären!«

»Weil ich kündige. Aber du kannst ja Markus fragen«, sagt sie und beendet das Gespräch.

Der Bahnsteig ist auf einmal menschenleer. Die Einzigen, die nach Abfahrt des Zugs noch dort stehen, sind Arvid und Rebecka.

»Ich hoffe, du kannst dir mein Gehalt leisten. Ich bin nämlich ziemlich teuer«, sagt Rebecka.

»Das passt schon. Ich werde eine EU-Förderung beantragen.«

»Gott, werden die jetzt sauer sein«, sagt Rebecka und schaut dem Zug hinterher.

Arvid zieht sie an sich und sie schmiegt sich an seine Brust.

»Pfeif auf die Idioten.«

Rebecka hebt das Gesicht, um ihm in die Augen blicken zu können, und wird von ihren Gefühlen überwältigt. Ihr Herz sprudelt über von einem so intensiven Glück, dass ihr beinahe zum Weinen ist. Sie versucht zu begreifen, was da gerade geschieht, dass sie hier so mit Arvid steht. Das hätte sie sich noch vor wenigen Wochen nicht träumen lassen, dass dieser mürrische Typ sich als jemand entpuppen würde, für den sie bereit sein würde, alles aufzugeben.

Sie versucht tief durchzuatmen und lässt die Schultern sinken. Möchte noch eine Weile so verharren und den Augenblick genießen, versuchen, ihn zu bewahren.

Arvid blickt sie so zärtlich an, dass sie unwillkürlich lächeln muss. Mit einem Mal ist es, als fiele alles auf seinen Platz. Sie legt die Hand in seinen Nacken, greift in sein weiches Haar und ein pochendes Verlangen breitet sich in ihrem Körper aus. Das ist ihr Arvid, ab jetzt gehören sie zusammen.

Ein weiterer Zug rattert im Hintergrund vorbei, doch sie schaut nicht einmal hin. Ihr Blick ist immer noch fest mit Arvids verbunden. Sie kann es kaum fassen, dass sie so etwas erleben darf, dass sie es gewagt hat, einfach zu springen. Behutsam zieht sie ihn zu sich, bis ihre Lippen sich berühren. Arvid erwidert ihren Kuss tief und innig. Lange bleiben sie so stehen, ganz konzentriert aufeinander, während die Welt um sie herum verblasst.

»Und was machen wir jetzt?«, fragt Rebecka schließlich.

»Das darfst du entscheiden«, erwidert Arvid und lächelt so, dass ihr förmlich das Herz zerspringt.

Rebecka lehnt ihre Wange an seine, sodass sie mit dem Mund beinahe sein Ohr berührt, und spürt seinen warmen Atem im Nacken.

»Dann lass uns nach Hause fahren.«

DANKSAGUNG

Als Erstes möchte ich meiner großartigen Verlegerin Louise Bäckelin danken. Sie ist wahnsinnig kompetent, es macht großen Spaß, mit ihr zu arbeiten, und sie leistet fantastische Arbeit mit dem Verlegen und Verbreiten meiner Bücher. Danke auch Camilla und Emma im LB Föerlag und allen anderen, die ihren Beitrag geleistet haben, von Umschlaggestaltung und Textbearbeitung bis hin zu Verkauf und Vermarktung.

Ein riesiges Dankeschön auch an meine Lektorin Lena Sanfridson, die im Prozess meines Schreibens eine große Rolle gespielt, mir wertvolles Feedback geliefert und mir beim Feinschliff der Geschichte geholfen hat.

Danke auch an Edith und Maria von der Enberg Agency, die mit Begeisterung meine Bücher im Ausland vertreten.

Wie immer möchte ich auch meinen Eltern, Eva und Björn Skybäck, danken, die mir mit Manuskriptprüfung, Rat und Kinderbetreuung zur Seite standen, wenn ich sie brauchte. Ohne euch hätte ich das nie geschafft.

Auch meinem Mann, Antonio, danke ich von Herzen! Danke, dass du bereit warst, diesen Weg mit mir zu gehen, und dass du immer an mich glaubst – wie unmögliche meine Ziele auch erscheinen mögen. Und danke an Tilda und Klara, die besten, klügsten und liebsten Töchter der Welt, die mich jeden Tag zum Lachen bringen.

Auch meiner Großmutter, Kerstin Skybäck, möchte ich danken, der dieses Buch gewidmet ist. Sie hat eine wichtige Rolle in meiner Kindheit gespielt und hatte immer Zeit, mir zuzuhören und mit mir zu reden, zu träumen, zu spielen und mit mir zu backen. Außerdem hatte sie ein sehr interessantes Leben, hielt sich viele Jahre im Ausland auf und hatte fantastische Geschichten aus Indien und Äthiopien zu erzählen.

Nicht zuletzt möchte ich mich auch beim Rest meiner Familie und bei meinen Freunden herzlich bedanken, die meine Bücher lesen und verbreiten, die bereit sind, mir jederzeit Fragen zu beantworten, und es verstehen, wenn ich zeitweise ganz in meine »Schreibblase« abtauche.

Recherche gehört zum Schreiben dazu, deshalb möchte ich mich auch bei allen Experten bedanken, die auf unterschiedliche Weise zu diesem Buch beigetragen haben. Ein besonderer Dank gilt Therese und Patrick Wetterlöv, die mir bei medizinischen Fragen weitergeholfen haben, an Kristin Persson, Kristina Jönsson und Nina Broberg, die mir Fragen zur Tierpflege, zur Landwirtschaft und zur Nachbarschaftshilfe beantwortet haben, an Suzanne Lindsten, die mir erklärt hat, wie es ist, als Ökonomin zu arbeiten, und wie eine Buchhaltungsfirma funktioniert, an Johan Schreiber, der mir geholfen hat, Kontakt zu Ruth Rothschild zu bekommen, an Ruth selbst, die großzügig über ihre eigenen Erlebnisse während ihrer Flucht im Herbst 1943 über den Öresund berichtet hat, und an Pietro Maglio, der mein mangelhaftes Italienisch korrigiert hat – alle eventuellen Fehler in diesem Buch sind ganz allein mir zuzuschreiben.

Zum Schluss möchte ich mich auch noch bei meinen wunderbaren Leserinnen und Lesern bedanken, die mir so viel Liebe und Anerkennung schenken. Ohne euch wäre aus meinen Büchern nie etwas geworden, und ich bin schrecklich dankbar, dass ihr mich auf Instagram und Facebook immer weiter zum Schreiben ermutigt und überall meine Bücher empfehlt.

Frida Skybäck
Lund, 10. Juni 2020

London, Liebe und ein Haus voller Bücher

Charlotte lebt in Schweden und ist eigentlich zu jung, um Witwe zu sein, zu jung, um ihren geliebten Mann verloren zu haben. Sie vergräbt sich in ihrer Arbeit, bis eine unerwartete Nachricht ihr Leben auf den Kopf stellt: Sie hat von einer entfernten Tante eine Buchhandlung in London geerbt.

Kurz entschlossen fliegt Charlotte nach England, um das Haus zu verkaufen. Doch schnell fühlt sie sich mit dem Laden eng verbunden – genauso wie mit den beiden warmherzigen Mitarbeiterinnen, dem Kater Tennyson und dem Schriftsteller William. Sie versucht, das fast bankrotte Geschäft zu retten. Dabei stößt sie auf Widersprüche und Rätsel: Warum hat sie ihre Tante Sara nie getroffen, warum hat ihre Mutter nie von ihrer Vergangenheit erzählt, und was ist das dunkle Geheimnis der beiden Schwestern?

Die kleine Buchhandlung am Ufer der Themse erzählt, wie ein Haus voller Bücher, gute Freunde und ein kratzbürstiger Kater einer Frau helfen, einen Neuanfang zu wagen – ein charmanter und hoffnungsvoller Roman zum Wohlfühlen.

Frida Skybäck, Die kleine Buchhandlung am Ufer der Themse.
Roman. Aus dem Schwedischen von Hanna Granz. insel taschenbuch 4740. 550 Seiten.

Ein Sommer im Buchsalon am Ende der Welt

Patricias Schwester ist während eines Praktikums in Schweden spurlos verschwunden. Jetzt, dreißig Jahre später, erhält sie einen anonymen Brief mit Madeleines Kette darin. Kurzentschlossen verlässt Patricia ihre Farm in Amerika und reist nach Schweden.

Im kleinen Strandort angekommen, mietet sie sich in einer gemütlichen Pension ein. Bald lernt sie auch die Frauen eines Buchsalons kennen. Bei Kaffee und Kuchen, bei Gesprächen über Literatur, Liebe und alltägliche Probleme fühlt Patricia sich rundum wohl. Doch einige Frauen scheinen mehr über ihre Schwester zu wissen, als sie zugeben – und um Frieden zu finden, ist Patricia entschlossen, die Wahrheit ans Licht zu bringen.

Frida Skybäck erzählt charmant, mit Humor und Hoffnung von begeisterten Leserinnen, von alten Wunden und neuen Anfängen.

»Das Beste, was Frida Skybäck je geschrieben hat.« *Boklusen*

»Das Buch hat alles, was man zum Wohlfühlen braucht.«
Literaturlivet

Frida Skybäck, Der kleine Buchsalon am anderen Ende der Welt. Roman. Aus dem Schwedischen von Karoline Hippe und Nora Pröfrock. insel taschenbuch 4806. 471 Seiten. Auch als eBook erhältlich

NF 519/1/07.21

»Absolut fesselnd – und von der Sonne verwöhnt!«
Daily Express

Für Juno Ryan bricht eine Welt zusammen, als sie erfährt, dass ihr Freund Brad bei einem tragischen Unglück ums Leben gekommen ist. Und als wäre das nicht schon schlimm genug, stellt sich heraus, dass der Mann, den sie liebte und mit dem sie von einer gemeinsamen Zukunft träumte, verheiratet war und einen Sohn hat. In ihrer Verzweiflung flüchtet sie nach Spanien in das Ferienhaus einer Freundin, in die idyllische Villa Naranja. Der blaue Himmel, ein streunender Kater und nicht zuletzt Pep, der attraktive Sohn des benachbarten Weinbauern, sind Balsam für ihre Seele.

Nach und nach scheint sie die Vergangenheit hinter sich lassen zu können, doch als eines Tages Max, der Bruder ihres Geliebten, in ihr kleines Refugium einbricht, muss Juno sich ihren Gefühlen stellen und herausfinden, was sie im Leben wirklich will …

Sheila O'Flanagan, Das Haus am Orangenhain. Roman. Aus dem Englischen von Susann Urban. insel taschenbuch 4774. 418 Seiten.

NF 492/1/7.20

Wenn nur noch die Liebe zählt ...

Buchhändlerin Emma reist nach London, um ihren verstorbenen Eltern noch einmal nahe zu sein, denn diese hatten sich dort kennen- und lieben gelernt.

Schon am ersten Tag begegnet ihr die sympathische Witwe Ava. Die beiden Frauen freunden sich an, und Ava macht Emma das verlockende Angebot, in ihrem Anwesen auf der Roseninsel in Cornwall die Bibliothek auf den neuesten Stand zu bringen. Begeistert sagt Emma zu.

Völlig unerwartet trifft sie in dem Haus auf den Klippen auf Avas Sohn Ethan, der ihr gegenüber sehr abweisend ist. Dennoch fühlt Emma sich zu ihm hingezogen. Als sie herausfindet, was hinter Ethans kühler Fassade steckt, begreift sie, wie tief Liebe gehen kann – und steht plötzlich vor der größten Herausforderung ihres Lebens ...

Ein warmherziger und gefühlvoller Roman über Glück und Hoffnungslosigkeit, Verlust und Liebe – all das, was ein Leben ausmacht.

Gabriele Diechler, Die Roseninsel. Ein Cornwall-Roman. insel taschenbuch 4832. 464 Seiten. Auch als eBook erhältlich

Die Geschichte einer Liebe zwischen Tradition und Aufbruch

Norwegen im Jahr 1880, in einem dunklen und abgeschiedenen Tal: Der junge Pastor Kai Schweigaard hat soeben die kleine Pfarrei mit der 700 Jahre alten Stabkirche übernommen. Die würde er gerne abreißen und durch eine modernere, größere Kirche ersetzen. Die Kunstakademie in Dresden schickt ihren begabten Architekturstudenten Gerhard Schönauer, der den Abtransport der Kirche nach Dresden und ihren Wiederaufbau dort überwachen soll.

Doch die junge und wissbegierige Astrid rebelliert gegen diese Pläne. Mit der Kirche würden auch die beiden Glocken verschwinden, die einer ihrer Vorfahren gestiftet hat. Man sagt ihnen übernatürliche Kräfte nach und dass sie von selbst läuten, wenn ein Unglück bevorsteht. Astrid verliebt sich in diesen Gerhard – und muss sich entscheiden. Wählt sie die Heimat und den Pfarrer? Oder entscheidet sie sich für den Aufbruch in eine ungewisse Zukunft in Deutschland? Da hört sie auf einmal die Glocken läuten ...

Lars Mytting, Die Glocke im See. Roman. Aus dem Norwegischen von Hinrich Schmidt-Henkel. insel taschenbuch 4775. 482 Seiten.

Megacoole Kinder-Witze

Mayday..Mayday...

NFV

Bruno wird für den Kindergarten angemeldet. Die Kindergärtnerin stellt ihm einige Fragen.

„Weißt du auch schon, welche Zahl nach der 3 kommt?" „Die 4!"

„Und weißt du auch, welche Zahl nach der 6 kommt?" „Die 7!"

„Das ist aber ein Ding, dass du sowas weißt. Welche Zahl kommt denn nach der 10?"

„Der Bube!"

Ein Frosch humpelt mit einem dicken Verband am Teichrand herum. Fragt ihn eine Kröte neugierig: „Was ist denn mit dir passiert?" Darauf der Frosch: „Brille vergessen, Knallfrosch geküsst! Quuaak!"

Zwei Goldfische sitzen auf einem Baum und stricken. Da fliegen zwei Elefanten vorbei. Sagt der eine Goldfisch: „Ja, fliegen müsste man können."

„Mami, Mami, die Leiter am Haus ist umgefallen."
„Erzähl's Papi!"
„Der weiß es schon. Er hängt an der Dachrinne."

„Och Mami", bittet Tim, „ich möchte keinen Spinat essen." „Iss nur mein Junge, davon bekommst du doch so eine schöne frische Farbe im Gesicht!" „Ich will aber keine grünen Backen haben!"

Ein kleiner Junge namens Max spielte mit seiner Eisenbahn. Er sagte: „Münchner Hauptbahnhof! Alle Reisenden einsteigen, kleine Deppen nach vorne, große Deppen nach hinten!" Und wieder: „Kölner Hauptbahnhof! Alle Reisenden einsteigen, kleine Deppen nach vorne, große Deppen nach hinten!" Als die Mutter das hörte, sagte sie: „So etwas sagt man nicht! Weil du das gesagt hast, schreibst du mir eine halbe Stunde lang auf, warum du das nicht sagen darfst!" Also schrieb Max auf, warum er das nicht sagen darf. Endlich, nach einer halben Stunde, ging er in sein Zimmer und spielte weiter: „Berliner Hauptbahnhof! Alle Reisenden einsteigen! Kleine Deppen nach vorne, große Deppen nach hinten und wegen dem großen Deppen da unten in der Küche, haben wir eine halbe Stunde Verspätung!"

*Alle Kinder schwingen
von Baum zu Baum,
nur nicht Christiane,
bei der reißt die Liane.*

Ganz aufgeregt stürzt Emma
in das Schlafzimmer ihres
Bruders: „Komm schnell,
unter meinem Bett quietscht
eine Maus!"
„Und was soll ich da?",
gähnt Julius. „Soll ich
sie vielleicht ölen?"

„Susi, möchtest du lieber ein Brüderchen oder ein Schwesterchen?" „Och, wenn es nicht zu schwer für dich ist, Mutti, möchte ich am liebsten ein Pony."

Eine Mutter von sieben Kindern bittet im Kaufhaus den Fahrstuhlführer: „Bitte in die Kinderabteilung." – Da zupft die Kleinste am Ärmel ihrer Mutter: „Mami, haben wir denn noch nicht genug?"

„Papa! Ist der Stille Ozean den ganzen Tag still?" – „Frag lieber etwas Gescheites!" – „Na gut, Papa. Woran ist das Tote Meer gestorben?"

6

Gehen Fritzchen und sein Vater in den Wald. Fragt Fritzchen: „Papa, Papa, darf ich auf den Baum da drüben klettern?" Sagt der Vater: „Okay, aber wenn du runter fällst und dir beide Beine brichst, komm ja nicht heulend angelaufen!"

KOMMEN ZWEI FLÖHE AUS DEM THEATER, ALS ES GERADE ZU REGNEN BEGINNT. MEINT DER EINE ZUM ANDEREN: „WAS IST, GEHEN WIR ZU FUSS ODER NEHMEN WIR UNS EINEN HUND?"

Kurz vor Anpfiff des Pokalendspiels kommt noch ein Sportsfreund, ziemlich außer Atem, an das Kartenhäuschen. „Leider schon zu spät", sagt die Kassiererin. „Das Stadion ist ausverkauft bis auf den letzten Platz." „Schön", nickt er zustimmend, „ok, dann geben Sie mir den."

Fragt Emma ihre Tante:
„Sag mal, Tante Hildegard.
Warum hast du und Onkel
Herbert eigentlich noch
keine Kinder?" Da antwortet
die Tante: „Weißt du, Emma,
der Klapperstorch hat uns
noch keine gebracht!"
„Ach so, wenn ihr noch an
den Klapperstorch glaubt,
dann ist mir alles klar."

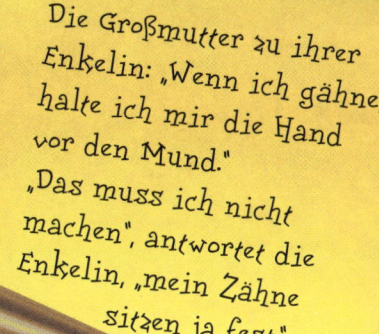

Die Großmutter zu ihrer Enkelin: „Wenn ich gähne, halte ich mir die Hand vor den Mund."
„Das muss ich nicht machen", antwortet die Enkelin, „mein Zähne sitzen ja fest."

Was passiert in Holland, wenn man 3-mal durch die Führerscheinprüfung fällt? – Man bekommt ein gelbes Nummernschild!

Zwei Kühe stehen auf der Weide. Die eine Kuh schüttelt sich ganz wild. Die andere Kuh fragt: „Warum schüttelst du dich so?" Da sagt sie: „Ich habe morgen Geburtstag und bereite schon mal die Schlagsahne für den Kuchen vor."

9

„Sag mal Papa, sind Fußballspieler immer so eingebildet?" „Ja mein Sohn, ich kenne einige Spieler in meiner Mannschaft, die sich einbilden, dass sie besser sind als ich."

Alle Kinder gehen ins Bett, nur nicht Frank, der geht in den Schrank. Und die Hanne, die schläft in der Wanne.

Die Mutter verspricht ihrem Sohn, wenn er in der nächsten Arbeit eine 2 oder 1 schreibt, dass er sich etwas wünschen darf. Schon am nächsten Montag bringt er eine 2 mit nach Hause. Leo sagt: „Ich möchte einen neuen PC!" „Das ist doch viel zu teuer", antwortet seine Mutter. „Gut", sagt er, „dann möchte ich eben einen Tag Papa spielen." Damit ist seine Mutter einverstanden. Leo geht zur Garderobe, bindet sich eine Krawatte um, schmeißt das Jackett auf die Schulter und sagt zu seiner Mutter: „Auf geht's, Schatz! Lass uns in die Stadt fahren und für Leo einen neuen Computer kaufen!"

Fragt der kleine Klaus:
„Mami, hast du nicht gestern gesagt, unser Baby hat deine Augen und Papas Nase?"
„Ja, mein Kläuschen."
„Dann renn mal in das Zimmer vom Baby, denn jetzt hat es Opas Zähne!"

Lena prahlt vor ihrer Freundin:
„Als ich in Spanien war, lag mir sogar der König zu Füßen."
„Und was hast du da gemacht?"
„Nichts! Ich hab ihn aufgehoben und weiter Karten gespielt."

Was ist klein, schwarz und dreht sich im Kreis? – Ein Maulwurf beim Hammerwerfen.
Was ist klein, schwarz und hüpft im Kreis? – Ein Maulwurf, dem der Hammer auf den Fuß gefallen ist.

Gehen zwei Männer in eine Bar, die eine Wand voller Spiegel hat. Auf einmal sagt der eine: „Schau mal, dort sitzen 2, die genauso aussehen wie wir und sie trinken auch dasselbe." Sagt der andere: „Komm wir setzen uns zu ihnen", steht auf und will hingehen. Da sagt der andere: „Bleib sitzen, sie kommen schon!"

... FRAGTE EINE MUTTER ... L, NACH EINEM MIT ... M MUTTERMAL !!

WAS IST DAS: ES HAT ZWEI FLÜGEL UND KANN NICHT FLIEGEN, ES HAT EIN BEIN UND KANN NICHT LAUFEN? – DIE NASE.

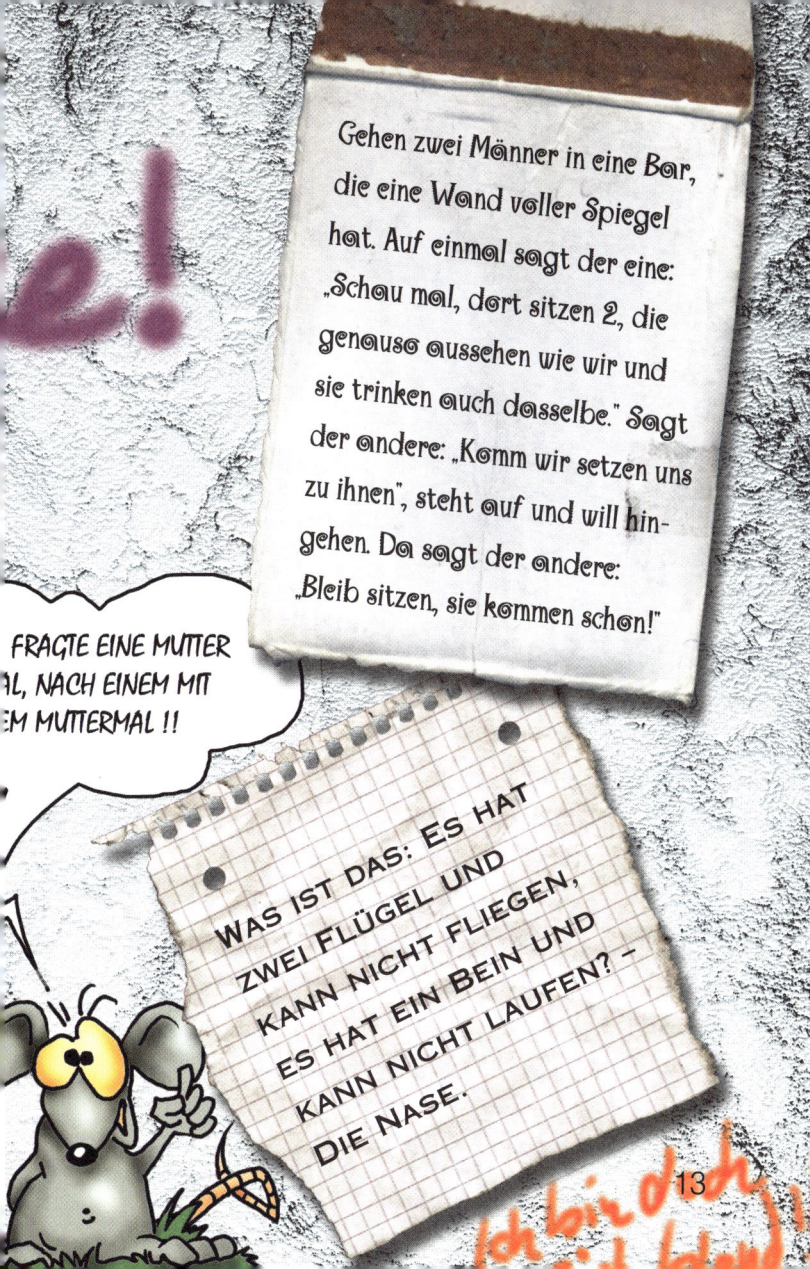

Oma und Michael laufen auf der Straße. Michael findet 10 Euro und fragt: „Oma, darf ich den Schein aufheben?" Oma sagt: „Was auf der Straße liegt, darf man nicht aufheben." Dann gehen sie über den Zebrastreifen, Oma rutscht auf einer Bananenschale aus und liegt am Boden. Oma bittet Michael: „Michael, hilf mir bitte auf!" Daraufhin sagt Michael: „Was auf der Straße liegt, darf man nicht aufheben, Oma!"

„Dein Zeugnis ist miserabel, Tom. Was soll ich dazu bloß sagen?" „Was du früher auch immer gesagt hast, Mami!" Und was hab ich immer gesagt? „Hauptsache, du bleibst gesund, mein Junge!"

r sind
h, nur
kommt
äter.

Nach der Untersuchung der Mutter sagt der Arzt zu Klein Vanessa: „Bald wirst du ein Brüderchen bekommen." Darauf Vanessa: „Das hat keinen Zweck, bei uns hält sich so etwas nicht, unser Goldhamster ist auch eingegangen."

anessa...?

Jö
Täm

Was spricht
alle Sprachen
perfekt?
Das Echo!

15

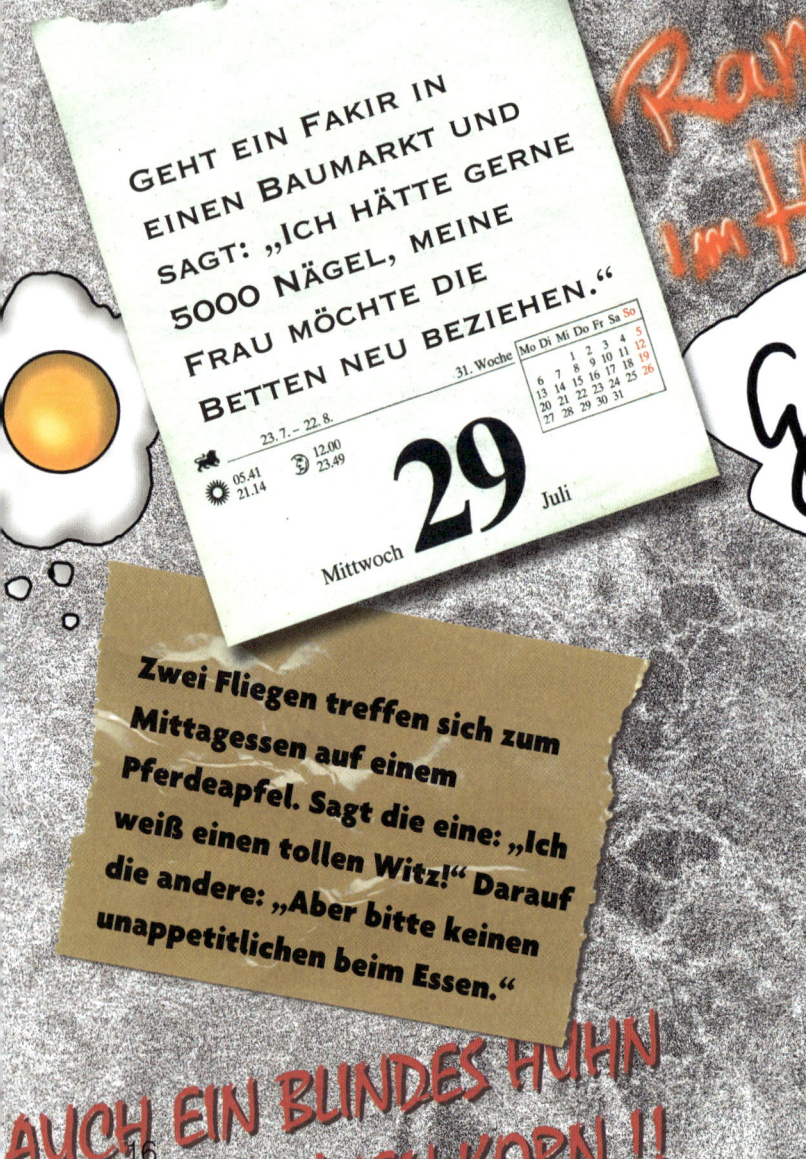

GEHT EIN FAKIR IN EINEN BAUMARKT UND SAGT: „ICH HÄTTE GERNE 5000 NÄGEL, MEINE FRAU MÖCHTE DIE BETTEN NEU BEZIEHEN."

Zwei Fliegen treffen sich zum Mittagessen auf einem Pferdeapfel. Sagt die eine: „Ich weiß einen tollen Witz!" Darauf die andere: „Aber bitte keinen unappetitlichen beim Essen."

AUCH EIN BLINDES HUHN TRINKT MAL'NEN KORN !!

„Flugzeuge haben einen Propeller, damit der Pilot nicht schwitzt." „Das glaubst du doch wohl selber nicht!" „Doch, ich habe gestern einen Film gesehen, da war ein Flugzeug, dessen Propeller nicht mehr ging. Du hättest sehen sollen, wie der Pilot geschwitzt hat!"

Die Tochter sitzt im Zimmer und versucht ein Kreuzworträtsel zu lösen. Plötzlich stockt sie und fragt den Vater: „Papa, Lebensende mit drei Buchstaben?" Vater: „Ehe."

Sagt Max zu Felix: „Wenn du errätst, wie viele Gummibärchen ich in der Hand habe, dann gehören dir alle fünfe!" – „Fünf natürlich", lacht Felix. „Ja, weil du sie gesehen hast", sagt Max gekränkt.

Warum macht Fritzchen den Joghurt schon im Supermarkt auf? – Weil auf dem Deckel steht: „Hier öffnen!"

Kommt ein Mann in die Zoohandlung und bestellt 2 Mäuse, 14 Kakerlaken, 20 Ameisen und 1 Ratte. Fragt die Frau hinter der Theke: „Wozu brauchen Sie das denn?" Sagt der Mann: „Der Vermieter hat gesagt, ich soll die Wohnung so verlassen, wie ich sie vorgefunden habe."

WOW!

mit KingKong nach HongKong

Lieschen hat Geburtstag. Sagt ihr Onkel: „Hier hast du einen ganz glänzenden Euro." Darauf sagt Lieschen: „Ich würde mich auch mit einem alten, zerknitterten 10-Euro-Schein zufrieden geben."

募集中

ölzel!

Bei einem Zoobesuch sagt die Mutter besorgt zu ihrer Tochter Nicole: „Mein Schatz, geh bitte sofort von dem Löwen weg!" Meint Nicole ganz ernst: „Wieso Mama, ich tue ihm doch gar nichts."

Ein Kind steht am Straßenrand und weint. Kommt ein Passant: „Warum weinst du denn?" „Meine Mama hat gesagt, ich soll erst alle Autos vorbeilassen, aber ich warte und warte und es kommt keins!"

Treffen sich zwei Rühreier. Sagt das eine: „Hach, ich bin ja ganz durcheinander."

Fragt ein Mann einen Bauern:
„Wie lange brauche ich zum Zug,
wenn ich über diese Weide gehe?"
Sagt der Bauer: „30 Minuten.
Wenn du aber meinen Bullen
triffst, dann schaffst du es auch
in 15 Minuten!"

Alle Kinder
gehen über die
Brücke, außer
Rosel, die liegt
in der Mosel.

Der Vater hat Florian beim Schwindeln erwischt. Er tobt: „Dass du mir überhaupt noch ins Gesicht sehen kannst!?" „Ja, man gewöhnt sich eben an alles!", sagt Florian.

FERRARI

SCHU

Max: „Was ist ein Rotkehlchen?" Schwester: „Ach, irgend so ein verrückter Fisch!" Max: „Hier steht aber: Hüpft von Ast zu Ast!" Schwester: „Da siehst du mal, wie verrückt der ist!"

Gib Gas!

Zwei Jungen gehen zum Zelten. In der Nacht wacht einer plötzlich auf und weckt den anderen. Er sagt: „Kuck dir mal den schönen blauen Himmel an. Die Sterne, den Mond ... was das wohl bedeutet?" Der andere antwortet: „Dass es heute eine schöne Nacht ist?" „Nein! Das heißt, dass jemand unser Zelt geklaut hat!"

ich au

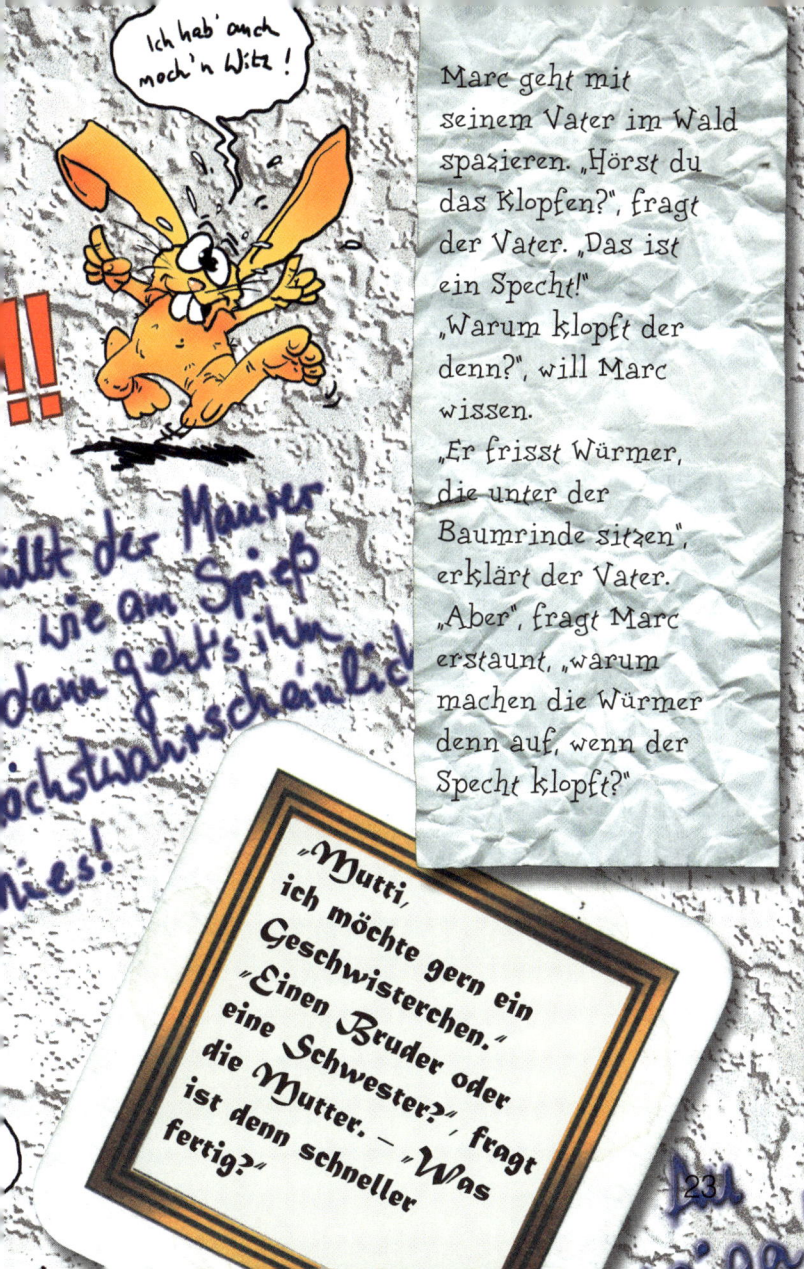

Ich hab' auch noch 'n Witz!

Marc geht mit seinem Vater im Wald spazieren. „Hörst du das Klopfen?", fragt der Vater. „Das ist ein Specht!"
„Warum klopft der denn?", will Marc wissen.
„Er frisst Würmer, die unter der Baumrinde sitzen", erklärt der Vater.
„Aber", fragt Marc erstaunt, „warum machen die Würmer denn auf, wenn der Specht klopft?"

„Mutti, ich möchte gern ein Geschwisterchen." „Einen Bruder oder eine Schwester?", fragt die Mutter. – „Was ist denn schneller fertig?"

23

Eine Schnecke beginnt mitten im Winter damit, einen Baum zu besteigen. „Was willst du denn mitten im Winter auf dem Kirschbaum?", fragt der Vogel überrascht. „Kirschen essen." „Aber es sind doch gar keine dran." „Wenn ich oben bin, schon!"

Zwei Schlangen schlängeln durch die Wüste.
Lispelt die Erste zur anderen:
„Duuhuh, sind wir giftig?"
Sagt die andere:
„keine Ahnung, warum?"
Lispelt die Erste:
„Ich hab' mir gerade auf die Zunge gebissen."

„Papa, sind das hier Chrysanthemen oder Nelken?",
fragt Marcel.
„Natürlich Chrysanthemen",
meint der Vater.
„Und wie schreibt man das?" „Äh, Moment mal. Ich glaube, es sind doch Nelken",
sagt der Vater.

Zwei Milchflaschen treffen sich. Sagt die eine: „Hey du! Wie geht's denn so?" Sagt die andere: „Lass mich in Ruhe, ich bin sauer!"

"Was ist mit meinem Auto?", fragt Peter in der Werkstatt. "Tja", meint der KFZ-Meister und kratzt sich am Kopf, "ich will's mal so sagen: Wenn Ihr Auto ein Pferd wäre, müsste man es erschießen!"

05.33
21.23

23.7. – 22.8.

05.29
21.06
Neumond

Donnerstag 25 Juli

Mayday..Mayday…

"Ich gehe jetzt in den Garten und gieße die Blumen", sagt Lisa. "Aber es regnet doch", meint die Mutter. "Macht doch nichts", antwortet Lisa, "dann nehme ich eben einen Regenschirm mit!"

Wie nennt man einen braunen Bär? – Braunbär. Und einen roten Bär? – Himbär. Und einen Bär, der fliegen kann? – Hubschraubär!

Karsten wartet gespannt auf den Besuch von Tante Renate. Gefragt warum, antwortet er: „Mein Computer ist kaputt und muss repariert werden. Und Papa sagte: ‚Morgen kommt Tante Renate, und die ist zu allem fähig!'"

„Meine Eltern sind einfach komisch", beschwert sich Sandra bei ihrer Freundin. „Erst haben sie mir mit viel Mühe das Reden beigebracht und jetzt, wo ich es endlich kann, verbieten sie mir dauernd den Mund!"

Simone + Tom

Ich bin Simone!

„Nun Olli, kannst du mir den Unterschied zwischen ausreichend und genug erklären?" – „Kann ich, Tante Berta! Ausreichend ist, wenn Mutti mir Schokolade gibt, Genug ist, wenn ich mir selber welche nehme!"

Die kleine Simone geht mit ihren Eltern in ein Restaurant zum Essen. Nach dem Essen sitzt sie ganz ruhig da, ohne die Hände zum Gebet zu falten. „Willst du denn heute dem lieben Gott nicht für die Mahlzeit danken?", mahnt die Mutter. „Nein, heute doch nicht, heute haben wir doch bezahlt."

Am Tisch stellt der Sohn seinem Vater einige Fragen: „Papa, warum…" Immer antwortet der Vater: „Weiß ich nicht, mein Sohn." Nach fünf Minuten sagt die Mutter zum Sohn: „Frag Papa doch nicht immer solches Zeug!" Daraufhin der Vater: „Lass ihn doch, sonst lernt er ja nichts…"

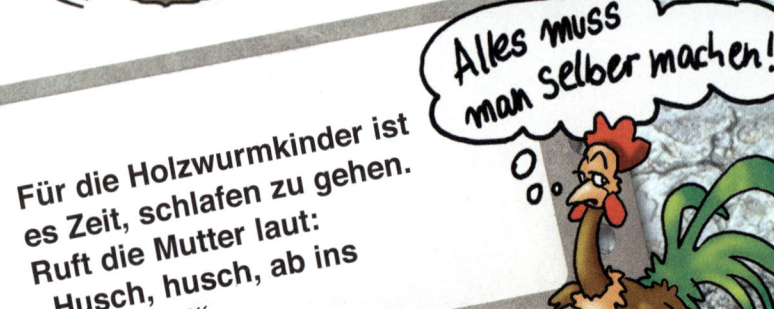

Für die Holzwurmkinder ist es Zeit, schlafen zu gehen. Ruft die Mutter laut: „Husch, husch, ab ins Brettchen!"

„Sag mal, Benedikt, wie füttern die Hühner eigentlich ihre Küken?" „Die werden gesäugt." „Aber Junge, das können Hühner doch gar nicht." „Wieso, hast du denn noch nie was von einer Hühnerbrust gehört?"

„Dies ist der Artist, der immer seinen Arm in den Mund des Löwen steckt. ‚Theodor der Einmalige‘, so hieß er früher." „Und wie heißt er jetzt?" „Theodor der Einarmige."

Huhuu!

Was kommt dabei heraus, wenn man eine Giraffe mit einem Igel kreuzt? – Eine Zahnbürste.

WAS HABEN GEBURTSTAGE UND REGENSCHIRME GEMEINSAM? – SIE WERDEN VERGESSEN!

Da war einmal ein Bauer,
der sagte zum anderen Bauern:
„Heute bin ich ins Radar
gefahren." Fragt der andere:
„Und, hat's geblitzt?"
Sagt der Bauer:
„Nein, gescheppert!"

Pia will ein neues Halsband für
ihren Hund kaufen. Im Geschäft
wird sie jedoch etwas unsicher.
„Am besten bringst du ihn mal
mit", rät die Verkäuferin.
„Das geht leider nicht", entgeg-
net Pia, „es soll doch eine
Überraschung werden!"

Gabi steht auf der Brücke und weint. Ein Fußgänger kommt vorbei und fragt sie: „Warum weinst du denn?" „Ach, da waren böse Kerle, die haben mein Schulbrot in den Fluss geworfen." – „War es mit Absicht?" – „Nein, mit Käse."

Warum sind Glatzköpfe friedliche Menschen?–

Weil sie sich nicht in die Haare kriegen können.

Treffen sich zwei Mäuse und plaudern. Auf einmal fliegt eine Fledermaus vorbei. Da sagt die eine Maus zur anderen: „Wenn ich groß bin, werde ich auch Pilot!"

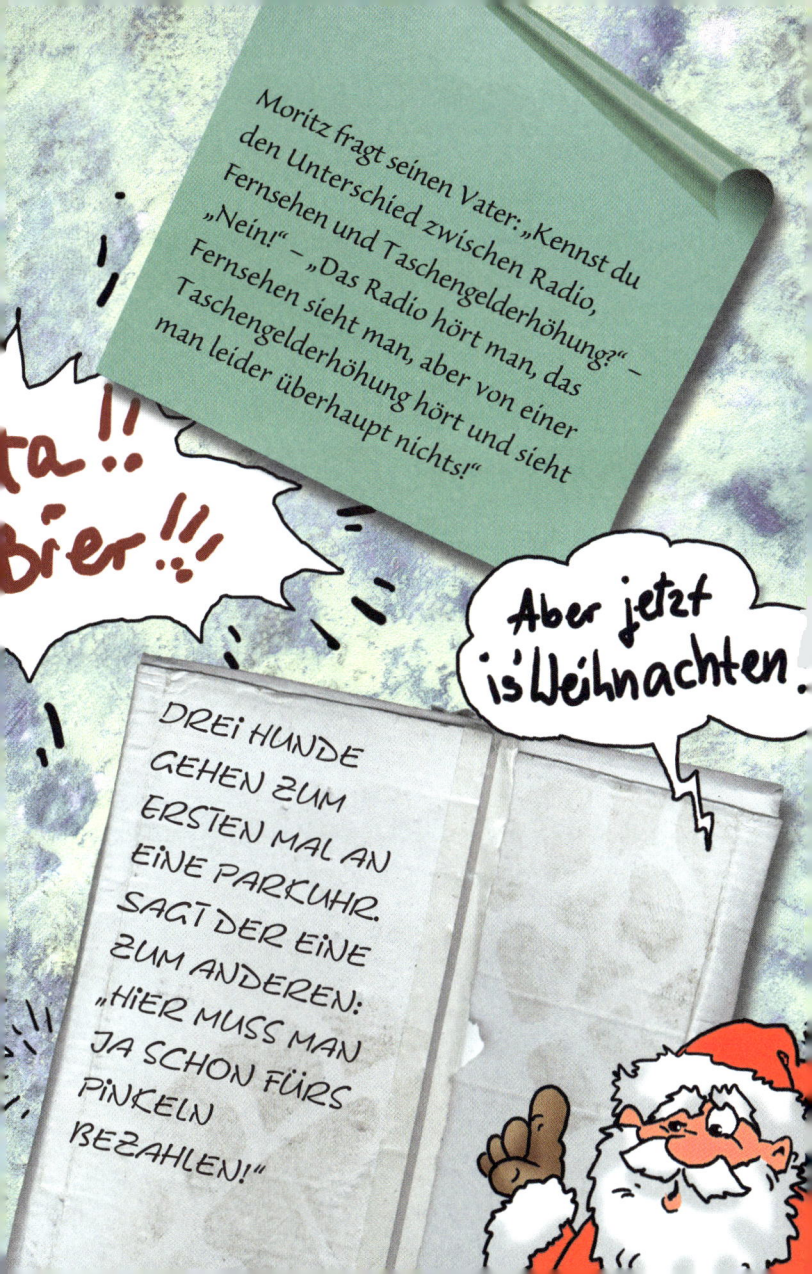

Moritz fragt seinen Vater: „Kennst du den Unterschied zwischen Radio, Fernsehen und Taschengelderhöhung?" – „Nein!" – „Das Radio hört man, das Fernsehen sieht man, aber von einer Taschengelderhöhung hört und sieht man leider überhaupt nichts!"

...ta!!
...bier!!!

Aber jetzt is Weihnachten.

DREI HUNDE GEHEN ZUM ERSTEN MAL AN EINE PARKUHR. SAGT DER EINE ZUM ANDEREN: „HIER MUSS MAN JA SCHON FÜRS PINKELN BEZAHLEN!"

Welche drei Wörter machen jeden Hai glücklich? – Mann über Bord!

Was machen zwei Ameisen in einem Kopfsalat? – Sie erkunden den Dschungel.

23. 7. – 22. 8.

05.41
21.14

12.00
23.49

31. Woche

Mo	Di	Mi	Do	Fr	Sa	So
		1	2	3	4	5
6	7	8	9	10	11	12
13	14	15	16	17	18	19
20	21	22	23	24	25	26
27	28	29	30	31		

Mittwoch

29

Juli

Thomas ist mit seinem Vater im Zoo. Als sie vor dem Löwenkäfig stehen, bekommt das Gesicht des Jungen einen ängstlichen Ausdruck. „Was ist denn los, Thomas?" „Ich habe mir gerade überlegt, wenn jetzt ein Löwe ausbricht und dich auffrisst ... welchen Bus muss ich dann nach Hause nehmen?"

¡ vannago to Africa !

36

Ein Mädchen malt im Kindergarten ein Bild nach dem anderen. „Was tust du denn da?", fragt die Kindergärtnerin. „Ich übe für die Schule."
„Mach dir da mal keine Sorgen, das klappt schon." „Auf dich verlass ich mich lieber nicht – du bist doch schon so groß und immer noch im Kindergarten …"

„Warum fliegen die Störche eigentlich über den Winter nach Afrika?", fragt Paula am Familientisch.
„Ist doch klar", meint der jüngere Bruder, „schließlich wollen die Menschen dort auch Babys haben!"

Ein Kamel und eine Kuh wollen sich selbstständig machen. Kamel: „Ich dachte mir, wir machen eine Milchbar auf." Kuh: „Und wie stellst du dir das vor?" Kamel: „Du sorgst für die Milch und ich für die Hocker!"

MUH

„Du, Papa, was ist eigentlich eine Fabel?" „Eine Fabel? Das ist doch ganz einfach: Wenn zwei Tiere sich unterhalten, meinetwegen ein Ochse und ein Esel, so wie du und ich . . ."

Was ist der Unterschied zwischen einem Pferd und einem Blitz? - Das Pferd schlägt aus, der Blitz schlägt ein!

MUH !!

Alle Kinder sind sauber, außer Rainer, den wäscht keiner.

...ffen sich zwei Fische im See. Sagt der erste ...ch: „Blubb". Der zweite Fisch antwortet ...enfalls mit „Blubb". Da kommt ein dritter ...sch und mischt sich mit einem „Blubb. Blubb. ...ubb" in die Unterhaltung ein. Daraufhin sagt ...er erste Fisch zum zweiten Fisch: „Komm. wir ...chwimmen weiter. der redet eindeutig zu viel!"

die Anja
die kann ja...!

„Anja, nenn' mir einen berühmten Dichter!" „Achilles." „Aber Anja! Achilles war doch kein Dichter!" „Wieso, der ist doch wegen seiner Verse bekannt . . ."

Drei Indianer sitzen am Lagerfeuer. Da raschelt es im Gebüsch. Der erste Indianer geht, um nachzuschauen. Ding! Er kommt verschreckt und mit einem blauen Auge zurück zum Feuer. Der Zweite geht nachschauen. Ding! Auch ihm geht es nicht anders. Da macht sich Indianer Kleiner Fuchs auf den Weg. Ding! Ding! Da meint der Erste: „Oh, ist Kleiner Fuchs etwa zweimal auf die Schaufel getreten?"

„Mein Hund kann mich schon auf 50 Meter riechen!" – „Nicht nur dein Hund . . ."

Anja und Tanja beobachten auf dem Gehweg, wie ein Pärchen sich küsst. „Hast du eine Ahnung, was das Ganze soll?", fragt Anja. Tanja vermutet: „Wahrscheinlich versucht er, ihr den Kaugummi aus dem Mund zu klauen."

rennt ja
e Tanja !

Schumi ..
Schumi...

Fragt die Mutter Fred: „Was hat dir denn dein Bruder zum Geburtstag geschenkt?" Antwortet Fred: „Ein leeres Sparschwein!" „Das sieht ihm ähnlich!", meint die Mutter. Erwidert Fred: „Nein, überhaupt nicht!"

Beim Frühstück steht Kai auf, geht zu Tante Klara und leckt an ihrem Kleid. „Was machst du denn da?", fragt sie entsetzt.
Kai: „Mutti hat recht – dein Kleid ist wirklich geschmacklos ... !"

Die Mutter schimpft:
„Wenn du dich weiterhin so benimmst, geben wir dich in ein Internat, damit du gute Manieren lernst."
Sagt der Sohn:
„Kann ich die denn nicht zu Hause lernen?"

Der Gast verärgert zum Ober: „Entschuldigen Sie bitte, ich habe ein Fünf-Minuten-Steak bestellt und warte nun schon eine Stunde darauf!" Der Ober schnippisch: „Na, dann seien Sie bloß froh, dass Sie keine Tagessuppe bestellt haben!"

Was ist der Unterschied zwischen einem Fußballer und einem Fußgänger? – Der Fußgänger geht bei Grün, der Fußballer bei Rot!

Antonia wird von ihrem großen Bruder wieder einmal geärgert. Daraufhin beschwert sie sich bei ihrer Mutter:

„Du, Mutti, musst du denn auch alles nehmen, was der Storch dir bringt?"

Es treffen sich zwei Freunde.
„Anton, ich habe gehört, deine Frau soll gefährlich krank sein."
Anton:
„Nein, mein Lieber, gefährlich ist die nur, wenn sie gesund ist."

Achim zu seiner Mama:
„Mutti, weißt du, wie viel in einer Zahnpastatube drin ist?"
„Nein, mein Liebling."
„Zweimal auf dem Sofa hin und zurück!"

Ostern ??
Wieso Ostern ?!?

"Geh sofort vom Fernseher weg!", sagt die ängstliche Frau Schröder. "Siehst du nicht, dass der Ansager Schnupfen hat!"

Astrein!!

Wer ist
als Fr

KUNDE IM 200FACH-GESCHÄFT: "HABEN SIE ZUFÄLLIG EINEN SPRECHENDEN PAPAGEI?" "NEIN, HABEN WIR LEIDER NICHT, ABER EINEN SPECHT HÄTTEN WIR!" "KANN DER DENN SPRECHEN?" "DAS NICHT, ABER MORSEN."

"Mama, Mama! Peter hat einen Käfer verschluckt, aber keine Sorge, ich habe ihm sofort Insektenpulver gefüttert."

Sagt der Vater im Schwimmbad zu seinem Sohn: "Trink aus, wir gehen!"

ALLE KINDER BEKOMMEN EIN EIS, NUR NICHT HEINZ, DER KRIEGT KEINS.

47

Eine besorgte Schneckenmutter sagt zu ihren Kindern: „Dass ihr mir ja nicht über die Strasse kriecht! In drei Stunden kommt der Bus!"

Wo ist Susi

„Warum ist der Flohzirkus heute geschlossen?", wird der Direktor des Unternehmens gefragt. „Ach, es ist furchtbar! Unsere Hauptdarstellerin ist mit einem Pudel durchgebrannt!"

„Was machst du da, Lucie?"
„Ich wasche meine Haare, Mama."
„Aber die sind doch ganz trocken, mein Kind!"
„Auf dem Shampoo steht ja auch: Für trockenes Haar."

„Diesen Mantel", sagt die Verkäuferin, „können Sie das ganze Jahr über tragen! Fragt die Kundin: „Ja, aber was mache ich im Sommer?" Da antwortet die Verkäuferin: „Dann tragen Sie ihn über dem Arm!"

Jetzt reichts!!

„Weißt du schon, dass wir in den Urlaub nach Mallorca fliegen?"
„Aber Mama sagt doch immer, wir müssen an unsere Schulden denken."
„Ja, aber Papa hat gesagt, das können wir auf Mallorca auch."

Ben schaut über den Zaun. Der Nachbar fährt Mist durch den Garten. „Wo kommt denn der Mist hin?" „Auf die Erdbeeren!" „Aha", sagt Ben, „wir tun immer Sahne darauf!"

Michel findet vor dem Elternhaus einen 100-Euro-Schein und steckt ihn ein. Meint ein Fußgänger: „Den musst du im Fundbüro abgeben!" „Nein, der gehört meiner Mutti!" „Woher weißt du das?" „Papa sagt, dass Mutti immer das Geld zum Fenster rauswirft!"

50

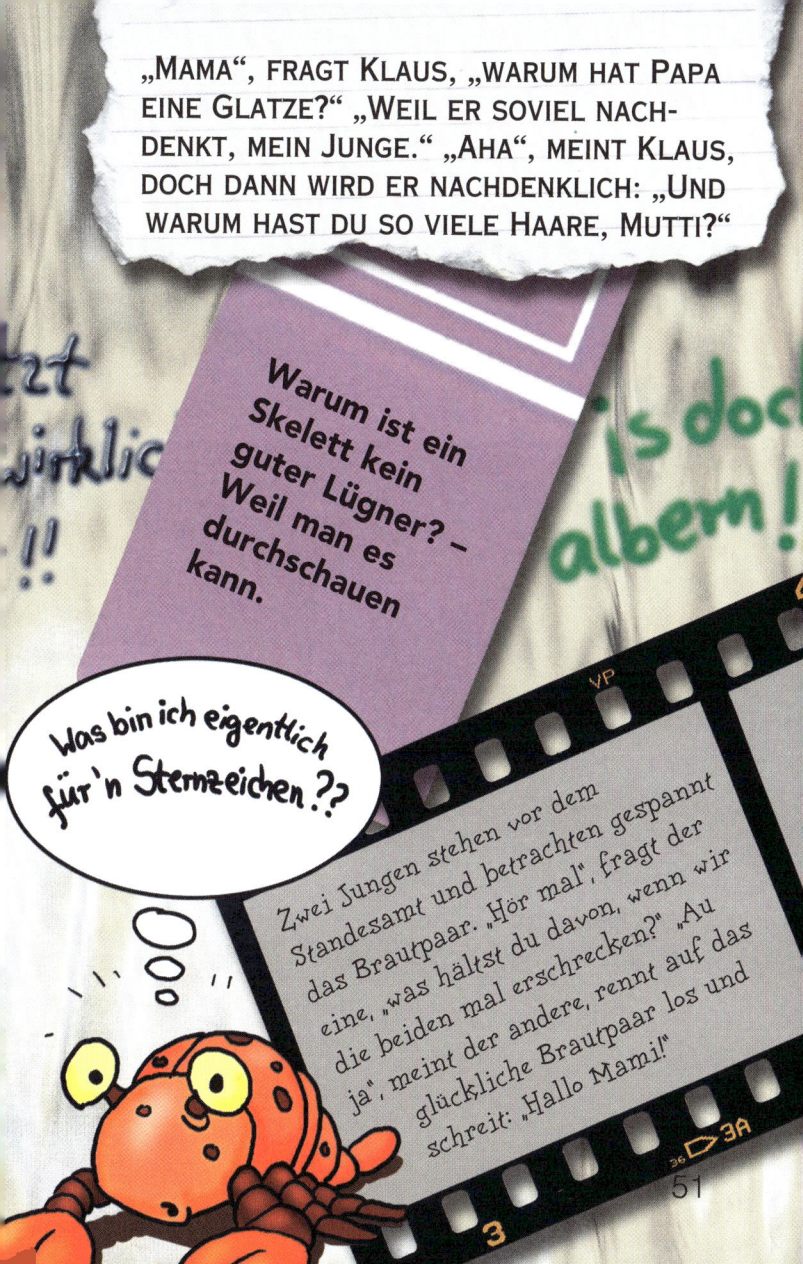

„MAMA", FRAGT KLAUS, „WARUM HAT PAPA EINE GLATZE?" „WEIL ER SOVIEL NACHDENKT, MEIN JUNGE." „AHA", MEINT KLAUS, DOCH DANN WIRD ER NACHDENKLICH: „UND WARUM HAST DU SO VIELE HAARE, MUTTI?"

Warum ist ein Skelett kein guter Lügner? – Weil man es durchschauen kann.

Was bin ich eigentlich für'n Sternzeichen??

Zwei Jungen stehen vor dem Standesamt und betrachten gespannt das Brautpaar. „Hör mal", fragt der eine, „was hältst du davon, wenn wir die beiden mal erschrecken?" „Au ja", meint der andere, rennt auf das glückliche Brautpaar los und schreit: „Hallo Mami!"

51

"Papa hat sich mit dem Hammer den Daumen blau gehauen." Mutter: "Aber da brauchst du doch nicht zu heulen." Alex: "Zuerst habe ich auch gelacht."

Alles Lüge!!

Reiten drei Cowboys durch die Wüste.

Sagt der Erste zum Zweiten:

"Wie viel sind zwei mal zwei?"

Der Zweite antwortet:

"5!"

Darauf erschießt der Erste den Zweiten.

Der Dritte fragt:

"Warum hast du den Zweiten erschossen?"

Da erwidert der Erste:

"Er wusste zu viel."

53

So

WAS PASSIERT, WENN ZWEI TAUSENDFÜSSLER SICH UMARMEN? — ES ENTSTEHT EIN REISSVERSCHLUSS!

Das Hasenjunge fragt seine Mutter: „Die Menschenkinder bringt der Storch. Und wer hat mich gebracht?" „Der Zauberer, mein Liebling. Er hat dich aus dem Hut gezogen!"

Mutter und Tochter blättern in alten Fotoalben der Familie. „Mutti, wer ist denn der dünne Mann mit der Brille?" „Das ist dein Vater." „Ach ja, und wer ist dann der Dicke, der bei uns wohnt?"

tach Kai !

KAI: „MIR IST GERADE EIN TOLLES GESCHENK EINGEFALLEN, DAS ICH DIR ZU WEIHNACHTEN SCHENKEN KANN, PAPA, NÄMLICH EINEN BIER-KRUG AUS PORZELLAN!" „ABER KAI, ICH HABE DOCH SCHON EINEN BIERKRUG!", SAGT DER VATER. „PAPA, DU BIST NICHT MEHR AUF DEM LAUFENDEN, DU HAT-TEST EINEN BIERKRUG, BIS ICH VORHIN MAMA BEIM ABTROCKNEN GEHOLFEN HABE!", ERWIDERT KAI.

OSKAR HAT SCHWIERIGKEITEN IM BRUCHRECHNEN.
SEINE OMA ERKLÄRT:
"SIEH DIR MAL DIESE TORTE AN. WENN ICH SIE IN 12 STÜCKE SCHNEIDE UND DIR EINES DAVON GEBE, WAS IST DAS DANN?"
"DAS IST GEIZ",
MEINT OSKAR BELEIDIGT.

Kurt fragt in der Zoohandlung:
"Was kostet ein Goldfisch?"
"5 Euro!" –
"Oje, so teuer? Haben Sie auch Silberfische?"

Hier kommt
Kurt!
Ohne He
und ohne

56

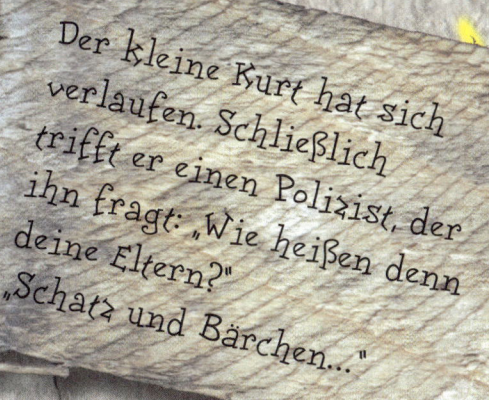

Der kleine Kurt hat sich verlaufen. Schließlich trifft er einen Polizist, der ihn fragt: „Wie heißen denn deine Eltern?"
„Schatz und Bärchen..."

Einen frisch gebackenen Vater brachte es völlig aus der Fassung, als die Hebamme mit Drillingen auf ihn zukam.
„Was soll das heißen", rief er, „kann ich mir eins aussuchen?"

Alle Kinder sind froh, nur nicht Flo, der muss aufs Klo.

Jo Kurt!

Sitzt ein Gast in einem Restaurant und möchte bestellen. Der Ober berät ihn: „Unsere Spezialität sind Schnecken." „Weiß ich", antwortet der Gast, „ich hatte gestern eine in meinem Salat."

„Papa, schau mal, ich hab ein Gebiss." „Iiiiihhhh, wo hast du denn das her?" „Von der Oma." „Oh, und was hat Oma dazu gesagt?" „Gif mir sofoft mein Bebif bieber!"

Bauer Anton besucht Bauer Fritz.

„Rauchen deine Kühe?"

Fritz: „Nein, wie kommst du denn darauf?"

Anton: „Dann brennt dein Stall!"

Zwei Kinder gehen mit ihrer Oma in den Dom. Nachdem die Oma ihnen alles gezeigt hat, treffen sie auf einen Pfarrer, der hinter dem Vorhang eines Beichtstuhls hervorschaut. Die Großmutter unterhält sich kurz mit ihm. Als sie gehen will, verabschiedet sich der Pfarrer: „Auf Wiedersehen, liebe Kinder." Die Oma zu den Kindern: „Sagt schön auf Wiedersehen!" – „Auf Wiedersehen, Kasperle!"

OINK

Kommt Viola freudestrahlend nach Hause. Stolz zeigt sie ihrer Mutter eine kleine Schachtel:

„Mama, der Papa hat mir eine Schildkröte gekauft. Die Verkäuferin hat gesagt, bei guter Pflege wird die fast 200 Jahre alt!"

Darauf die Mutter: „Na, da bin ich aber mal gespannt!"

Ein Mann möchte von einem 3-Meter-Brett springen. Da ruft der Bademeister: „Springen Sie nicht. Springen Sie nicht. Es ist kein Wasser im Becken!" Da meinte der Mann: „Ich bin sowieso Nichtschwimmer!"

In der Sahara treffen sich zwei. Der eine schleppt eine Telefonzelle mit sich herum, der andere einen riesengroßen Stein.

„Was machen Sie denn mit der Telefonzelle?"

„Das ist ganz einfach. Wenn ein Löwe kommt, stelle ich sie hin, renne hinein und schlage ganz schnell die Tür hinter mir zu. Und was machen Sie mit dem Stein?"

„Der ist auch gegen Löwen. Wenn einer kommt, dann schmeiße ich ihn weg … Was meinen Sie, wie ich dann rennen kann!"

Zwei Regenwurmfrauen treffen sich im Beet. „Wo ist eigentlich ihr Mann?", will die eine wissen. „Den habe ich schon so lange nicht mehr gesehen." „Ach", stöhnt die andere, „der ist wahrscheinlich beim Angeln."

Fritzchen geht zum Restaurant und sagt: „Ich habe nur 5 Euro, was können Sie mir dafür empfehlen?" Meint der Kellner: „Ein anderes Restaurant!"

Pass bloß auf, sonst mach ich dich zur Schnecke!!

„Warum bist du auf diese Schnecke getreten, Dieter?" „Ich habe sie nicht gesehen. Sie kam von hinten und hat mich überholt!"

63

Kommt ein Junge ins Fischgeschäft und sagt zum Verkäufer. „Bitte werfen Sie mir zwei Forellen zu!" „Warum denn werfen?", fragt der Verkäufer. „Damit ich zu Hause sagen kann, ich hab sie selbst gefangen!"

Kai kommt nach Hause:
„Mami, ich bin in eine Pfütze gefallen."
„Mit deinen guten Sachen?"
„Ja, ich hatte keine Zeit mehr, mich umzuziehen."

Die kleine Susi fährt mit ihrem Dreirad im Wohnzimmer herum. Der Vater schimpft: „Du sollst doch längst im Bett sein!" Das Mädchen sagt: „Ich will ja, aber ich find keinen Parkplatz!"

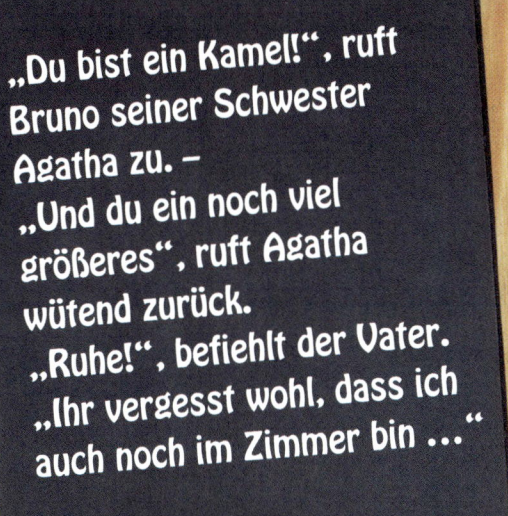

„Du bist ein Kamel!", ruft Bruno seiner Schwester Agatha zu. –
„Und du ein noch viel größeres", ruft Agatha wütend zurück.
„Ruhe!", befiehlt der Vater. „Ihr vergesst wohl, dass ich auch noch im Zimmer bin …"

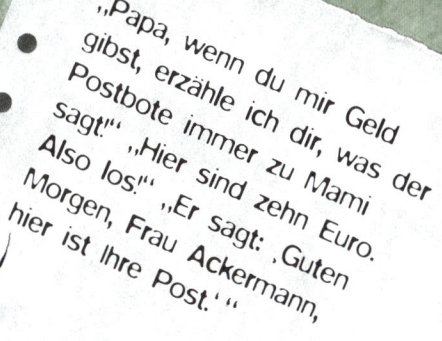

„Papa, wenn du mir Geld gibst, erzähle ich dir, was der Postbote immer zu Mami sagt!" „Hier sind zehn Euro. Also los!" „Er sagt: ‚Guten Morgen, Frau Ackermann, hier ist Ihre Post.'"

Klaus steht im Kaufhaus vor einer Rolltreppe und schaut dauernd auf die Stufen. „Kann ich dir helfen, mein Kleiner?", fragt eine freundliche Verkäuferin. „Nein, nein, ich warte nur, dass mein Kaugummi wieder kommt!"

Was machen denn die Großen hier, mit dem vielen Dosenbier??

KLAUS hat's RAUS

„Warum kommst du zu spät zur Ballettstunde?", schimpfen die anderen Tiere den Tausendfüßler. „Weil irgend so ein Trottel draußen vor der Tür ein Plakat angebracht hat: ‚Füße gründlich abputzen!‘"

Die Familie hat eine neue Wohnung. Stolz erklärt die Kleinste: „Ich hab ein eigenes Zimmer, mein Bruder und meine Schwester auch. Nur der Vati, der muss wieder bei der Mutti schlafen …"

Der betagte Herr möchte wissen: „Was ist denn dein Vater von Beruf?" „Tontechniker." „Immer diese Fremdwörter – früher hieß das doch Töpfer!"

Alle Kinder fahren Fahrrad, nur nicht Susanne, die hat 'ne Panne.

Michael findet auf dem Sperrmüll einen Spiegel. Kritisch sieht er hinein und murmelt vor sich hin: „Dieses blöde Bild hätte ich auch weggeworfen!"

Tina is Prima

Die siebenjährige Tina fasst zusammen: „Unser täglich Brot gibt uns der liebe Gott. Die Kinder bringt der Storch. Wozu brauchen wir denn eigentlich den Papa?"

Alle Kinder essen Joghurt, nur nicht Mark, der isst Quark.

Da geht's zum Mond

Nach dem Haare-
schneiden bekommt
Gregor vom Friseur
den Spiegel
vorgehalten:
„Ist es so recht,
junger Herr?"
„Hinten darf es
noch etwas länger
werden", erwidert
Gregor dem ver-
dutzten Friseur-
meister.

Ein Pferd steht auf einer
Weide. Am Zaun hängt ein
Schild: „Bitte das Pferd nicht
füttern! Der Besitzer."
Darunter klebt ein kleiner
Zettel: „Bitte das Schild
nicht beachten! Das Pferd."

Wie isses
jetzt mit
Weihnachten?!

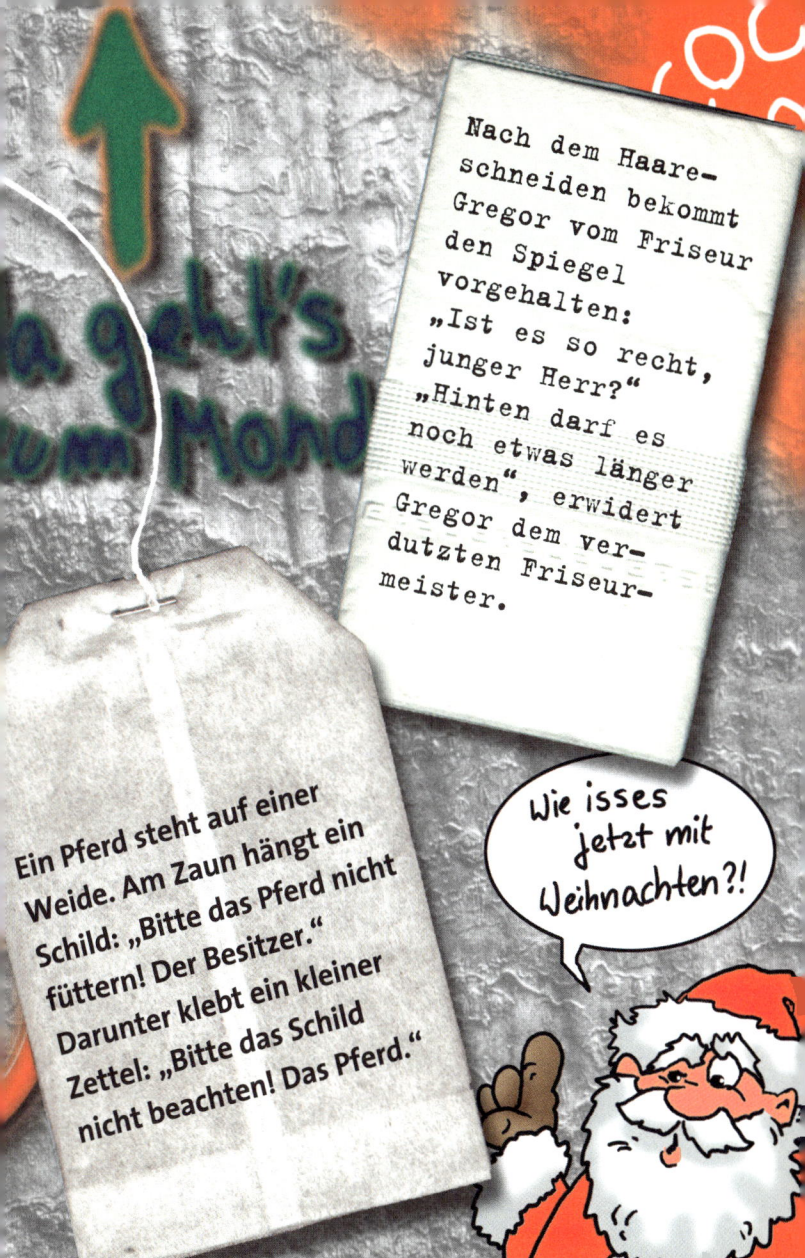

Zwei Zahnstocher gehen den Berg hinauf, der Gipfel ist noch ewig weit weg und die Sonne brennt. Die Zahnstocher schwitzen und keuchen und können fast nicht mehr laufen, da kommt ein Igel vorbei. Sagt der eine Zahnstocher zum anderen Zahnstocher: „Wenn ich gewusst hätte, dass hier ein Bus fährt …"

DREI JUNGS VERPRÜGELN FABIAN NACH DER SCHULE. EIN ÄLTERER HERR SIEHT DAS UND SCHIMPFT MIT DEN JUNGEN: „ICH WERDE EUCH HELFEN, DEN ARMEN JUNGEN ZU VERPRÜGELN." DARAUF DIE JUNGS: „NE, DAS SCHAFFEN WIR SCHON ALLEINE."

EIER LEGEN…?!? SO WEIT KOMMT'S NOCH !!

„Nicht wahr, Omi, es sind wichtige Leute zu Besuch?", fragt David.
„Wie kommst du denn darauf?"
„Weil Mutti über Papis Witze lacht."

Drei Zwerge treffen sich. Der Erste sagt: „Mein Vater ist so klein, dass er unter einem Tisch durchgehen kann."
Der Zweite sagt: „Mein Vater ist so klein, dass er unter einem Stuhl durchgehen kann."
Der Dritte sagt: „Mein Vater ist so klein, dass er beim Erdbeerenpflücken von der Leiter gefallen ist."

„Mann, ich hab es satt, hier herumzuhängen!", sagte die Glühbirne und brannte durch.

Donnerstag

23

Juli

30. Woche

23. 7. – 22. 8.

05.33
21.23

05.29
21.06
Neumond

Die Mutter wundert sich, was das Baby wohl haben mag. Es weint ständig und ohne Pause. Da fragt der Bruder: „Hast du denn keine Gebrauchsanweisung dazubekommen?"

„Ich habe heute einen anonymen Brief bekommen", erzählt Mäxchen dem Fritz. Darauf dieser: „Soso! Und von wem?"

Stehen ein Schaf und ein Rasenmäher auf der Wiese. Sagt das Schaf zum Rasenmäher: „Mäh." Sagt der Rasenmäher: „Von dir lass ich mir gar nichts befehlen!"

NACH DER ERNEUTEN NIEDERLAGE MACHT DER TRAINER MIT SEINER MANNSCHAFT EINEN RUNDGANG DURCH DAS STADION: „SO, JUNGS", SAGT ER, „WO DIE FOTOGRAFEN STEHEN, WISST IHR JA. DEN STANDORT DER FERNSEH-KAMERAS KENNT IHR AUCH – UND NUN ZEIGE ICH EUCH NOCH, WO DIE TORE STEHEN!"

HEY !!

Fragt der Ober den seekranken Passagier: „Möchten Sie, dass ich ihnen das Essen in die Kabine bringe oder soll ich es gleich über Bord werfen?"

Datum

mündlichen Grüßen

ALLES v.

Ein schwarz gekleideter Mann klopft an die Himmelstür. Petrus öffnet und fragt: „Warst du jemals ungerecht?" „Ich war Fußball-Schiedsrichter", meint der Mann, „einmal bei einem Spiel Italien gegen England, da habe ich Italien einen Elfmeter zugesprochen. Das war falsch." „Wie lange ist das her?" „Etwa 30 Sekunden!"

Das Zirkuszelt ist zusammengebrochen. Der Direktor schreit: „Wo ist der Kerl, der dem Elefanten Niespulver gegeben hat?"

ILL
ELER
DEN!

75

Nach dem Besuch in einem Restaurant meint Sarah zu ihrer Mutter: „Ein erbärmlicher Fraß war das heute in der Gaststätte, da hätten wir genauso gut zu Hause essen können."

„Papa, ich habe zwei Fragen!"
„Schieß los, mein Junge!"
„Erstens, darf ich mehr Taschengeld haben?
Und zweitens, warum nicht?"

Alle Kinder sind traurig, außer Fritz, der erzählt 'nen Witz.

IHR HABT DOCH ALLE 'N VOGEL !!

TIP TIP

Sagt der Gast zum Ober: „Kann ich bitte eine Serviette haben?" Kommt der Ober mit einer Klorolle an. Sagt der Gast: „Das ist eine Klorolle und keine Serviette!" Sagt der Ober: „Manche nennen es Klorolle, aber wir die längste Serviette der Welt!"

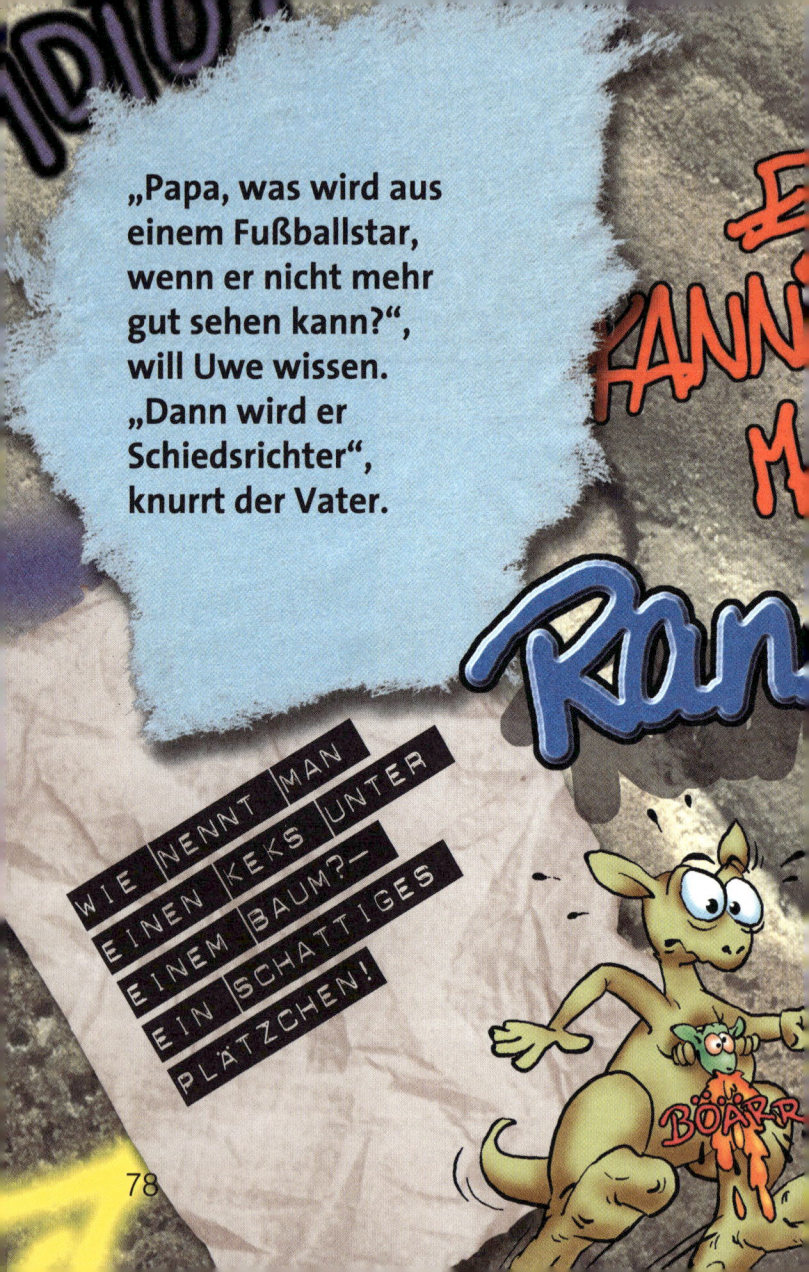

„Papa, was wird aus einem Fußballstar, wenn er nicht mehr gut sehen kann?", will Uwe wissen. „Dann wird er Schiedsrichter", knurrt der Vater.

WIE NENNT MAN EINEN KEKS UNTER EINEM BAUM? – EIN SCHATTIGES PLÄTZCHEN!

Fragt die Lieselotte:
„Wie viele Schafe haben Sie
eigentlich in Ihrer Herde?"
„Keine Ahnung",
erwidert der Schäfer,
„beim Zählen schlafe ich immer ein."

Oma Frieda lässt sich die
Haare kurz schneiden, zieht
eine flotte Hose und einen
schicken Pulli an und kommt
sich wieder vor wie achtzehn.
Stolz fragt sie ihren Enkel, der
sie erstaunt ansieht:
„Nun, komme ich dir jetzt
noch wie eine alte Frau vor?"
„Nein, eher wie ein alter
Mann."

SPRINGT EIN KEKS GEGEN DIE WAND UND BRICHT SICH ,NEN KRÜMEL!

Die Mutter schimpft:
„Willi, mit solch schmutzigen Händen darfst du nicht zum Essen kommen!"
Willi starrt auf seine Hände:
„Aber ich habe doch keine anderen!"

Huhuu!

Jochen hat sich im Supermarkt verlaufen und fragt eine Verkäuferin: „Haben Sie eine Mami gesehen ohne einen Jungen, der genauso aussieht wie ich?"

Warum haben Elefanten rote Augen? –
Damit man sie nicht hinter dem Kirschbaum erkennen kann.

WELCHER ZUG HÄLT AN KEINEM BAHNHOF? – DER DURCHZUG

Tante Denise ist sehr ängstlich. Ganz schlimm wird es, als sie in ein Flugzeug steigen soll. Sie geht vor dem Start zur Stewardess und fragt: „Fräulein, entschuldigen Sie, aber stürzt so ein Flugzeug öfter ab?" „Meistens nur einmal", sagt die Stewardess beruhigend.

„Aber Luca", will der Vater ganz erstaunt wissen, „was machst du bloß mit der Sardinenbüchse?" – „Ich zeige sie meinen Goldfischen", klärt Luca seinen Vater auf, „damit sie dankbar dafür sind, dass es ihnen bei mir besser geht."

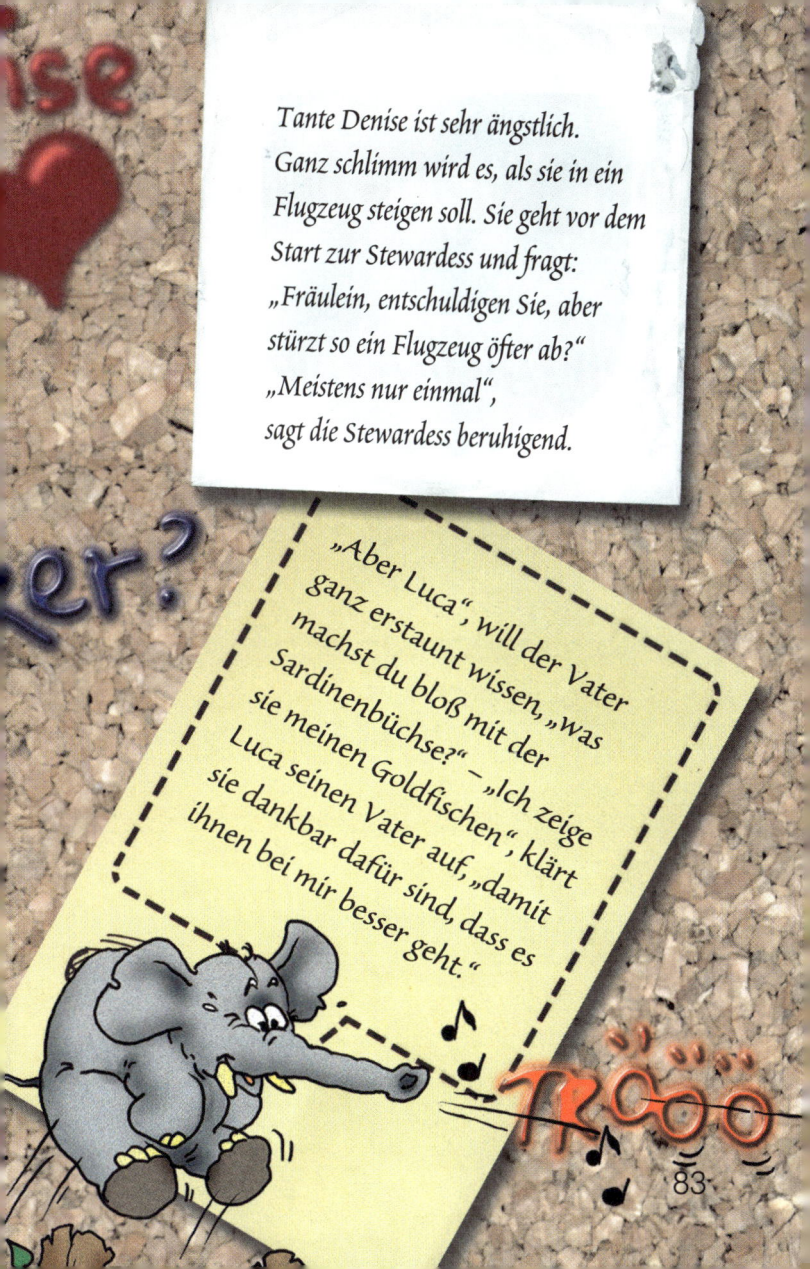

83

Alle Kinder essen
Eis, nur nicht
Marlene, der
fehlen die Zähne.

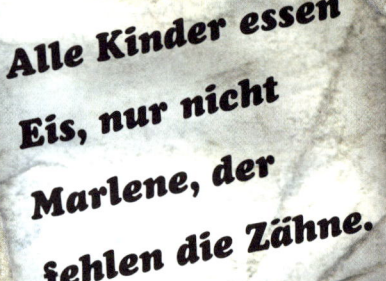

DC

„Und Ihr Fachgebiet ist Fußball?",
fragt der Showmaster.
„Ja", antwortet der Kandidat.
„Bravo, da habe ich eine Frage
für Sie. Wie viele Maschen hat
ein Tornetz?"

Ein Pirat mit Holzbein, Hakenhand und Glasauge erzählt aus seinem aufregenden Leben:

„Mein Bein habe ich verloren, als ich über Bord ging und die Haie mich erwischten; seitdem habe ich ein Holzbein. Meine Hand habe ich bei einer Seeschlacht verloren und seitdem habe ich den Haken als Hand."

„Und wieso hast du ein Glasauge?"

„Das war ein Möwenschiss genau ins Auge", sagt der Pirat. „Aber davon verliert man doch nicht sein Auge."

Der Pirat antwortet kleinlaut:

„Das passierte an dem Tag, an dem ich den Haken bekommen habe."

Der Vater kommt von der Arbeit nach Hause und wird von seiner Tochter ganz besonders lieb empfangen. Da meint er zu seinem Sohn, der ihn kaum beachtet: „Schau mal, wie herzlich mich Marlene begrüßt!"

Darauf antwortet Florian nur: „Naja, wenn ich die neue Vase umgeschmissen hätte, würde ich dich auch so empfangen!"

Fliegen zwei Luftballons durch die Wüste. Ruft der eine: „Pass auf, da ist ein Kaktusssssssssss."

Moritz:
„Hat dein Fahrrad eigentlich einen Namen?"
Bernd:
„Natürlich, es heißt Storch!"
„Warum denn Storch?"
„Weil es so laut klappert!"

Leon ist unsterblich in Emma verliebt.

„Ich würde für dich bis ans Ende der Welt wandern."

Daraufhin sagt Emma genervt:

„Aber versprich mir, dass du auch wirklich dort bleibst."

Stehen zwei Frösche am Teich. Plötzlich fängt es zu regnen an. Da sagt der eine Frosch zum anderen: „Komm, springen wir ins Wasser, sonst werden wir nass!"

Jana: „Papa, kannst du mir etwas über Romeo und Julia erzählen?"
Vater: „Natürlich, aber schau doch besser einmal in der Bibel nach!"

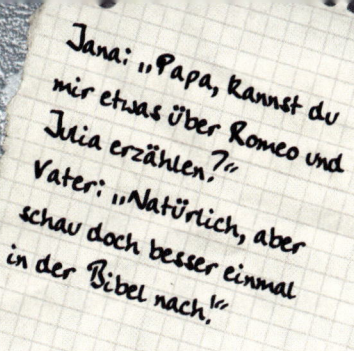

Gehen zwei Sandkörner durch die Wüste. Meint das eine: „Meine Güte, ist das heute voll hier!"

Der kleine Knut sagt zu seinem Vater: „Der Strom wird auch wieder teurer, Papa. Sei froh, dass ich keine Leuchte bin."

Die Tante fragt Manuel:
„Welchen von deinen 2 Brüdern magst du am liebsten? Peter oder Jürgen?"
Meint Manuel:
„Das kann ich nicht sagen, sonst ist Peter beleidigt."

Sagt der Quizmaster zur Kandidatin:
„Was ist der Unterschied?"
Sagt die Kandidatin:
„Zwischen was?"
Quizmaster:
„Helfen darf ich nicht!"

Annette sitzt im Stadion und schaut ganz gebannt beim 10 000-Meter-Lauf zu. Voller Begeisterung wendet sie sich ihrem Nachbarn zu und schreit:
„Der mit dem roten Schal gewinnt!"
„Wieso roter Schal?
Das ist seine Zunge!"

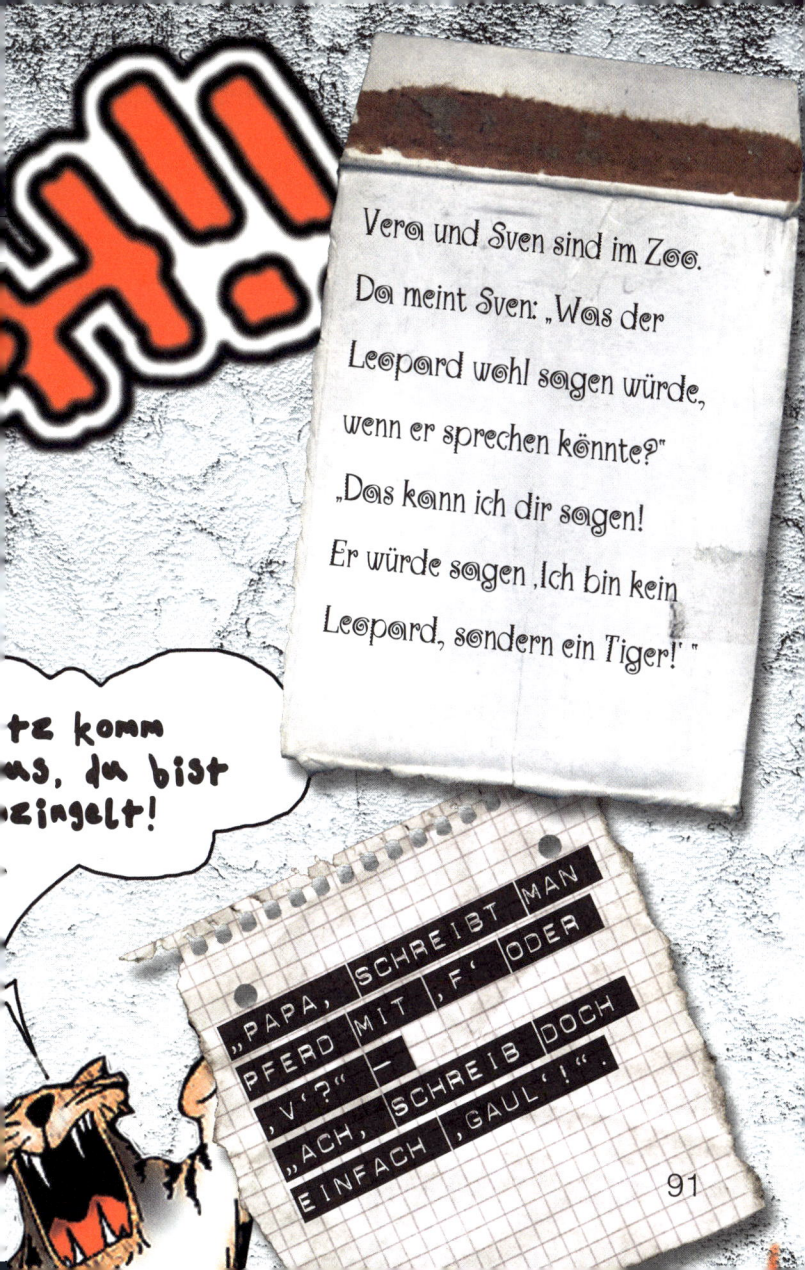

Vera und Sven sind im Zoo. Da meint Sven: „Was der Leopard wohl sagen würde, wenn er sprechen könnte?" „Das kann ich dir sagen! Er würde sagen ‚Ich bin kein Leopard, sondern ein Tiger!'"

...tz komm ...us, du bist ...zingelt!

„PAPA, SCHREIBT MAN PFERD MIT ‚F' ODER ‚V'?" – „ACH, SCHREIB DOCH EINFACH ‚GAUL'!".

91

Die Mutter ist ein bisschen böse auf ihren Sohn: „Du, sag mal, jetzt isst du schon das vierte Stück Kuchen und ich habe dir doch nur eins erlaubt!" „Entschuldigung", sagt Marc. „Da muss ich mich verzählt haben."

Womit spielen Eskimos kniffel? – Mit Eiswürfeln!

Ein Gespräch unter Freundinnen:
„Gestern ist meine Mutter plötzlich ohnmächtig zusammengebrochen! Wir mussten sie mit dem Rettungswagen ins Krankenhaus bringen!" „Naja, sie ist aber wirklich selbst schuld. Wieso musste sie auch mein Tagebuch lesen!"

WOW!

Sagt der Gast zum Ober: „Herr Ober, da liegt ein Zahn in meiner Suppe." Darauf der Ober: „Sie sagten doch, ich soll einen Zahn zulegen!"

mit KingKong nach HongKong

募集中

ölzel!

93

nächste Seite →

Alle Kinder gehen zur Schule, nur nicht Frank, der macht krank.

Eine Oma möchte ein Haus kaufen. Da sagt der Verkäufer: „Gut, Sie müssen nur noch diesen Vertrag unterschreiben." Fragt die Oma: „Wie soll ich den Vertrag denn unterschreiben?" „So wie Sie auf Ihren Briefen unterschreiben!" Da schreibt die Oma auf den Vertrag: „Eure liebe Oma."

„Mama, ich mag keinen Käse mit Löchern!", beschwert sich Frauke. „Dann iss doch nur den Käse und lass die Löcher einfach liegen!", antwortet die Mama.

Kommt die Mutter vom Einkaufen und fragt Erik: „War jemand hier?"

Erik: „Ja!"

Mutter: „Wer?"

Erik: „Ich!"

Mutter: „Ich meine, ist jemand gekommen?"

Erik: „Ja!"

Mutter: „Wer?"

Erik: „Du!"

Sabine

„Omi ist ein Schiff, Omi ist ein Schiff", kichert der kleine Manuel. Die Großmutter hört das und will von ihrem Enkel wissen, wie er eigentlich auf die Idee kommt, sie sei ein Schiff. „Oma, du bist ein Schiff, ich hab schließlich ganz genau gehört, wie der Papa zur Mama gesagt hat: ‚Jetzt ist der alte Dampfer schon wieder da!'"

Ein Mann beim Hundezüchter:
„Wie viel kostet ein Hund?"
„1200 Euro", erwidert der
Züchter. „Sagen wir die
Hälfte?", fragt der Mann, der
mit dem Preis nicht ganz
zufrieden ist. „Nein! Ich verkaufe
keine halben Hunde."

Drei Kinder unterhalten sich
und jedes will etwas mehr
angeben. Das Erste: „Wir
sind zu Hause drei Kinder
und jedes hat sein eigenes
Besteck!" Darauf das Zweite:
„Na und? Wir sind fünf
Kinder zu Hause und jedes
hat sein eigenes Zimmer!"
Schließlich sagt das dritte Kind: „Das ist doch gar
nichts. Wir sind acht Kinder
zu Hause und jedes hat
seinen eigenen Papa!"

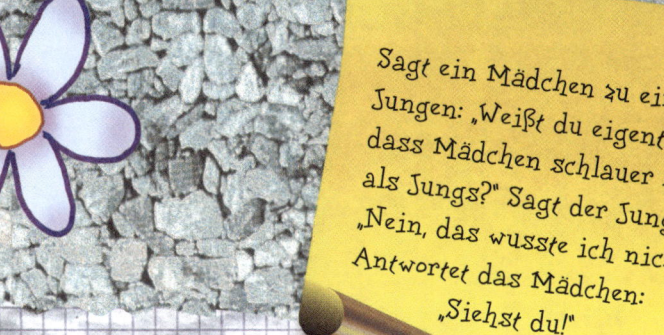

Sagt ein Mädchen zu einem Jungen: „Weißt du eigentlich, dass Mädchen schlauer sind als Jungs?" Sagt der Junge: „Nein, das wusste ich nicht." Antwortet das Mädchen: „Siehst du!"

Der Zirkus brennt.
Alle rennen schreiend
durcheinander. „Keine
Panik!", ruft der Direktor.
„Wozu haben wir denn zwei
Feuerschlucker!"

„Ich glaube, Sven misstraut uns", sagt die Mutter. „Wie kommst du denn darauf?", fragt der Vater. „Er hat seine fünf Euro Taschengeld auf einem Nummern-konto in der Schweiz angelegt!"

„Warum hast du denn deine Hand verbunden?", will Annika von ihrer Freundin wissen.

„Ich wollte eine Schnake an der Wand töten."

„Na, und?"

„Ich habe mich getäuscht, es war ein Nagel!"

Es ist kurz vor Weihnachten, Markus geht zu seiner Mutter und sagt: „Mama, du kannst die Eisenbahn von meinem Wunschzettel streichen, ich habe nämlich zufällig eine im Wandschrank gefunden!"

...ay..Mayday...

Vater und Sohn im Garten. Sagt der Sohn zum Vater: "Papa, wieso hast du eigentlich so abstehende Ohren?" Da sagt der Vater zum Sohn: "Tja, das hat der liebe Gott so gemacht." Erwidert der Sohn: "Papa, bei dem lassen wir nichts mehr machen!"

ÄSSSEEE!!!!

Zwei Bergsteiger auf dem Weg nach oben. Der eine rutscht plötzlich aus und stürzt kopfüber in eine Gletscherspalte. "Harald, hast du dir wehgetan?" "Neeeeiiin. Ich falle noch."

99

Ein Mann bestellt sich eine Pizza. Der Verkäufer fragt: „Soll ich Ihnen die Pizza in 6 oder in 12 Stücke schneiden?" Daraufhin der Mann: „In 6 Stücke bitte. 12 schaffe ich nicht."

TINA
is
PRIMA

Weihnachten steht vor der Tür und Familie Müller sitzt gemütlich vorm Fernseher. Da klingelt es an der Tür und die Mutter öffnet. Der Postbote sagt: „Hier ist ihre 50-Meter-Rolle Papier!" „Aber wir haben keine 50-Meter-Rolle bestellt", meint die Mutter erstaunt. „Doch haben wir", ruft Klein Erna: „Die brauche ich für meinen Weihnachtswunschzettel!"

Zwei Jungen haben auf dem Friedhof Kastanien gesammelt. Nun teilt der eine auf: „Eine für dich, eine für mich, eine für dich, …"
Ein alter Mann hört das, kann die Jungen aber wegen einem dichten Strauch nicht sehen. Voller Angst rennt er ins Dorf und schreit: „Der Herrgott und der Teufel teilen sich auf dem Friedhof die Seelen!" Ein junger Mann geht mit ihm, um ihn zu beruhigen, und nun hören sie beide, starr vor Entsetzen, den Jungen sprechen: „Eine für dich, eine für mich, …" und merken nicht einmal die zwei Kastanien, die auf sie herabfallen. Die hört aber der Junge und als er mit dem Zählen fertig ist, sagt er laut: „Pack' deine schon mal ein. Wenn ich nun noch die beiden vor dem Zaun hole, hat jeder fünfundvierzig!"

Eine Ameise wird von einem Pferdeapfel getroffen und darunter begraben. Stunden später hat sie sich endlich freigearbeitet, holt tief Luft und schimpft: „Was für eine Frechheit! Und auch noch mitten ins Auge!"

Wie isses jetzt mit Weihnachten?!

Christina geht mit ihren Eltern in den Zoo. Sie stehen vor dem Zebragehege. Am Zaun hängt ein Schild, auf dem steht: „Achtung! Frisch gestrichen!" Christina fragt ihre Mutter: „Ich dachte immer, die Streifen von den Zebras wären echt!"

ALLE KINDER GEHEN UM DIE PFÜTZE, NUR NICHT KIM, DIE STEHT DRIN.

Ein König hatte zwei
Papageien, einen roten und
einen grünen, die flogen auf
einen Baum. Der König fragte,
wer die Papageien vom Baum
herunter holen kann. Da
meldete sich Hans. Er
kletterte hoch und kam mit
dem roten Papagei wieder
herunter. Der König fragte:
„Wo ist denn der Grüne?"
Hans sagte: „Der ist noch
nicht reif!"

Ich glaub bei euch piepsts!

Treffen sich zwei Rosinen.
Sagt die eine:
„Warum hast du einen
Helm auf?" Sagt die andere:
„Na, ich gehe ja gleich in
den Stollen."

104

Kommt ein Frosch in den Laden. Fragt der Verkäufer: „Was darf's denn sein?" Frosch: „Quark."

IHR HABT DOCH ALLE'N VOGEL!!

...Schaf und eine Nonne
...en Tischtennis. Da trifft das
...haf den Ball nicht und sagt:
„Scheiße, daneben!"
Spielen sie weiter. Dann trifft das
Schaf den Ball wieder nicht
und flucht: „Scheiße, daneben!"
Daraufhin die Nonne: „Wenn du noch
mal ‚Scheiße daneben' sagst, wird
Gott dich bestrafen!" Sie spielen weiter
und das Schaf trifft den Ball wieder
nicht und flucht: „Scheiße, daneben!"
Plötzlich braut sich am Himmel ein
Unwetter zusammen. Ein Blitz trifft die
Nonne. Und eine heilige Stimme aus den
Wolken ruft: „Scheiße, daneben!"

Ein Junge hat seit seiner Geburt kein Wort gesprochen. Die Eltern sind verzweifelt und ziehen alle möglichen Experten zu Rate – allerdings vergeblich. Nach drei Jahren sagt der Junge: „Die Suppe ist versalzen!" Die Eltern sind außer sich: „Junge, du kannst ja sprechen! Warum hast du denn bisher nichts gesagt?" „Bisher war alles in Ordnung!"

Der vierjährige Paul darf mit Papa eine längere Autofahrt mitmachen. Abends zu Hause fragt die Mutter: „Na, ihr zwei, wie war es denn?" – Der Kleine ist total begeistert. „Ganz toll! Wir haben zwei Hornochsen, einen Knallkopp, sechs Armleuchter und einen Vollidioten überholt ..."

Eine Mutter bringt ihre Zwillinge Torben und Sebastian ins Bett. Der eine lacht und lacht, da fragt die Mutter: „Warum lachst du denn so?" Darauf antwortet er: „Du hast Torben zweimal gebadet und mich gar nicht!"

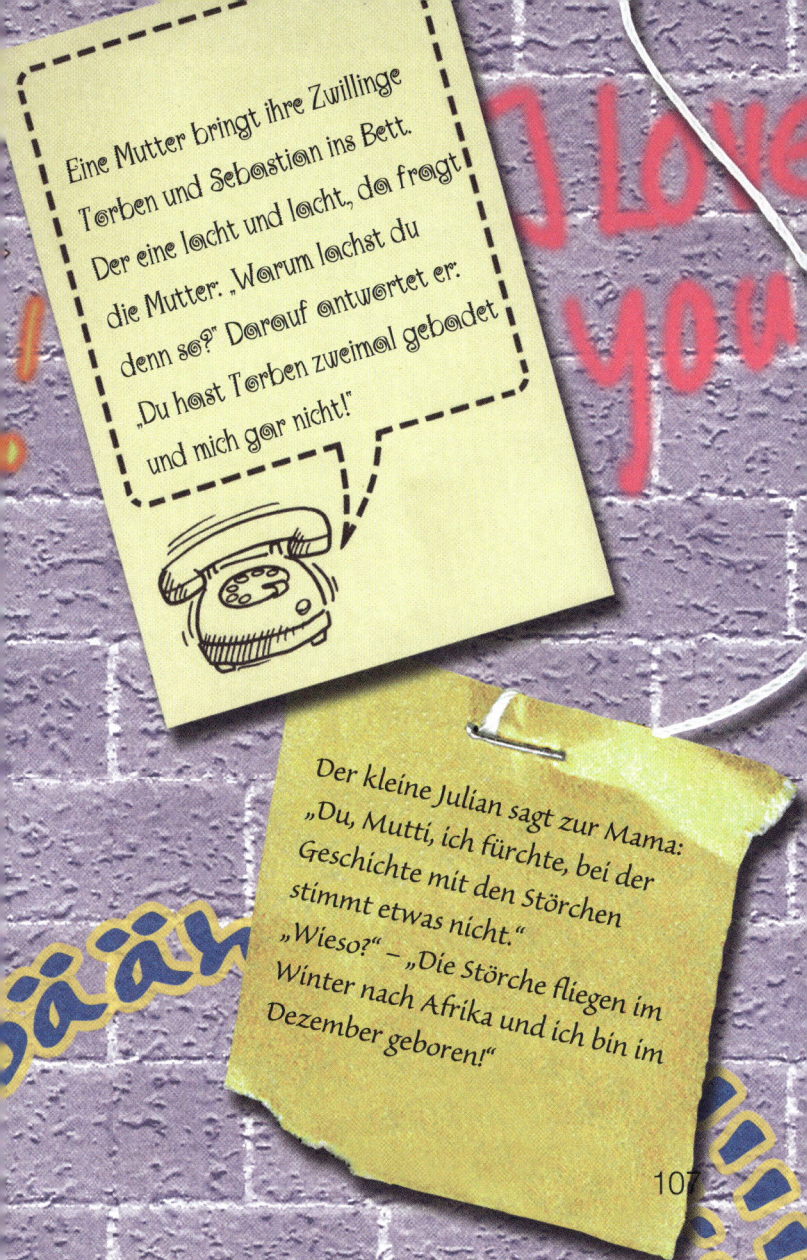

Der kleine Julian sagt zur Mama: „Du, Mutti, ich fürchte, bei der Geschichte mit den Störchen stimmt etwas nicht." „Wieso?" – „Die Störche fliegen im Winter nach Afrika und ich bin im Dezember geboren!"

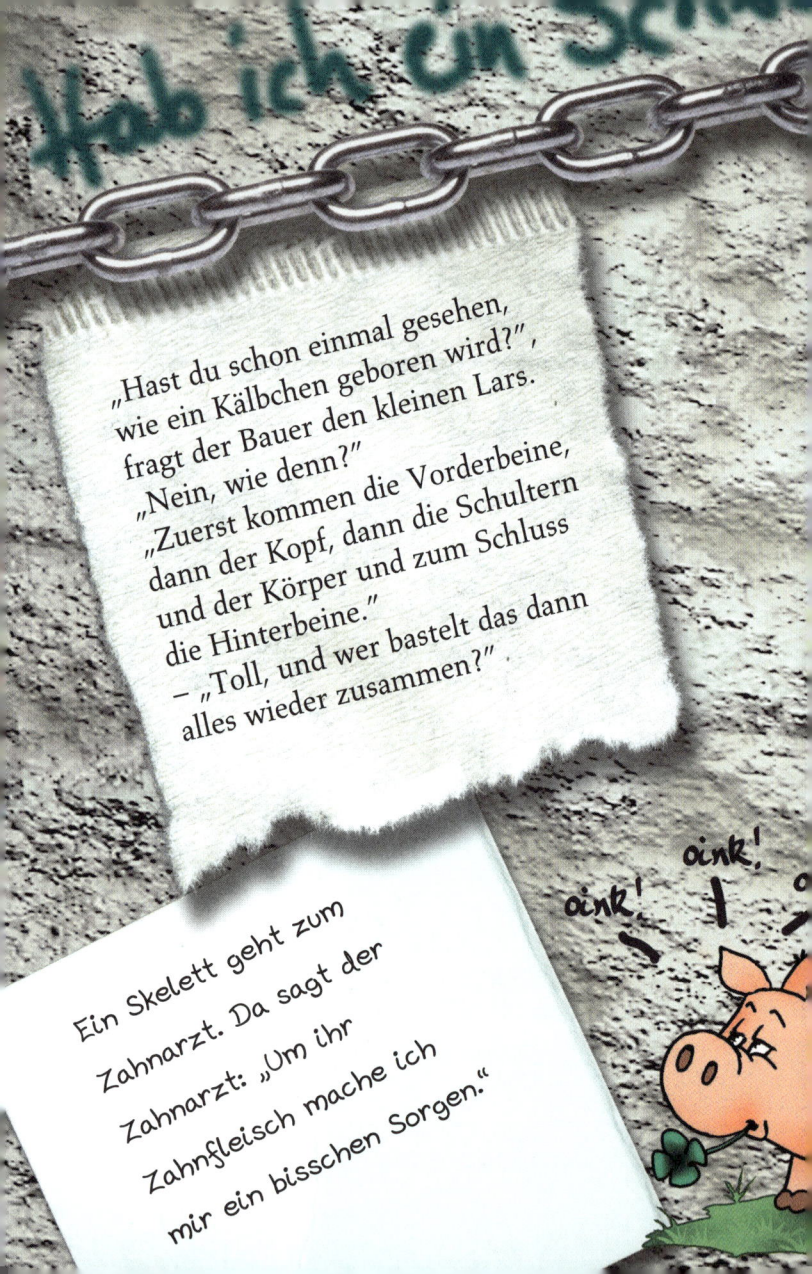

„Hast du schon einmal gesehen, wie ein Kälbchen geboren wird?", fragt der Bauer den kleinen Lars.

„Nein, wie denn?"

„Zuerst kommen die Vorderbeine, dann der Kopf, dann die Schultern und der Körper und zum Schluss die Hinterbeine."

– „Toll, und wer bastelt das dann alles wieder zusammen?"

Ein Skelett geht zum Zahnarzt. Da sagt der Zahnarzt: „Um ihr Zahnfleisch mache ich mir ein bisschen Sorgen."

oink! oink!

Edith ist im Garten und hat ein Kleidchen an. Fragt sie die Oma: „Omi, darf ich ein Rad schlagen?" Oma ganz entsetzt: „Nein, dann sehen die Jungs ja deine Unterhose!" So geht das täglich, bis die Oma einkaufen geht. Sie ermahnt Edith, nur ja kein Rad zu schlagen. Als Oma zurückkommt, fragt sie: „Hast du ein Rad geschlagen?" Daraufhin Edith: „Ja." Oma: „Dann haben die Jungs ja deine Unterhose gesehen!" Edith: „Nö, die hab ich vorher ausgezogen!"

Ein Zauberer ruft einen Jungen aus dem Publikum auf die Bühne. Dort gibt er ihm die Hand und sagt: „Nicht wahr, mein Junge, du hast mich noch niemals vorher gesehen, oder?"
Sagt der Junge: „Nein, Papa, noch nie!"

„Julia, warum spielst du denn mit Handschuhen klavier?"
„Psst, nicht so laut, sonst weckst du noch mein Brüderchen!"

Sagt eine Kerze zur andern: „Was machst du heut Abend?"
„Ich gehe aus!"

Es war Weihnachten und Philipp bekam nur einen Brief. Darin stand:

„Philipp, du bekommst dieses Jahr keine Geschenke, weil du so unartig warst."

Die Mutter bekam neue Tassen, der Vater einen PC und der Bruder ein Fahrrad. Fragte Philipp seine Mutter:

„Mutti, Mutti, darf ich aus deinen Tassen trinken?"

Sagte die Mutter: „Natürlich Philipp."

Und Philipp nahm alle Tassen aus dem Schrank.

Da ging Philipp zu seinem Vater und fragte:

„Papa, Papa, darf ich mit deinem PC spielen?"

Sagt der Vater: „Ja klar, Philipp."

Und Philipp nahm eine Schraube raus. Dann ging Philipp zu seinem Bruder und fragt:

„Timo, darf ich mit deinem Fahrrad fahren?"

Da sagte der Bruder:

„Ja, natürlich."

Und Philipp nahm ein Rad ab. Es klingelte an der Tür und die Nachbarin fragte Philipp:

„Was habt ihr denn zu Weihnachten bekommen?"

Da sagte Philipp: „Ach, ich hab nur einen Brief bekommen, darin stand: ‚Philipp, du bekommst dieses Jahr keine Geschenke, weil du so unartig warst.' Meine Mutter hat nicht alle Tassen im Schrank, mein Vater hat ne' Schraube locker und mein Bruder hat ein Rad ab."

Aber jetzt is'Weihnachten!

Zwei Jungen sitzen an einem Tisch und spielen mit Streichhölzern. Da sagt der eine: „Das ist ja ein Ding, das Streichholz geht nicht!" Da sagt der andere: „Komisch, wie kommt das wohl?" Da antwortet der Erste: „Ich weiß auch nicht, das Komische ist, dass es gerade eben noch funktioniert hat!"

„Michel", sagt die Mutter zu ihrem Sohn, „du solltest nachher deinen Vater etwas ärgern."
„Aber warum denn das, Mama?"
„Weil Papa später noch die Teppiche ausklopfen muss, da ist es gut, wenn er so richtig wütend ist."

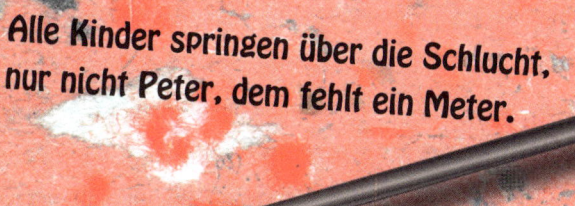

Alle Kinder springen über die Schlucht,
nur nicht Peter, dem fehlt ein Meter.

Tach, Marion!

Das Opfer liegt bewusstlos am Boden. Ein Reporter will sehen, wer da verletzt liegt, kommt aber wegen der vielen Schaulustigen nicht durch. Clever, wie er ist, ruft er: „Lasst mich durch! Der Verletzte ist mein Vater!" Sofort macht die Menge Platz und der Reporter steht – vor einem Esel.

„Das ist total gemein!", beschwert sich der kleine Ole bei seinem Freund. „Ich bin zu Hause von fünf Geschwistern das Jüngste und muss immer die alten Klamotten der anderen abtragen."

„Aber das ist doch nicht so schlimm", tröstet ihn sein Freund.

„Und ob das schlimm ist, ich bin doch der einzige Junge!"

An einem Samstagmorgen kommt die kleine Veronica ins Bad und findet Muttis BH. Fröhlich wirbelt sie ihn durch die Lüfte und ruft: „Mami, ich habe deinen Sicherheitsgurt gefunden!"

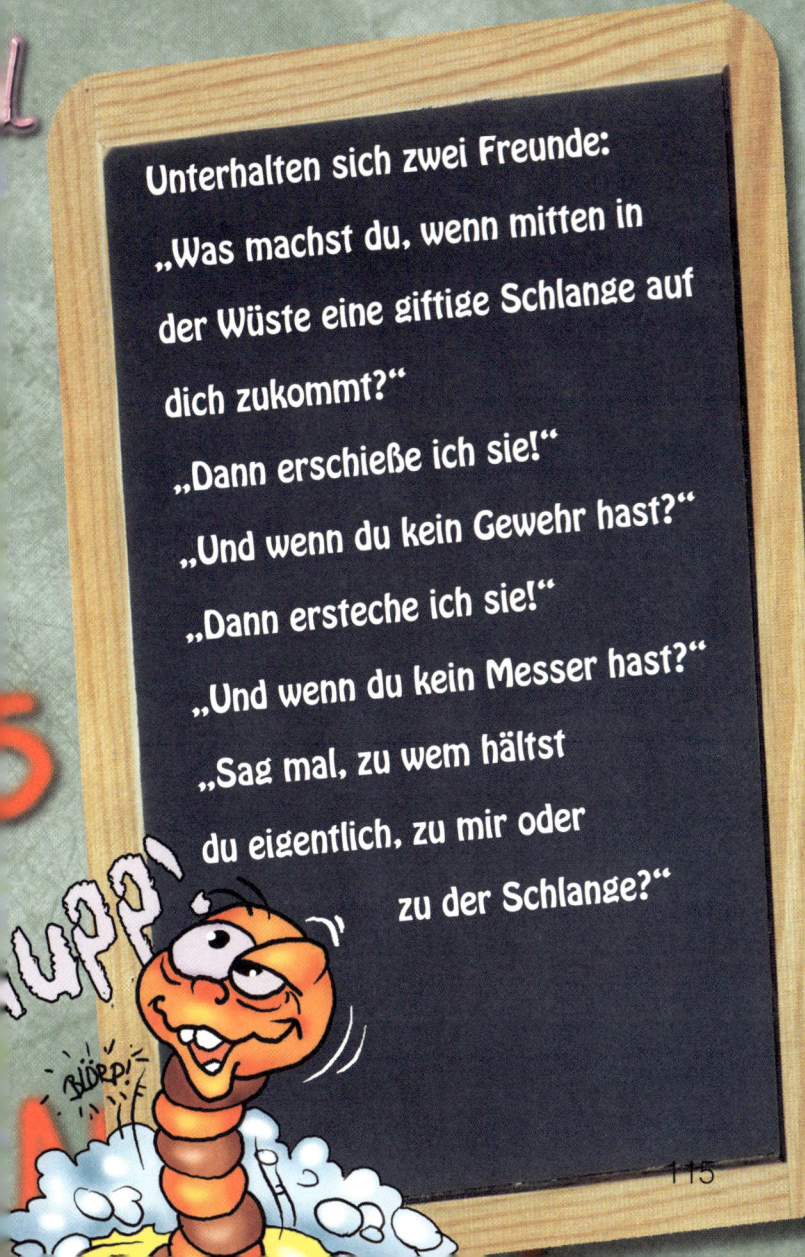

Unterhalten sich zwei Freunde:

„Was machst du, wenn mitten in der Wüste eine giftige Schlange auf dich zukommt?"

„Dann erschieße ich sie!"

„Und wenn du kein Gewehr hast?"

„Dann ersteche ich sie!"

„Und wenn du kein Messer hast?"

„Sag mal, zu wem hältst du eigentlich, zu mir oder zu der Schlange?"

115

Klaus bekam ein neues Fahrrad und probierte es sofort aus. Dabei zeigte er seinem Freund, wie gut er schon fahren kann: „Schau mal, wie gut ich ohne Hände fahren kann!" „Wow", staunte sein Freund. Kurze Zeit später rief Klaus wieder: „Schau, ich kann auch ohne Füsse fahren!" Das hat seinen Freund schon ziemlich beeindruckt. Doch plötzlich krachte er in eine Baustelle und rief: „Schau mal, jetzt kann ich sogar ohne Zähne fahren!"

Kai is wieda da!?

'ts!

Der Pfadfinderführer behandelt das Thema 'Erste Hilfe' und fragt: „Was macht ihr, wenn euer Schwesterchen den Haustürschlüssel verschluckt hat?" Eine Stimme vom Lagerfeuer: „Dann steige ich durchs Fenster!"

„Mit was fütterst du denn die Fische?", fragt Martina ihre Freundin. „Mit Wasserflöhen", antwortet die Freundin. Martina ist empört: „Du Tierquäler, die Armen können sich doch gar nicht kratzen!"

117

Sitzen zwei Pferde vorm Ofen. Sagt das Erste: „Feuer mal den Ofen an!" Das Zweite: „Ofen vor, noch ein Tor!" Das Erste: „Nein, du sollst den Ofen anmachen!" Das Zweite: „Na Ofen, heute Abend schon was vor?"

Die Mutter zu ihrem Sohn:
„Klaus, iss dein Brot auf!"
„Ich mag aber kein Brot!"
„Du musst aber Brot essen, damit du groß und stark wirst!"
„Warum soll ich groß und stark werden?"
„Damit du dir dein täglich Brot verdienen kannst!"
„Aber ich mag doch gar kein Brot!"

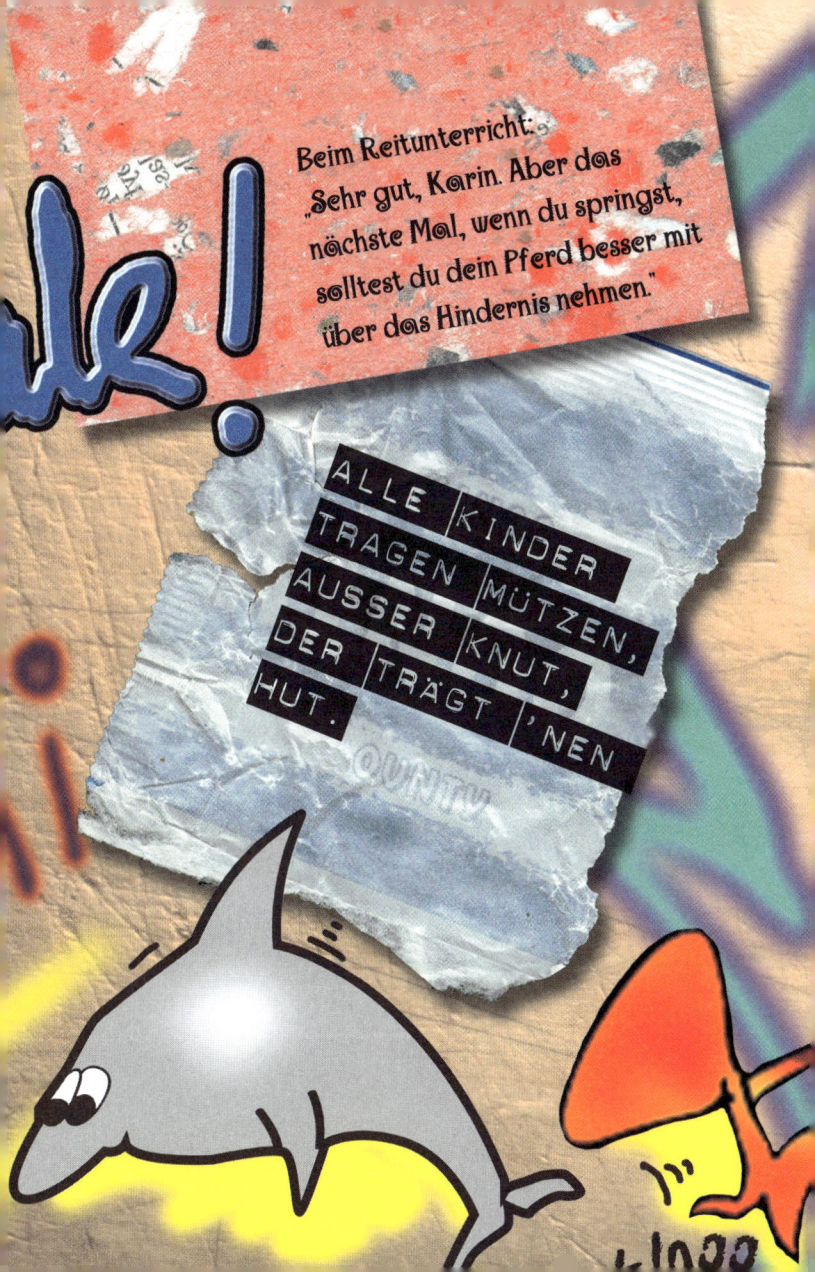

Beim Reitunterricht:
„Sehr gut, Karin. Aber das nächste Mal, wenn du springst, solltest du dein Pferd besser mit über das Hindernis nehmen."

ALLE KINDER TRAGEN MÜTZEN, AUSSER KNUT, DER TRÄGT 'NEN HUT.

„Du, Thomas, kannst du eben noch mal zum Supermarkt laufen und mir ein Kilo Zucker besorgen?" „Bei dem Wetter, Isabelle? Da schickt man ja keinen Hund vor die Tür!" „Den Hund brauchst du auch nicht mitnehmen!"

„MAMA, WARUM DROHT DER MANN DA VORNE DER DAME AUF DER BÜHNE MIT DEM STOC..." „ER DROHT NICHT, ER DIRIGIERT." „UND WAR... SCHREIT SIE DANN SO...

Felix blickt

Bruno, gera... mal vier Jahre alt, ist ... unterwegs zum Dachboden. Dort angekommen, sieht er den Laufsta... in dem er einen Teil seiner Babyzeit verbracht hat. Er stürmt ins untere Stockwerk Richtung Küche und ruft: „Mami, wir kriegen bald ein neues Baby!" Mutti ganz erstaunt: „Wie kommst du denn darauf?" Bruno: „Na, die Falle ist schon aufgestellt..."

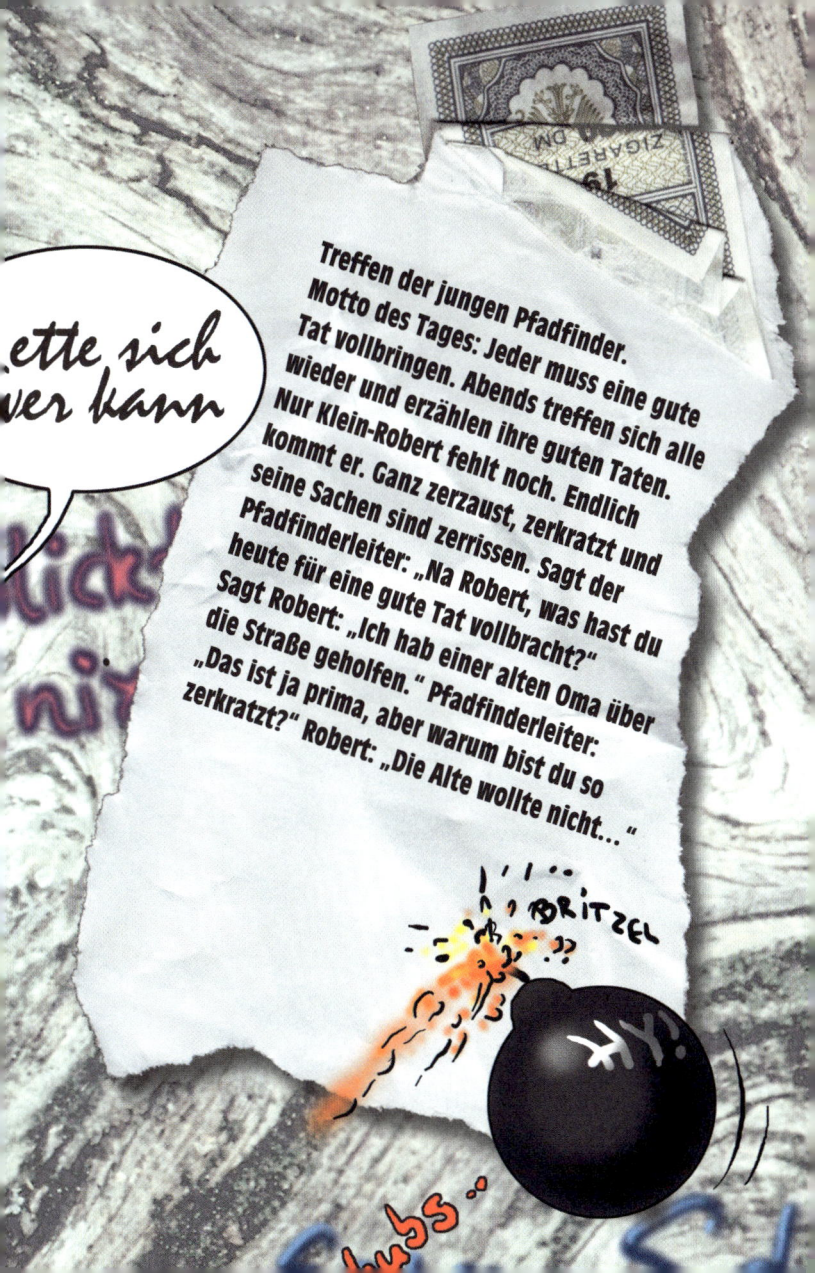

Die kleine Natalie beendet ihr Nachtgebet mit folgenden Worten: „Lieber Gott, gib bitte den armen, nackten Tanten in dem Magazin, in das mein Vati immer schaut, etwas zum Anziehen …"

Alles Lüge!!

Elena ist zum ersten Mal auf einem Bauernhof. Schon am ersten Tag kommt sie ganz aufgeregt zu ihrer Mutter gerannt: „Mutti, Mutti!", schreit sie. „Die kleinen Schweinchen haben das große Schwein umgeschmissen und knabbern ihm gerade die Knöpfe von seiner Weste!"

Ein Löwe wandert durch die Wüste.
Dort trifft er auf eine Gazelle und brüllt
sie an: „Wer ist der König der Tiere?"
Die Gazelle antwortet vorsichtig:
„Na du, Löwe!" Zufrieden geht der Löwe weiter
und trifft kurze Zeit später auf eine Giraffe:
„Wer ist der König der Tiere?"
Die Giraffe mit zittriger Stimme:
„Natürlich du, Löwe!"
Und wieder war er zufrieden.
Kurze Zeit später trifft er einen
Elefanten: „Wer ist der König
der Tiere?"
Der Elefant packt den Löwen
mit seinem Rüssel und klatscht
ihn gegen eine Palme. Daraufhin
der Löwe ganz kleinlaut:
„Man wird doch noch mal
fragen dürfen ..."

Eine Katze geht in ein Fitnessstudio. Da wird sie von einem Mann gefragt: „Was machst du denn hier?" Die Katze: „Ich habe gehört, dass man hier einen Muskelkater bekommen kann."

Ein hungriger Tiger begegnet einem Ritter in voller Rüstung. „Mist, schon wieder Dosenfutter", schimpft der Tiger.

Steht ein Angler am See und angelt. Kommt ein Mann vorbei und fragt: „Na, angeln Sie?" Antwortet der Angler: „Nein, ich bade nur meinen Regenwurm!"

Fridolin fragt seinen Freund: „Sag mal, fällt es dir eigentlich schwer, eine klare Meinung zu haben?" „Jein."

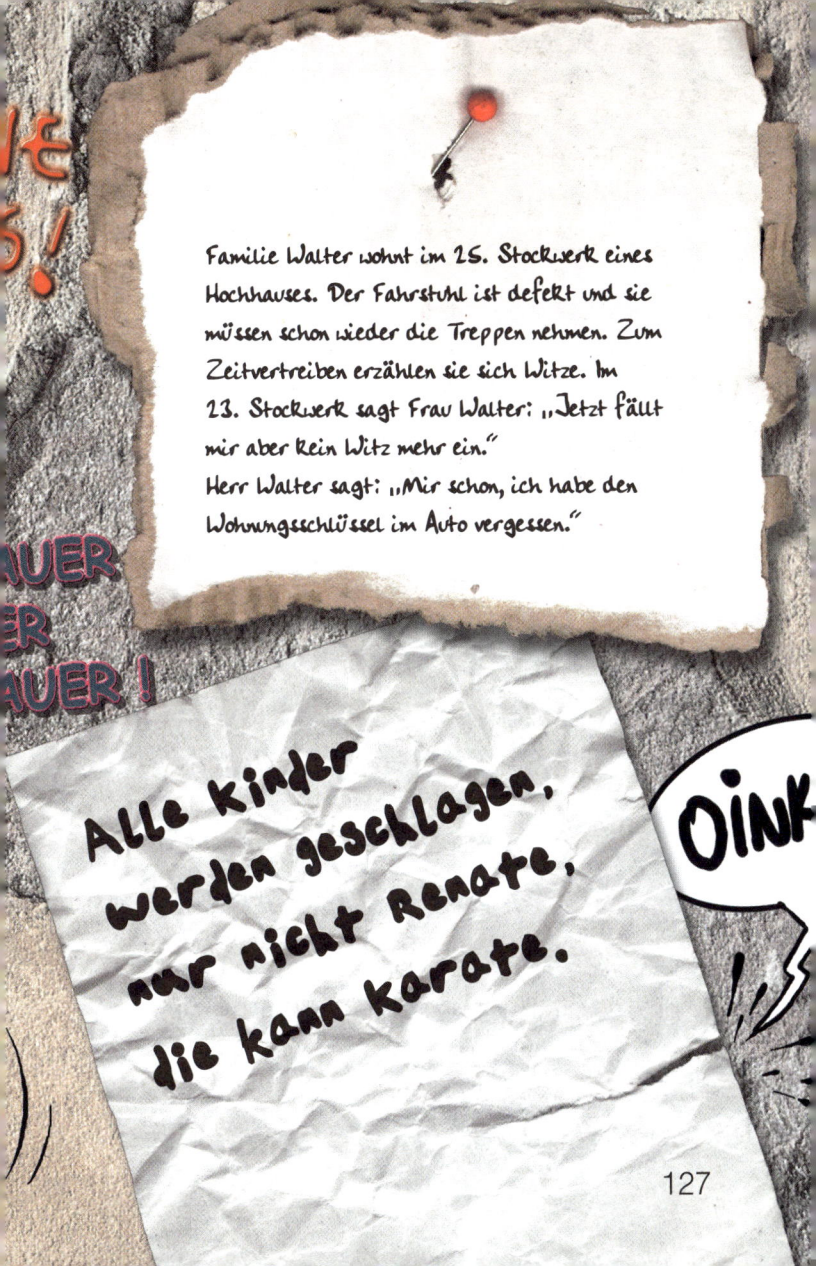

Familie Walter wohnt im 25. Stockwerk eines Hochhauses. Der Fahrstuhl ist defekt und sie müssen schon wieder die Treppen nehmen. Zum Zeitvertreiben erzählen sie sich Witze. Im 23. Stockwerk sagt Frau Walter: „Jetzt fällt mir aber kein Witz mehr ein."
Herr Walter sagt: „Mir schon, ich habe den Wohnungsschlüssel im Auto vergessen."

Alle Kinder werden geschlagen, nur nicht Renate, die kann Karate.

OINK

127

Dracula ist beim Zahnarzt. Nachdem das Gebiss des Vampirs wieder in Ordnung ist, fragt der Zahnarzt: „Soll ich die Zähne noch abschleifen?" „Abschleifen doch nicht!", ruft Dracula entsetzt. „Zuspitzen!"

Haft-Notizen

Der kleine Rolf will einfach nicht ins Bett gehen. Da fragt seine Oma: „Soll ich dir ein Gute-Nacht-Lied vorsingen oder gehst du freiwillig ins Bett?"

Mit freundlichen Grüßen   Datum

Sagt die Mutter zur Tochter: „Jana, magst du einen Bienenstich?" Darauf die Tochter mit Stirnrunzeln und fragendem Blick: „Wie meinst du das?"

Oi

128

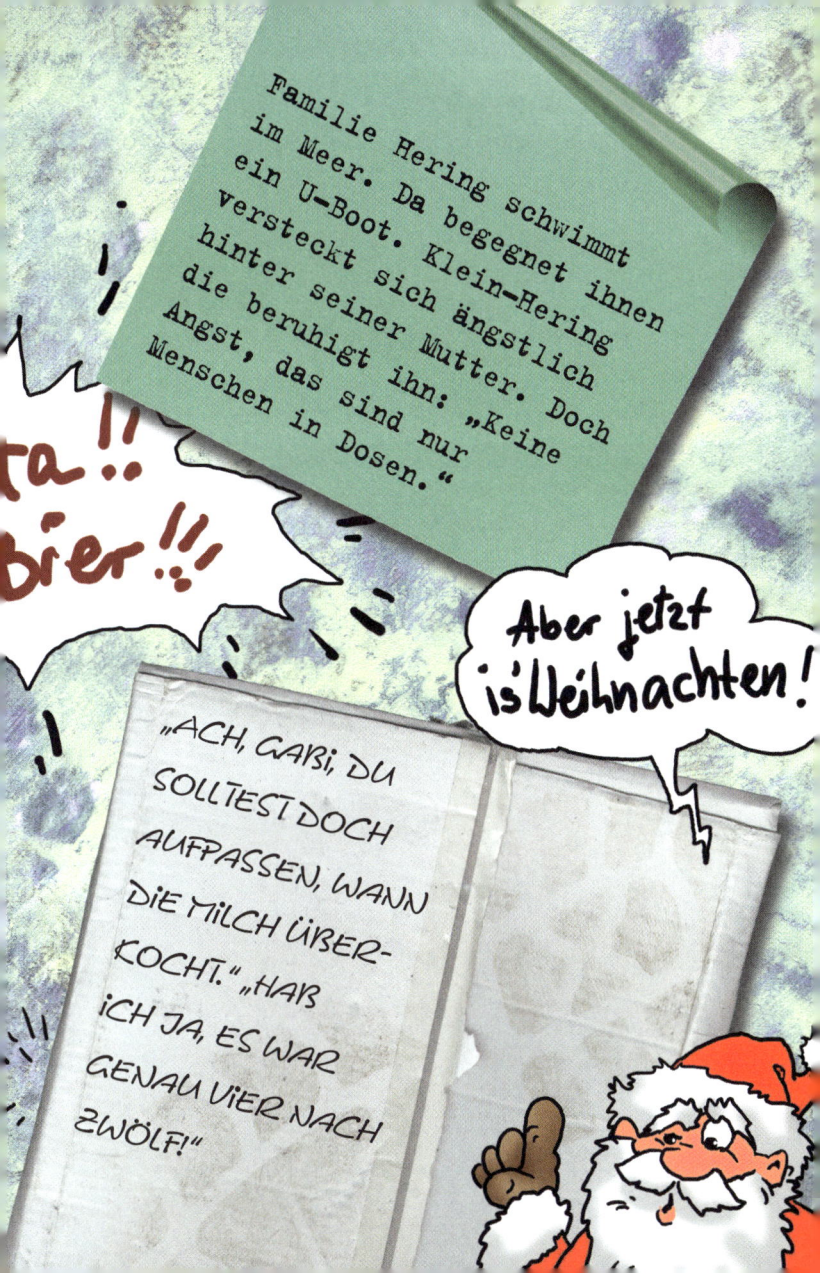

„PAPA, WAS IST NE'
SCHOLLE?" „DAS IST EIN
HERING, AUF DEN SICH
JEMAND DRAUFGESETZT
HAT!"

Wo ist
Susi?

Richter zum Angeklagten:
„Sie haben in den letzten
zwei Wochen drei Fußgänger
überfahren!" Sagt der An-
geklagte: „Wie viele darf
man denn maximal?"

LUCA UND SEINE SCHWESTER
SITZEN AM SEE UND ANGELN.
NACH EINER STUNDE SAGT ER
GENERVT: „GIB MIR MAL EINEN
ANDEREN WURM. DER HIER GIBT
SICH GAR KEINE MÜHE!"

Wenn Schnecken verspeist werden,
sind sie ganz aus dem Häuschen!

Jetzt reichts!!

Bauer Schorsch zu seinem
Nachbarn:
„Du Werner, dein Hahn taugt
nichts mehr!"
„Woher willst du denn das
wissen?"
„Ich hab ihn gerade mit dem
Trecker überfahren ...!"

Der Elefant geht mit der Maus spazieren, als der Elefant der Maus auf den Fuß tritt. Da entschuldigt sich der Elefant. Die Maus antwortet: „Ist nicht schlimm. Hätte mir auch passieren können."

Sitzen zwei Vögel auf einer Stromleitung. Auf einmal fliegt ein Düsenjet vorbei. Da fragt der eine Vogel: „Warum fliegt denn dieser Vogel so schnell?" Sagt der andere: „Wenn dir dein Hintern brennen würde, würdest du genauso schnell fliegen."

Sagt die Ehefrau zu ihrem Mann: „Liebling, schlägst du bitte die Mücke tot!" „Bloß nicht, dann kommen ja Tausende zur Beerdigung!"

OLLI

Kommt der Vater zu seinem Sohn und sagt: „Sven, wir haben ein Brüderchen bekommen." Sven rennt los. Der Vater ruft ihm nach: „Wo willst du denn hin?" Sven ruft ihm zu: „Das muss ich sofort Mama erzählen."

Sabine

Der Vater will dem Sohn das Schwimmen beibringen. Nach einer Viertelstunde fragt der Sohn: „Können wir jetzt aufhören?" „Warum denn? Hast du etwa keine Lust mehr?" „Doch, aber ich habe keinen Durst mehr!"

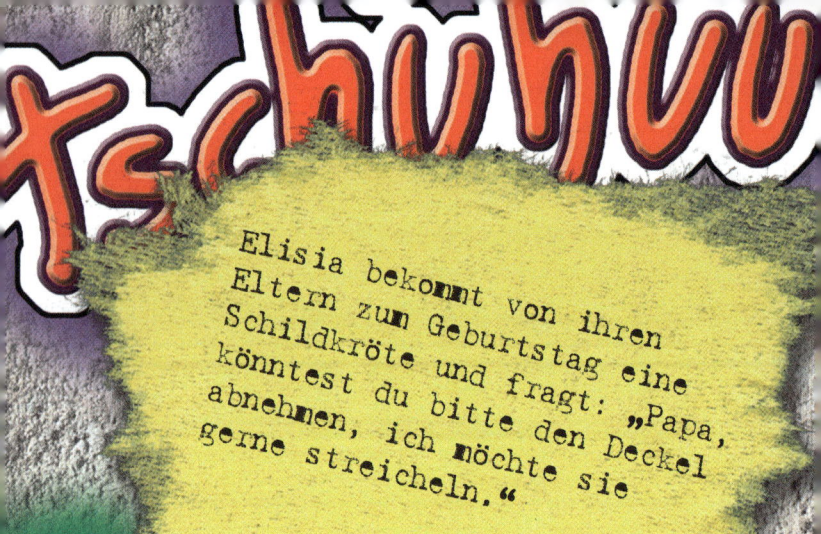

Elisia bekommt von ihren Eltern zum Geburtstag eine Schildkröte und fragt: „Papa, könntest du bitte den Deckel abnehmen, ich möchte sie gerne streicheln."

Alle Kinder fahren Schlitten, nur nicht René, der sitzt im Schnee.

Wo ist denn jetzt der Weihnachtsmann?!

134

© 2021 design cat GmbH

Genehmigte Lizenzausgabe
NEUER FAVORIT VERLAG GmbH
Industriestraße 19
64407 Fränkisch-Crumbach 2021
www.neuer-favorit-verlag.de

Idee und Projektleitung: Sonja Sammüller
Layout, Satz und Umschlaggestaltung:
design cat GmbH

ISBN 978-3-8494-2704-7